AF434587

Un Sang Cible

Raouf Abdé

DÉDICACE

Pour Naomi et ma fille

TABLE DES MATIÈRES

REMERCIEMENTS

Merci à Naomi mon extraordinaire épouse pour son accompagnement tout au long de cette aventure. Merci pour ton amour et ta patience.

Merci à mes frères qui ont veillé sur moi depuis ma plus tendre enfance et qui m'ont accompagné dans les plus durs moments de ma vie.

.

1- RENAISSANCE

Un coup atteignit son dos. Un coup net, visé entre les deux omoplates. Un coup, un seul, sans hésitation, sans sommation, impulsif comme le reste, qui produisit un bruit sourd accompagné du râle d'une expiration bloquée. Puis, rien ne vint que le silence qui parut éternel.

L'odeur du mal régnait autour de lui, le goût du sang glissa sur sa langue et vint se déposer sur ses lèvres. Une goutte perla jusqu'au menton et resta suspendue ainsi, comme le temps. Pourtant, il ne sentit pas de douleur physique, elle viendrait plus tard. Pour l'instant la douleur était interne, un cœur brisé par ce qui venait de se passer là, au sein même de sa famille, encore une fois.

Ses yeux fixèrent le sol au fur et à mesure qu'il s'en rapprochait, la bouche grande ouverte. Plein de larmes, son regard s'enlisait. Il ne parvint pas à cligner des yeux, même lorsque ses genoux touchèrent le sol tandis que ses mains imploraient le ciel.

Tout était allé très vite au début, un mélange de gestes, de paroles, et de précipitations qui avait laissé la place à un silence froid, oppressant. Et là, tout semblait ralentir, chaque détail resterait gravé à jamais dans sa mémoire. Comme ses poumons bloqués par le choc qui n'arrivaient pas à se remplir d'air, ni à se vider. Une sensation d'apesanteur l'enveloppa comme pour le protéger. Il penserait plus tard à Dieu mais sur le coup, il ne songeait qu'au diable.

Son agresseur empoigna la casserole d'eau bouillante encore pleine de pâtes. Quand il la saisit, elle émit un crissement strident en glissant sur la plaque, comme si horrifiée par la scène qu'elle voyait, elle criait pour empêcher l'irréparable. Des gouttes d'eau fumante perlaient sur ses rebords, comme des larmes d'impuissance. Ce crissement sur la plaque restera gravé dans l'échine d'Alban comme une marque au fer rouge.

À la manière d'un coureur il leva la tête, fixant la poignée de la porte de la cuisine sans un seul regard vers son agresseur. Il leva les fesses, un genou, puis l'autre, et se leva péniblement. L'air s'engouffra à nouveau dans ses poumons et lui fit mal, comme un bébé qui vient de naître souffre de sa venue au monde. C'était la marque d'une nouvelle vie. L'ancienne dans laquelle il aimait son père, le vénérait, lui trouvant toujours des excuses était terminée, enterrée.

Mais il était trop lent, il était déjà trop tard. La sensation d'apesanteur se déroba soudain. Alors par peur, par faiblesse, il ne put s'empêcher d'invoquer la pitié du monstre derrière lui, et lâcha un misérable :

— Papa, non ! tout en serrant les dents.

Les premières gouttes de feu tombèrent entre ses deux omoplates, là même où son père avait marqué sa cible quelques instants plus tôt. Le reste s'abattit sur le bas du dos…

Un cri horrible résonna dans tout l'appartement, il était 2 h 30 du matin. En sueur, la respiration bloquée par ce dernier effort, Alban regarda avec terreur la femme qui posait ses mains sur son visage et essayait de le calmer, de le prendre dans ses bras, de le serrer. Il lui fallut quelques secondes pour comprendre que cette femme était la sienne, et il céda alors à son étreinte. Depuis que son père lui avait brûlé le dos, il refaisait toujours le même cauchemar, il revivait la scène de son agression, encore et encore.

En l'enlaçant, ses mains de fée effleurèrent dans son dos ses horribles cicatrices maladroitement refermées, jouant avec les gouttes de sueurs froides qui perlaient sur sa peau. Cette sensation rappela à Alban la façon dont sa mère pinçait les lèvres pour souffler un air frais sur son dos avant de lui refaire les pansements. Il sentit alors ses muscles se relâcher, tout doucement, calmement au son des « chu » de sa fée, comme il se plaisait à l'appeler. Ses poings s'ouvrirent, ses yeux se refermèrent, sa respiration se calma, et il se rendormit aussi vite qu'il venait de se réveiller, mais cette fois paisiblement. Mariam le regarda s'enfoncer dans les bras de Morphée et comme à chaque fois, ses lèvres ne purent s'empêcher de chuchoter un délicieux « Je t'aime », « Moi je t'aimerai toujours », et les larmes surgirent au coin de ses yeux.

Elle ne se serait jamais doutée à cet instant-là, tandis que le temps s'arrêtait au beau milieu de la nuit, que le silence s'abattait sur cette partie du monde, que ce visage de paix qu'elle embrassait chaleureusement, allait la poursuivre un soir d'été pour la tuer.

Le réveil fut rude, en se levant il comprit que sa femme était déjà partie au travail sans qu'il ne s'en aperçoive. C'était un dimanche, il n'avait pas prévu grand-chose à faire, et cela avait la fâcheuse tendance de le mettre mal à l'aise, voire de l'angoisser. Mais il y avait autre chose qu'il ne comprit pas tout de suite, ce n'était pas comme ces matins de gueule de bois dont il avait rarement l'habitude, ni ces veilles d'examens ou ces journées d'évaluation, encore moins comme ces journées de conférences qui avaient le don de lui retourner l'estomac. C'était autre chose. Il n'avait pas aussi mal dormi depuis très longtemps, des rêves, des cauchemars, la fièvre, ses vaccins pour son voyage, rien ne l'expliquait vraiment. Il se souvint de la dernière fois qu'il avait passé une nuit pareille, c'était la veille de la mort de son père, il y avait déjà cinq ans. Cinq années qu'il dormait plus ou moins bien. Des cauchemars de temps à autre, mais il n'avait jamais ressenti une telle peur viscérale.

Il ne savait quelle heure il était, et ne savait pas s'il devait tenter de se rendormir, s'il devait se lever et aller courir en bord de mer ou regarder passivement la télé en espérant voir le temps passer. Puis s'entendre dire le soir qu'il venait encore de perdre une journée de sa vie. Un instant, il pensa même passer à l'hôpital mais cette idée, il l'écarta rapidement en se passant la main dans les cheveux, et en se redressant dans son lit. Non, il avait mieux à faire, il devait encore préparer son voyage, une journée le séparant du grand départ. Était-ce un pressentiment cette nuit d'angoisse ? Il écarta cette idée en se dirigeant vers la salle de bains.

Le néon clignota plusieurs fois au point de l'éblouir, puis disparut, le laissant dans le noir. « Ça commence bien », pensa-t-il tout en cherchant à tâtons les allumettes qui devaient se trouver dans le deuxième tiroir de la commode. Il savait qu'une bougie parfumée se trouvait encore sur le bord de la baignoire.

Il mit la main dessus assez rapidement, l'alluma et une douce lumière vint l'envelopper. La flamme dansait au gré de ses mouvements, et il put discerner son reflet dans le miroir.

— Miroir, miroir, dis-moi si je suis le mec le plus mal réveillé de toute la terre ? demanda-t-il à voix haute en prenant une voix solennelle. Pas de réponse.

— Oui, je suis tout à fait d'accord avec toi, dit-il en se rapprochant de son reflet, afin de mieux se voir.

Il fixa son oreille gauche, et essaya de la faire bouger sans remuer le visage comme il aimait à le faire. Cela avait le don d'agacer sa femme, surtout quand il y avait du monde à la maison. Au début, il n'y parvint pas. Puis quand elle remua de haut en bas légèrement, un sourire vint se glisser sur ses lèvres. Il fixa le bout de son nez, mais ses yeux se fixèrent à nouveau sur son oreille en essayant de mieux l'observer dans la pénombre.

Elle bougea toute seule, sans qu'il fasse quoi que ce soit, elle tremblait même au moment où un courant froid vint lui caresser le dos. Il observa attentivement, essayant de calmer sa respiration. Le haut de son oreille se plia en deux dans une contorsion qui le laissa bouche bée. Le lobe de l'oreille se plia vers le haut en se dirigeant vers le conduit auditif. Son oreille tout entière voulait se cacher dedans, et disparaître. Il ne put s'empêcher de reculer d'un pas tout en se demandant comment c'était possible, et pourquoi il n'avait pas mal. Ses muscles restèrent un instant tétanisés, ses yeux fixes ne clignèrent pas pour observer le phénomène, son oreille avait quasiment disparu. Pendant un instant il ne sut que faire ni que penser, son cœur s'emballa et il l'entendit cogner dans sa poitrine, le bruit remontant dans le cou et gonflant ses carotides. Ses yeux se décolèrent du miroir pour regarder la bougie et dans un dernier effort, avant que la folie ne s'empare de lui, il souffla sur la flamme pour l'éteindre. Il se retrouva dans le noir. Il entendit sa respiration qui s'accélérait et son cœur qui battait à toute vitesse. Il essaya de respirer calmement.

Il resta ainsi dans le noir, n'osant pas bouger, il attendait quelque chose, quelqu'un sans savoir quoi ou qui. Il ne sut combien de temps il resta ainsi, livide, dans la pénombre. Assez pour que ses yeux puissent distinguer les contours de la salle de bains.

— Merde qu'est-ce qui se passe, bon Dieu, gémit-il, qu'est-ce qui m'arrive ?

Dans un grésillement, la lumière du néon revint d'elle-même, décidant peut-être que la plaisanterie avait assez duré. La lumière l'éblouit à nouveau, et il laissa échapper un souffle de soulagement. Mais ses yeux étaient attirés par le miroir, il appréhendait ce qu'il allait y découvrir, et ne put s'empêcher de porter sa main à l'oreille. Elle était bien là, tout entière. Il souffla une nouvelle fois profondément pour faire disparaître la terreur qui venait de l'anéantir, puis encouragé par la lumière environnante, il bomba le torse et laissa échapper un « Même pas peur, pff », avant de retourner dans son lit en pensant qu'il n'avait tout simplement pas assez dormi. Dans le lit, il eut l'impression de s'enfoncer plus que d'habitude, plus il bougeait, et plus il avait l'impression de s'enliser. Ses bras étaient maintenant à la verticale pour essayer d'atteindre les bords du matelas.

L'impression de chuter était de plus en plus forte. Il n'arrivait pas à s'agripper à quoi que ce soit. Il regarda ses mains, elles avaient disparu. Des moignons hideux et sanguinolents le regardèrent dans une grimace purulente. Plus il s'enfonçait, et plus il s'enveloppait dans son duvet qui venait le serrer de plus en plus fort. Il allait mourir étouffé. Il ferma les yeux, et laissa sa respiration se calmer. Il s'endormit comme ça, emmitouflé dans son lit comme un patient de psychiatrie s'endort avec sa camisole de force.

Il avait déjà eu ce genre de vision, il le savait au fond de lui ; il était beaucoup plus jeune, mais il s'en souvenait très bien. C'est peut-être ça qui le paniquait tant, que son monstre revienne. Il avait au fond de lui une angoisse de morcellement, et vivait avec, tant bien que mal. Il craignait la destruction de son propre corps. Il avait souvent l'impression que son psychisme ne tenait qu'à un fil. À la faculté de médecine, l'étude de ce symptôme lui avait donné des nuits blanches pendant des mois. C'était chez les psychotiques et les schizophrènes que l'on retrouvait cette angoisse, comme un esprit qui se morcelle. L'esprit se détruit, la personnalité se brise, tôt ou tard elle se brise, et Alban luttait de toutes ses forces pour ne pas perdre le contrôle.

Dimanche 2 octobre 2016

Alban ouvrit les yeux paisiblement, et regarda autour de lui, il avait l'impression d'avoir dormi des semaines entières, ses muscles ne répondant pas immédiatement à ses commandes. Il serra les poings, et s'étira en observant les meubles présents autour de lui : une armoire, deux chaises, des magazines posés dessus, et des murs dont les tapisseries ressemblaient à un énorme matelas. Il cligna des yeux et se demanda encore un instant où il était.

Quel jour ? Quelle heure ? Quelle saison ? Rien, aucune information récente ne vint l'éclairer. Il avait l'impression d'être le capitaine d'un bateau pris au milieu de l'océan en pleine tempête, et qui aurait vidé toutes ses bouteilles de rhum. Son unique chance de rejoindre la réalité, de comprendre, résidait dans son bras droit, les muscles tendus vers une solution probable. Il se tourna vers ce qui avait toujours été son phare, sa bouée dans les moments difficiles.

Il glissa une main vers son épouse. Ses phalanges heurtèrent le mur dont le froid se propagea jusqu'à l'épaule, puis la nuque pour atteindre ses yeux qui restèrent figés, cette fois, grands ouverts.

Il fixa le plafond et se rappela soudain tout, tout depuis le début. Les images défilèrent dans son cerveau, tournèrent à l'intérieur, pendant que sa bouche se déformait au fur et à mesure que l'horreur se dévoilait.

« Je n'ai pas pu ! », « Ce n'est pas possible ! », « Je n'ai pas pu faire ça quand même ! », « Mon Dieu, non ! ».

Les choses se mettaient en place, sa respiration s'accélérait en grosses saccades. Il reconnut la chambre où il était. Ce n'était pas une chambre, la porte semblait imposante. C'était bel et bien ce qu'il pensait. Il était en cellule, il était dans une prison pour le meurtre de Mariam Graham, sa propre épouse.

Et il était condamné à perpétuité.

Il regardait le plafond, des ombres nourries par la lumière de l'extérieur passèrent par la fenêtre comme si elles avaient remarqué qu'il venait de se lever. Et c'est là qu'il les vit. Deux yeux énormes dessinés par les ombres le fixaient, le scrutaient. Il avait l'impression que les yeux essayaient de se rapprocher de lui en dansant, pour essayer de le toucher. La pièce fut alors plongée dans un brouillard glacial.

Ses poils se hérissèrent. Ces yeux qui bougeaient au gré de la lumière extérieure l'auraient volontiers poignardé si un couteau se trouvait à proximité. Cette méfiance était nourrie par un sentiment très particulier émanant du fond de son cœur, et qu'il essayait tant bien que mal de garder enfoui au fond de son âme. Les yeux, tout en s'approchant de lui, essayèrent de traverser les draps qui le recouvraient, de regarder dans ses entrailles. Ils cherchaient quelque chose ou quelqu'un. Ces yeux le terrifièrent quand il comprit ce qui les amenait. Ils étaient à la recherche de ce sentiment qu'il avait eu tant de mal à dissimuler ces derniers temps, un sentiment enfoui dans son âme et dans son cœur, la culpabilité. Ces yeux étaient ceux de sa femme. Alban ne pouvait les confondre avec ceux d'une autre.

Ils étaient quasiment uniques au monde par leur spécificité. C'étaient des yeux vairons, doux et magnifiques. Le droit était vert clair, et le gauche d'un bleu qui virait au gris en fonction de la lumière. C'était de loin les plus beaux yeux qu'il lui avait été donné de voir. Ces yeux de l'amour étaient devenus les yeux de la mort qui l'accompagnaient partout.

Le brouillard, qui tournait autour de lui, marqua une pause quand quelqu'un s'approcha dans le couloir. Les pas s'arrêtèrent devant sa porte, le brouillard s'évanouit par la fenêtre laissant la pièce dans une pénombre qui lui parut soudain familière. Ses muscles avaient été pétrifiés par ce qu'il venait de voir, il avait du mal à bouger ses articulations, sa gorge était sèche.

— Allez monsieur Graham c'est l'heure d'aller voir le Soviet ! ricana une voix derrière la lourde porte. Des rires étouffés lui parvinrent sans qu'il puisse en discerner la provenance ou reconnaître les voix qui lui parurent pourtant familières.

— Oh ! T'as entendu ou il faut que je vienne vérifier ! vociféra la voix.

En sortant de sa cellule, Alban allait et venait. Il répondait aux questions qu'on lui posait sans savoir ce qu'il se passait. Il avait l'impression de souffrir de démence et de ne plus pouvoir se rappeler ce qu'il faisait l'instant précédent. Sa mémoire s'effaçait progressivement au fil de la journée. Ce n'est qu'en retournant dans sa chambre qu'Alban se sentit mieux.

Le gardien lui demanda comment il allait, et Alban sentit que le voyage de cette journée touchait à sa fin, qu'il n'était plus en veille. Il ne répondit pas pour autant. Il avait repris possession de son corps sans pour autant se rappeler des dernières heures. Il ne se souvenait que d'une phrase qu'il avait entendue, une seule phrase, la seule information que son cerveau avait pu enregistrer : « On va changer de strratéggie ! » avait dit une voix sombre, calme, réfléchie et qui pesait le sens de chaque mot prononcé. Cette phrase resta gravée en lui. Mais plus encore que la voix, ou les mots prononcés, il se rappela cet accent qui l'accompagnait, un fort accent qui doublait les « r » et les « g ». C'était un accent russe à vous faire perdre une partie d'échecs, sa partie d'échecs, une partie qu'il n'était pas sûr d'avoir choisi de jouer. La voix l'intéressait, pas les mots, parce qu'il ne savait même pas si cette information lui était destinée. Et si c'était le cas, qu'en ferait-il ?

Il n'en savait rien et il était trop fatigué pour analyser quoi que ce soit, sa seule idée était de s'allonger sur son lit, de ne penser à rien et d'attendre le sommeil ainsi, les yeux fermés surtout. Il s'endormit au bout de quelques minutes en repensant à cette phrase « On va changer de strratéggie ! »

2- DIMANCHE 9 OCTOBRE 2016

Vivre au jour le jour, résoudre les problèmes un par un, s'adapter et rebondir, c'était ses principes, ses valeurs. Tous les jours depuis des années il se répétait ça au réveil, et l'améliorait, l'adaptait à la journée qui se préparait. Mais comment faire ce matin puisqu'il ne savait pas ce qui l'attendait, ne savait pas comment la journée aller se passer ? Et cette phrase qui revenait sans cesse « On va changer de strratéggie ! ». Au bout de quelques minutes, il s'aperçut qu'il tournait en rond dans la pièce, et que la colère lui montait au nez. Il ne put s'empêcher de serrer le poing pour taper sur la porte mais s'arrêta net avant de la toucher. Il cria de toutes ses forces :

— Mais je n'en ai rien à foutre que tu changes de stratégie ! Tu entends ! Je n'en ai rien à foutre !

— Eh là, eh là, doc qu'est-ce qu'il se passe là-dedans, lui répondit une voix d'un ton nonchalant de l'autre côté de la porte.

— Et à qui ai-je l'honneur ? questionna Graham.

— Ah ben merci, rétorqua la voix, j'ai écouté tes conneries

pendant tout ce temps et c'est comme ça que je suis remercié !

— Mais qui êtes-vous bon Dieu ?

— Je vous l'ai déjà dit de nombreuses fois, mais apparemment vous m'oubliez régulièrement on dirait. Si j'étais une fille, je me vexerais ! Ne vous inquiétez pas, j'ai l'habitude maintenant.

— Mais ça fait combien de temps que je suis ici ? demanda Graham la voix tremblante, redoutant la réponse.

Il avait voulu poser la question la veille, mais n'avait pas pu. Il n'en avait pas eu la force. Il se sentait prêt aujourd'hui. À quoi ? Il ne savait pas trop, mais il se sentait fort, ou juste un peu plus fort. Mais pour avoir lui aussi une stratégie, il lui fallait des informations. La voix derrière la porte marqua une pause, laissant l'angoisse saisir Graham par les deux mains. La pause était trop longue pour avoir quelque chose de naturelle, quelque chose clochait. L'angoisse le submergea. Bientôt, elle bloquerait sa respiration. La voix hésita encore comme si elle ne devait pas laisser échapper ce genre d'information.

— Ben c'est-à-dire que... Vous comprenez on a changé de....

« Si tu dis le mot stratégie, je te tue », pensa Graham les poings serrés.

— ... Patron, enfin c'est le même mais... continua le gardien sans savoir qu'il venait de passer à un mot de la mort.

— Mais quoi ?

— Ben depuis deux semaines on a changé les doses, depuis hier je n'ai pas le droit de vous parler, personne de l'équipe, c'est pour vous permettre de... Ben ça, voyez, je n'ai pas le droit de vous le dire par exemple.

— Mais c'est quoi ces conneries, vous vous fichez de moi, je suis enfermé dans une cellule et je n'ai pas le droit de savoir quel jour on est, et depuis combien de temps je suis là ! Mais vous vous foutez de moi là, c'est une blague !

— Non c'est que je ne peux pas, tout doit passer par...

— Par qui ? cria Graham sentant que son adversaire pouvait lâcher prise pourvu qu'on le pousse un peu.

— Non, non et non ! Je ne vous dirai rien de plus, j'en ai déjà trop dit !

Graham était à bout de nerfs, cette énergie qu'il avait retrouvée était instable, il le savait. Il s'approcha de la porte, et y posa le front puis les mains de chaque côté de la tête. Il était trop énervé, et encore trop faible. Le gardien avait dit qu'ils avaient diminué les doses, mais de quoi ? Il ne se souvenait même pas avoir pris des médicaments.

L'angoisse se dissimulait sous l'arrivée de la colère. Le sang pulsé par ses artères venait taper le haut de son crâne, et un mal de tête commençait à se manifester. « Sois intelligent, calme-toi, ça ne sert à rien, et ce n'est pas comme ça que tu l'auras. » Ce gardien avait l'air d'avoir un bon fond, et il devait se le mettre dans la poche plutôt que d'entrer en conflit avec lui.

Graham alla s'asseoir sur son lit, les deux mains sur le front pour calmer ses maux de tête et pour réfléchir. Ses mains descendirent le long de son visage pour se poser sur les cuisses, paumes tournées vers le ciel. Il vit une marque dans sa main de gauche.

Il regarda de plus près. C'était une cicatrice en forme de triangle, une cicatrice ancienne qui avait dû recouvrir une blessure profonde, aussi profonde que celles qui lacéraient son dos, et il ne savait pas comment il s'était fait ça. Il ne se rappelait même pas la douleur qu'avait occasionné sa blessure. Cette cicatrice n'évoquait rien, et rien n'évoquait cette cicatrice. Ça ne lui était pas arrivé en se coupant, car la coupure aurait été nette, droite ou oblique, mais en aucun cas les trois bords ne se toucheraient, à moins d'une opération chirurgicale. La cicatrice formait un triangle parfait, mêmes angles, même longueur des côtés. Il aurait fallu que ce soit une blessure volontaire, au couteau par exemple, mais ça ne pouvait être ça, pas vraiment. Par réflexe, il jeta un rapide coup d'œil à sa main droite, mais ses yeux revinrent se fixer sur la cicatrice avec plus d'attention.

Il se demanda comment il avait pu ne pas remarquer cela plus tôt tant les couleurs étaient vives. Son pouce était colorié en vert et son index en rouge. Il alla jusqu'au lavabo pour se laver les mains. Dans un gobelet en plastique, une brosse à dents usagée s'enlisait dans un marécage de salive crasseuse. Mais elle n'était pas seule, deux feutres lui tenaient compagnie, un feutre vert et un autre rouge. Ses doigts tremblèrent quand il prit le pain de savon et fit couler l'eau dessus. Il commença par le pouce vert. Il frotta aussi bien que ses mains tremblantes le permettaient. Sa respiration s'accéléra quand il vit ce qu'il y avait sous la couche de vert. Une autre couche de peinture cette fois, du rouge. Il regarda de plus près sa main. Ses deux premiers doigts étaient maintenant rouges. Il marqua une pause devant le sordide de la scène. Maintenant il ne frottait plus, il grattait, il arrachait des morceaux de peinture de sa peau dans une frénésie qu'il ne pouvait contrôler. Du vert, du rouge cachés par des couches de vert et de rouge venaient le narguer à chaque fois un peu plus. Les couleurs venaient s'échouer sur le bord du lavabo l'une après l'autre. Il eut bientôt terminé mais les maux de tête revinrent en force. Il entendit une voix graillonnante dans sa tête lui souffler lentement :

Vert tu vis, rouge tu meurs, mourras-tu ? Mon cœur mourras-tu ? Ou mourrai-je ?

Alban ne savait pas ce que signifiait ces couleurs liées à la mort. Il entendit encore cette voix plus forte, et en colère cette fois. Il ne pouvait s'arrêter de laver ses mains.

Vert tu meurs, rouge tu vis ! Alors que veux-tu ?

C'est là que les picotements apparurent.

Un seul au début osa le mordre au niveau de la nuque, et montra le chemin aux autres. Puis deux, puis trois. Les coups venaient maintenant de partout à la fois, toujours de l'intérieur de son cerveau. Il avait la tête en feu, les coups devenaient de plus en plus rapides, la cadence s'accélérait à un rythme effréné. Il pensait à plusieurs choses en même temps, à sa femme, ce triangle sur la main, ces couleurs enlacées sur son pouce et son index, le vert, le rouge, sa femme à nouveau, ses cours de neurologie à la faculté de médecine, des cachets qu'on avale, des gouttes qu'on avale, le voyant de surchauffe d'un véhicule qui clignote sur le rouge, à nouveau le rouge et le vert, et sa femme, et ses fameux cours de neurologie avec son professeur qui finissait par cette phrase : « On peut définir ce phénomène par une décharge neuronale excessive et hyper synchrone d'une partie plus ou moins étendue du cortex cérébral ! »

Il commença à chuter en arrière et ne put rien faire, son corps ne lui appartenait plus, le noir commençait à s'installer, et en bon médecin il put faire le diagnostic lui-même juste avant que son crâne ne touche le carrelage et ne saigne… « crise d'épilepsie ».

Le sang sur sa langue lui rappela comment il avait rencontré l'amour. Il se remémora les douces premières secondes où il l'avait vue sans remarquer que des secousses violentes avaient pris d'assaut son corps. Elles ne cédèrent qu'au bout de longues minutes lorsque le gardien appela l'infirmier de garde qui lui injecta du diazépam en intraveineuse. Il ne ressentit rien, pas même l'aiguille qui lui traversa la peau. Son esprit s'occupait autrement en revivant sa rencontre avec Mariam. Il se raccrochait à cette rencontre comme à une bouée au milieu de l'océan.

C'était en septembre 1998, Alban quittait son appartement en plein centre-ville de Nice pour se rendre à l'hôpital. C'était son premier jour, mais cette fois-ci, il n'avait eu aucun problème pour s'endormir la veille. Aucun cauchemar n'était venu le perturber, et ça laissait présager d'une belle journée. Il n'habitait qu'à quelques minutes à pied de l'hôpital, et c'était avec enthousiasme qu'il faisait volontiers un petit détour de temps en temps. Il aimait le matin longer les ruelles de Nice pour s'approcher du plus beau coin de la ville, la promenade des Anglais. La Prom comme disaient les Niçois. Peu importait le temps, le spectacle était toujours au rendez-vous. Et ce jour-là, c'était une belle journée. Le soleil, qui se reflétait sur quelques vagues timides, l'éblouissait. Il se sentait en paix avec lui-même. Il avait réussi son plus grand défi, travailler au service des urgences du centre hospitalier universitaire de Nice. Certes il commençait seulement son internat de médecine d'urgence, avait encore beaucoup de choses à apprendre et devait faire ses preuves, mais il se sentait rempli de bonheur.

Comme à son habitude quand il se sentait bien, il avait peur. Toute sa vie avait été marquée par des drames qui apparaissaient de façon plus ou moins régulière. Ces drames venaient le narguer comme pour lui dire qu'il ne méritait pas d'être heureux, que sa place était au fond du gouffre. Mais rien ne semblait pouvoir l'atteindre ce jour-là. Il allait travailler au service des urgences. Il se répétait ça depuis qu'il s'était levé. La première fois qu'il y avait mis les pieds, c'était en tant que patient. Il y avait été admis plus d'une semaine après avoir été ébouillanté par son père. Aucun de ses parents n'avait voulu l'y conduire ou nettoyer ses plaies. Son père s'en fichait, sa mère avait peur de ce que diraient les gens et les services sociaux. Les brûlures s'étaient infectées. Sa mère avait décidé de l'emmener aux urgences au bout de sept jours. Les compresses qu'elle avait mises une semaine plus tôt sentaient mauvais. Tout le personnel qui l'avait accueilli ce jour-là, avait été remarquable. Tous étaient souriants, délicats. Les médecins lui expliquaient tout comme à un grand, les infirmières étaient douces. Il avait su tout de suite que c'est ce qu'il voulait faire plus tard. Aider le plus de gens possible.

Perdu dans ses pensées, il traversa la route en regardant encore une fois la mer. Une voiture lui percuta le genou et le renvoya sur le trottoir. Il cria et voulut porter la main à son genou, mais la retira aussi rapidement. En dessous de son short, la rotule sortait de sa loge, et du sang commençait à se répandre sur le trottoir. Un homme s'approcha en criant qu'il avait tout vu, un autre utilisa son téléphone pour appeler les secours, une dame murmura à l'oreille d'Alban : « Dieu te sauvera » Un autre se présentant comme un secouriste voulut appuyer sur la rotule pour arrêter le saignement, mais les badauds s'y opposèrent. Un long moment plus tard, les sirènes des pompiers lui parvinrent. Collier cervical, désinfection, bandage, et attelle en un rien de temps, puis Alban se retrouva dans l'ambulance, et se sentit plus en sécurité. Le temps de donner son identité, et de raconter ce qui s'était passé, ils étaient arrivés aux urgences.

— Vous voilà à bon port, monsieur, dit le jeune sapeur-pompier.

« Eh comment ! C'est là que je voulais aller ce matin », pensa Alban. Une série de questions vint alors le tourmenter, nom, prénom, date de naissance, allergies, tout y passa dans un cérémonial bien rodé, et l'humanité en moins. Alban ne vit même pas le visage de la personne qui le questionna.

— Ça suffit les questions, finit par dire Alban sur un ton calme. Vous voulez tout savoir de moi et je n'ai même pas vu votre visage, même s'il est vrai que votre voix est charmante.

— Oh pardon monsieur, je voulais vite vous enregistrer pour qu'on s'occupe bien de vous, s'excusa l'infirmière en se mettant face à Alban.

— Ça va, on s'occupe bien de moi, j'en ai l'impression en tout cas. Mais j'ai vraiment mal.

— Bon très bien, on va vous mettre dans un box et le médecin va venir vous voir, dit l'infirmière en montrant une dernière fois son visage.

Quelques minutes plus tard, Alban se retrouva seul dans un box, dénudé sous une simple chemise d'hôpital, laissant ses sens se faire une idée de l'endroit où il était.

Le box était assez propre, cependant, une odeur de vomi discrète mais bien présente, venait lui enlever tout son charme. Dehors, on entendait des brancards qui allaient et venaient, des gens impatients rouspétaient, et au milieu de cette foule, une voix s'élevait au-dessus de ce brouhaha de bon matin. Un médecin criait ses ordres sans retenue d'une voix enrouée. Alban pensa à un coq.

— Et les internes ? Pourquoi ils ne sont toujours pas là, il est déjà huit heures, les box sont pleins, et le boulot il n'avance pas, vociféra le coq.

— Criez pas comme ça. Nous aussi, notre stagiaire infirmière manque à l'appel. Elle a appelé, elle sera un peu en retard.

— Allez, c'est la fête ! insista le coq en se rapprochant du box.

La porte s'ouvrit, et effectivement un coq entra, bronzé, la tête rasée sur les côtés. Une crête bien fatiguée après une longue nuit de garde tentait de garder l'équilibre sur ce crâne tout lisse. Ce qui fit sourire Alban.

— Bonjour monsieur, vous venez pour quoi ?

Devant l'absurdité de cette question, Alban voulut répondre aussi de manière absurde et dérouter son interlocuteur qui ne le regardait même pas, trop occupé à noter des choses précieuses sur un papier tout aussi précieux.

— Pour travailler, répondit Alban, fixant son interlocuteur.

— Pardon monsieur… Je n'ai pas…

— Pour travailler, je suis le nouvel interne Alban Graham.

— Oh merde, vous avez eu l'accident en venant ici, bafouilla le coq en regardant maintenant Alban dans les yeux, et en lui tendant une main amicale.

— J'ai traversé et je n'ai pas vu la voiture arriver.

— Oh merde, répéta le coq.

« Leçon numéro un, pensa Alban, pour faire croire à quelqu'un qu'on est proche de lui, il suffit de répéter plusieurs fois "Oh merde" à chaque fois que votre interlocuteur dit quelque chose. »

— Et voilà quoi, j'ai pris le pare-chocs de la voiture dans le genou.

— Oh merde.

— Et… j'ai franchement mal.

— Ah oui, bon ben, on va vous perfuser pour calmer la douleur, et des antibiotiques, faire quelques radios, et rafistoler tout ça au bloc. Je vous envoie quelqu'un.

Le médecin sortit au moment où Alban voulait lui poser des questions. Il ne s'attendait pas aujourd'hui à avoir un accident, et sûrement pas à passer sur le billard. Il voulait connaître le type d'anesthésie, la durée de l'intervention, prévenir quelqu'un, connaître le temps de rééducation nécessaire. Toutes ces questions sans réponses alimentèrent son angoisse, la douleur au genou trouva l'occasion de refaire parler d'elle. Les minutes passèrent sans que personne ne vînt, Alban ferma les yeux un long moment.

C'est là qu'il la vit pour la première fois, quand elle ouvrit le rideau du box. Il distingua tout d'abord sa silhouette à travers sa blouse, ébloui par la lumière venant du couloir. Elle s'approcha de lui tout doucement, posa sa main sur son épaule, et d'une voix hésitante lui murmura :

— Bonjour monsieur Graham, je suis étudiante infirmière en troisième année, et je vais vous poser la perfusion.

— Bonjour, lui répondit Alban, ses yeux s'accommodant à la lumière.

Il l'observa de dos se laver les mains, et essaya de découvrir ses formes sous sa blouse. Elle se retourna en lui souriant comme si elle venait de lire dans ses pensées. Gêné, Alban ne trouva qu'un rictus idiot à lui envoyer en retour.

— Si vous êtes en troisième année c'est que vous savez bien piquer non ? dit-il pour relancer la conversation.

— D'habitude oui, mais pas aujourd'hui, répondit-elle en se séchant les mains.

Alban adorait ce genre d'humour et prit un moment pour la regarder. Ses yeux étaient de couleurs différentes, et se mariaient très bien avec ses boucles châtain clair qui remontaient en arrière tenues par une pince sur le haut du crâne. Elle n'était pas maquillée mais avait un grain de peau naturel assez bronzé qui faisait ressortir quelques taches de rousseur. « Elle est magnifique, pas besoin de maquillage », se dit Alban qui ne pouvait détacher son regard. Il devait dire quelque chose.

— Ah bon, pourquoi pas aujourd'hui ?

— J'ai eu un problème de voiture, dit-elle en se rapprochant d'Alban.

Il vit qu'elle ne plaisantait pas et que ses yeux étaient humides.

— C'est vous qui êtes en retard, j'en ai entendu parler, ce n'est pas bien grave.

— Qui d'autre est au courant ?

— Les infirmières en parlaient ce matin, ne vous inquiétez pas, ça arrive, et ça vous arrivera encore.

— Ben je n'espère pas. Enfin, je suis là à me plaindre, alors que c'est à moi de vous consoler.

— Disons que si je vous console, vous me ferez sûrement moins mal en me piquant.

— Alors vous êtes intéressé !

— Par vous...

Il la cloua sur place. Elle rougit et le regarda dans les yeux. Elle fixa ses yeux marron, ses cheveux bruns, et les lignes fines de son visage. Elle regarda sa carrure frêle qui n'arrivait à cacher ni sa souffrance ni son manque d'assurance. Il faisait des efforts pour dissimuler son intimidation. Elle en rougit. Ses yeux vairons magnifiques plongèrent dans les siens. C'était elle qui le clouait sur place cette fois et il balbutia :

— Je veux dire que je vous vois triste et que j'aimerais gommer ce gros chagrin.

— Ne vous inquiétez pas pour moi, mais plutôt pour ce pauvre garçon que j'ai renversé.

— C'est pour ça que vous êtes en retard, vous avez eu un accident de voiture ? questionna Alban tout en percevant l'ironie de la chose.

Les larmes jaillirent des yeux de la jeune femme.

— J'étais en tort, je regardais la mer et je ne l'ai pas vu traverser, dit-elle en sanglotant. Je suis resté figée les mains sur le volant. Je ne suis même pas sortie de ma voiture pour aller le voir, je l'ai entendu crier si fort, je ne pouvais plus bouger, j'aurais pu faire quelque chose, j'ai mon diplôme de secouriste.

Il laissa s'installer un silence entre eux, afin de mieux toucher son interlocutrice. Il arma, respira à fond et tira :

— Je ne vous en veux pas, ne vous inquiétez pas, c'est vrai, la mer était magnifique ce matin.

Elle hésita, regarda son dossier et le rapport des sapeurs-pompiers. Elle venait de comprendre, et pendant que tout se mettait en place dans son esprit elle regarda Alban dans les yeux, puis son dossier à nouveau.

— Je… Non… Ce n'est pas vous qui…, balbutia-t-elle.

— Je regardais la mer aussi, et j'ai tourné d'un coup sur le passage piéton sans regarder si une voiture arrivait, si le petit bonhomme était vert ou rouge, je pense qu'il était rouge.

— Oh là là, je suis vraiment désolée. Je ne sais pas quoi vous dire…

— Ne vous inquiétez pas, j'ai pu vous rencontrer grâce à ça, deux fois.

— Je suis vraiment…

— Ne vous en faites pas. Mon seul regret, c'est de ne pas avoir pu travailler avec vous.

— Pardon ?

Recharge, grande inspiration, deuxième coup.

— Je suis le nouvel interne, je devais commencer aujourd'hui, vous voulez qu'on fasse le constat ici.

La jeune femme était toute retournée, ne savait plus quoi faire, quoi dire, s'enfuir ou rester. Ses mains tremblèrent, puis elle éclata de rire. Alban rit à son tour, et plongea dans ses yeux, dans l'amour comme l'on se jette dans les vagues. Comment quelqu'un que l'on ne connaît pas, qui n'est rien avant une rencontre, devient tout pour nous l'instant d'après. En quelques secondes, pensées, projets, vie se mettent à tourner autour de cette seule personne comme les planètes autour du soleil. Alban venait pour la première et dernière fois de tomber amoureux. C'est en pensant à cette rencontre qu'il avait perdu connaissance. Et c'est en y repensant encore qu'il s'était réveillé quelques heures plus tard.

3- LUNDI 10 OCTOBRE 2016

Olivier Torin était de l'entre-deux comme il aimait à se décrire, pas de l'entre-deux-guerres, mais plutôt de l'entre-deux âges. Assez ancien pour avoir le respect de ses collègues dans la boîte, et pas assez vieux pour être dépassé par toutes les nouvelles techniques et directives qui tombaient sur le commissariat. Nice avait connu la douleur de se faire attaquer sur sa promenade des Anglais quelques mois plus tôt, un soir de liesse populaire, le 14 juillet 2016. Un soir où les pauvres, les riches, les touristes, les étudiants, les travailleurs, les femmes et les enfants célébraient la vie. Toutes les catégories sociales et toutes les religions avaient été meurtries. Nice avait plié, mais ne s'était pas brisée. Nice avait été touchée, mais pas vaincue. Derrière la barbarie, des élans de solidarité extraordinaires avaient parcouru la ville. Le personnel de secours avait un très bon dispositif, les hôpitaux avaient absorbé la crise. Nice tenait toujours debout, même si la crainte était encore là, quelques mois après.

Entre-deux. Entre-deux âges, assez jeune pour croire que les choses peuvent encore changer. Assez vieux pour être officier de police judiciaire au grade de capitaine, et savoir que ce ne serait pas demain la veille que les choses allaient changer en profondeur. Assez jeune pour se lever le matin plein d'enthousiasme, assez vieux pour savoir que ça allait quand même être une journée de merde. Olivier Torin se demanda combien de fois depuis qu'il avait mis les pieds par terre il avait dit le mot « Merde ».

Il le savait, cette journée était très spéciale. Pas parce que c'était un lundi et que la France entière grognait pour aller travailler, que le prix à la pompe venait d'augmenter. Non, lui n'allait pas bosser sur une affaire sérieuse. Il allait quitter le commissariat central pour la semaine en compagnie d'une conseillère juridique sur demande spéciale du préfet auprès de son commissariat. C'est lui qui avait été choisi. Toute la semaine, il guiderait son « invitée », lui ferait la conversation, attendrait dans la voiture telle ou telle personne. Et selon sur qui il tomberait, les minutes dureraient des heures, l'attente pouvant se poursuivre dans la nuit si besoin était. Il ne comprenait pas qu'un simple policier ne soit pas chargé de cette tâche. Son équipe, composée de trois personnes, avait été assignée à rattraper le retard des rapports des enquêtes en cours. Ils étaient tous au commissariat, et lui dehors. Finalement, c'était peut-être lui qui avait eu de la chance.

Le bruit de vapeur de sa machine expresso retentit quand il sortit de la salle de bains, direction la cuisine. Un café brûlant avalé en moins d'une minute, le marc encore chaud vidé dans la poubelle, et Olivier se faisait déjà un autre café. Direction la chambre, avec un petit coup d'œil dans l'armoire qui semblait vomir ses vêtements tant leur goût était indigeste. « Il faudra qu'un jour je vide cette armoire pour faire le tri », se dit Olivier en pensant aux nombreuses fois où l'idée l'avait effleuré, mais juste effleuré. Nouveau jean, nouvelle chemise, peut-être que cette fois ce serait une jolie fille qu'il baladerait. Assez vieux pour sentir les choses venir, assez jeune pour croire qu'une histoire était encore possible. Rapide coup d'œil autour de lui : « Trop de bordel, faut pas inviter de fille cette semaine. » Le nouveau sifflement dans la cuisine le fit sortir de ses songes. Retour en cuisine et une nouvelle brûlure sur sa langue, puis la caféine vint frapper ses tempes comme un défibrillateur faisait repartir un cœur. « Chargé à 360 ! » dit Olivier à voix haute tout en rechargeant sa machine à café. Un sifflement plus tard « Chargé ! Écartez-vous ! » Il finit son troisième café les yeux fermés. « Rythme sinusal, le cœur est reparti ! Faut que j'arrête de regarder les séries hospitalières à la télé. », soupira-t-il en essayant de déposer sa tasse en équilibre dans un évier qui tentait en vain d'ingurgiter toute la vaisselle sale.

Quelques minutes plus tard, à bord de sa Polo, il était déjà sur la voie rapide de Nice, pare-chocs contre pare-chocs. Comme tous les matins, il avait hésité entre la voie rapide et le bord de mer. Comme toujours, la météo choisissait pour lui, bord de mer s'il faisait beau, voie rapide quand le temps était grisâtre. Là c'était le déluge, personne ne prenait son deux-roues, tout le monde avait quelque chose à faire de plus important que son voisin. Personne ne cédait le passage. Il y avait de l'électricité dans l'air, car tout le monde ou presque commençait la semaine en retard.

Son téléphone personnel retentit, un numéro inconnu. Il n'aimait pas ça, ses amis ne masquaient pas leur numéro, et pratiquement tout le monde l'appelait sur le portable de service.

— Allo ?

— Qu'est-ce que vous faites ? lui demanda une voix féminine

— Pardon, mais qui êtes-vous ?

— Je suis votre rendez-vous d'il y a quinze minutes, vous êtes où ?

— J'arrive ! Y'a des bouchons partout. Je suis là dans trois minutes. Et comment vous avez eu mon numéro ?

— Magnez-vous, je suis dans le café en face du palais de justice !

« Charmante », se dit Olivier en raccrochant, ça n'allait pas être triste. Voilà une semaine horrible qui s'annonçait.

Vingt minutes plus tard, Olivier arriva sur la place du palais de justice, cherchant du regard une femme aussi laide que désagréable par la vitre de gauche. La portière côté passager s'ouvrit, et une jeune femme brune s'installa rapidement à ses côtés laissant deviner sous son tailleur sombre, de longues jambes fines.

— Ça fait plus de trente minutes que je vous attends Capitaine !

— Je suis désolé, c'est la merde…

— C'est bon, je m'en fiche ! Conduisez-moi à cette adresse.

— Oh merde, répéta Olivier voyant que l'adresse en question était à l'autre bout de Nice à deux pas de chez lui. Vous ne pouviez pas…

— Non, j'avais des documents officiels à récupérer ici. Vous n'aviez qu'à être à l'heure.

— Qu'est-ce qu'on va faire là-bas ? demanda Olivier en se dirigeant cette fois vers la promenade des Anglais.

— Rattrapez votre retard, ça vous va comme réponse ?

Silence de mort.

La pluie continuait à tomber à grosses gouttes sur le pare-brise toujours humide malgré le ballet rapide des essuie-glaces menant un combat désespéré contre mère Nature. Arrêté au feu rouge, Olivier ne savait plus quoi dire. Une gêne pesante envahit la voiture, comme une brume épaisse mettant de la distance entre deux individus pourtant à quelques centimètres l'un de l'autre. Trois feux rouges et quinze minutes plus tard, Olivier se risqua à dire quelque chose.

— Je suis désolé de mon retard, comme vous pouvez le voir je me suis fait surprendre par les bouchons. Vous voulez qu'on s'arrête boire un café en attendant que ça circule mieux ?

— De tous les flics de Nice il a fallu que je tombe sur le quadragénaire célibataire irresponsable.

— Qui vous a dit pour mon célibat ?

— Ça, je l'ai deviné toute seule, j'avais peu de chance de me tromper, dit-elle en regardant les déchets qui s'accumulaient derrière les sièges.

— Vous êtes un peu médium c'est ça ?

— Vous ne croyez pas si bien dire, je suis psy.

— Voyez-vous ça ! Psy comme psychiatre ou psychologue ?

— Psy comme psychologue.

— C'est quoi la différence déjà ? Je crois qu'y en a un des deux qui est trop nul pour faire la fac de médecine non ? se risqua Olivier avec un petit clin d'œil en lui tendant la main. Et si on reprenait depuis le début. Bonjour, moi c'est Olivier, je suis là pour vous escorter où vous voulez, si vous avez besoin de quoi que ce soit, vous n'avez qu'à demander.

— Bonjour, moi c'est Alexandra Dubore. Je suis la psy de service.

— Très bien, sur quoi travaille-t-on pour cette fabuleuse journée ?

— Homicide ou accident ça vous va ?

— Ça me va, et qui habite à cette fameuse adresse ?

— Le père du principal suspect.

— OK. Et pourquoi un psy pour un homicide ?

— Parce qu'il y a un petit peu de folie dans cette affaire.

— Très bien. Je peux vous dire quelque chose ?

— Je sais, je suis plus jolie quand je suis gentille, c'est ça ?

Olivier, surpris de la justesse des propos, ne répondit pas et regarda les jambes d'Alexandra en se demandant si elle était célibataire.

— Oui, je suis célibataire, lui répondit Alexandra. Et oui je suis un peu médium comme vous avez dit tout à l'heure. Et non vous ne m'intéressez pas. Vous feriez mieux de faire attention à vos pensées et de vous concentrer sur la route.

Olivier, bien content d'avoir détendu l'atmosphère quelques minutes plus tôt, se sentit à nouveau étouffé, et n'osa plus rien dire. La jeune femme observa le silence en se plongeant dans ses dossiers. « Pure chance », se dit Olivier pour se rassurer, tout en choisissant soigneusement ses pensées.

Vingt minutes plus tard, la voiture d'Olivier Torin se gara devant une ancienne demeure isolée au bord de la RN 202. Des engins de construction de l'entreprise Nrgie effectuaient un ballet de chaque côté de la maison, luttant dans les chemins devenus boueux. La pluie continuait de tomber à grosses gouttes. Au premier abord, la maison semblait abandonnée tant le crépi était écaillé par endroits. Les mauvaises herbes arrivaient à hauteur des fenêtres, les vitres sales n'avaient pas dû être ouvertes depuis des années. Une lueur au premier témoignait d'une forme de vie potentielle dans ce milieu à première vue hostile. Ils franchirent le portail à demi ouvert et se frayèrent un chemin à travers ce que l'on aurait autrefois appelé un jardin.

Alexandra posa sa main sur la porte tout en inspirant à fond et en fermant les yeux, offrant son visage à la pluie. Il s'approcha en la fixant. Un instant il fut subjugué par la finesse de ses traits. Ses cheveux noirs épais entouraient merveilleusement sa tête. Certaines mèches s'aventuraient sur ses joues. Il l'observa, quelque chose n'allait pas. Sa respiration était rapide et superficielle. La main de la jeune femme commençait à trembler. Olivier lui saisit le bras et l'écarta de la porte. Alexandra ouvrit alors ses yeux révulsés puis faillit tomber à la renverse quand elle se ressaisit. Elle se jeta dans les bras d'Olivier qui ne s'attendait pas à ça. Sa respiration était toujours aussi rapide. Il pouvait sentir son souffle chaud sur sa nuque. Il ne put s'empêcher de la serrer. Elle le serra à son tour, puis retint un sanglot avant de s'écarter.

— Ça va aller ? demanda Olivier.

— Ne recommencez jamais ça, dit-elle calmement.

— Excusez-moi. Je ne savais pas quoi faire. Je…

— Surtout, ne recommencez jamais ça ! cria-t-elle cette fois.

Un silence s'installa entre eux, malgré la pluie qui battait son plein.

— C'est bon, frappez à cette porte !

Olivier s'exécuta. Pas de réponse. Il essaya une nouvelle fois. Toujours rien.

— Ouvrez-la, ordonna Alexandra.

— Pardon ? se figea Olivier.

— Ouvrez la porte, je vous dis, je veux entrer. Je suis sous mandat du préfet, autrement dit, du gouvernement.

— Non, on ne peut pas entrer comme ça, il nous faut une autorisation du juge.

Alexandra fouilla dans son porte-documents et en sortit une autorisation qui datait du jour. Elle pouvait entrer si elle était accompagnée d'un officier de police judiciaire.

— Vous croyez que je vous ai fait venir pour faire le chauffeur de taxi ? Ouvrez cette porte tout de suite !

Olivier recula pour essayer d'apercevoir à nouveau la lueur, mais ne vit rien. La bâtisse semblait désolée d'être encore là. Les murs étaient parsemés de trous, la toiture avait renoncé à son rôle depuis longtemps, et l'ensemble avait invité les mauvaises herbes à lui tenir compagnie.

Pourtant, Olivier était sûr d'avoir vu quelque chose briller quelques minutes plus tôt.

— À vos ordres madame, dit le capitaine de police tout en prenant son élan pour mettre un coup de pied dans la porte.

Mais rien ne se passa, elle n'était pas prête à s'offrir au premier venu. Olivier se frotta le genou rapidement l'air de rien tout en serrant les dents. La porte était intacte, elle n'avait pas souffert, mais son genou et surtout son amour-propre, un petit peu. Alors il retenta sa chance avec l'autre pied, sans succès. Alexandra croisa les bras en silence tout en fixant Olivier dans les yeux. Celui-ci évita soigneusement son regard et bafouilla un : « Vieille porte… Surement rouillée ». Il prit plus d'élan et se fit encore plus mal. Il essaya avec l'épaule, rien, l'autre épaule encore rien.

— On va laisser tomber, dit Olivier. C'est impossible à ouvrir. Le barillet doit être rouillé, il nous faudrait une massue ou quelque chose dans le genre.

— Dans le genre… une clef magique.

— C'est ça, une clef magique de médium qui lit dans les pensées de la serrure quoi.

— C'est comme avec les filles, il faudrait essayer la finesse parfois.

— Oui ben allez-y, faites voir votre finesse, ricana Olivier en s'écartant de la porte.

Alexandra observa la serrure un instant et sortit deux passe-partout de la poche de sa veste. Elle chercha les crans pour faire céder la serrure. Olivier savait maintenant que cette femme n'était pas ce qu'elle prétendait être, psychologue peut-être, mais pas seulement. Quelques secondes plus tard un cliquetis se fit entendre et la porte s'ouvrit. Olivier sourit.

— Elle n'a rien de magique votre clef. C'est un pass.

— Bien sûr que si elle est magique, elle a le pouvoir d'enlever toute la rouille, tout ça tout ça quoi, dit-elle en lui faisant un clin d'œil. Et n'oubliez pas, plus de finesse.

— C'est ça. Après vous la magicienne.

Ils franchirent le seuil, et s'arrêtèrent brusquement. La porte venait de se refermer dans un coup de vent en claquant dans leur dos. Se croyant à l'abri de la pluie qui avait repris de plus belle, la toiture de la bâtisse avait depuis longtemps déposé les armes. La pluie coulait à l'intérieur par plusieurs endroits. Des brindilles, des herbes hautes, des insectes, des rats avaient pris possession des lieux. Personne n'avait dû entrer ici depuis des années. Ils se regardèrent avec inquiétude, puis fixèrent un vieil escalier en bois qui montait au premier. Une musique douce leur parvint d'une des chambres.

4- LE RÉVEIL

C'est en pensant à sa rencontre avec Mariam une fois de plus qu'Alban émergea de ses songes. Il avait l'impression que tout s'effaçait dans sa tête à part cette rencontre avec son amour de toujours. Il était à présent dans un lit, et son esprit encore perdu dans le passé lui joua un nouveau tour comme il savait si bien le faire depuis des années.

— Ça y est on m'a opéré du genou, murmura Alban la tête pleine d'épines qui s'enfonçaient dans son cerveau à chaque fois qu'il tournait son regard d'un côté ou de l'autre pour chercher de l'aide.

Il avait l'impression de porter une couronne de ronces, même s'il n'était pas cloué à une croix, mais bel et bien à son lit, ses bras fixés solidement aux barreaux du lit ne pouvant bouger. « Je n'ai pas encore l'âge du Christ, pensa-t-il tout en essayant de bouger les jambes, ce qu'il réussit à faire. Ça va je ne suis pas encore mort... »

Il était bel et bien fixé au lit par des sangles, une perfusion plantée dans le bras, un gros bandage autour du front. Il put sentir une goutte de sang perler au bout de son nez, son pantalon de pyjama était taché d'urine. Il se souvenait avoir perdu connaissance dans sa chambre, mais il n'y voyait pas plus clair. Il était sûrement à l'infirmerie, mais le brouillard bien que moins dense était toujours là.

Quelqu'un s'approcha.

À ce moment-là, il sut qu'il n'allait pas se laisser faire si facilement, et qu'il devait être plus rusé que le Russe. Une silhouette apparut dans le brouillard, tout en rondeur, la tête chauve enfoncée dans les épaules, et le ventre posé sur des jambes raccourcies. Alban ferma aussitôt les yeux. « Simple mais efficace comme strratéggie », pensa-t-il.

— Il dort encore ? questionna la silhouette.

— Oui monsieur, répondit une voix féminine qui devait être une infirmière, il ne devrait pas tarder à ouvrir les yeux. Sa tension remonte, ses paramètres sont corrects.

— J'espère bien, je n'ai pas beaucoup de temps.

— Ce n'est pas un peu brutal comme méthode, monsieur ? Je veux dire, arrêter tous les médicaments qu'on lui donnait, comme ça d'un coup ? C'est comme le mettre en état de manque, c'était sûr que ça allait arriver non ?

— La fin justifie les moyens non ? Il faudra m'expliquer pourquoi les Français qui posent des questions mettent un « non » à la fin de leurs questions ? Avant même d'avoir la réponse à leurs questions ils disent déjà « non » !

— Ben oui, c'est quand on n'est pas vraiment d'accord, répondit l'infirmière sur un ton amusé, c'est quand même dangereux pour l'organisme, non ?

— Peut-être que c'est dangereux pour l'organisme, mais chez ce type d'individu, c'est l'esprit qui est dangereux, ne l'oubliez pas. Et puis, moi aussi je dois suivre le protocole, on appelle ça une fenêtre thérapeutique, on arrête tout et on voit ce qui peut se passer.

Il a dit « ce type d'individu » en parlant de moi pensa Alban.

— De là à l'attacher, monsieur.

« Mais monsieur qui ? Pensa Alban, tu ne peux pas balancer

un nom ! »

— Après que son esprit a subi des secousses aussi brutales, on ne sait pas comment le réveil sera, vous comprenez mademoiselle, l'esprit peut être perdu. Et tout esprit perdu est un esprit dangereux, ou pour lui-même, ou pour vous mademoiselle.

— Vous pouvez m'appeler Carole.

— Alors vous pouvez m'appeler Yvan.

« Merci Carole », pensa Alban.

— Venez par ici, enchaîna le Russe, il faut que je vous explique une chose essentielle.

Les deux silhouettes s'éloignèrent dans le brouillard, tandis qu'Alban respirait plus calmement.

Alban avait trop mal à la tête. Ne sachant ce qu'il devait faire, il regarda autour de lui. D'abord, il se contorsionna dans le lit pour atteindre son bras avec la bouche. Du bout de la langue, il attrapa la tubulure de la perfusion plantée au pli de son coude, la plaça entre ses dents et tira dessus. Il mordilla plusieurs fois jusqu'à percer la tubulure et sentir l'eau salée lui couler dans la bouche. Il mordit encore tout en guettant les silhouettes dans le brouillard. La tubulure fut enfin sectionnée. Puis, ce fut le goût du sang qui arriva dans sa gorge par petites gouttes. Il avait créé un appel d'air, et son sang ressortait par l'orifice qu'il avait percé.

Alban s'arrêta net, pétrifié. Comme si la peur avait senti l'odeur du sang, elle aussi. Elle ressortait de ses entrailles pour se nourrir. Elle allait refaire surface. Il se ressaisit à temps. « J'ai déjà pissé dans mon froc. Je ne sais pas ce qu'ils m'injectent comme médicaments mais faut que ça s'arrête ! » Il regarda les draps se tacher de sang.

« *Rouge tu meurs* » dit la voix hideuse.

« Bien et maintenant je fais quoi ? J'appelle au secours ? ».

« *Tu attends* !!! » lui répondit la bête dans son ventre.

Alban avait peur, pas de ce qui se passait autour de lui et de sa difficulté à appréhender le monde extérieur, mais de lui-même et de ce qu'il pouvait faire. De savoir jusqu'où il était prêt à aller. Il ne savait pas ce qu'il faisait, ni pourquoi il le faisait. Ce qu'il voulait, c'était reprendre le contrôle, d'une manière ou d'une autre.

Plus jeune, Alban avait décidé de sauter du grand plongeoir de la piscine, celui de dix mètres. Tous ses camarades s'étaient lancé un défi, et tous avaient réussi. Puis ce fut le tour d'Alban. La peur et l'excitation se mêlaient au fur et à mesure qu'il montait les marches. Arrivé en haut, la piscine lui sembla minuscule. Il s'avança lentement près du bord, se répéta que c'était facile, qu'une fois dans l'eau il n'aurait qu'à nager vers la surface. Il savait qu'il ne fallait pas réfléchir, il fallait avancer et sauter. Ce qu'il fit. La chute fut rapide, l'entrée dans l'eau ne fut pas douloureuse, il avait chuté bien droit en se bouchant le nez. Une fois dans l'eau, Alban garda les yeux fermés, il n'aimait pas ouvrir les yeux dans l'eau chlorée. Il commença à nager vers la surface d'un bras tout en se disant qu'il n'avait pas assez respiré avant le saut. Il ne voulait toujours pas ouvrir les yeux dans l'eau. Peu importait, dans quelques secondes il serait sorti. Alban força alors la nage, ce qui lui donna alors encore plus envie de respirer. Mais soudain, ce fut le revêtement du fond de la piscine qu'il toucha avec les mains, ou celui du bord. Les yeux fermés, il ne savait pas où il allait. Il avait nagé vers le fond sans s'en apercevoir et ne pourrait plus tenir sa respiration bien longtemps. Alban gesticula au fond de la piscine en gardant les yeux bien fermés, puis se remit à nager et cette fois, c'est son front qui vint taper le carrelage. Ses poumons lui demandèrent encore de l'air, un air frais. Et il était loin de paniquer. Une petite voix au fond de lui chuchota « Tu attends… » Alban ne bougea plus, et attendit. Son corps commença alors à remonter vers la surface, ce fut l'indication qu'il cherchait, il put ainsi se mettre à nager dans la bonne direction et commença à souffler l'air de ses poumons. Il atteignit la surface avant d'inspirer sous le regard ébahi de ses camarades qui l'applaudirent à sa sortie.

Cette fois aussi, il avait l'impression d'avoir touché le fond, et il essayait tant bien que mal de nager vers la surface. Mais plus il nageait de toutes ses forces, et plus il se dirigeait vers les profondeurs. Il pouvait encore descendre bien bas. Ce qui ne le tuait pas ne le rendait pas plus fort, bien au contraire, mais le faisait chuter dans un abîme de doute, de tristesse et de solitude. Il ne voulait pas se tuer bien sûr, comme disent tous ceux qui se jettent dans le vide et en réchappent, ou bien se ratent, question de point de vue. De longues minutes passèrent, et le sang ne s'arrêta pas de couler. Alban se sentait faible et percevait dans le silence les battements de son cœur qui courrait de plus en plus vite et accélérait le phénomène. « Après tout c'est ça aussi la roulette russe… » Il repensa à tout ça, à cette cicatrice en triangle au creux de sa main, à ses doigts coloriés en vert et rouge, à ce maudit Russe, et à sa femme qu'il savait avoir tuée sans se rappeler comment elle était morte.

« Tu attends ! »
« Rouge tu vis, vert tu meurs, rouge tu meurs, et vert je vis. »

Il avait déjà entendu ça quelque part, quelque part en lui et de trop nombreuses fois.

— À l'aide ! Venez vite ! hurla l'infirmière quand elle le découvrit. Elle clampa la perfusion, puis lui détacha un bras pour essayer de le reperfuser.

C'était le moment. Son bras droit libéré, il empoigna l'infirmière par le cou avant qu'elle ne se dérobe. Alban regarda autour de lui, s'attendant à voir des flics débarquer de tous les côtés, les yeux grands ouverts. Mais personne ne vint. Puis des pas, plusieurs personnes arrivèrent lentement. Cette lenteur le pétrifia. Autour de lui, trois lits vides se trouvaient de part et d'autre du sien. C'est alors qu'il comprit. Une caméra accrochée au plafond au centre de la salle était braquée sur lui. L'effet de surprise était limité, car le Russe avait certainement vu ce qu'il avait fait, et tout en s'approchant de lui, préparait déjà sa réponse.

Alban ne put s'empêcher de respirer dans les cheveux de sa victime tant l'odeur lui semblait aussi agréable que lointaine.

L'infirmière ne bougeait plus, elle était à la merci de son agresseur, et dans le milieu carcéral, tout pouvait aller très vite. Elle respirait profondément et trop rapidement ce qui mit Alban mal à l'aise. « *Primum non nocere[1]* » pensa Alban.

— Primum non nocere, lui fit écho le Russe en s'approchant lentement. Ce qui glaça le sang d'Alban. N'est-ce pas ce que l'on vous enseigne docteur ? Allons, tout comme moi vous savez que vous ne ferez pas de mal à cette jeune fille. Tout d'abord il ne faut pas nuire, vous vous rappelez, vous avez fait un serment docteur.

— Qu'est-ce que vous savez de moi ? gémit Alban la tête lourde.

— Je sais tout, tout ce que vous cherchez.

— Qu'est-ce que je cherche d'après vous ?

— Des réponses à vos questions.

— Comme quoi ?

Le Russe marqua une pause.

— Comme je ne sais pas moi, disons comment est morte votre femme…

— Vous savez ? hurla Alban, fixant la silhouette du Russe qui apparaissait de plus en plus floue.

Le Russe marqua une pause.

— Vous ne l'avez pas tuée, murmura le Russe, tandis que deux silhouettes comme des tours sur un échiquier l'encadraient.

L'une des tours changea de place sans qu'Alban s'en aperçoive tant il avait été stupéfait de cette révélation.

— Comment ça, je ne l'ai pas tuée ? Comment ça ?

L'effet de surprise fut tel qu'Alban desserra son étreinte sur la jeune fille. Les deux gardes lui sautèrent dessus, libérant l'infirmière et plaquant Alban sur son lit.

— Comment ça, je ne l'ai pas tuée ? continua d'hurler Alban.

---

[1] Primum non nocere est une locution latine qui signifie : « en premier, ne pas nuire » ou « d'abord, ne pas faire de mal ». C'est le premier principe de prudence appris aux étudiants en médecine.

Alors qu'est-ce que je fous ici ?

Alban perdait trop de sang, la tête lourde, ses paupières commençaient à se refermer quand il s'enfonça dans l'oreiller. L'infirmière qui se dégagea, fila droit sur la silhouette du Russe et une claque retentit.

— Vous n'avez pas honte de lui dire ça ! Après tout ce qu'il a vécu !

— Vous apprendrez vite que la fin justifie les moyens ma belle, vous êtes saine et sauve il me semble.

— Alors c'est quoi ? C'est quoi la vérité ? Qu'est-ce que je fais en prison ? supplia Alban tout en perdant connaissance, et en s'enfonçant dans le brouillard une fois de plus. Mais il n'entendit pas la réponse, il entendit une petite voix au bout d'un moment qui gémit :

Pouce je meurs, vert tu vis…

— La vérité c'est que vous n'êtes pas en prison, mais dans un hôpital psychiatrique vous êtes à Sainte-Marie à Nice.

Alban ne cessa de se répéter ça, qu'il était dans un hôpital psychiatrique, mais après quelques heures allongé sur son lit, il oublia encore. Les infirmières nettoyèrent le sang, lui redonnèrent d'autres médicaments.

— Après, vous l'emmènerez aux consultations.

Il traversa plusieurs couloirs, accompagné de gardes, et passa des portes soigneusement fermées à clefs. Dans une petite pièce, un bureau où l'éclaircie du jour vint l'éblouir. Se protégeant les yeux, il réalisa qu'il n'était pas attaché. Par réflexe, il se leva pour regarder derrière la chaise, personne. Il entendit la pluie, c'était un éclair qui l'avait ébloui. La porte s'ouvrit, le Russe entra, et le tonnerre retentit.

Il était petit, barbu et avait une longue moustache sombre. Alban pensa tout de suite à un nain de jardin, un vieux nain de jardin en colère, du genre à vous jeter un sort si l'on osait s'aventurer sur la pelouse. Ce qui frappa Alban en dehors de sa petite taille, c'étaient ses yeux gris derrière des lunettes rondes aux verres épais. Des yeux perçants, inquisiteurs qui pouvaient fouiller au fond de votre âme tout en vous parlant de la pluie et du beau temps.

— Ça y est enfin ! On va enfin discuter monsieur Graham. Asseyez-vous.

— Qu'est-ce qui se passe bon sang ? Qu'est-ce que je fais là ? Pourquoi je ne me rappelle plus rien ? Pourquoi je ne sais pas comment je suis arrivé là, ce que je fais ici ?

— Pas trop vite jeune homme, pas trop vite. Commençons par ce que l'on appelle le commencement, voulez-vous ? dit le Russe en s'asseyant derrière son bureau. Il faut d'abord que l'on parte sur de bonnes bases vous et moi, voulez-vous ? Ou ne voulez-vous pas monsieur Graham ?

— Je veux, dit Alban en se tenant la nuque. Mais vous monsieur « Yvan », voulez-vous ou ne voulez-vous pas me dire votre nom, ce que vous faites et me dire comment est morte ma femme et ce qui m'arrive ces derniers jours ?

— Quand est-ce que votre femme est décédée ?

— Je ne sais pas, je dirais quelques mois, deux peut-être, deux ou trois ? Voulez-vous m'éclairer à la fin ?

— Je veux, dit Yvan après un moment de réflexion. Mais vous allez terriblement souffrir.

— J'en bave déjà assez, qu'est-ce qui pourrait m'arriver, hein ?

— Tout est possible jeune homme. Parfois le cerveau fait en sorte de refouler au fond de nous des choses qu'il nous est trop difficile de supporter, des choses qui pourraient mettre en danger notre existence et les fondements de celle-ci. Je ne travaille pas ici. Mon employeur m'a fait venir pour vous aider.

— Qui est votre employeur ?

— Quelqu'un qui vous veut du bien.

— Et vous en gentil héros, vous allez m'aider à voir plus clair, c'est ça ?

Le Russe se passa une main sur la barbe se demandant comment exprimer sa prochaine idée, il prit une grande inspiration, fixa Alban dans les yeux, et prononça ses mots lentement :

— Écoute-moi bien, petite merrde, je ne suis pas gentil ! Je n'ai rien à chier de ton putain de cerveau de merrde, et je me fous que tu ailles mieux !

— Mais…

— Il n'y a pas de mais, tu restes assis, tu fermes ta gueule, et tu arrêtes de prendre moi pour un con, ou je te remets dans ta cellule de merrde jusqu'à ce que tu crèves ! Tu piges ? Je suis ta seule putain de chance de sortir d'ici !

Alban n'en croyait pas ses oreilles, il ne savait plus quoi dire, et réalisa qu'il était de plus en plus perdu.

— Bien je vois que j'ai votre entière attention maintenant. Je m'appelle Yvan Tchoki, Je viens de Pologne et je suis chargé de savoir ce que vous avez fait le 9 septembre 2000. Est-ce que cette date vous rappelle quelque chose ?

— Non, rien.

— C'est la date où vous avez peut-être tué Mariam votre épouse pour le meilleur et pour le pire.

— Je croyais que… Vous disiez que je ne l'avais pas tuée, balbutia Alban.

— Moi je pense que vous ne l'avez pas tuée, mais il n'y a que vous qui pouvez vous rappeler. Et pour ça, il faut faire redémarrer votre mémoire de merrde !

— Je ne sais pas, je ne comprends rien, je ne me rappelle plus rien, je ne sais même pas comment je suis arrivé ici, quel jour on est.

— Je n'ai pas le temps d'écouter vos merrdes. Ça fait maintenant longtemps vous répétez ça, ça marche avec les docteurs psychiatres, mais pas avec moi.

Alban se sentait asphyxié, il manquait d'air, des maux de tête venaient le harceler à nouveau. C'était trop pour son cerveau, il lui fallait une pause.

— Écoutez…

Le Russe avait jailli par-dessus son bureau.

— Non, vous, écoutez ! cria-t-il en empoignant Alban par le cou et en le fixant droit dans les yeux. Les yeux gris venaient de se réveiller.

— Vous n'aurez pas de pause, pas de malaise, pas de crises d'épilepsie, pas de coup de fil, ça suffit de prendre les gens pour des cons !

— Lâchez-moi ! cria Alban.

— Et n'oubliez pas une chose ! Vous aussi au fond de vous, vous voulez savoir à nouveau ! Alors on va commencer par le commencement monsieur Graham, qu'est-ce que vous avez fait le 9 septembre 2000 ?

— Je vous répète que je ne sais pas ! Je me souviens vaguement d'une cuisine dans notre maison par moments…

Le Russe relâcha son étreinte et retourna s'asseoir.

— Voilà ! Ça, c'est un commencement. Vous vous rappelez avoir pris un couteau, un grand couteau. Vous être disputé ?

— Oui je crois, ça y est, je me souviens l'avoir saisi, on s'engueulait sur je sais plus quoi… Je, merde, je sais plus… lâcha Alban en se passant la main sur la nuque, son cœur accélérant sa cadence.

— Elle venait de vous dire qu'elle vous trompait, ça vous a énervé et vous l'avez menacée avec un couteau. Elle vous a dit que vous n'oseriez pas, et vous lui avez enfoncé le couteau dans la carotide !

— Je crois, je… Oui ça y est ça me revient ! Ce n'est pas possible, je n'ai pas pu faire ça ! hurla Alban en se mordant le poing, les yeux perdus dans le vide.

— Et ben ce sont des conneries. Vous n'avez jamais égorgé votre femme !

— Quoi mais non, si j'ai… Je me rappelle pourtant !

Alban prit sa tête entre ses mains. Ses artères envoyaient des vagues de sang de plus en plus fortes à l'intérieur de son crâne.

— Foutaises ! C'est avec une batte de base-ball ! Vous l'avez frappée plusieurs fois à la tête dans le garage alors qu'elle revenait en voiture, vous avez reçu de la cervelle partout !

— Quoi mais non, si… Je ne comprends rien ! Je me

souviens l'avoir égorgée et battue à mort à des moments différents ! Je… Qu'est-ce qui m'arrive docteur ? gémit Alban sanglotant dans son coude.

Le Russe marqua une pause, se leva et lui tourna le dos, puis regarda par la fenêtre. Après avoir laissé Alban se perdre dans ses interrogations, il se retourna enfin pour poser ses deux mains sur le bureau et tout en ricanant, le fixa dans les yeux :

— Qu'est-ce qu'il t'arrive ? Tu veux savoir ce qu'il t'arrive ? Il t'arrive que tu nous prends tous pour des cons, voilà qu'est-ce qui se passe ! Voilà ma conclusion !

— Quoi ?

— Ça fait des années que mes collègues ils écoutent tes sornettes, un coup tu l'as étranglée, un coup tu l'as frappée à mort, une fois tu l'as même noyée dans ta piscine.

— Je ne comprends pas…

— Tu n'as même pas de piscine ! Petit con ! hurla cette fois Yvan.

Il était tout rouge, les veines de son cou ressortaient d'une façon inquiétante. Il soupira et alluma un magnétoscope à cassettes qui se trouvait à côté de son bureau, et appuya sur le bouton de lecture avant de reprendre sa place près de la fenêtre, tournant le dos à son interlocuteur. Alban avait bien entendu le Russe dire « des années ». Il n'avait pas dit des mois, il avait dit des années. Combien ?

De la neige apparut sur l'écran avant de laisser place à une image en noir et blanc. On pouvait y voir Alban, attaché par le poignet à un grand bureau en face de lui, qui gesticulait, essayait de se lever, se rasseyait, regardait autour de lui. La date en haut à droite de l'écran indiquait le 18 octobre 2000, soit un mois après la mort de Mariam. On pouvait lire la peur dans les yeux d'Alban. Quelqu'un entra dans la pièce, et s'assit en face de lui, on ne le voyait que de dos en blouse blanche, cheveux courts.

— Alors dites-moi Alban, comment avez-vous tué votre femme ?

Alban, dans la vidéo, répondit en décrivant le meurtre de son épouse à coups de couteau dans la cuisine. Puis une nouvelle neige sur l'écran apparut, avant de laisser place à une nouvelle vidéo d'Alban au même endroit, mais avec une nouvelle date, le 20 octobre 2001. La même personne vint poser la même question à laquelle Alban répondit en décrivant le meurtre de sa femme à coups de batte de base-ball en donnant énormément de détails sur le fracas du crâne, la cervelle chaude qui venait se coller à ses avant-bras. Puis, nouvelle neige. Le Russe continuait de regarder par la fenêtre, et demanda à Alban :

— Bon, vous savez comment vous avez tué votre femme ce coup-ci ?

Alban ne répondit pas, et fixa le téléviseur, les yeux pétrifiés. 20 septembre 2002, on y voyait Alban décrire le meurtre de sa femme en la noyant dans la piscine de sa maison, et comment à la première tentative, il l'avait cru morte alors qu'elle avait encore quelques spasmes musculaires. Il y racontait comment il avait alors décidé de lui maintenir la tête la bouche ouverte sous l'eau, en comptant lentement jusqu'à cent. Puis, nouvelle neige.

Alban n'avait pas quitté l'écran des yeux, il se tenait la tête à deux mains et murmurait à voix basse « Je ne suis pas un meurtrier, je suis fou, je ne suis pas un meurtrier, je suis fou… »

Yvan se retourna enfin, et sourit :

— En fait, vous êtes ou l'un ou l'autre, ou les deux ! Et c'est ce que je suis venu savoir.

— Mais vous avez dit tout à l'heure que je ne l'avais pas tuée, est-ce que Mariam est en vie ?

— Vous ne l'avez pas tuée directement, disons que c'est un peu plus compliqué que ça. Est-ce que vous voulez savoir ?

— Bon Dieu bien sûr que je veux savoir !

— Est-ce que vous voulez vraiment savoir au fond de vous, même si pour cela vous êtes prêt à jouer votre âme ?

— Oui.

— Alors il faudra nous aider.

— Vous aider ? Mais, à quoi ? Oui bien sûr !

— Alors on va commencer par le commencement.

— Quel commencement ?

— J'ai étudié bien votre dossier monsieur, et pour moi tout a commencé par votre voyage.

— Quel voyage ?

— L'Afrique ! Quand vous avez choisi de partir en Afrique, le 15 décembre 1999, c'est là que tout a commencé !

5- LA MAISON

Olivier avança le premier, en bon chevalier servant, sans hésiter. Il sortit son arme de service lentement, un Sig Sauer sp 2022 avec des 9 mm Parabellum, *« Si vis pacem, para bellum »,* « Si tu veux la paix, prépare la guerre ». Il était toujours chargé, mais n'avait jamais servi, et Olivier aurait bien voulu que ça reste ainsi jusqu'en 2022, sa date limite d'utilisation dans les forces de l'ordre. Sa présence en avait dissuadé plus d'un, et la plupart du temps cela suffisait à désamorcer des situations tendues.

Mais il n'aimait pas ça, il n'aimait pas l'action, il préférait les enquêtes, résoudre des puzzles qui amenaient à découvrir la vérité. Il se demandait bien ce qu'il faisait ici. Son cœur battait de plus en plus fort sous l'effet de l'adrénaline, son visage devint dur, froid. Il était prêt pour le combat, qu'il le veuille ou non, qu'il aime ça ou pas. Il s'avança vers l'escalier, mais dès le premier pas, le parquet craqua. Il s'immobilisa, à l'affût d'un quelconque mouvement. Mais rien ne changea, ni la lueur, ni la musique à peine audible, suffisamment pour être inquiétante dans un endroit pareil. Il ne reconnaissait ni la mélodie, ni l'instrument. Peut-être une comptine pour enfant, mais il n'en était pas sûr. Il s'avança de nouveau, chacun de ses pas faisait gémir le parquet. Il atteignit l'escalier d'une dizaine de marches. D'une main, il pointait le pistolet, de l'autre, il tenait la rambarde au cas où une marche céderait. Il monta les marches glissantes une à une très lentement. Au-dessus de l'escalier, plusieurs trous dans la toiture laissaient entrer la pluie. Les fenêtres étaient quasiment toutes brisées. Le vent s'engouffrait par toutes les entrées possibles. Les deux éléments avaient signé un pacte pour détruire cette maison.

Il était presque arrivé en haut des marches, mais la musique était toujours à peine audible, comme si le son diminuait au fur et à mesure qu'il s'approchait. Une lueur dans la chambre dansait, comme une sirène attire les marins près des rochers. Cela devait être une bougie. Olivier se demanda qui pouvait bien rester dans cette ruine, un sans-abri sans doute. Il venait de cogner comme un sourd sur la porte, il n'y aurait pas d'effet de surprise. Il jeta un regard vers Alexandra pour confirmer sa position. Mais elle n'était plus là. Avec le bruit de la pluie, il ne l'avait pas entendue se déplacer.

Elle devait être dans une des chambres du bas. Mais quelque chose n'allait pas, et il n'arrivait pas à trouver quoi. Quelque chose qui était juste là dans son esprit sans qu'il puisse l'identifier. Il n'y aurait pas d'effet de surprise après tout ce vacarme, alors Olivier décida de s'identifier.

— Il y a quelqu'un ? Je suis Olivier Torin, je suis inspecteur de police, et je suis armé !

Seul le tonnerre lui répondit.

Des bruits de pas sur le plancher de la chambre se dirigeaient vers lui. C'est là qu'il comprit ce qui clochait. Si Alexandra avait bougé, il l'aurait entendue. Chacun de ses pas faisait gémir le parquet humide. Cette réflexion lui fit perdre une précieuse seconde avant de pénétrer dans la pièce. Dès qu'il fut sur le pas de la porte, deux mains agrippèrent son bras droit armé, un coup d'épaule le projeta en arrière, et sa tête heurta le mur du couloir.

Le temps de lever la tête, la silhouette habillée d'un survêtement noir et de baskets noires, s'engouffra dans une autre chambre au fond du couloir. Olivier glissa en se relevant. Il partit à sa poursuite. Dans la chambre, la fenêtre était grande ouverte. L'individu avait sauté du premier étage pour s'échapper. Olivier fit demi-tour, il devait savoir où était Alexandra, il ne pouvait quitter cette maison sans elle, c'était ça la mission prioritaire.

Il tenait toujours son arme lorsqu'il commença à visiter les deux chambres du rez-de-chaussée. En dessous d'une couche de poussière épaisse et des toiles d'araignées, un mobilier sommaire équipait chaque pièce. Un lit, une armoire, une chaise déprimaient dans la première, et un canapé, une table et deux chaises meublaient la seconde, mais aucune trace d'Alexandra. Comment avait-elle pu disparaître ? La porte d'entrée était toujours fermée. Il remonta au premier. La lueur venait d'une bougie placée sur la commode. Un vieil ours en peluche se trouvait à côté. Il lui manquait un œil et de la mousse sortait de son ventre par une couture. Dans son dos une poignée l'invita à tirer dessus. Une musique douce se fit entendre, la même que celle qu'il avait entendue en entrant.

— Eh, par ici !

C'était la voix d'Alexandra, Olivier souffla la bougie et se précipita dans l'escalier, l'arme au poing.
Les deux pièces étaient vides.

— Là, en dessous, c'est coincé ! cria Alexandra.

Une petite trappe à un mètre de la porte d'entrée se dessinait sur le parquet. Il la souleva et un autre escalier apparut vers une pièce de la taille de la maison. Alexandra le fixa, les deux mains sur les hanches.

— Qu'est-ce que vous faites en bas ?

— Je cherche du vin.

— Pourquoi vous ne m'avez pas dit que vous descendiez ici ?

— Oh, allez ça va, ça s'est passé très vite je ne savais pas où me cacher j'ai trouvé la trappe et je suis descendue.

Olivier avait jeté un coup d'œil derrière lui avant de tomber sur son agresseur. Elle avait disparu bien avant. Elle mentait, et il savait maintenant qu'elle mentait très bien. Elle était venue chercher quelque chose ici et elle connaissait l'endroit. Elle savait où était la trappe. Apparemment, elle n'était pas prête à lui faire confiance, et ça commençait à devenir réciproque. Il n'aimait pas qu'on lui cache des choses.

— Vous avez trouvé quelque chose ?

— Rien que des bricoles, je crois qu'on n'a rien à faire ici.

Effectivement, elle mentait très bien.

— Alors pourquoi on est venu ici ?

Pas de réponse. Ça le conforta dans l'idée de se méfier d'elle. Elle remonta les marches, la porte d'entrée était toujours coincée, ils sortirent par la porte-fenêtre de la cuisine, à l'arrière de la maison. La pluie ne s'était pas calmée, bien au contraire et ils étaient maintenant trempés. Olivier alla questionner les ouvriers du chantier de part et d'autre de la demeure, mais ils n'avaient rien vu, occupés qu'ils étaient à manœuvrer leurs engins dans la boue en attendant qu'on leur dise de laisser tomber pour la journée, qu'il pleuvait trop. Alexandra était retournée dans la voiture.

— Alors, miss, quelle destination ? demanda le capitaine quand il la rejoignit.

— Le palais de justice.

— Tiens, ça me rappelle quelque chose.

— Le bureau ouvre à dix heures, donc je ne pouvais pas y aller avant.

— Et sinon, c'est bon, vous avez récupéré ce que vous étiez venue chercher dans la maison ?

Ils se fixèrent un instant, chacun essayant de lire dans les pensées de l'autre. Olivier avec son instinct de flic, Alexandra avec son instinct de psychologue. Le téléphone d'Alexandra se mit à sonner comme le gong à la fin d'un round. Elle décrocha au bout de la troisième sonnerie, sans quitter Olivier des yeux. Il n'eut pas le temps de voir le numéro appelant. Une fois de plus, elle le surprit en parlant en russe à son interlocuteur. La conversation fut brève, ponctuée de petites phrases courtes, elle semblait rassurer son interlocuteur. Elle raccrocha et sans le regarder, elle lança :

— Bon, on y va ou quoi ?

Olivier démarra sans rien dire, il n'aimait pas la tournure que prenaient les choses et n'avait pas de marge de manœuvre. Il s'engagea à nouveau vers le bord de mer avec cette étrange sensation de tourner en rond depuis le début de sa matinée. Dans sa tête aussi, les questions tournaient en rond. Qui était cette psychologue ? Qui était cet homme en noir dans la maison ? Sur quoi ou sur qui menaient-ils une enquête ? Et surtout, pourquoi il n'était toujours pas dans la confidence ? Il se sentait étouffé et avait bien besoin d'un café, de se poser, de téléphoner, de réfléchir, mais avant et surtout, il avait besoin d'un autre café.

Durant tout le trajet, ni l'un ni l'autre ne rompit le silence. Les bouchons avaient laissé la place à une circulation dense. Il stoppa sa voiture devant le palais de justice et s'apprêta à dire qu'il allait se garer plus loin quand Alexandra en bondit, claqua la portière et gravit les marches du palais. « Charmant, très charmant », se dit Olivier.

Dix minutes plus tard il avait garé sa voiture, et assis à un café, regardait la pluie tomber. Les passants courraient dans tous les sens, le regard baissé, se heurtant presque parfois. Olivier pensa à des fourmis se frôlant les antennes sans cesser leur course. Son café fut servi rapidement, et l'inspecteur de police put se mettre au travail, saisissant son carnet et son stylo. Il nota les évènements de la matinée, puis saisit son portable. Il appela d'abord son contact au palais de justice qui ne répondit qu'à la sixième sonnerie.

— Hey Francky, tu me fais attendre maintenant ?

— Salut Olive, quel mauvais vent t'amène ?

— Sympa, moi qui venais prendre de tes nouvelles.

— Tu ne prends jamais de mes nouvelles ! Au mieux, tu fais semblant de m'écouter, au pire tu n'appelles pas pendant des semaines, ça fait quatre fois que tu reportes une bouffe à la maison. Et la dernière fois, t'avais juste oublié de venir. Nous, on t'a attendu toute la soirée !

— Alors pourquoi tu crois que j'appelle ?

— Pour un service, comme d'hab, mais là j'ai trop de boulot.

— Ah oui, c'est comme ça que tu le prends ? Dois-je te rappeler quel jour on est ?

— Non ça va merci, on est lundi, et ça suffit à gâcher ma bonne humeur. Alors bonne journée et merci j'ai du boulot !

— Bon OK, merci Franck, bonne journée, mais si tu pouvais me rendre un dernier service avant que notre amitié s'arrête comme ça… En l'honneur du bon vieux temps où tu copiais sur moi à la fac ?

— Vas-y, balance toujours.

— Souhaite un bon anniversaire à Marc de ma part, dit Olivier en raccrochant.

Dix secondes plus tard son téléphone se mit à sonner, affichant le nom de Franck en fond d'écran.

— Putain Olive, je suis désolé ! Même moi j'ai oublié de lui souhaiter ce matin. Ça craint !

— Pas de souci Franck, je me rappelle toujours l'anniversaire de ton fils. Comme moi, c'est le 10 octobre.

— Désolé Olive, je suis débordé, on a plein d'urgences en ce moment. Les gens ne se rendent pas compte du taf qu'on a ! En plus, on est lundi, y'a toute la paperasse du week-end à rattraper, agression, accident, vol, etc.

Il a bon dos le lundi, pensa l'inspecteur, décidant qu'il était temps de jeter l'hameçon.

— Je sais, je sais. C'est ce truc avec la psychologue et son enquête. J'en ai vaguement entendu parler.

— C'est un truc de dingue, on est à la limite de la légalité, et si y'a un truc qui coince ou qui merde ce sera sur nous que ça retombera.

Olivier ne voyait pas du tout de quoi il parlait, mais fit ce qu'il y avait de mieux à faire dans ces cas-là, il ne dit rien. Franck continua spontanément :

— Tu te rends compte que les ordres viennent de Paris

directement, et même le procureur n'a pas son mot à dire. Tiens comme la psychologue justement, elle vient de Paris pour l'affaire et a carte blanche pendant une semaine pour faire son rapport sur l'affaire de la R5 alors que ça remonte à des années ! Bon, allez, faut que je te laisse vraiment faut que j'y aille.

— OK ça marche.

— Et bon anniversaire ! Passe à la maison à l'occase, dit Franck en raccrochant.

Ce bon vieux Franck, si à cheval sur les principes d'intégrité et de secret professionnel, s'il savait qu'il était manipulé par son camarade de la faculté de droit. « C'est un peu grâce à moi qu'il a eu son diplôme », se disait Olivier, j'ai donc un peu le droit d'en profiter.

Mais il n'était pas satisfait, il y avait trop de zones d'ombre, et ça, c'était mauvais signe, toujours. L'affaire de la R5, il n'en avait jamais entendu parler. Il prit quelques notes sur son carnet. Il était temps d'appeler son patron à présent, le commissaire de police Henchoz Jules. Il avait dû être sacrément taquiné avec un prénom pareil. À son arrivée au commissariat de police quelques années plus tôt, Olivier Torin nouvel officier de police judiciaire, lui en avait fait voir de toutes les couleurs, et réciproquement. Après qu'Olivier avait fait ses preuves sur plusieurs affaires difficiles, les deux hommes de ce mariage forcé avaient été obligés, comme un vieux couple, de se parler, de travailler ensemble. Ils avaient maintenant chacun besoin de l'autre. Ils avaient confiance et s'entraidaient, ils étaient plus forts ensemble, mais aucun des deux ne l'aurait avoué. Olivier avait rouspété en étant choisi pour cette mission d'escorte, mais il savait que Henchoz voulait le meilleur sur ce coup. Et comme à chaque fois, Olivier avait râlé, et comme à chaque fois, son chef lui avait crié dessus. Olivier commanda un croissant et appela Henchoz. Il fut surpris qu'il réponde à la première sonnerie.

— Salut chef, comment va ?

— Ça va ! Qu'est-ce que t'as foutu ? Tout va bien ?

— Bof, qu'est-ce que je fous avec cette psy, chef ?

— Tu l'accompagnes, tu la protèges et tu fais ce qu'elle te dit.

— Pas de ça avec moi chef, dites-moi la vérité, un simple flic aurait pu faire ça.

— OK, écoute bien, et motus, on a une taupe au commissariat, on a quelqu'un qui balance des infos en externe. On veut le chopper. Je t'expliquerai plus de choses cet après-midi. On bosse sur du lourd, du très lourd. Ton équipe est en stand-by en cas de besoin, pour l'instant ils pensent tous bosser sur de l'administratif. On a des équipes spécialisées, les forces spéciales en soutien, alors comme je t'ai dit, motus !

— Terrorisme ?

— Motus j'ai dit ! Non, pas terrorisme.

— Très bien chef, mais votre psy là, elle n'est pas commode.

— Mais toi, tu restes cool, alors ça ira.

Son chef raccrocha comme d'habitude, sans dire au revoir. Il vit assis au comptoir d'un café en face du sien un homme d'une trentaine d'années en costume foncé, cravate noire, lunettes de soleil sur le front. Il ne lisait pas vraiment son journal, ne buvait pas vraiment son café, et dirigeait son regard un peu trop dans sa direction. Olivier balaya du regard le reste de la place, dans chacun des cafés de la place du palais de justice, une réplique de l'homme costumé se trouvait, chacun feignant une activité différente. Ils étaient tous bien habillés, sans vraiment se ressembler. Certains avaient un costume clair, d'autres, foncé, des petits, des grands, des barbus. Leur point commun, ils étaient tout seuls à leur table. Olivier pivota sur lui-même, et feignit d'appeler le serveur. Un autre clone juste deux tables derrière lui, mais celui-là avec des cheveux. Olivier avait quand même un doute, il pensa au jeu « Un, deux, trois... soleil ». Il se leva d'un coup, puis se rassit, et observa. Tous avaient bougé, légèrement certes, mais ils avaient tous effectué un geste rapide, soit pour se lever, soit pour rentrer en contact les uns avec les autres en portant leur poignet à la bouche. Certains avaient porté leur main à l'oreille, ils communiquaient donc par oreillette-radio. Mais la surprise avait laissé place à l'hésitation. Ils se savaient démasqués et ne savaient pas comment agir, ils attendaient les ordres.

Olivier n'aimait pas ça. C'était lui la proie cette fois, et il préférait largement être le trappeur. Il prit une profonde inspiration, puis une deuxième en se levant et en regardant autour de lui. Il y avait trop de monde et pas assez de raisons d'interpeller qui que ce soit. Il sortit du café tranquillement, les mains dans les poches de son duffle-coat, s'arrêta quelques secondes, et piqua un sprint sous la pluie vers le palais de justice à trente mètres. Il pleuvait encore trop pour attirer l'attention, et il savait qu'aucun d'entre eux ne pourrait le suivre. Olivier grimpa les marches quatre à quatre et présenta sa carte de police à l'entrée. Une fois à l'intérieur, il jeta un coup d'œil derrière lui. Ils avaient tous quitté la place, chacun de leur côté.

— Je ne vous avais pas dit d'attendre dans la voiture ?

Il reconnut sa voix, mais ne se retourna pas tout de suite.

— Le chauffage ne marchait plus, et comme vous avez laissé une atmosphère glaciale en partant, j'ai préféré me mettre au chaud, répondit Olivier sans quitter la place des yeux.

— Ça tombe mal, on y retourne dans votre igloo, on va là.

Olivier fixa le papier, le ciel et le papier à nouveau, et enfin Alexandra.

— Y'a des bus pour les touristes qui font le tour des quatre coins de la ville en moins d'une journée, pourquoi vous n'allez pas prendre un ticket, la gare est à deux pas. Je peux vous déposer si vous voulez, je vous offre les tickets pour la semaine, ça vous va ?

— Vous savez que vous ne ferez pas ça.

— Ah bon pourquoi ?

Alexandra passa sa main dans les cheveux, puis attrapa Olivier par son manteau encore trempé, et le tira vers elle.

— Parce qu'on est bien ensemble… N'est-ce pas ?

Et elle sortit du palais de justice.

Qui était-elle vraiment ? Il avait hâte de voir son chef pour avoir enfin la réponse. En la regardant partir, il pensa à une araignée. Il était dans sa toile et avait l'impression qu'à chacun de ses mouvements, les fils de soie l'attrapaient un peu plus. Il commençait déjà à étouffer.

6- L'AFRIQUE

J'avais mal à la tête, j'avais l'impression qu'elle allait exploser. Il voulait que je lui parle de l'Afrique… C'est mort l'Afrique. Qu'est-ce qu'il venait m'emmerder avec ses questions ! Qu'est-ce que j'en avais à foutre de ce qui s'était passé là-bas ! Et cette putain de voix dans ma tête avec son vert et son rouge ! Le petit Russe s'approcha de moi et me regarda fixement, puis retourna s'asseoir derrière le bureau. J'avais l'impression qu'il n'avait pas cligné une seule fois des yeux depuis notre rencontre. Ami ou ennemi, je n'en savais toujours fichtrement rien, mais on saura à la fin. À la fin, on savait toujours. N'empêche que depuis qu'il était là, je reprenais possession de mon corps, c'était vraiment étrange. J'avais l'impression d'avoir été un zombie tout ce temps, et de reprendre forme humaine. Est-ce que c'était le traitement qu'ils me donnaient qui me rendait comme ça ? Ami ou ennemi, et si je lui faisais confiance ? Du moins jusqu'à avoir quelques réponses, car là c'était trop flou autour de moi. Je voyais bien dans les deux billes de verre qui lui servaient d'yeux que lui non plus ne me faisait pas confiance. Un étrange personnage et d'étranges méthodes. Psychiatre, psychologue, sûrement psy quelque chose.

Vert tu lui fais confiance, rouge tu meurs, meurs et pouce, index et vert, vert, vert !!!

J'avais besoin de lui, peu importe le danger qu'il pouvait représenter, je n'avais pas le choix, pas pour l'instant.

Le choix, tu l'as eu ! C'est vert ou c'est rouge ! C'est rouge ou c'est vert !

Cette voix dans ma tête, je n'en pouvais plus, il fallait que je me livre ! Par quoi commencer ?

Il me répondit encore comme s'il venait de lire dans mes pensées.

— Commencez donc par le commencement, pourquoi êtes-vous parti en Afrique ?

Je pris une profonde inspiration, levai les yeux au ciel et me confiai :

— J'avais besoin d'aider, j'avais besoin de rendre à la vie ce que la vie m'avait offert, j'avais besoin de mériter ce que la vie m'avait offert. J'ai toujours eu ce que je voulais. J'ai eu mon bac, j'ai réussi médecine, je n'ai jamais eu de maladie grave, et j'ai rencontré la femme de ma vie. Il fallait que je répande un peu de cette vie sur les autres et je me suis dit, pourquoi pas l'Afrique.

— Vous avez donc eu une enfance et une adolescence heureuses, c'est ça ?

— Non pas vraiment, mais dans mes malheurs, je m'en suis plutôt bien sorti.

— Où êtes-vous allé en Afrique ?

— Ne jouez pas au con avec moi, vous le savez très bien, je suis sûr que vous le savez. Je veux bien vous raconter des choses, mais faudrait pas trop tirer sur la corde ! C'est ce qui s'est passé après la mort de ma femme qui est flou pour moi.

— Excusez-moi, me dit Yvan, en passant la main dans sa barbe. Je vous en prie, continuez. Je ne vais plus tirer dessus.

Un moment passa. L'enfer, comment décrire l'enfer, avec quels mots peut-on le décrire ?

— Je suis allé au nord du Nigeria, près de Jahun. J'ai connu le bonheur d'aider mon prochain, et le malheur de voir que la plupart de mes efforts étaient vains. Le malheur de partir avec une petite association « Aider l'Afrique ». Le malheur de partir avec une association qui n'avait pas de moyens, qui n'avait aucun moyen. Aider l'Afrique ? Commence par t'aider toi-même ! Moi, interne en médecine de troisième année, j'y suis resté trois mois avec rien ! Trois mois, trois putain de longs mois à regarder des femmes enceintes accoucher dans les conditions les plus atroces au milieu de nulle part... « La sélection naturelle », disait le chef du village. Quel connard ! « La volonté de Dieu » il disait ! Ce n'est pas lui qui accouchait sans péridurale ! Ce n'est pas à lui qu'on foutait les spatules pour tirer le bébé par la tête jusqu'à enlever sa peau ! Atroce, c'était tellement atroce ! Le premier jour, une jeune fille s'est présentée au dispensaire, elle avait commencé le travail chez elle, mais le bébé était resté coincé la tête dedans, le reste du corps était déjà sorti. Son petit corps ne bougeait plus, l'enfant était mort. Je tirai de toutes mes forces pour le sortir, la mère hurlait, elle n'avait que quatorze ans et son bassin était trop étroit, sa famille hurlait. Je n'avais que du paracétamol à lui donner. J'avais envie de hurler aussi. Je n'étais pas obstétricien, il n'y avait pas de bloc opératoire à moins de cent kilomètres. Qu'est-ce que je foutais au milieu de nulle part à tirer la tête d'un bébé. Au bout d'une demi-heure, j'ai arrêté. Sa tête ne passerait jamais, malgré toutes les manœuvres que je tentais. Qu'est-ce que je pouvais faire ? Le bébé était déjà mort ! Je suis allé chercher un livre d'obstétrique qui disait qu'il fallait le faire sortir d'une façon ou d'une autre ! Est-ce que vous vous rendez compte ? Il fallait que je le fasse ! Il fallait aider cette gamine, le bébé était mort de toute façon ! Alors je l'ai fait, j'ai sorti la tête petit à petit. L'accompagnante et la mère se sont évanouies, mais la mère allait bien, du moins médicalement parlant. Ensuite, je suis sorti du dispensaire et j'ai vomi. Il faisait tellement chaud que je me suis évanoui à mon tour, et je me suis réveillé la tête dans mon propre vomi. Aujourd'hui, ce n'est pas l'odeur du vomi qui me gêne… C'est l'odeur du sang… Tous ces accouchements, tous les jours cette odeur de sang, de mort. Le sang est censé représenter la vie, mais pour moi il ne représente que mort et souffrance. J'ai vu des dizaines de bébés morts, des ruptures utérines, des éclampsies. Les femmes et les bébés mourraient les uns après les autres, et je ne pouvais rien y faire… Je travaillais jour et nuit, mais je ne pouvais rien y faire. C'est de ça que vous voulez que je vous parle ? Il nous aurait fallu un obstétricien à temps plein avec un bloc opératoire, et tout le matériel pour pouvoir faire quelque chose. Bien sûr, on avait parfois des accouchements qui se passaient bien, des bébés qu'on ramenait à la vie, des mamans heureuses. Mais trop de femmes et de bébés sont morts sans que l'on puisse faire grand-chose. Dans un pays riche plein de pétrole, mais avec aucune infrastructure pour s'occuper de son propre peuple ! Mais vous savez le pire dans tout ça ? C'est qu'on s'y fait ! On se blinde, on arrête de chialer dans son lit le soir et on s'y fait. Et le lendemain, on recommence de zéro, on recommence à marcher dans le sang, et ça ne nous fait ni chaud ni froid !

— Que vous croyez ! m'interrompit Yvan.

— Oui que je crois, mais ça m'a permis de tenir. J'étais parti en héros, mes amis m'avaient organisé une fête, j'étais un exemple, tout le monde était fier de moi. Il était hors de question de craquer ou de rentrer plus tôt pour quelque raison que ce soit ! Je devais tenir, coûte que coûte !

— Y compris votre femme ?

— Y compris Mariam… Que j'appelais presque tous les jours au début, puis une fois de temps en temps. Ça ne m'aidait pas de lui parler. Ça me faisait mal. Je ne l'avais jamais déçue, je ne voulais pas craquer au téléphone, je n'avais jamais pleuré devant elle. Alors au téléphone, je disais que tout se passait bien, mais les larmes coulaient toutes seules. Ma voix était joyeuse, mon corps lavait son chagrin par les larmes. Elle n'en a jamais rien su, personne. C'était ce qu'il y avait à faire de mieux, épargner mes proches de ces atrocités… Ça ne sert à rien de les éclabousser avec ces horreurs. C'était mon choix de vivre ça, pas le leur… Au fil des jours, je me suis endurci, j'avais mes petites habitudes, les accoucheuses traditionnelles n'étaient pas formées à l'hygiène de base, je me suis investi petit à petit dans leur formation, tout en essayant de mettre la pression sur les responsables de l'organisation à Paris pour avoir plus de moyens… En vain. Il y avait tellement à faire, et tout prend du temps quand on est au milieu de nulle part. Là-bas ils disaient « Vous les Blancs, vous avez la montre, nous, on a le temps ». Je me suis mis à picoler, enfin pas vraiment, Je buvais une bière le soir pour relâcher la pression, puis deux. J'avais besoin de décoller, d'oublier, je disais que je remplaçais chaque larme versée par une bière. Même quand j'ai arrêté de pleurer, j'ai continué à picoler… Et puis ce fut bientôt le moment de rentrer au bercail. J'avais franchement peur, je me suis mis à boire encore plus, même durant la journée… Dans l'avion qui m'a ramené en France, à Paris au siège de l'association pendant mon débriefing, j'ai bu, dans l'avion qui m'a ramené à Nice j'ai bu, et même à la fête que Mariam avait organisée pour moi. Elle a tout de suite vu que j'avais changé, je n'avais même pas vu que c'était elle qui avait le plus changé !

J'allais continuer comme si je n'avais pas parlé depuis des années, mais un bip sur le bureau me coupa dans mon élan. Une secrétaire annonça que j'avais de la visite. Je vis le Russe pâlir. Cela ne lui plaisait pas du tout. Pour la première fois, je le vis cligner des yeux à plusieurs reprises, il réfléchissait. Il donna l'ordre que l'on ne nous dérange pas. J'étais fatigué, et mon mal de crâne empirait, ce que je n'aurais pas cru possible. Je ne voulais pas continuer, je voulais une pause.

— Alors Alban, qu'est-ce qui avait changé chez elle ?

— On peut s'arrêter une minute ?

— Non, c'est important d'avancer… Alors qu'est-ce qui avait changé chez elle ?

Vert tu parles, et rouge tu mens, vert tu te tais, ou sinon tu meurs !

La petite voix dans ma tête continua de chanter, j'avais atteint mes limites, je ne voulais plus parler, à personne. J'étais en colère et lui, il continuait de regarder mon dossier en y cherchant quelque chose.

— Ma vie ce n'est pas un livre ! Il ne suffit pas de tourner les pages pour effacer les mauvais moments !

On frappa à la porte. Le Russe eut à peine le temps de se lever du fauteuil que la porte s'ouvrit d'un coup. Deux silhouettes apparurent sur le pas de la porte et foncèrent sur moi. Mon mal de crâne empira, tandis que tous parlaient en même temps. Yvan semblait protester contre cette intrusion, les deux silhouettes lui répondaient tout en me tirant par le bras pour que je me lève, et la secrétaire faisait remarquer à qui voulait l'entendre qu'elle ne permettait pas qu'on lui manque de respect. L'une des silhouettes se posta devant moi et me prit la tête par les tempes. Ses mains étaient chaudes, ses paumes douces, j'ouvris les yeux et l'espace d'un instant, je vis Mariam, j'étais sidéré. La forme du visage était la même, mais les traits étaient plus marqués, le visage plus en rondeur, les yeux plus tirés, non ce n'était pas elle. C'était mon cerveau qui me jouait des tours. Tout en tenant ma tête entre ses mains et malgré les protestations du Russe, elle me fixa droit dans les yeux et me dit alors :

— Bonjour, je suis Alexandra Dubore.

Ce nom ne me disait rien. L'homme qui l'accompagnait encore moins. Le flou s'installa dans mon cerveau l'espace d'un instant. Je fermai les yeux. Je n'avais pas envie de perdre le fil des évènements. Après avoir repris le contrôle de mon esprit, c'est de ma vie que je voulais reprendre le contrôle. Les mains d'Alexandra étaient toujours sur mes tempes, et je sentais maintenant une chaleur m'envahir. Cette chaleur me traversa la tête jusqu'à la nuque, et redescendit le long de mon dos. L'espace d'un instant je ressentis un véritable bien-être. C'était étrange, comme si j'avais dormi trop longtemps et que j'émergeai. Elle s'écarta de moi et se cala devant le Russe.

— Vous n'êtes plus autorisé à exercer dans cet hôpital, ni en France d'ailleurs. Alors vous allez prendre vos distances avec mon patient par décision de ce tribunal, dit-elle en lui montrant une lettre. À compter de ce jour, le tribunal de Nice vous refuse la pratique de la médecine et l'accès à cet hôpital.

— Comment osez-vous débarquer ici sans passer par la hiérarchie de cet hôpital ?

Je n'entendis pas la fin de la discussion. Le mot hôpital avait été prononcé une seconde fois. Il ne pouvait pas s'agir d'une erreur. Je n'étais donc pas en prison. Mais si j'étais dans un hôpital je ne pouvais être que dans un certain type de service. Je regardai sur la porte du bureau et y découvris cette inscription : « Consultations, service de psychiatrie, secteur Sainte-Hélène ».

Le secteur Sainte-Hélène me rappela des souvenirs, des connexions se faisaient dans mon cerveau et je ne pus m'empêcher de murmurer « Je ne suis pas en prison ? ». Je le répétai encore, et encore tout doucement. Le gardien qui s'approcha, et que je reconnus comme l'un de ceux qui veillaient sur moi, n'était pas habillé en surveillant de prison. Il portait une blouse blanche sur laquelle une étiquette mentionnait « infirmier ». « Je ne suis pas en prison… Je suis à l'hôpital psychiatrique de Sainte-Marie, je ne suis pas en prison… Je suis dans un asile… ». Je me levai doucement sans que personne ne prête attention à ce que je faisais, et je m' approchai de la fenêtre. Je vis des patients en blouses marcher le long de la pelouse, l'un faisait des grands gestes face à un mur, un autre se roulait par terre. Je me demandai comment il se faisait que je n'avais rien vu de tout ça auparavant. Mes oreilles commencèrent à siffler, et un brouhaha se fit entendre de plus en plus fort. Au-delà de la conversation animée dans le bureau, le bruit qui venait du couloir m'intrigua. En m'approchant de la porte, je pus entendre des sons bien distincts. Des bruits de chaises qu'on raclait sur le sol, des choses qu'on jetait par terre. Des gens pleuraient, d'autres criaient. J'étais dans un hôpital psychiatrique et je ne m'en étais pas rendu compte. Perdu dans les méandres de mon esprit, je commençais à peine à m'ouvrir au monde. Je me rappelais tous les enregistrements qu'Yvan m'avait présentés un peu plus tôt. Comment j'étais arrivé ici ? Schizophrénie, dépression, je n'en savais rien. Qu'est-ce qui était vrai, qu'est-ce qui était faux ? Et surtout, était-ce une décision de justice, était-ce l'un de mes proches qui m'avait mis là, ou bien était-ce de ma propre volonté ? Non ça sûrement pas, mais je devais en avoir le cœur net.

Je posai la question, mais tout le monde était trop occupé à parler de droit, à demander à l'autre de changer de ton, ou à menacer. Je reposai la question et personne ne m'entendit. Alors je m'approchai d'un vase blanc décoré de personnages asiatiques peints en bleu se livrant une bataille. Je saisis le vase et le lançai de toutes mes forces sur le sol au milieu du bureau. Le silence se fit, et tous m'observèrent sans bouger.

— Est-ce que je suis en hospitalisation libre ? demandai-je.

Le Russe et Alexandra se regardèrent gênés. C'est finalement Alexandra qui me répondit.

— Vous êtes ici à votre demande, monsieur Graham. Oui vous êtes en hospitalisation libre.

— Alors je veux rentrer chez moi.

— Vous pouvez quitter cet hôpital quand vous le souhaitez. Cela dit, je vous le déconseille fortement. Dans votre état, vous ne pouvez pas rester seul. Je peux tout vous expliquer, mais il faudra que je m'entretienne avec vous, du moins si vous le souhaitez.

— Dites-lui de m'expliquer tout, là, maintenant, je suis prêt, répondis-je en montrant le Russe du menton. Et après je m'en irai.

Yvan s'assit à son bureau et prit une voix grave.

— Ces deux dernières semaines je vous ai sevré d'un traitement que vous preniez. Le but était de vous permettre de reprendre pleine possession de vos capacités. Vous étiez surdosé, et maintenant, petit à petit, vous allez retrouver de l'énergie, mais celle-ci restera instable encore quelques jours. Vous allez retrouver une partie de votre mémoire. Il y a énormément de choses à vous expliquer, et votre cerveau est très fragile, je crains que vous ne supportiez pas le choc après des années de thérapie !

7- LIBÉRATION

Alban ouvrit la bouche, c'était plus grave que ce qu'il pensait, le Russe n'avait pas dit des semaines, ni des mois de thérapie, il avait dit des années. Combien d'années, au moins deux ans dont il ne se rappelait rien.

— Combien d'années ? se risqua-t-il.

— Beaucoup plus que ce que vous pouvez imaginer, se lança Alexandra. Votre internement était à votre demande, et vous avez accepté de participer à un programme expérimental qui s'est avéré être… un véritable désastre. Ce qui fait que vous ne vous rappelez plus grand-chose. J'ai entre les mains une décision du procureur de la République qui m'autorise à être votre tutrice et votre thérapeute pendant au moins la prochaine semaine afin de vous aider à vous réinsérer dans le monde d'aujourd'hui. À la suite d'une plainte anonyme, la Haute Autorité de Santé a demandé que vous soyez évalué. Monsieur Graham, je sais que cela fait beaucoup d'informations à digérer et que tout est un peu confus, on va tout vous expliquer calmement.

— Combien d'années ? répéta Alban.

— D'après vous, en quelle année nous sommes ?

— En 2002, 2003 peut-être si vous avez dit des années ?

Alexandra le regarda fixement dans les yeux. L'intensité de sa voix pouvait faire basculer la décision d'Alban dans un sens ou dans un autre. Elle savait que l'attention d'Alban avait été captée, et qu'il avait mordu à l'hameçon. Il ne restait plus qu'à le ramener lentement. Son cerveau et ses émotions étaient trop fragiles, mais elle n'avait plus le temps, elle n'avait plus le choix.

— Beaucoup plus que ça, et le monde a énormément changé dehors. Je suis mandatée pour permettre votre réinsertion.

— Combien d'années ?

— Assez pour permettre ça !

Alexandra sortit son téléphone de la poche et le montra à Alban.

— Vous voulez la météo ? lui demanda-t-elle en pianotant sur des touches qui paraissaient imaginaires à Alban, vous l'avez ! Vous voulez vos e-mails, aller sur internet, avoir les infos, voir des films, tout est là. Vous voulez votre compte bancaire, votre musique, prendre des photos, tout est là ! À votre avis, combien d'années faut-il pour arriver à cette technologie ?

Mais Alban ne répondit pas, pas tout de suite. Il continuait de regarder l'écran évoluer par magie sous les doigts d'Alexandra. Il était stupéfait de voir qu'elle pouvait tout obtenir sur un écran sans touches, et ne put s'empêcher de murmurer :

— Et en couleurs… Comment est-ce possible ?

— Oui en effet, en couleurs, répondit Alexandra en souriant.

Alban s'approcha d'un miroir au-dessus du lavabo dans le coin de la pièce. Il découvrit des yeux apeurés tout d'abord. Les mêmes yeux qui avaient regardé un miroir dans l'obscurité quelques années auparavant. Cette fois-ci, ce n'était pas l'obscurité qui l'effrayait, mais au contraire, la lumière environnante. Il voulait y voir plus clair, mais il ne savait pas s'il était aussi prêt qu'il le prétendait.

Des années auparavant, l'obscurité avait ramené de ses entrailles un monstre qu'il s'évertuait à contenir. Là, il avait un choix à faire, le combattre, ou repartir dans les ténèbres, dans un programme expérimental désastreux.

Alban regarda Alexandra dans les yeux pour essayer d'y trouver une réponse, savoir s'il pouvait lui faire confiance. Il en était convaincu, elle pouvait l'aider à comprendre, mais surtout à faire une chose qu'il avait depuis déjà trop longtemps délaissée. Ses yeux s'emplirent de larmes qui roulèrent sur ses joues.

— Je veux revivre mademoiselle, dit-il d'abord du bout des lèvres. Je veux revivre ! cria-t-il. Vous pouvez faire ça ? Me faire revivre ?

— Je vais vous aider, mais d'abord il faudra signer ce document du procureur qui dit que vous acceptez mon aide.

Alban saisit le document pour le signer. Sa main s'arrêta net au-dessus de la feuille, et il dut s'asseoir. Alexandra comprit tout de suite.

— Il se peut que vous ayez oublié votre signature, ce n'est pas grave, écrivez votre nom.

Alban s'exécuta. Le Russe blêmit et de blanc, il vira rapidement au rouge.

— Ça ne doit pas se passer comme ça ! Vous m'entendez ça ne se passera pas comme ça ! Vous commettez une grave erreur ! cria-t-il en quittant la pièce.

— Vous en avez vous-même déjà fait suffisamment, et vous le savez, répondit Alexandra.

Elle se pencha à nouveau vers l'homme assis au milieu de la pièce. Olivier eut l'étrange sensation de voir un lion au-dessus d'une proie facile, et qui préférait attendre un peu avant de se jeter sur elle. Alban lui lança un rapide coup d'œil, et Olivier eut une autre sensation. Même si Alban à cet instant semblait être une proie facile, c'était aussi, au fond de son âme aussi abîmée soit-elle, un prédateur caché, un prédateur plus que redoutable. De sa souffrance, Olivier put, l'espace d'un instant, d'une fraction de seconde, sentir l'odeur du

Mal. Comme dans la maison un peu plus tôt, il percevait que quelque chose n'allait pas. En débarquant ici, Alexandra ne s'était quasiment pas présentée. Certaines infirmières et gardes la reconnurent et l'appelèrent par son nom, un infirmier même par son prénom en ouvrant la porte, ce qui sembla déstabiliser la psychologue. En entrant dans le bureau, elle ne s'était pas signalée au médecin et s'était jetée sur ce patient. Elle connaissait le médecin, mais ne voulait pas que moi ou le patient le sachions. Le médecin avait un accent russe, est-ce à lui qu'elle parlait un peu plus tôt ?

Yvan Tchoki en était malade. Comment avait-on pu le laisser en plan comme ça ? Voilà des années qu'il faisait exactement ce pourquoi on le payait grassement. Il ne posait jamais de questions superflues, n'avait jamais essayé de comprendre, et jusqu'à maintenant, tout se passait comme prévu.

Mais les choses commençaient à dégénérer, il le sentait. Et si ça dégénérait, c'est lui qui tomberait le premier. Le boss avait été clair seize ans auparavant en octobre 2000, lors de sa rencontre dans son hôpital à Moscou. Le boss était venu lui-même le chercher là-bas pour le faire venir en France, et s'occuper exclusivement d'Alban Graham. Alors jeune médecin polonais plein d'enthousiasme, il avait obtenu un stage en Russie. Il avait vite déchanté en voyant le manque de moyens et d'intérêt de ses supérieurs, et même de la Russie pour la psychiatrie. Le mot d'ordre était qu'il ne fallait pas faire de vagues, il ne fallait pas que les gens du dehors sachent ce qu'il se passait à l'intérieur. Avec des médicaments qui arrivaient par vagues irrégulières, les malades stabilisés ne mettaient pas longtemps à être en rupture de traitement et à décompenser. Des semaines de thérapies partaient en fumée en quelques heures, et le chaos revenait, inexorablement. Il avait horreur du chaos, il avait horreur de ces moments où l'équilibre l'abandonnait. Ça lui donnait l'impression de chuter dans le vide. Rien que d'y penser, cela lui donnait le vertige. Des années étaient passées sans qu'il ne ressente cette sensation de malaise. Plus de quinze ans qu'il travaillait avec son patient, et tout se passait bien, il travaillait très peu et gagnait bien sa vie. Le patient il s'en fichait depuis longtemps. Il n'était pas question de perdre cet équilibre à nouveau. Il avait déjà failli perdre la vie juste avant qu'il ait cette proposition de son boss. Au milieu de l'apocalypse qui régnait au sein de son service à Moscou, il avait pensé se couper les veines, en réalité les artères, quand on connaît l'anatomie. « Juste les veines, on ne meurt pas, il faut faire une incision sur les artères pour aller en enfer », s'était-il entendu dire dans la salle de bains du service. Le couteau dans sa main droite, il avait essayé de repérer l'artère radiale de son poignet gauche quand quelqu'un avait toqué à la porte. Il n'avait pas bougé et avait pensé à un patient qui voulait rentrer. Il n'avait pas répondu et avait attendu de ne plus être dérangé pour pouvoir enfin mourir en silence. À la deuxième tentative d'incision, on avait à nouveau frappé à la porte, cette fois avec plus d'insistance. La colère avait gagné Yvan qui avait pesté intérieurement. Maudit service, maudit pays ! On ne pouvait pas travailler confortablement et on ne pouvait pas non plus y mourir tranquillement ! Il était hors de question de rater sa carrière, sa vie, et maintenant son suicide. Et par-dessus tout, il ne voulait pas qu'on le sauve, qu'on le réanime à coups de tuyaux et de médicaments. Pas question de pourrir dans un service minable de réanimation intensive pour endetter son frère qui était alors sa seule et unique famille. Être sauvé par un de ses patients qui passait par là serait le comble. Il avait glissé le couteau dans la poche de sa blouse et avait ouvert la porte. Il était tombé nez à nez avec un ventre. Il avait levé les yeux et avait découvert un géant qui le regardait en souriant. Une voix derrière lui avait demandé :

— Ça vous dirait de donner un sens à votre vie monsieur Tchoki, et de sauver d'autres vies ?

Cela faisait déjà plus de quinze années qu'il avait eu cette proposition. C'est vrai, sa vie avait changé depuis, mais du sens, c'était vite vu, et des vies sauvées, non, pas vraiment. Il avait tout donné à ce programme, et là tout semblait foutre le camp. Le château de cartes commençait à s'effondrer, et c'est une carte de la mort qui allait apparaître sur le dessus. Le Russe n'avait maintenant plus qu'une hâte, disparaître le plus vite possible sans demander son reste.

Il sortit du bureau, prit le long couloir qui menait à d'autres portes qu'il ouvrit à l'aide de son badge et qu'il referma bien prudemment derrière lui. Une douzaine de portes plus tard, il était en dehors du bâtiment, dans le jardin. La pluie ne s'était pas arrêtée. « Il allait faire gris pendant encore longtemps », se dit-il. Il sortit son téléphone et fit défiler les noms de son répertoire avant de s'arrêter sur « boss ». Il hésita à composer le numéro. Comme pour l'aider dans ce choix difficile, le nom du boss s'afficha dans la liste des appels entrants. Son patron ne l'avait jamais contacté personnellement en plus de quinze ans. S'il l'appelait directement, c'est qu'il devait déjà être au courant. Après trois sonneries, Yvan Tchoki décrocha enfin. Une voix beaucoup moins sympathique que quelques années auparavant ne lui laissa pas le temps de s'expliquer.

— Alors comme ça, vous avez échoué Yvan ?

— Je n'y suis pour rien boss, je peux...

— Je vous avais donné une mission il y a quinze jours, une mission simple, d'éliminer vos traces, d'éliminer le produit des veines de notre patient, et de le laisser sortir. Je voulais l'attraper moi-même.

— J'ai fait ce que vous m'avez demandé, j'ai baissé les doses, et arrêté le traitement, mais il a convulsé à plusieurs reprises. J'ai dû le stabiliser avant qu'il parte, vous vouliez qu'il sorte librement, j'étais sur le point de le faire. Il m'aurait fallu un jour ou deux de sevrage de plus.

— Je voulais qu'il sorte pour l'attraper moi-même. Maintenant, il est avec la police. Je vais devoir le récupérer, ça ne va pas être facile.

— Qu'est-ce que je peux faire, demanda le médecin la gorge nouée, il y a sûrement quelque chose que je peux faire ?

— Oui bien sûr, attendez une seconde, ne bougez plus.

— Pardon ?

— Restez là comme ça, ne bougez pas d'un centimètre.

— Pourquoi ?

La balle fut tirée des immeubles de l'autre côté du Paillon, la rivière qui longe l'hôpital psychiatrique. Elle traversa sa boîte crânienne en passant par la tempe. Il ne sentit rien. Ni la balle, ni ses genoux heurtant le sol, ni les os de son nez qui se brisèrent lorsque sa tête heurta le sol. Son téléphone portable tomba juste à côté de sa tête. Un filet de sang coula vers le téléphone et l'inonda. Il n'entendit jamais la réponse du boss.

— Je sacrifie ma tour Yvan !

Un des clones de la place du palais de justice récupéra le téléphone, et le jeta plus tard dans le Paillon.

8- ESPACE-TEMPS

Ses mains tremblaient, son regard fixé sur le document qu'il venait de signer et qui lui donnait la liberté. Assis confortablement dans une voiture qu'il n'avait jamais vue auparavant, Alban n'en croyait pas ses yeux. Il avait d'abord serré très fort cette lettre du procureur de la République pour descendre les escaliers et rejoindre la voiture. Puis lentement, ses mains se décrispèrent. Son regard passait sans cesse d'un paysage qu'il ne reconnaissait plus à ce fameux document. Le quartier avait changé, les routes avaient changé, il ne reconnaissait pas grand-chose, même si tout lui semblait familier. Son regard se posa à nouveau sur la lettre. La date en haut à droite le pétrifia, au point de la relire plusieurs fois. Ce n'était pas possible, ce devait être une erreur ou un canular. « Lundi 10 octobre 2016 ». 2016 ! Alban quitta enfin la lettre des yeux, et regarda autour de lui. Tout prenait enfin son sens, tout avait changé en seize années. Tout avait changé, sauf lui et ce qu'il ressentait. Il avait l'impression d'avoir perdu sa femme le mois dernier. Le chagrin était toujours là. Une pesanteur dans le cœur qui l'empêchait de respirer à fond se propagea dans ses entrailles et remonta le long de sa gorge. Alban ne put retenir un sanglot, puis un autre, et c'est avec le visage dans les mains qu'il fondit en larmes. Alexandra se retourna et lui adressa un regard gêné.

— Je voulais attendre d'arriver à l'appartement pour vous préparer à ce choc temporel. Maintenant vous savez.

— Ce n'est pas possible, je n'ai quand même pas passé seize ans dans cet établissement, sanglota Alban. Seize ans !

Olivier ne put s'empêcher de lancer un rapide coup d'œil dans le rétroviseur. Lui aussi apparemment était surpris, pas seulement par les seize années, mais aussi parce que la psychologue avait encore vu juste une fois de plus. Elle avait trouvé ce qui tracassait Alban, le choc temporel.

— Attendez, quel appartement ? demanda l'inspecteur de police.

— Le vôtre, répliqua Alexandra.

— Mais bien sûr ! ironisa Olivier.

Mais il comprit à son regard qu'elle ne plaisantait pas, et tourna en direction des quartiers ouest de Nice. Il pensa à ce qu'avait dit son chef au téléphone. Une taupe était au commissariat, c'était plus prudent de travailler à distance. Mais de là à choisir son appartement, ça faisait beaucoup à digérer pour lui. Surtout quand il se rappelait l'état dans lequel il l'avait laissé le matin même. Le temps de faire le décompte de tout ce qu'il fallait ranger en vitesse en oubliant une bonne moitié, ils étaient arrivés chez lui, boulevard de Montréal. Une fois à l'intérieur, il traversa l'appartement et dirigea ses hôtes directement sur son grand balcon où une table et des chaises poussiéreuses en manque d'invités les attendaient, bien à l'abri de la pluie.

— Allez-y, installez-vous. Je vous sers un café ?

— Oui ! répondirent en chœur ses invités.

— Non pas pour vous, ce n'est pas prudent, conseilla Alexandra. Je vais vous expliquer. Un jus d'orange pour lui.

— Très bien, dit Olivier en se dirigeant vers le salon où des boîtes de pizza, des canettes de soda et des emballages de fast-food attendaient leur décomposition depuis des semaines. Il s'en empara tant bien que mal tout en se rendant à la cuisine, il lava à la hâte deux tasses désappareillées et un verre pour préparer la commande. À son retour, Alban semblait boire les paroles de la psychologue, faute de café.

— Vous faites partie d'un programme d'études scientifiques qui n'aurait pas dû durer plus de six mois, lui dit-elle. Pour des raisons que j'ignore, le programme, bien qu'en échec total, a été poursuivi, et puis il est devenu une routine avec les années. Il semblerait que chaque année vous ayez donné votre accord pour continuer. Je bosse sur votre cas depuis un mois, et il m'a été difficile d'accéder à votre dossier, au protocole utilisé, aux conclusions de l'étude. Apparemment, c'est un partenariat avec la faculté de médecine de Moscou qui a abouti à ce désastre.

— Mais je ne comprends pas, répétait Alban. Cela n'a aucun sens de me garder aussi longtemps. D'essayer un programme qui ne marche pas pendant seize ans.

— C'est vous qui l'avez voulu au départ. Vous avez fait une dépression sévère et avez été hospitalisé rapidement. À l'hôpital vous avez accepté le protocole d'essai d'un nouveau médicament. C'est en principe un protocole assez simple qui allie des antidépresseurs et des médicaments amnésiants, afin d'oublier le traumatisme et d'enlever le sentiment de culpabilité.

— De la mort de ma femme ?

— C'est cela, au bout de quelques mois vous alliez mieux, on a essayé de diminuer le traitement, et la culpabilité est revenue, mais vous ne vous souveniez plus pourquoi, et plus vous vous sentiez coupable. Pour combler l'amnésie, votre cerveau s'est créé une nouvelle histoire pour justifier la culpabilité.

— J'ai inventé toutes ses histoires sur la mort de ma femme ?

— Oui et votre cerveau s'est retrouvé avec plus d'histoires où vous tuez votre femme, donc plus de culpabilité à effacer. C'est un cercle vicieux. Et chaque année ce sentiment de culpabilité vous poussait à accepter un prolongement de l'étude.

— Est-ce que j'ai tué ma femme ?

Alexandra prit un moment et lança :

— C'était un accident. Elle est morte dans un accident de voiture, et c'est elle qui conduisait. Cela a été un grand traumatisme pour vous, et vous avez été hospitalisé à la suite d'une dépression. À l'hôpital, le protocole d'étude Difover vous a été présenté, et vous avez accepté.

Une larme glissa sur la joue d'Alban. Elle s'arrêta le temps qu'il reprenne son souffle, puis continua sa course.

— Votre maison a été saisie par votre banque faute de paiement, votre compte a été vidé, et à ce jour avec ce que vous devez à l'hôpital. vous ne possédez rien, vous êtes ruiné.

Olivier, qui avait déjà terminé son café, ne put s'empêcher d'écarquiller les yeux et les pensées fusèrent dans sa tête, entre incompréhension et inquiétude. Ce qui voulait dire que le patient qu'ils avaient quasiment kidnappé était à la rue et qu'il venait de le ramener chez lui. « C'est pour ça qu'elle voulait le ramener chez lui, pour l'installer ici », pensa Olivier.

— Euh, Docteur je peux vous voir une minute ?

— Pas maintenant, dit-elle sans quitter son patient des yeux.

— Docteur ! insista olivier

— Pas maintenant je vous dis !

Olivier se contenta de se rediriger vers la cuisine en pensant à grignoter quelque chose. Alexandra marqua une pause.

— Ma mission est de vous réinsérer dans la société. Nous allons procéder par étapes. Tout d'abord, je vais vous raconter ce qui s'est passé ces dernières années. Actualité politique, sport, année après année, jour après jour s'il le faut pour que vous compreniez le monde d'aujourd'hui, pour que vous soyez prêt à réintégrer le monde du travail.

Dubitatif, Alban redressa la tête.

— Le monde du travail ? Vous plaisantez ?

— Non je vous ai dit d'où vous venez et vers où nous allons, c'est un objectif qui peut être atteint si vous me faites confiance, vous êtes médecin ne l'oubliez pas ! Nous allons procéder par étapes. D'abord, le sevrage des médicaments de votre organisme, puis la mémoire, l'adaptation sociale, et enfin, la réintégration professionnelle.

Alban baissa la tête à nouveau tout en se tenant la tempe. Une douleur fulgurante traversa son crâne pour venir se faire masser par les doigts d'Alban. Il avait déjà eu des migraines, mais rien de comparable. Il ne put s'empêcher de crier tout en se tenant la tempe d'un bras tremblant. Olivier, qui arriva à ce moment-là, vit du sang sortir du nez d'Alban, comme pour fuir ce bruit strident. Ses yeux semblaient fuir aussi et ils se révulsèrent. Tout son corps fut pris de tremblements, et le cri cessa à mesure que son corps se rapprochait du sol. Alban pensa à son père avant de perdre connaissance. Son père venait de le frapper à nouveau dans le dos, son corps s'écroulait au milieu d'une cuisine, et une casserole pleine de pâtes allait se déverser sur lui. En touchant le sol, il en était certain, il savait ce qu'il lui restait à faire. Il savait qu'il voulait mourir, même si le prix à payer était de rester enfermé dans ce cauchemar à jamais. Il l'avait mérité, il avait tué sa femme, il en était certain, ce n'était pas un accident. Il était prêt à rester en enfer pour l'éternité. Il s'avança pieds nus sur des braises au milieu d'un océan de lave. L'air était irrespirable, chargé de tellement de fumée que ses poumons refusaient de s'ouvrir. Ses jambes prirent feu lentement, mais il continua de marcher sans respirer. Sa fesse droite était en feu maintenant. Il ne sentait plus ses jambes, il n'avait mal qu'à la fesse. Il commença à s'enfoncer dans la lave. Une main avec des ongles sales et crochus l'attrapa par les cheveux, et le tira plus profondément dans ce cauchemar. On venait de le scalper à vif. Le mal de crâne revint, ainsi que la nausée. Il prit une bouffée de cet air nauséabond, ses yeux s'ouvrirent tout doucement, et les larmes se figèrent sur ses paupières, comme suspendues dans le vide. Comme Alban, elles attendaient de sauter. Il faisait nuit, mais il avait chaud, il transpirait à grosses gouttes.

Tu ne penses quand même pas que tu vas mourir ici, comme ça, ce serait trop facile. Ce serait trop facile !

— Qui parle ? s'écria Alban en se redressant. Il avait déjà entendu ça à l'hôpital. Ce n'était pas le Russe, c'était quelqu'un d'autre. Et encore une fois, il n'était pas mort. Il reconnut l'appartement d'Olivier, et le visage d'Alexandra qui s'approcha de lui en braquant une lumière sur ses yeux, tantôt à gauche, tantôt à droite.

— Il est vingt-trois heures, lui dit-elle. Comment ça va ? Vous avez beaucoup dormi.

Alban se sentait sale. Il avait beaucoup transpiré.

— Combien d'heures ? se risqua-t-il.

— Tout l'après-midi, répondit Olivier.

— Vous voulez dire que c'est déjà la nuit.

Alexandra le fixa à nouveau de son air neutre et détaché. Alban semblait maintenant la voir davantage. Il voyait ses rides au coin des yeux, ses cheveux blancs qu'elle essayait de cacher sous des teintures foncées. Sa peau semblait douce et ferme comme son être. Qui était-elle vraiment ? Pourquoi l'aidait-elle ? Mais est-ce qu'elle l'aidait vraiment ? Et cette douleur à la fesse, d'où venait-elle ? Il recula sa tête comme pour se distancier de cette relation qui venait de naître trop vite. Il savait qu'il était déjà trop tard. Elle allait lire dans ses pensées, il en était certain.

— Je vous ai injecté un anticonvulsivant retard dans la fesse. Vous avez fait une crise convulsive. Vous avez dormi des heures, mais moins que ce que j'avais imaginé. C'est bon signe, ça veut dire que votre organisme va se débarrasser plus rapidement de toutes les drogues que l'on vous a administrées. J'ai étudié votre dossier. J'ai eu accès aux notes médicales et aux notes des infirmières. À l'hôpital, vous dormiez des semaines entières, votre cerveau se mettait en veille, vous étiez parfois dans un état de catatonie. Vous gardiez la faculté d'aller et venir sans réaliser ce qui se passait, ce que vous mangiez, sans voir les gens autour de vous. En arrêtant ce traitement expérimental, votre cerveau reprend du terrain, les cellules nerveuses refont des connexions de façon désordonnées. C'est ce qui a déclenché la crise convulsive. On va devoir y aller doucement. Mais n'oubliez pas, je suis de votre côté.

— Pourquoi vous m'aidez ? Et si je ne voulais pas de votre aide, vous y avez pensé ?

— Bien sûr. Je dois juste vous aider à retrouver vos capacités cognitives, et quand ce sera fait, si vous me dites de vous laisser, je vous laisserai. Je vous laisserai marcher sur des braises pour aller en enfer si vous voulez. Mon travail en tant que tutrice est de m'assurer de votre autonomie.

— Comme à l'hôpital, je suis maintenant votre prisonnier, j'ai juste changé de gardien.

— Sauf que moi je ne vous drogue pas. J'essaye au contraire de vous enlever cette saleté dans le sang pour que vous y voyiez plus clair. Prenez une douche, vous sentez mauvais. Olivier vous a préparé des vêtements propres et une serviette dans la chambre d'amis.

Olivier continuait de regarder cette scène ahurissante. Une psychologue, un patient, et un flic sont dans un appartement. Ça pourrait être une bonne blague, mais il venait de mettre en suspens toutes les enquêtes en cours pour cette affaire. Ce n'était plus une visite touristique de Nice qu'il allait faire cette semaine. Trop d'évènements s'étaient enchevêtrés cet après-midi pour que ça finisse bien.

Après la crise convulsive d'Alban, Olivier avait appelé son chef pour le tenir au courant de son état de santé. Et accessoirement pour savoir s'il n'y avait pas un autre endroit, plus approprié que son appartement pour mettre le malade en sécurité. Son chef lui annonça la mort du psychiatre russe dans l'enceinte de l'hôpital. Inconnu à l'Ordre des médecins, il était également non reconnu par les autorités russes. Tchoki avait reçu une autorisation temporaire d'exercer à l'hôpital Sainte-Marie en octobre 2000. Son autorisation s'était renouvelée automatiquement depuis tout ce temps. Son corps avait été découvert peu après le départ d'Olivier de l'hôpital. Le boss avait crié au téléphone. Pourquoi y avait-il déjà un mort dans son sillage, alors qu'il lui avait confié une simple mission ? Il lui avait demandé de se rendre sur place sur le champ. Olivier protesta. Un membre de son équipe Khan, Pedro ou Nasser pouvait aller sur place, Olivier avait totalement confiance en eux. Le commissaire refusa, il voulait cependant qu'Olivier jette un œil à l'enquête en cours, juste en tant qu'observateur. Ça n'avait pas de sens, mais avec une taupe dans le commissariat, le chef était à cran et se méfiait de tout le monde. Olivier reprit sa voiture et se rendit une nouvelle fois de plus à Nice Est, laissant la psy et son patient dans son appartement.

9- TCHOKI

Une infirmière avait découvert le corps et avait reconnu tout de suite le médecin qu'elle rencontrait lors de ses balades dans le parc avec les patients. Ils avaient eu l'occasion de discuter de nombreuses fois de la vie, de la maladie et de la mort. Elle n'aurait jamais imaginé le retrouver ainsi étendu sur le gravier devant l'hôpital, une balle dans la tempe, une arme dans la main droite. Ça n'avait pas de sens de se suicider là, aux yeux de tous. Il était plutôt du genre à se cacher pour éviter de traumatiser quelqu'un par la rencontre fortuite avec la mort. Elle avait tenté d'expliquer ça aux policiers qui étaient arrivés. Elle avait expliqué au médecin légiste dépêché sur place que l'homme allongé par terre était gaucher. Mais elle parlait aux murs de la bureaucratie française et ce mur-là n'écoutait pas, il n'avait pas d'oreilles.

Maintenant il faisait presque nuit, et elle errait, toujours sous le choc. Elle s'asseyait sur un banc, puis un autre, se reposait les mêmes questions et après chaque question, essayait de trouver la réponse sur un autre banc. Personne ne fit attention à elle, de temps en temps quelqu'un s'arrêtait à ses côtés pour lui demander ce qui s'était passé, sans même la regarder. Invisible, voilà ce qui allait rester d'elle et de cette journée. D'abord l'un des plus anciens patients de l'hôpital l'avait quitté en trombe, et maintenant le médecin en charge de ce patient venait de mourir. Comme si, faillant à son devoir de guérison, il s'était donné la mort pour mettre fin à une carrière aussi inutile et invisible que sa présence ici. Elle commençait à se faire à l'idée que le Russe s'était tout simplement suicidé, quand enfin quelqu'un la remarqua. Elle espérait que quelqu'un allait enfin lui demander comment elle allait.

Olivier la repéra tout de suite. D'abord en retrait, il observa la scène de loin. Des collègues à lui, la police scientifique, les gardiens du bâtiment, et peut-être autant de personnes qui n'avaient rien à faire là comme le SAMU, les pompiers, et même une cellule de crise pour le personnel hospitalier. Il remarqua ses déplacements d'un banc à l'autre, ses mains qui se portaient tantôt à sa bouche pour s'empêcher de crier, tantôt à son cœur pour se donner du courage. Elle était sous le choc. Il devait aller lui parler. Son instinct de flic se réveilla soudainement comme un félin qui avait senti l'odeur du sang en train de sécher par terre. Elle savait quelque chose. Il décida de l'aborder par-derrière pour qu'elle ne le sente pas venir.

— Comment ça va ? tenta Olivier, tout en regardant l'endroit où le corps avait été retrouvé. Une tente protégeait la scène de la pluie. En dessous ne restaient que des plaques numérotées correspondant aux objets retrouvés sur place.

La jeune infirmière était déboussolée, elle attendait qu'on lui pose la question, mais ne s'attendait pas à ce que ce soit l'homme qui avait emmené avec lui le patient de l'aile Nord, le patient de son ami russe. Elle fixa Olivier un moment, ses yeux verts, les cernes, sa bouche fine, ses traits creusés et le manque de sommeil. Il était beau, mais ne semblait pas le savoir, ne semblait pas s'y intéresser. Elle décida qu'il était gentil. Et les larmes coulèrent à nouveau de ses yeux rougis.

— Vous êtes un gentil, dit-elle à voix haute. Je vous ai vu ce matin. Je m'appelle Cindy.

— Olivier, lui répondit simplement le félin qui avait déjà sa proie dans son périmètre d'action.

C'était du tout cuit. Il n'avait plus qu'à l'écouter.

— Je peux ? demanda Olivier en montrant le parapluie de Cindy.

L'infirmière lui fit une place et mit l'officier à l'abri.

— Je le connaissais, c'est moi qui l'ai trouvé par terre, qui ai appelé les secours. Je leur ai tout dit déjà. Je vous ai vu ce matin emmener son patient. Peut-être que si vous n'aviez pas…

Elle ne put finir sa phrase, et fondit en larmes en se jetant dans ses bras.

« Qu'est-ce qu'elles ont toutes depuis ce matin ? », se demanda Olivier.

— Je suis officier de police judiciaire. J'avais des ordres du tribunal. J'ai rencontré la victime, mais je ne la connaissais pas. Et vous ?

— Je le croisais tout le temps. Il s'appelait Yvan Tchoki, il n'était pas russe vous savez ? Il est polonais, mais tout le monde l'appelait le Russe. Il y est déjà allé en Russie il m'a dit. Il était parti à Moscou pour finir son internat de psychiatre. Il m'a dit que c'était un joli pays. Ils l'ont trouvé là-bas à Moscou pour venir étudier le patient que vous avez emmené ce matin…

Olivier écoutait attentivement, prenait des notes de temps en temps. Il ferait le tri après. Il ne fallait surtout pas l'interrompre. Son attention fut captée quand elle parla d'un homme chauve bien habillé qui avait quitté calmement le chemin au moment où elle avait découvert le corps et appelé à l'aide.

— J'ai crié de toutes mes forces, mais il pleuvait fort, il ne pouvait pas m'entendre.

— Mais vous étiez déjà près du corps quand vous l'avez appelé ?

— Oui, il était arrivé à l'arbre là-bas, j'ai crié, mais il ne s'est pas arrêté. Il a continué calmement son chemin et il est parti.

L'inspecteur était sidéré. Les choses étaient tellement évidentes. Si elle avait trouvé le corps étendu ici, pendant que monsieur crâne rasé partait, il avait forcément vu le corps lui aussi, puisqu'ils étaient sur le même chemin. Et si le Russe s'était fait sauter la cervelle après l'avoir croisé, il aurait certainement entendu le coup de feu.

— Il pleuvait beaucoup ?

— La pluie avait repris très fort quand j'ai vu le docteur par terre, répondit Cindy qui ne comprenait pas l'intérêt de la question. Il a plu toute la journée avec quelques pauses.

Olivier ne l'écouta plus. Il repensait à tous les gens qui couraient sous la pluie ce matin quand il était assis à la terrasse du café. Là même où il avait vu plusieurs personnes en costume et oreillette autour de lui. Sous la pluie, personne ne marche tranquillement. Tout le monde se dépêche, encore plus quand on a un joli costume. Si on marche doucement, c'est que l'on ne veut pas attirer l'attention parce que l'on est un tueur professionnel, c'est ce que l'on a toujours appris. L'inspecteur sentait une piste. Mais pourquoi l'avoir tué au grand jour dans un hôpital. « Vous n'êtes pas autorisé à exercer en France… » avait dit Alexandra ce matin au médecin. Comment se pouvait-il qu'il le fasse quand même ? Comment Alexandra savait-elle cela ? Il devait avoir une franche conversation avec elle dès son retour à l'appartement.

— Vous savez, Cindy j'ai entendu dire que votre ami n'était pas tout à fait autorisé à travailler en France ? Vous le saviez ?

— Non, enfin oui un peu, mais vous savez les hôpitaux en France… On a besoin de médecins étrangers de toute façon, c'est juste une question administrative.

— Comment ça ?

— La plupart des médecins ne sont pas attirés par la psychiatrie et l'exercice de la psychiatrie dans les hôpitaux, alors souvent on embauche des médecins étrangers qui ont une fonction d'interne pendant une ou deux années.

— C'est comme ça qu'il est arrivé le docteur Tchoki ?

— Oui, mais lui curieusement, il a gardé le statut de « faisant fonction d'interne » jusqu'à maintenant. C'était un peu spécial.

— Comment ça ? s'étonna Olivier qui menait maintenant un vrai interrogatoire sans que la jeune infirmière ne s'en aperçoive. J'imagine que l'on ne reste pas « faisant fonction d'interne » toute sa vie. Il était mauvais ?

— Non au contraire très bon, mais il avait une sorte de contrat d'exclusivité on m'a dit, je ne sais pas si c'est comme ça qu'on dit, mais c'est ce qu'on m'a dit. Il ne s'occupait que du patient Graham. Exceptionnellement d'autres patients quand on manquait de personnel, mais d'abord et surtout de monsieur Graham. On l'appelle ici le patient zéro.

— Quoi, comment ça depuis plus de quinze ans ? s'étonna Olivier.

— Il n'était là que pour Graham, et ce protocole d'étude. Je sais c'est bizarre mais c'est ce qu'il disait, et ce que nous disaient nos chefs.

— Pendant quinze ans, un seul patient, et un seul médecin.

— Oui, mais apparemment il y avait plus d'études ailleurs dans le monde, dans plein de pays. Ça prend du temps de mettre en place une nouvelle molécule sur le marché. Et apparemment, ça payait bien. Beaucoup de mes collègues disaient qu'il était assez friqué.

Olivier nota tout sur son carnet. Il pensait que tout était trop louche pour être honnête. Personne ne gagne bien sa vie avec un seul patient, ça n'avait aucun sens.

— Vous vous rappelez le nom de cette étude ?

— C'est l'étude Difover. C'est le principe actif de la molécule, le Difover.

— Amnésiant, plus antidépresseur ? demanda Olivier qui se rappelait la conversation d'Alexandra.

— Vous connaissez ?

— On en a parlé avec le directeur, se risqua Olivier.

— Il est en vacances cette semaine, dit Cindy qui commençait à s'apercevoir qu'elle parlait beaucoup trop, vous êtes de la police ou vous êtes un journaliste ?

— Je suis flic, dit Olivier en sortant sa carte professionnelle pour tenter de la rassurer. On l'a appelé tout à l'heure pour le tenir au courant de la situation.

Mais c'était trop tard, Cindy avait décidé qu'elle en avait dit bien assez, elle avait besoin de rentrer chez elle, de retrouver ses chats, son verre de vin et de se faire couler un bon bain chaud. Elle était en état de choc, trempée, et affamée.

— Je vous laisse ma carte au cas où quelque chose vous revenait, dit Olivier qui sentait que la conversation allait toucher à sa fin. Merci beaucoup de votre aide Cindy.

— OK merci, au revoir, dit l'infirmière en regardant une dernière fois Olivier dans les yeux et en se dirigeant vers sa voiture.

Olivier avait quand même obtenu énormément d'informations, il était temps de parler à l'officier en charge de l'enquête, son ami et ennemi de toujours, l'inspecteur Dany Caselli. Même parcours, mais il avait tout fait mieux que l'inspecteur Torin. Lui était monté en grade rapidement, avait les faveurs du chef, avait une femme et deux enfants parfaits, un garçon et une fille. Et il ne s'occupait que des affaires intéressantes qui le mettaient toujours sur le devant de la scène. C'était Monsieur Parfait. Pendant qu'Olivier s'occupait des agressions de prostituées, des disputes familiales, et des meurtres entre bandes rivales qui n'intéressaient que le monde des statistiques, Dany, lui, s'occupait du trafic d'êtres humains, des meurtres dans le monde du show-business qui faisaient la une, et du trafic d'armes. Pendant qu'Olivier se trimbalait une psychologue et son patient, Dany était devant les journalistes pour le suicide d'un médecin dans son hôpital. Ça ne dérangeait pas Olivier plus que ça, il préférait largement son monde. Il était, à sa façon, proche des gens, connecté au réseau souterrain, à la vraie vie, à la criminalité de tous les jours. Il savait que ses collègues allaient avoir des conclusions hâtives pour boucler une enquête, tandis que lui allait prendre le temps de faire plusieurs fois le tour du dossier, et d'explorer toutes les pistes. Il le faisait en l'honneur des victimes. Elles auraient toutes voulu que quelqu'un aille au bout des choses, c'était pour lui une façon d'accomplir leur dernière volonté, de raconter la vérité aux proches des victimes. Il avait bien une douzaine de rapports à terminer qui traînaient sur un coin de son bureau, mais il lui manquait encore des éléments ou des témoignages pour clore les dossiers. C'était ce qui faisait le plus rire ses collègues. Certains disaient que les Américains attendaient son rapport pour savoir qui avait tué JFK. Il s'en fichait, ça le faisait souvent même rire. Tout le monde riait, sauf le commissaire qui lui faisait des remarques de temps en temps à ce sujet.

Mais avant d'aller voir le grand inspecteur Caselli, il devait voir la victime. Elle avait été transportée sous une tente à l'abri des regards indiscrets. Il franchit les barrières de sécurité, et passa devant deux agents qui avaient hâte que la pluie ou que leur service s'arrête. Au milieu de la tente, sur un brancard, le cadavre l'attendait sur le dos. Le crâne était percé de part en part. Une seule minute lui suffit pour savoir que c'était un meurtre. Il entendit des pas s'approcher derrière lui.

— Mon vieil ami, le capitaine Torin ! lança Caselli.

— Mon vieil ami Dany, répondit Olivier en lui serrant la main. Il était entouré de deux agents qui le regardèrent fixement.

— Qu'est-ce que tu fous ici ? Ce n'est pas une affaire pour toi ça, tu ne devais pas faire guide touristique cette semaine ? demanda Caselli avec son accent italien.

— J'aurais préféré ! C'est le chef qui m'a demandé de passer.

— Pour un suicide ? OK t'es passé, salut. Et *grazie* !

Olivier n'aimait pas le ton que prenait cette conversation. Ils avaient toujours été respectueux l'un envers l'autre. Mais cette fois, Dany voulait clairement qu'il disparaisse et ne s'en cachait pas. Il n'avait jamais été aussi direct. Olivier était plutôt habitué à voir l'Italien discuter, palabrer, se vanter. Les deux hommes se regardèrent un moment.

— Bon j'y vais, mais tu sais comme moi que ce n'est pas un suicide n'est-ce pas ? dit calmement Olivier en regardant cette fois les deux agents.

Il n'y eut aucune réaction de leur part, ce qui le confortait dans l'idée que ces deux agents savaient aussi.

— C'est un suicide point barre. Tu vois pourquoi tu ne boucles jamais une enquête ? Tu en rajoutes toujours, tu vois le mal partout, et surtout tu dis des conneries.

Olivier ne savait pas pourquoi il ne voulait pas l'admettre. Est-ce qu'ils avaient déjà une piste qu'il voulait garder pour eux ? Caselli avait-il entendu parler d'une taupe aussi et ne lui faisait pas confiance. Une zone d'ombre supplémentaire venait s'ajouter au tableau qui devenait de plus en plus noir au fur et à mesure de la journée. Olivier n'avait plus rien à perdre.

— Sur les deux orifices entrée et sortie, il n'y a aucun cheveu cramé. Cet homme n'a jamais eu de pistolet sur la tempe. Une balle l'a tué à distance, mais il n'a pas appuyé sur la détente.

— Il n'avait pas beaucoup de cheveux, répondit Caselli qui avait maintenant l'air franchement énervé.

— Je dis ça, je dis rien.

— Oui ben dis rien, répondit l'Italien qui était décidé à avoir le dernier mot.

Le téléphone d'Olivier sonna.

— Inspecteur Torin, répondit le capitaine sans quitter son collègue des yeux.

— C'est moi Josette, il y a des types après moi !

Cette fois Olivier partit en courant vers sa Polo sans même regarder les trois policiers qui étaient bien contents de le voir déguerpir.

— T'es où là ? lui demanda Olivier.

— Chez ma sœur, lui répondit Josette.

— Barre-toi de là, c'est là qu'ils viendront après ! Qui est après toi les mecs de ce week-end ?

— Non ce n'est pas eux, je les connais pas !

— Va chez le curé, je viens te chercher, je suis juste à côté, à Sainte-Marie ! lui dit Olivier en raccrochant.

10- JO

Josette, fin de vingtaine, elle en faisait vingt de plus, tant la vie lui en avait fait voir de toutes les couleurs, déjà maman le jour, encore prostituée la nuit. Elle devait se battre contre les services sociaux qui étaient après elle, mais qui ne voulaient pas l'aider financièrement. Contre les clients qui cherchaient du rêve, mais qui ne lui laissaient que des cauchemars. Des cauchemars accrochés à ses chevilles, qui venaient la hanter durant la journée quand elle fermait enfin les yeux. Elle se battait contre sa maquerelle que tout le monde prenait pour sa sœur. Josette lui versait un pourcentage et en échange elle lui gardait son fils de cinq ans. Sa « sœur » l'aidait, mais ne voulait pas qu'elle quitte ce business. Jo se battait pour que ses clients la payent correctement et surtout qu'ils ne la frappent pas, ne la filment pas. Elle se battait contre sa propre vie, son enfance volée, et certainement son avenir. Elle se battait depuis toujours.

Olivier prit la direction de l'église de l'Ariane. En chemin, il repensa à sa rencontre avec Josette, six ans plus tôt.

C'était sa première affaire en tant que capitaine, Jo avait dix-sept ans à l'époque. Olivier rentrait chez lui quand il vit un bateau à la dérive. Il prenait l'eau de toutes parts, tanguait et se cognait contre tous les obstacles qu'il rencontrait. Ses voiles étaient déchirées. Les coups avaient défiguré sa coque. Ce bateau ne tiendrait pas longtemps, il n'allait pas tarder à couler. Les gens évitaient de croiser son chemin sur le trottoir. Les yeux gonflés par les coups, les larmes ne venaient pas. Elle décida que la vie n'en valait peut-être plus la peine et décida de se faire écraser. Elle changea de cap brutalement pour se retrouver devant la voiture d'Olivier. S'il ne l'avait pas suivie du regard, il l'aurait probablement écrasée.

Il freina de toutes ses forces, et s'arrêta juste devant elle. Il n'en croyait pas ses yeux. Quarante kilos se tenaient devant lui sans bouger, la tête baissée. Son corps avait été roué de coups, et ne portait quasiment plus de vêtement. Des hématomes, des griffures, des coups de rasoir recouvraient son corps. Ses cheveux étaient tout collés de sang et les gouttes continuaient de perler. Le serre-tête enfoncé dans son cuir chevelu lui fit penser au Christ. Comme un phare qui prévient les bateaux du danger il l'éclaira des feux de sa voiture. Elle s'écroula sur son capot, puis sur le bitume.

Ils venaient tous les deux d'effectuer leur première journée de travail avec un nouveau chef et ne s'attendaient pas à finir aux urgences. Lui venait de terminer sa première journée en tant que capitaine en intégrant le commissariat d'Auvare. Elle venait de se faire agresser par son soi-disant nouveau protecteur. Olivier avait appelé les secours. Puis, il avait veillé sur elle toute la nuit. Il s'était assuré qu'elle ne devienne pas le patient sans intérêt que l'on oublie au fond des urgences, juste à côté des clochards dont personne ne voulait, ni les hôpitaux, ni la rue. Une jeune infirmière s'était bien occupée d'elle, avait nettoyé toutes ses plaies. Elle avait pris le temps. Le temps dont une enfant avait besoin pour récupérer, pour croire l'espace d'une nuit que ce monde n'était pas aussi merdique qu'il en avait l'air. Cette infirmière lui avait offert plus de réconfort en une nuit qu'elle n'en avait reçu durant toute sa vie. Elle avait su s'arrêter quand la douleur n'était plus supportable, trouver les mots justes, et surtout se taire quand l'esprit de Jo avait eu besoin de repos. Cette infirmière avait réussi à soigner son corps et son esprit. Avec un jeune médecin, elle avait refermé les plaies une à une en apportant autant d'attention et de douceur de la première à la dernière. Certaines étaient trop profondes et nécessitaient une anesthésie générale pour être explorées, mais le bloc opératoire était surchargé ce week-end-là. Au petit matin, Jo put enfin s'endormir grâce aux anesthésiants. Elle fut hospitalisée une vingtaine de jours. Une semaine aurait probablement suffi, mais Olivier avait besoin de temps pour retrouver ceux qui avaient fait ça. Il avait besoin de temps pour lui trouver un endroit, et que sa sortie se fasse en sécurité. Il lui avait dit qu'il était flic, qu'il allait s'occuper d'elle, et ne lui demanda jamais si elle voulait porter plainte. C'est ce qu'elle aimait chez lui. Elle n'avait pas à répondre à des questions. Olivier comprenait tout et ne lui demandait rien. C'était le seul homme, avec son ami le curé, qui ne lui demandait rien. Il était devenu son grand frère. Olivier avait voulu retrouver l'ordure qui lui avait fait ça. Il avait retourné tous les coins de la ville, avait mis la pression sur les quelques indics qu'il connaissait. Tous avaient donné des fausses pistes. Il était trop jeune flic dans ces rues trop vieilles pour être pris au sérieux. Au commissariat, il était trop jeune dans ces bureaux trop usés. Personne ne voyait d'intérêt à résoudre une affaire qui n'avait même pas commencé par une plainte, alors personne ne leva le petit doigt. Il était pourtant décidé à aller jusqu'au bout. Il avait passé ses soirées à observer le monde de la nuit. Il était attiré par ce monde autant qu'il en était dégoûté. L'humanité tout entière se donnait rendez-vous dans les allées et contre-allées obscures de Nice pour célébrer l'enfer sur terre. La plupart des pistes qu'il obtenait s'évanouissaient dans la nature comme des mirages. Il marchait seul en plein désert sans avoir aucune idée de la direction à prendre. Il aurait pu demander à Jo, il était sur le point de le faire quand une petite frappe du nom de Toni lui passa un coup de fil qui avait tout déclenché.

C'est en pensant à Toni que l'inspecteur arriva à hauteur de l'église de l'Ariane et vit Jo pénétrer à l'intérieur. Olivier arrêta le moteur de sa voiture en double file dans une rue à sens unique et prit le temps d'observer les alentours. Il n'aperçut personne. Il recommençait à pleuvoir de plus belle. Il savait qu'elle était en sécurité, mais ne savait pas qui était à ses trousses. Plus jeune, il aurait déjà bondi de la voiture pour la retrouver. Désormais, il savait qu'il fallait juste attendre, être patient. L'inverse de Toni la petite frappe. Lui voulait devenir grand bandit, était chauve à vingt-cinq ans, avait deux énormes boucles d'oreilles, et n'hésitait pas à passer à tabac quiconque l'appelait Monsieur Propre. Il voulait se faire un nom à tout prix, quitte à pactiser avec l'ennemi, quitte à pactiser avec un flic.

— Primo, j'aime pas les flics, avait-il dit en premier. Et deuxio, j'aime pas les flics.

— Les flics non plus t'aiment pas Toni, tu le sais bien, lui répondit calmement Olivier.

— Oui mais toi Torin, ce n'est pas pareil. On sent que t'as pas encore envie de profiter du système. Et je voulais te renvoyer l'ascenseur pour ma mère. Je suis un homme d'honneur.

Sa mère avait été victime d'un vol de sac à main par deux toxicomanes de son quartier. Olivier avait retrouvé le sac à main, Toni avait retrouvé les deux toxicomanes. Puis, plus personne ne retrouva les deux toxicomanes.

— Pas encore, c'est vrai. Mais qu'est-ce que je peux faire pour toi ?

— Ben tu vois, c'est moi qui vais faire quelque chose pour toi. Tu sais la gamine qui s'est fait taillader, tout le monde sait que tu recherches celui qui a fait ça.

— Et ? demanda Olivier qui ne comptait plus le nombre de fausses pistes que lui avait fait prendre cette affaire.

— Eh ben je sais qui a fait ça, et pourquoi.

Olivier ne cherchait plus le pourquoi depuis longtemps, il était tellement obsédé par le nom de celui qui avait fait ça à sa protégée, que cette question était vite passée au second plan.

— Ce sont les Tchétchènes !

Olivier se marra. Tout le monde voulait que les Tchétchènes soient responsables de tout ce qui n'allait pas de la Russie à la Côte d'Azur. C'était la tendance du moment. Il allait raccrocher quand il entendit crier dans le téléphone.

— Jo est tchétchène, c'est pour ça qu'il lui a fait ça !

— Qui, il ?

— Pas au téléphone. Seize heures au parc, devant chez ma mère.

Olivier avait essayé toutes les pistes possibles et imaginables, mais n'avait jamais pensé à celle-là. Elle était vraiment glissante et dangereuse, et personne ne s'y risquait de son plein gré. Personne n'allait voir les Tchétchènes, ce sont les Tchétchènes qui venaient vous voir. La désillusion s'était vite mêlée à l'espoir. Devait-il vraiment s'engouffrer dans cette voie ? Son badge et son job ne le protégeraient pas, bien au contraire. À 15 h 45, un café à la main, Olivier scrutait le parc en feignant de lire un journal et de prendre le soleil. Il ne savait plus quoi penser de cette piste quand la mère de Toni vint s'asseoir à ses côtés, un café à la main.

— Je sais que vous aimez le café, j'en ai apporté un.

— Bonjour Madame, je viens de finir le mien, je boirai le vôtre volontiers. Comment allez-vous ?

— Bien merci, c'est Toni qui m'envoie.

« C'est du sérieux », pensa Olivier, pour que Toni envoie sa propre mère c'est qu'il jouait gros et n'avait confiance en personne.

— Que Dieu le protège, dit-elle en levant les yeux au ciel. Il m'a donné ça pour vous.

Ses mains étaient usées par des années de ménage qu'elle faisait dans une clinique privée du centre-ville. Elles étaient usées par une vie de maltraitance de son mari décédé lorsque Toni avait une dizaine d'années. Elles étaient usées par des nuits à se faire un sang d'encre pour un fils qui ne l'écoutait plus, qui traînait la nuit, passait par le commissariat, et finissait souvent au tribunal et parfois par la case prison. Dans ses yeux, Torin pouvait voir qu'elle n'avait jamais eu le contrôle sur rien, ni sur le choix de son mari, ni sur l'éducation de son fils ou sur quoi que ce soit d'autre. Elle sortit de sa poche un téléphone prépayé jetable. « Toni regardait trop la télé », se dit Olivier. Elle sortit de l'autre poche un bout de papier sur lequel était griffonné un numéro de téléphone.

— Dieu vous garde dit-elle en partant, sans savoir que le soir même son fils, son dernier souci, allait disparaître et qu'elle allait devenir la « sœur » de la petite Jo.

Enfoncé dans sa Polo, Olivier laissa de côté ses pensées pour fixer l'église à nouveau. La lumière venait de clignoter deux fois à l'intérieur. Jo était sous bonne protection. Plusieurs Mercedes noires vinrent se garer aussi en double file à une vingtaine de mètres derrière la voiture de l'inspecteur. Les clones de ce matin en costumes cravates sortirent presque à l'unisson de leurs voitures. Ils devaient être une dizaine. Cette fois, ce n'était plus une coïncidence. Olivier sentit l'adrénaline, ou la caféine accumulée durant la journée, venir taper contre ses tympans. Il dégaina son arme et sortit de la voiture pour leur barrer la route. Tous s'arrêtèrent en même temps face à l'inspecteur. Il les fixait, son arme de poing dans sa main droite, bien en évidence, dirigée vers le sol. Tous le connaissaient, il en était certain. L'inspecteur attendait leurs réactions tout en faisant « non » de la tête. Le message était clair, vous venez d'atteindre la ligne rouge à ne pas franchir.

Qui étaient-ils ? Pourquoi le surveillaient-ils depuis le matin, et surtout pourquoi s'en prenaient-ils à Jo ? Ils étaient trop élégants pour faire partie de la mafia tchétchène. Ils étaient connectés à la psychologue ou à son patient, mais également à Jo.

Olivier fit un pas de côté pour tenter de lire la plaque d'immatriculation de la première voiture. Mais les conducteurs restés à bord de chaque voiture allumèrent les pleins phares presque en même temps. Il ne put lire que CD, corps diplomatique ! Olivier ne s'écarta pas pour autant. Personne ne bougea pendant un long moment. Puis, presque en même temps, ils dégainèrent lentement leurs armes qu'ils pointèrent vers l'inspecteur en s'alignant l'un à côté de l'autre. Il avait du mal à les voir distinctement. Son cœur, qui battait déjà vite, s'accéléra, suivi de sa respiration. Il avait déjà eu une arme braquée sur lui, mais pas une dizaine en même temps. Tout en déplaçant aussi lentement que possible son arme vers chacun des hommes, Olivier se déplaça vers l'arrière et se positionna derrière la portière de sa voiture restée ouverte. Toujours le même message, vous ne passerez pas indemne, je suis prêt à me battre, et il y aura des morts si besoin. La pluie et le vent étaient les seuls spectateurs du drame qui se jouait dans cette rue déserte quand son téléphone sonna. Il décida de ne pas répondre. Le téléphone sonna deux fois de plus. Il ne répondit toujours pas. Puis les clones remontèrent dans leurs voitures et reculèrent dans la rue à sens unique. Une des voitures était restée au bout de la voie pour éviter que quelqu'un ne s'y engage, et faciliter leur fuite.

L'inspecteur s'empressa de monter dans sa voiture pour faire marche arrière à son tour, mais déjà deux voitures et un bus venaient de s'engager dans la rue. Inutile d'essayer de les suivre. Et pour faire quoi en plus ? Il remit la marche avant et alla se garer. Il regarda son écran de téléphone. C'était Alexandra qui avait essayé de le contacter. Trop de coïncidences. Est-ce qu'elle était de mèche avec eux ?

L'adrénaline commençait à retomber, quand il entra dans l'église.

11- ANGE

L'édifice n'avait quasiment pas changé depuis la première fois qu'il y avait mis les pieds cinq années plus tôt. À l'époque, il venait de boucler sa première affaire en solo et avait du sang sur les mains, sur les bras, sur le visage. Le sien et celui d'autres personnes. Il était épuisé, à bout de nerfs, les lèvres en sang, un œil gonflé, sa chemise et son pantalon déchirés. Son corps était meurtri par les coups. Il avait mal quasiment partout. L'espace d'un instant, il avait ressenti ce qu'avait ressenti Jo la nuit où elle s'était fait massacrer. Le doute s'était installé dans son esprit.

Avait-il bien fait de se mêler de cette histoire ? Était-ce le prix à payer pour une prostituée qui avait par chance ou malchance croisé sa route ? Il était rentré presque par hasard dans cette église de l'Ariane après une promesse. Il venait de se battre à mains nues contre deux diables et y avait laissé toutes ses forces. Jusqu'à cette nuit-là, il ne croyait pas vraiment en Dieu. Il pensait l'église fermée, mais elle lui était grande ouverte. Il poussa les portes au beau milieu de la nuit, la tête pleine d'interrogations, les bougies lui répondirent chaleureusement. La lueur était douce, l'endroit calme. Il avança lentement laissant derrière lui des gouttes de sang qui venaient éclabousser le marbre autrefois blanc, usé par des années de prières. Comme à l'école, Olivier s'installa au dernier rang. La tête entre ses jambes, il regardait d'un œil son hémoglobine tomber entre ses pieds. Les mains pendantes, il n'essayait même plus de retenir son sang. Il avait l'impression de se purger de la mort qu'il venait de semer. Il sentait qu'il allait perdre connaissance, mais il resta assis là sans bouger, la tête baissée. Il était toujours en train de reprendre son souffle quand une main se posa sur son épaule. Olivier leva doucement la tête, sa vision était floue, ses paupières avaient gonflé, il crut voir un ange pour la première fois.

— Je vois un ange, dit l'inspecteur en souriant, avec les ailes et tout.

— Vous ne croyez pas si bien dire mon garçon, je m'appelle Ange, lui répondit le curé de l'église.

— Ange ? Vos parents vous ont vraiment appelé Ange ? ricana Olivier en tentant de se lever, avant de se rasseoir.

— Oui c'est un beau prénom je trouve, et vous ? Comment vous appelez-vous mon garçon ?

Olivier fut pris de respect pour cet homme. Au beau milieu de la nuit, il venait de rentrer dans une église en mettant son sang partout. Et le curé qu'il venait sûrement de déranger, lui faisait la conversation comme si de rien n'était.

— Je m'appelle Olivier, je ne veux pas vous embêter, je veux juste rester cinq minutes, et je m'en irai. J'ai la gorge sèche, vous avez quelque chose à boire.

Le curé fronça les sourcils.

— De l'eau, précisa l'inspecteur, juste de l'eau, je suis en service, je suis flic.

Ange sourit et s'empressa d'aller lui chercher de l'eau. Mais à son retour, il retrouva Olivier allongé par terre entre les rangées de chaises. Il lui apporta un oreiller et une couverture, et veilla sur lui jusqu'au matin.

En se réveillant, l'inspecteur regarda les chaises autour de lui et la couverture. Il se rappela son ange gardien et se dit que finalement ses parents lui avaient trouvé le parfait prénom. En touchant son visage, il sentit de nombreux pansements et même du coton dans une narine.

— J'ai été infirmier pendant des années avant de me consacrer à Dieu, répondit à ses interrogations une voix derrière lui.

Ange, toujours souriant, tendit un verre d'eau qu'Olivier but d'une traite cette fois-ci. En regardant autour de lui, il s'aperçut que le prêtre avait pris soin de lui, mais qu'il avait aussi pris la peine de nettoyer tout le sang qui avait goutté dans l'église.

— Merci pour tout ce que…

— De rien mon garçon. Il faut partir maintenant, revenez demain si vous voulez.

Olivier qui se sentit soudain mis à la porte après cette hospitalité hors norme, ne semblait pas comprendre.

— On est dimanche, une foule de gens va venir dans quelques heures, vous seriez mieux dans votre lit.

Olivier comprit la situation, et regarda rapidement sa montre.

— Oh pardon, vous avez raison, merci, merci encore.

Il sortit de l'église et alla s'installer à la boulangerie qui faisait l'angle de la rue. Il commanda des croissants et plusieurs cafés. Quand plusieurs petits groupes pénétrèrent dans l'édifice, il se joignit discrètement à eux. Il s'installa au fond, à l'endroit même où il avait passé la nuit. Couvert de pansements et d'ecchymoses, l'œil encore gonflé, il ne voulait pas attirer l'attention. Il écouta son nouvel ami parler de pardon, de péché, mais surtout de pardon, sans culpabiliser, sans accuser, sans crier. Il se laissa un instant bercer par le réconfort, l'acceptation de la nature humaine et la promesse d'un lendemain meilleur. Il décida de rester et d'écouter. Il reprenait foi en l'humain, et c'est tout ce dont il avait besoin. Il resta même quand les fidèles de l'église se dispersèrent. Il se sentait mieux ici, en paix en quelque sorte. L'église était simple, tant à l'extérieur qu'à l'intérieur. Ici, pas de fastes, pas de tableau d'époque, pas de gargouilles, pas de simagrées.

Les plafonds n'étaient pas trop hauts, et ne donnaient pas l'impression qu'on était minuscule. Les poutres étaient apparentes, et de grandes baies vitrées laissaient passer une lumière chaude, douce et réconfortante. « Il ne manquait plus qu'une cheminée », pensa Olivier. Ange qui venait de raccompagner la dernière personne en dehors de l'église s'approcha de lui.

— C'était la première fois que vous assistiez à une messe ? lui demanda-t-il.

— Oui. Pourquoi ne pas m'avoir demandé de rester, plutôt que de me mettre dehors ?

— Pour deux raisons, lui dit Ange en s'asseyant à côté du policier. La première, c'est qu'il ne doit pas y avoir de contrainte en religion. Cela doit venir de votre cœur, vous devez ressentir seul l'envie de venir. C'est comme ça qu'on est le plus à l'écoute. C'est plus agréable pour les fidèles, comme pour moi d'ailleurs.

— Et la deuxième raison ? se risqua Olivier.

— Vous avez vu votre tête ? Vous avez fait peur à tout le monde !

Olivier se tint les côtes en gémissant pour s'empêcher de rire.

— Merci de m'avoir soigné en tout cas, le corps et l'esprit.

— Pour ce qui est du corps, je n'ai pas trop de mérite, j'ai été infirmier de bloc opératoire pendant une quinzaine d'années. J'ai eu la foi très tard.

— Je pensais qu'en voyant les atrocités humaines, tout le monde perdait la foi avec le temps.

— Il faut croire que je ne suis pas comme tout le monde. J'ai même été marié vous savez.

Olivier crut à une blague.

— Ma femme est morte d'un cancer du pancréas. Aussi paradoxal que cela puisse paraître, Dieu m'a pris ce que j'avais de plus cher au monde. Il l'a remplacé par ce cadeau inestimable qu'est la compassion envers les autres êtres humains. J'ai décidé de rentrer dans les ordres très tard. C'est la meilleure chose qui me soit arrivée.

Marquant une pause, il regarda Olivier dans les yeux.

— Alors, qu'est-ce que vous faites là, mon garçon ?

Olivier ne savait pas par quoi commencer. Il parla directement de sa rencontre avec Jo, puis son enquête, son envie d'aider, la laideur de la nature humaine, sa foi dans le système judiciaire et ses limites, le coup de fil de Toni. Puis il marqua une pause. Pas une seule fois Ange ne lui avait coupé la parole. Il décida de continuer en racontant tout ce qui avait suivi.

Jo était donc tchétchène, et Toni, qui tenait par-dessus tout à se faire une place dans le milieu quitte à se frotter à plus fort que lui n'hésitait pas à dénoncer le milieu tchétchène en général, et Vakha en particulier. D'après Toni, c'était une nouvelle petite frappe qui voulait aussi être reconnue par ses pairs, montrer qu'il n'avait peur de rien, et qu'il n'avait pas de limites. Jo était la protégée de Vakha depuis quelques semaines, et pour instaurer la peur auprès des autres filles, il n'avait pas hésité à la filmer pendant qu'il la tailladait. Vakha utilisa cette vidéo pour faire peur à toutes les nouvelles recrues. Il avait choisi Jo parce que c'était sa préférée, et l'avait fait souffrir juste comme ça, pour l'exemple. S'il avait été capable de torturer sa préférée, les autres filles pouvaient s'imaginer ce qu'il pouvait faire si elles n'obéissaient pas. Mais le milieu tchétchène avait une certaine morale, et n'avait pas supporté ce procédé. Il ne fallait pas se faire du mal entre membres de la communauté. Vakha avait donc été banni du clan, mais il restait libre d'agir tant que ses affaires n'empiétaient pas sur celles du milieu. Vakha était resté très discret, et avait été isolé de tous après la mésaventure de Jo. C'est pour cela qu'Olivier n'avait pas pu se rapprocher de cette piste. Toni lui avait fourni le nom et une adresse, avec même quelques conseils. Vakha se méfiait de tout le monde et surtout de la police. Il travaillait avec un seul partenaire Khasan qui lui obéissait au doigt et à l'œil.

Olivier avait pris le temps de digérer toutes ces informations, il avait passé en revue toutes les possibilités qui s'offraient à lui. Toni ne manquait pas de lui rappeler régulièrement qu'il devait lui renvoyer l'ascenseur, qu'un jour il aurait besoin de lui. Olivier n'appréciait pas du tout ce pacte qu'il venait de sceller, mais il n'avait pas le choix, il était dans une impasse. Il retourna les événements dans tous les sens, que pouvait-il faire d'autre qu'aller retrouver directement Vakha pour le confronter. Il savait qu'il était à la limite de l'illégalité en allant le voir sans qu'aucune plainte n'ait été déposée contre lui. Mais il était allé trop loin dans cette affaire pour s'arrêter maintenant. Il devait refermer ce dossier, il n'avait plus le choix. Une adresse dans le quartier de l'Ariane de Nice, c'était déjà risqué. Y allait seul était encore plus risqué, mais y allait en tant que flic sur une affaire non officielle, c'était du suicide, il le savait.

Combien de chances avait-il d'en ressortir indemne ? D'habitude précautionneux, Olivier laissa les statistiques de côté et se concentra sur ce qui pouvait faire la différence en dernier recours, son arme de service. Après un passage au centre de tir pour évacuer le trop-plein d'adrénaline, il avait enfilé son duffle-coat sombre afin de mieux dissimuler son arme. Ce manteau était son porte-bonheur à lui, il l'avait accompagné dans toutes les galères qu'il avait connues depuis la sortie du lycée. Un cadeau de ses parents pour son bac. C'est ce qu'il avait demandé, c'est ce qu'il avait mérité, et c'est ce qu'il avait eu, même si c'était au mois de juillet.

Lorsque la nuit commença à tomber, il était monté dans sa Polo grise et avait pris la voie rapide, perdu dans ses pensées. Dans presque toutes les voitures autour de lui, des clowns, des momies, et des monstres lui faisaient de grands signes en ricanant. La plupart des conducteurs avaient mis leur musique à fond et des lumières dans les habitacles. Mais il y avait trop de voitures pour qu'il s'agisse d'une seule fête déguisée. En regardant son téléphone, il s'aperçut que c'était le 31 octobre, la fête d'Halloween. Encore une de ces traditions américaines qui avait réussi à envahir toute l'Europe et bientôt le monde entier, à travers les séries et les films américains qui se déversaient dans nos salons. Tels des chevaux de Troie, ils infectaient tous les cerveaux. Bientôt, on commencerait à célébrer Thanksgiving et le 4 juillet[2]. Olivier essaya de se ressaisir et de ne pas

---

[2] Le 4 juillet est le jour de la fête nationale des États-Unis en commémoration de la Déclaration d'indépendance vis-à-vis de la Grande-Bretagne, le 4 juillet 1776.

tomber dans le pessimisme. Il était tendu, il ne cessait de toucher la chaîne en or que sa grand-mère lui avait offerte. Sa voiture approchait le quartier de l'Ariane, et des jeunes faisaient éclater des pétards. Certains étaient déguisés en squelette, d'autres en zombie ou en fantôme. Il y avait trop de monde dehors pour passer inaperçu. Si au moins il avait été déguisé. Il trouva une place de parking à plus de trois cents mètres de l'adresse, la norme à Nice pour se garer. Toni lui avait dit de passer derrière l'immeuble, une porte ouverte permettait d'entrer dans les caves et de remonter au dernier étage, le huitième, où habitaient Vakha et Khasan. Les deux appartements du dernier étage leur appartenaient. Olivier ne se souvenait plus quelle était la bonne porte, droite ou gauche. Quand il sortit de l'ascenseur, des gémissements provenant de l'appartement de gauche se firent entendre. Il s'approcha, les gémissements avaient laissé la place à des hurlements. Ces cris venaient de changer la donne. Il pouvait demander du renfort en prétextant avoir été alerté par un voisin. En même temps, il voulait régler ça en douce. Les hurlements reprirent de plus belle, il fallait prendre une décision. Il entendit crier au secours et malgré l'épaisseur de la porte, il reconnut la voix, elle lui était familière. C'était Toni qui appelait à l'aide. L'inspecteur appela Police Secours, se présenta et demanda des renforts. C'était un quartier sensible, ou plutôt, insensible. Le temps que les policiers s'organisent pour venir en nombre, il en avait pour au moins quinze minutes, en ce soir d'Halloween, peut-être vingt. La porte s'ouvrit.

Une masse énorme se trouva devant Olivier, c'était Khasan tel que lui avait décrit Toni qui, pour une fois, n'avait pas exagéré. Il mesurait bien deux mètres pour presque deux cents kilos. Olivier ne put dissimuler sa surprise. La crainte se lut dans ses yeux. Khasan le regarda de haut, se demandant qui était cet intrus, puis vit l'arme de l'inspecteur, et se jeta sur lui de tout son poids. Le policier esquiva de justesse, d'un pas chassé, et pénétra dans l'appartement, tandis que son agresseur se heurta au mur la tête la première. L'adrénaline lui avait permis d'être plus rapide, de voir la scène au ralenti et d'être vraiment concentré, mais il ne savait pas si cela allait suffire. Toni était bien là, en caleçon, attaché à une chaise, à côté d'un sac de frappe accroché au plafond en plein milieu du salon. Vakha torse nu, en short de boxe, brandissait un sabre japonais couvert de sang. Il le glissa immédiatement sous la gorge de Toni. Visiblement Toni n'avait pas réussi à être assez discret, et Vakha l'avait appris. Ce n'était pas étonnant finalement, Toni parlait trop, et tout le monde savait que ça lui jouerait un tour tôt ou tard.

— Tiens, tiens, ne serait-ce pas celui dont on parlait ?

— Si, si, haletait Toni, c'est lui, il m'a forcé, il m'a menacé de m'enfermer, d'enfermer ma mère, c'est un flic. Tout est de sa faute, c'est à cause de lui.

Toni saignait de partout, Vakha s'était fait un malin plaisir à le taillader lentement. Une bâche en plastique, disposée sous la chaise de Toni, recueillait les restes de son âme. Il avait déjà dû perdre un bon litre, le désespoir et la souffrance se lisaient dans ses yeux.

Olivier sentit Khasan s'approcher de lui, il esquiva une fois de plus, et la masse s'écrasa cette fois sur le canapé. Quand il se releva, Olivier pointa son arme vers lui. Du sang coulait du front du géant, là où il s'était cogné contre le mur. Mais comme s'il ne voyait pas le pistolet braqué sur lui, il se releva et saisit Olivier pour le jeter par-dessus le canapé. Vakha éclata de rire. Avant que l'inspecteur ne puisse relever son arme à nouveau, Khasan le saisit pour le jeter sur le balcon, à travers la baie vitrée. Olivier était sonné, les mains et le visage coupés par le verre. Il avait fait tomber son arme de service. Par réflexe, il se recroquevilla en boule pendant que Khasan, déjà sur lui, portait des coups de poing sur son dos, tel un gorille. Puis ce furent des coups de pied. Sur la tête, le dos, les jambes, les coups ne semblaient pas diminuer. Olivier se sentit soudain soulevé du sol par un bras et une jambe. Il sentit que Khasan voulait le jeter du balcon. Il essaya de se débattre, en vain. Il se laissa faire une seconde le temps de bien viser. Il n'avait droit qu'à un seul essai, après, ce serait le grand plongeon. Quand la bête souleva Olivier jusqu'à sa hauteur, elle sentit un choc sur sa gorge et lâcha sa prise. De toutes ses forces, le flic lui avait assené un coup au centre de la trachée avant d'atterrir sur le rebord du balcon. Khasan se tenait la gorge des deux mains tout en reculant à la recherche de son souffle. Olivier en profita pour mettre un coup de poing sur les mains de Khasan qui tentaient de protéger sa trachée. Puis un deuxième, puis un troisième, et à chaque fois le mastodonte reculait. Olivier lui lança un coup de poing au niveau du diaphragme. C'est alors que Khasan se jeta sur Olivier, qui esquiva une fois de plus l'attaque en se baissant. Il était à nouveau coincé entre le mastodonte et le mur du balcon. Le Tchétchène perdit l'équilibre et s'appuya sur le rebord du balcon à son tour avec Olivier à ses pieds. Mais cette fois, c'est le policier qui saisit les deux jambes du géant, et les souleva de toutes ses forces. La gravité fit le reste. Khasan disparut par le balcon du huitième étage, sans même crier, tant il avait mal à la gorge. Deux secondes plus tard, la masse s'effondra sur une voiture en contrebas, déclenchant une alarme qui finit par attirer du monde. Ce n'était pas l'idéal dans ce quartier, mais tant pis, Olivier était soulagé d'être en vie. Il se retourna lentement vers le salon en se tenant les côtes.

Vakha était pétrifié, la bouche grimaçante, les yeux exorbités. Il n'avait pas bougé, tant il avait confiance en son homme de main. Il regarda le policier s'avancer vers lui. Abasourdi, il plaça son sabre sur la gorge de Toni qui fondit en larmes une fois de plus. Olivier était tout près maintenant. Il pouvait voir toutes les coupures sur la peau de Toni. Il y en avait plus d'une centaine. L'odeur du sang lui parvient sans savoir si c'était le sien, ou celui qui était répandu par terre sur la bâche. Une odeur de détergent lui parvient également. Elle témoignait de l'ampleur de l'atrocité. Vakha utilisait de la javel pour asperger régulièrement son prisonnier et rendre la « cérémonie » plus cruelle. Olivier eut une expression de dégout en regardant la bouteille de chlore aux pieds du prisonnier.

— C'est pour laver ses péchés. Les petites ordures comme ça doivent être lavées si elles veulent aller au paradis.

— Josette aussi devait être lavée ? demanda Olivier en s'approchant davantage.

— Non, non tu ne t'approches pas, dit Vakha en pointant un

pistolet vers Olivier.

Le policier reconnut son arme de service tombée quand il était entré dans l'appartement.

Cette fois, il n'y avait hélas plus rien à faire.

— Pourquoi Vakha ? C'est une enfant. Pourquoi la faire souffrir ?

— Parce qu'il faut des exemples mon ami, c'est évident. Sans exemples, les autres vont faire ce qu'elles veulent. Et c'est quoi le meilleur exemple ? poursuivit Vakha en enfonçant la lame un peu plus dans la gorge de Toni qui n'osait plus bouger, et ne pouvait plus reculer la tête. Le meilleur exemple c'est de sacrifier sa petite amie, sa préférée, c'est évident non ?

— Et l'honneur ? Les valeurs ? Cela ne compte pas ? Même dans votre milieu de merde il y en a quelques-unes, non ?

— Si, l'honneur, les valeurs, ça compte, mais c'est pour la frime, pour le grand public. Tu crois que quand on met des filles sur le trottoir, on a des valeurs. On n'a rien mec, on est des animaux, tous ! Et moi j'ai choisi d'être un mâle Alpha, c'est tout. C'est manger ou être mangé. Et moi, je vais vous manger tous les deux !

Vakha se pencha vers Toni pour le mordre de toutes ses forces au niveau de l'épaule. Il arracha un bout de peau qu'il cracha aux pieds d'Olivier en riant à pleins poumons, le sang coulant au coin de ses lèvres.

Toni hurlait de douleur. Olivier était horrifié. Le pire de la race humaine se tenait devant lui, tout puissant, et armé par ses soins. Tout ce contre quoi il se battait, tout ce qui l'avait poussé à devenir flic était en face de lui. Et il ne pouvait rien faire, même son arme ne lui appartenait plus. Toni pleurait, Vakha riait, et Olivier n'avait aucun plan B, ni C, ni rien d'ailleurs. L'adrénaline quittait lentement ses veines, et emportait avec elle tout espoir. Les coups reçus plus tôt commençaient à se faire ressentir. Il avait mal partout, il était épuisé. Il était hors de question de finir ainsi dans cet appartement minable, mais cela lui paraissait de plus en plus inévitable. Il était temps que son ange gardien apparaisse s'il en avait jamais eu un. Il n'y avait jamais vraiment cru, mais c'était le bon moment pour commencer.

Olivier se promit rapidement qu'il irait dans la première église qu'il trouverait s'il s'en sortait vivant. Deux détonations lui répondirent. Il se jeta au sol, deux détonations de plus se firent entendre au point de l'assourdir. Recroquevillé près du canapé, il se tenait les oreilles. Des coups de bâtons vinrent s'abattre sur lui, un coup de trop lui fit perdre connaissance. Il se réveilla en sursaut et porta les bras à son visage pour se protéger.

— Ça va chef, du calme, tout va bien.

Olivier regarda autour de lui, l'appartement sentait la poudre et le sang, tout ce qu'il n'aimait pas. La poudre et le sang mélangés l'avaient toujours dégoûté au plus haut point, la force et la faiblesse. Un sapeur-pompier scrutait ses pupilles avec une mini lampe torche. Il aperçut le corps inerte de Toni. La police était finalement intervenue, avait tiré sur Vakha et, dans le doute, avait matraqué Olivier. Quand il avait perdu connaissance, un des policiers de la brigade anti-criminalité avait trouvé ses papiers. Vakha avait reçu les coups de feu, quatre au total. En voyant la BAC arriver, il avait décidé d'emporter Toni avec lui en enfer, et lui avait enfoncé son sabre dans le ventre. Les secours n'avaient rien pu faire.

S'ensuivit une série d'interrogatoires, des soins pour panser ses plaies et enlever les bouts de verres. Son chef vint sur place pour lui crier dessus sans savoir qu'Olivier était déjà sourd à cause des détonations. Un médecin borné du Samu insista une dizaine de fois pour l'emmener aux urgences, alors qu'Olivier avait signé une décharge de responsabilité. Le médecin repartit bredouille, déçu de ne pas pouvoir ramener de trophée à l'hôpital, comme s'il avait failli à sa mission de sauveur. Des journalistes l'assaillirent de questions quand il sortit de l'immeuble. Il alla voir le corps de Khasan sous un drap. Il avait heurté le coffre d'une voiture avant de s'écraser au sol. Il aurait pu être satisfait, s'il n'avait pas eu aussi mal. Il avait enfin eu ce qu'il voulait. Il voulait que Josette soit en sécurité, mais cette vengeance lui laissa, en plus du sang, un goût amer dans la bouche. Il se rappela la chanson de Placebo, *Protect me from what I want.*[3] C'était trop tard.

Alors qu'il marchait vers sa voiture, des gorilles, des monstres et des magiciens le regardaient de travers. « Maudit Halloween », pensa Olivier. Assis au volant de sa voiture, il recommença à saigner du nez. Son duffle-coat avait absorbé une bonne partie de son sang. Il avait une poche déchirée et du sang quasiment partout. Il essaya de démarrer, en vain. « C'est moi qui suis maudit », se dit-il. En relevant la tête, il aperçut l'église. Il était tard, mais une promesse était une promesse, peu importait l'heure.

---

[3] Protège-moi de ce que je veux.

12- ÉLISA

Aucune des Mercedes n'était revenue, Olivier décida qu'il était temps de retrouver Josette dans l'église. Elle était en sécurité, c'est ce qui comptait. Son téléphone sonna à nouveau, Alexandra refaisait une tentative. C'était étrange qu'elle l'ait appelé exactement au moment où Olivier avait une dizaine d'armes braquées sur lui. Il ne croyait pas trop aux coïncidences. Elle était trop connectée à tout ce qui se passait. Les clones en costume sur la place, l'hôpital psychiatrique, le patient médecin, le psychiatre assassiné, et maintenant Josette qui se faisait courser par les types qu'il avait vus ce matin, tout était lié, il en était certain. Comment savoir de quel côté était Alexandra ? Ces types étaient-ils aussi après la psychologue ? Il ignora l'appel.

L'église était fermée. Il toqua trois fois, puis deux, puis une. C'était leur code depuis des années. Ange vint lui ouvrir. Olivier lui trouva une expression qu'il n'avait jamais vue.

— Mon frère, ça va ?

Tout le monde appelait Ange mon Père. Olivier l'avait baptisé mon Frère et l'appelait ainsi même quand il y avait du monde autour, cela leur plaisait à tous les deux. Cela représentait exactement la relation qui s'était établie depuis des années entre eux, depuis leur rencontre, ce fameux soir d'Halloween.

— Oui, ça va, mentit le curé. C'est juste que je n'ai jamais vu Josette comme ça.

— Comme quoi ? s'inquiéta Olivier.

— Comme si elle avait vu le diable.

La peur se lisait dans les yeux du curé. Ange ne craignait que Dieu, tout le monde le savait. Et comme s'il venait de lire dans les pensées de l'inspecteur, il marqua une pause. Il respira profondément et poursuivit :

— Je sais que Josette en a vu d'autres, qu'elle a plusieurs fois frôlé la mort, mais là, c'était étrange. Comme si elle ne pouvait plus lutter. J'ai peur. Peur qu'il lui arrive quelque chose, plus que d'habitude.

— Où est-elle ?

— J'ai pu la rediriger vers mon amie Claude de la Croix-Rouge, tu la connais. Elle passait juste par là au moment où Josette arrivait. Elles sont reparties aussitôt. Tiens, voici son adresse et son numéro de téléphone.

Olivier l'avait rencontrée plusieurs fois quand l'église et la Croix-Rouge participaient ensemble à des distributions de nourriture et de soins aux sans-abris du centre-ville de Nice.

— Merci mon frère. Tu as très bien fait, dit Olivier en observant le bout de papier. Je te rappelle dès que possible. Fais attention à toi.

Ils se serrèrent dans les bras. La manche du curé s'accrocha sous l'aisselle d'Olivier qui leva le bras pour essayer de libérer Ange. Olivier regarda où la manche était prise, il la tira, et en observant son manteau il vit un tout petit objet noir accroché dessus. Il mit immédiatement son index devant ses lèvres en récupérant l'objet. Pas plus grand qu'un demi-centimètre, c'était un cube avec plusieurs accroches métalliques. On lui avait fixé une puce GPS pour le suivre à la trace. Mais il n'avait jamais vu ce modèle. Est-ce que la puce était équipée d'un microphone ? Il se rappela l'étrange accolade que lui avait donnée ce matin Alexandra sans raison, avant de le repousser. Il avait trouvé ça bizarre sur le moment avant de se dire qu'elle était un peu particulière. En recoupant toutes les informations qu'il avait en main, Olivier se sentait encore plus perdu. Il était grand temps de la confronter sans aucun ménagement. Il salua Ange une dernière fois avant de regagner sa voiture. Tout en roulant vers la préfecture, il essayait d'y voir plus clair. Elle l'appela à ce moment-là. Il déclencha le kit main libre de sa voiture.

— Hey ! Vous êtes où ? hurla-t-elle.

« Comme si tu ne le savais pas », se dit Olivier.

— J'avais une course à faire, je rentre. Je suis sur la promenade des Anglais, je vous rapporte un sandwich ou une pizza ?

Olivier avait en fait pris l'autoroute qui contournait la ville et se trouvait au nord de Nice. Il ne voulait pas lui faire savoir qu'il avait trouvé le mouchard qui était placé sur son manteau. Il en profitait pour étudier sa réaction. Quelques secondes de silence passèrent. Olivier l'imaginait en train de regarder sa position et de comprendre qu'il venait de lui mentir.

— Vous pourriez répondre quand je vous appelle.

— Non.

— Comment ça, non ?

Il venait de la surprendre et était bien décidé à ne plus se laisser faire.

— Je ne suis pas votre serviteur, je ne suis pas votre chien, et je ne vous dois aucune explication Alexandra, dit-il calmement, mais d'une voix ferme.

Elle recommença à hurler, Olivier raccrocha. Deux minutes plus tard, elle rappela, sa voix avait changé.

— Pardon, dit-elle. J'étais juste inquiète.

— Je suis touché, répondit l'inspecteur qui ne croyait plus un mot de ce qu'elle racontait.

— Vous avez disparu sans me donner de nouvelles, j'étais vraiment inquiète. Vous étiez censé rester près de moi.

Olivier était surpris de voir à quel point elle mentait bien. Cela avait le don de l'agacer au plus haut point.

— J'arrive bientôt, j'ai une dernière course à faire, dit-il. Il l'entendit s'énerver une dernière fois avant de lui raccrocher à nouveau au nez.

Il quitta l'autoroute vers la préfecture. Il laissa la voiture dans le parking, veillant à bien y laisser sa veste et le mouchard. Alexandra connaissait peut-être sa position, mais lui ne savait rien des capacités de cet engin. La préfecture était composée de plusieurs bâtiments isolés les uns des autres à l'image des institutions de tout le pays. Tous les bâtiments de la préfecture sans exception étaient devenus trop vieux pour être efficaces. Alors, à coups d'opérations régulières, l'intérieur comme l'extérieur étaient constamment en cours de réparation, de travaux. Désespéré, refusant de vieillir, l'édifice était prêt à accepter n'importe quelle intervention chirurgicale, et ne comptait plus les frais. Olivier savait exactement où il devait aller. Il salua le gardien qui le reconnut, passa la barrière d'entrée et se rendit directement dans le dernier bâtiment. Il grimpa au troisième étage par l'escalier et pénétra dans le deuxième bureau à droite, au moment même où une femme en sortait en enfilant son manteau.

— Docteur Élisa, tu viendrais cinq minutes dans ma voiture ?

— Je pense qu'il faut revoir ta façon d'aborder les filles !

Un peu surprise, mais pas trop finalement, Élisa Trani était une trentenaire investie dans son travail comme l'était Olivier. C'est ce qui les avait rapprochés dans un premier temps, et c'est exactement ce qui avait fini par les séparer. La même passion, le même humour et le même respect l'un envers l'autre. Leur rapprochement s'était fait naturellement, leur séparation aussi. Elle se jeta un moment dans ses yeux, se rappelant son amour pour lui. Cet amour avait fini par devenir de l'amitié. Mais cela faisait au moins six mois qu'ils ne s'étaient pas vus.

— Et je ne suis pas docteur, rajouta-t-elle, je n'aime pas ce titre. Pour moi, un docteur, c'est quelqu'un qui soigne. Toi, tu devrais voir un docteur.

— Tu as un doctorat en nouvelles technologies, non ?

— Microsystème et microtechnologie. Je suis diplômée de l'EPFL, nous en avons parlé toute une soirée.

— Hey, je me rappelle que L'EPFL est à Lausanne, en Suisse, se défendit l'inspecteur. Tu sais, c'est dur de rester concentré quand on a un visage comme ça qui nous parle.

— J'allais partir, capitaine Olive.

— Tu sais qu'il n'y a que toi et ma mère qui m'appelez Olive ?

— Tu as toujours su parler aux femmes toi, dit-elle en lui embrassant la joue tendrement, mais je dois filer.

Élisa se dirigea vers les escaliers.

— Je t'accompagne, ça ne te dérange pas. Oh attends un peu, docteur Trani a un rencard ce soir ?

— Pas tes affaires, mais oui j'ai un rencard ce soir et je ne compte pas le rater. Qu'est-ce que tu veux ? dit-elle en pressant le pas.

— Un avis, cinq minutes, et je disparais pour six mois au moins.

— Ça vaut le coup ! Je t'écoute.

Olivier lui ouvrit la porte de sortie, il pleuvait des cordes. Il ouvrit le parapluie d'Élisa et resta sous la pluie.

— Ne sois pas idiot, viens sous le parapluie tu n'as même pas de manteau, alors raconte-moi.

— C'est sur mon manteau justement, dans ma voiture. Il faut que je te montre, je crois qu'on m'a posé un mouchard, et je voudrais connaître les détails, micro intégré, batteries, type de GPS, etc.

Élisa éclata de rire.

— T'as une nouvelle copine ?

— Non, c'est professionnel.

— Nous aussi c'était professionnel, Olive.

Il ne répondit pas. Il avait eu beaucoup de peine lors de leur rupture et blotti, là sous le parapluie, il sentait qu'il baissait sa garde. Il se rappela tous ces petits moments de bonheur qu'il avait vécus à ses côtés. Quand ils pénétrèrent dans le parking, ils se regardèrent. Le parking était couvert, mais ils semblaient d'accord pour rester encore un peu l'un contre l'autre sous le parapluie. Ils ralentirent leur allure, pas seulement parce que la pluie avait cessé, mais aussi pour prolonger ce moment. Olivier s'était garé à côté de la voiture d'Élisa, ce qui la fit sourire. Il posa l'index sur sa bouche pour lui intimer le silence, récupéra le petit cube métallique sur son duffle-coat et lui montra. Élisa pâlit immédiatement. Elle le reposa avec le manteau délicatement dans la voiture, ferma la porte et tira Olivier par le bras sur une vingtaine de mètres avant de parler.

— Qui t'a refilé ça ?

Son visage avait changé, elle fronçait les sourcils, ses yeux étaient inquiets.

— Pourquoi, c'est grave docteur ? Ce n'est pas une MST au moins ?

— Arrête de plaisanter, ce mouchard vaut au bas mot plusieurs millions d'euros. Où tu as eu ça ?

— Sur internet, tu crois que je peux le revendre ?

Elle posa son téléphone au sol, et posa celui d'Olivier également. Elle le tira à nouveau sur vingt mètres et se mit à chuchoter.

— Je ne plaisante pas, ce mouchard fait partie des dernières innovations russes en termes de renseignement, de nanotechnologie et d'intelligence artificielle. C'est un R101. J'ai eu un mémo ultra-confidentiel là-dessus la semaine dernière seulement. Ton petit truc est relié par satellite et arrive à ouvrir à distance tous les téléphones, ordinateurs, kit main libre d'une voiture afin d'écouter ce qui se dit à deux mètres à la ronde de façon totalement autonome. Il est capable de récupérer les données de tous les ordinateurs à sa portée. Il installe des logiciels espions sur tous les appareils électroniques récents. Il récupère l'électricité ambiante pour s'autoalimenter, pas besoin de le connecter. Il doit y en avoir cinq dans le monde comme ça. Il faut absolument que j'en parle à ma hiérarchie.

— C'est ça le problème. Je crois que ta hiérarchie et ma hiérarchie sont impliquées dans l'apparition de ce gadget sur le territoire français. Je ne comprends pas tout ce qui se passe, mais j'ai besoin d'un peu de temps. Est-ce que tu peux garder ça pour toi ?

— Bien sûr que non ! Ce truc doit partir immédiatement à Paris au centre militaire d'analyses afin qu'on étudie cette technologie.

— Mais toi Éli, tu peux l'analyser, non ?

Il l'appelait Éli à chaque fois qu'il cherchait à la convaincre. Elle le savait bien. Elle hésita d'autant plus.

— Dans quoi tu t'es encore fourré, mon capitaine ?

— J'aimerais bien le savoir, répondit-il. C'est pour ça qu'il faut que tu m'aides, que tu arrives à retrouver le chemin qu'a pris ce mouchard avant de finir sur mon manteau. Si j'arrive à retrouver le chemin de ce truc, je pourrai retrouver qui est derrière tout ça.

— Je ne peux pas craquer des codes aussi complexes, c'est une intelligence artificielle qui renouvelle ses codes automatiquement et continuellement. Et je ne peux pas le faire rentrer dans le bâtiment. Je n'ai pas le temps ni les moyens de craquer ce mouchard ici !

Olivier commençait à se résigner. Ils demeurèrent silencieux un moment.

— Il n'y a qu'un moyen, c'est d'emporter ce truc à Paris, finit-elle par dire. Je connais un haut gradé à Paris qui pourrait organiser ça. Il pourrait m'assurer une sécurité rapprochée jusque là-bas. Je pourrais même prendre part à l'analyse, et t'appeler quand j'ai du nouveau. Il va falloir faire confiance à quelques personnes, on n'a pas le choix.

— À partir du moment où ils vont s'apercevoir que ce truc est en route pour Paris, je pense qu'ils n'hésiteront pas à nous tuer, tu dois être très prudente, je ne plaisante pas.

Après un instant, il reprit :

— Si je bouge avec mon téléphone, et que le mouchard reste là ils vont peut-être venir le récupérer et tu seras en danger. Il faut faire rentrer le mouchard dans la préfecture ou tout faire ici.

— Je vais passer mes coups de fil d'ici, mais ne retourne pas dans ta voiture Olive.

L'inspecteur la regarda aller et venir dans le parking désert, passant plusieurs appels, lui souriant de temps en temps. « Elle était belle, intelligente, et avait beaucoup d'humour, c'est plus que ce qu'il méritait », se dit-il. C'est lui qui l'avait laissée partir. Elle lui manquait profondément, et avait toujours été son véritable amour. Il s'était toujours dit qu'elle méritait mieux que lui. Il n'avait pas répondu quand elle avait dit qu'ils devaient régler certains problèmes entre eux. Il n'avait rien dit quand elle lui avait demandé qu'il fasse des propositions pour améliorer leur relation. Il ne l'avait pas embrassé quand, sur le pas de sa porte, elle avait approché son visage près du sien une dernière fois et était restée ainsi plusieurs minutes, attendant un signal pour faire marche arrière. Il n'avait rien dit quand il avait refermé la porte, et qu'elle était restée derrière avec ses affaires, en attendant qu'il l'ouvre à nouveau. Elle commençait tout juste une carrière au moment où il avait besoin de s'investir dans la sienne. Ils ne se voyaient jamais, elle travaillait le jour, lui, plutôt la nuit. Il aurait suffi d'un tout petit effort pour que leur relation s'améliore, mais Olivier était persuadé qu'Élisa méritait une relation plus stable, plus forte et moins contraignante. Il avait l'impression de lui redonner sa liberté après avoir été un obstacle à son épanouissement professionnel et affectif. Ce n'était pas la routine qui les avait séparés, c'était l'absence de routine. Elle était douée, il ne lui avait fallu que vingt minutes pour tout organiser. Elle vint le voir sourire aux lèvres.

— T'es contente parce que je viens de faire foirer ton rencard ? lui lança-t-il.

— C'était une autre cause perdue de toute façon. Je suis sûre qu'il ne t'arrivait pas à la cheville.

Olivier regardait ses cheveux blonds, les contours fins de son visage, ses yeux noisette.

— Arrête de me regarder comme ça, dit-elle en souriant.

— Comme quoi ?

— Comme avant.

Un ange passa, Olivier regarda ses pieds, déstabilisé.

— Je pars en hélico Olive, des membres du GIGN vont me récupérer sur le toit, direction l'aéroport de Nice. Ils étaient postés dans le département en stand-by pour une autre mission. Ils sont dispos, alors ils me récupèrent, puis vol spécial pour une base militaire proche de Paris. Moi je serai vite en sécurité, toi non. Tu comptes faire quoi ?

— J'aurai combien de temps à ton avis ?

— Je ne sais pas. Apparemment, ils viennent avec une boîte spéciale, capable de bloquer toute activité électrique et émission de données du mouchard. Ils ne sauront pas où je vais. Ils vont perdre le signal et venir directement ici je pense. Mais ils iront te trouver aussi forcément. Tu as un plan ?

— Toujours.

Il n'avait jamais eu de plan, c'était bien ça le problème. Il fonctionnait à l'instinct, n'avait jamais plusieurs coups d'avance. Cette affaire était au-dessus de ses forces, il le savait bien.

— Tu comptes faire quoi ? insista-t-elle.

— Je vais disparaître un moment je pense.

— Il te faut un plan.

Ils restèrent l'un près de l'autre, silencieux.

— Il faut que je bloque la psychologue. C'est le seul moyen.

— Quoi ? lui répondit-elle incrédule.

— Celle qui m'a posé ce mouchard est une psychologue qui a littéralement kidnappé un patient, et ils sont chez moi. Il faut l'enlever de l'équation.

— Je ne comprends pas tout, mais tu ne veux pas la tuer ?

— Non, bien sûr que non, pas tout de suite. Mais si une équipe l'interceptait ou l'arrêtait, je pourrais l'interroger selon nos procédures. Il faut une deuxième équipe chez moi.

Olivier décida que les vacances des membres de son équipe étaient finies. Ils avaient dû passer la journée au commissariat, il était temps de les libérer. Olivier retourna saluer le garde à l'entrée de la préfecture et lui demanda son téléphone.

Il appela Khan, son spécialiste informatique, et Pedro son

bras droit, le genre de flic qui tape et discute après. Le genre de brute qu'on aime avoir de son côté. Les deux hommes devaient intercepter Alexandra chez lui. Il appela aussi Nasser, le troisième de son équipe pour qu'il reste en back-up. Olivier regarda sa montre, il était déjà vingt heures. Il avait un mauvais pressentiment. Il aimait les histoires locales, résoudre les problèmes locaux. Il n'aspirait pas à sauver le monde, mais à aider ceux qui souffraient. Il se retrouvait impliqué dans une affaire internationale sans le vouloir. C'était l'autre inspecteur qui aurait dû en être, Caselli aurait été parfait.

Élisa revint, sourire aux lèvres.

— Ça y est, c'était plus simple que prévu. Il y avait une deuxième équipe qui était prête pour renforcer la première. Ils passent te prendre et t'emmènent chez toi en hélico.

— Mes collègues sont en route pour intercepter la psychologue, et je pourrai l'interroger. C'est parfait, conclut Olivier qui était plein d'admiration.

— Ne me regarde pas comme ça.

— Comme quoi ? balbutia Olivier qui venait d'être démasqué.

— Tu es un bon flic, mais tu montres trop tes sentiments Olive. Tu me regardais comme ça à notre premier rendez-vous.

— C'était il y a tellement longtemps, on a bien changé. On est vieux maintenant.

— Et tu as toujours su parler aux dames.

— Ce n'est pas ce que je veux dire, dit l'inspecteur un peu amusé. Tu sais bien. J'ai toujours eu l'impression de t'avoir rencontrée trop tôt, je n'étais pas prêt, toi non plus.

Il la regarda un instant. Elle était vraiment belle, même là, au milieu d'un parking sombre, elle était rayonnante, elle gardait le silence. Un éclair surgit et quatre secondes plus tard, le grondement du tonnerre tout proche se fit entendre. D'instinct, elle s'approcha de lui. Ils se regardèrent un moment, leurs cœurs battaient de plus en plus fort lorsqu'ils l'entendirent s'approcher. L'hélicoptère venait de faire un premier passage au-dessus du parking, il était temps de monter à l'étage au-dessus, ils se dépêchèrent main dans la main, après avoir récupéré le mouchard et son manteau dans la voiture. À cette heure-ci, il n'y avait plus aucune voiture au dernier étage du parking, l'hélicoptère se posa sans difficulté. Il lui serra la main un peu plus fort. Elle le regarda encore une fois. Elle serra sa main en retour. Il se lança.

— La vie nous donne une nouvelle chance, je crois.

— Je t'ai attendu pendant tellement longtemps, tu sais.

— J'avais besoin de ce temps-là, et toi aussi. Quand tout ça sera terminé, tu voudras dîner avec moi ? hurla-t-il pour couvrir le bruit de moteur.

Elle commença à monter dans l'hélicoptère militaire, un EC 135, et se retourna pour lui dire une dernière chose.

— Je t'aime toujours tu sais ?

— Qu'est-ce que tu as dit ? hurla-t-il.

Elle était en train de s'installer quand la porte latérale se referma pendant que l'engin décollait. Il était trempé, mais son regard ne quitta pas l'hélicoptère. Il sentit sa tension musculaire se dissiper au fur et à mesure que les lumières disparaissaient dans la noirceur de cette nuit d'automne. C'était en automne aussi qu'elle l'avait quittée ou qu'il l'avait laissée partir. Il pleuvait aussi, mais un peu moins. Olivier ne savait pas ce qui le poussait à être aussi mélancolique tout à coup. Il ne savait pas quel était le rôle de la psychologue dans cette histoire, son lien avec ce patient, le lien entre le patient et son médecin qui avait été assassiné, le lien entre la police qui enquêtait sur cette affaire, et les hommes en costume qui le suivaient. Était-ce de voir qu'après toutes ces années, sa vie personnelle n'avançait pas ? Il se rendait compte qu'en misant tout sur sa carrière professionnelle, il avait fait le mauvais choix pour être heureux. Il revoyait toutes les années de solitude, les échecs affectifs, les heures passées au travail à enquêter sur les méandres nauséabonds de la race humaine. Il n'était pas heureux finalement, il était juste satisfait de son travail, mais pas au point d'être comblé. Il avait été tendu en la présence d'Élisa. Il repensait à tous les clones en costume qu'il avait vus durant la journée et craignait qu'il lui arrive quelque chose. Il tenait à elle, mais en venant la voir, il venait de l'exposer. Il était rassuré qu'elle parte loin de lui, mais elle lui manquait déjà.

Un deuxième hélicoptère s'approcha, tandis qu'il regardait son amour inavoué s'éloigner de lui vers l'aéroport de Nice. Il monta dans l'engin aussi vite que possible. Les deux hélicoptères se suivaient maintenant. Sa poche se mit à vibrer, ce qui ne l'étonna guère. Alexandra devait suivre également son téléphone, et ne devait pas comprendre que la vitesse soit aussi rapide. Le plan était assez simple, ses deux collègues allaient prétexter une visite à leur chef et arrêteraient Alexandra. Avec un peu de chance, sa porte d'entrée serait intacte à son arrivée. Il entendit différentes communications dans son casque audio et finalement le message qu'il espérait. L'équipe avait neutralisé le colis, et sécurisé la zone. Son hélicoptère vira alors vers l'est pour se retrouver une minute plus tard au-dessus de son immeuble. Il en descendit alors que l'hélicoptère était à cinquante centimètres au-dessus du toit. Khan l'escorta jusqu'à son appartement. Olivier ne savait pas encore ce qu'il dirait à Alexandra. La porte d'entrée était intacte, à l'intérieur Alban dormait toujours sur le canapé, un filet de bave s'échappant de sa bouche ouverte. Assise en tailleur au milieu du salon, la psychologue avait les mains attachées dans le dos, un bandeau sur les yeux, et Pedro était posté derrière elle. Olivier pensa que Pedro abusait autant de ses bandeaux que dans les films policiers hollywoodiens. Il l'observa quelques minutes. Le capitaine faisait toujours ça avant d'interroger ou de recevoir quelqu'un dans son bureau. Il prenait le temps d'observer la respiration, le stress qui pouvait habiter la personne interrogée. Il lui prit le pouls au poignet, elle ne réagit pas. Elle était curieusement calme, son cœur ne dépassait pas les cinquante battements par minute. Olivier ne s'attendait pas à cela, il l'aurait cru plus paniquée. Quand il lui enleva son bandeau, Alexandra évita son regard. Olivier regarda autour de lui un instant, il était sidéré.

— Vous avez nettoyé mon appartement Alexandra ?

La psychologue était restée là tout l'après-midi. Elle en avait profité pour remettre de l'ordre. Elle ne répondit pas.

— Est-ce que c'est vous, mademoiselle Dubore qui avait posé un mouchard de dernière génération de l'armée russe sur moi ce matin quand vous vous êtes jetée dans mes bras ?

Elle ne cligna même pas des yeux. Il l'observa encore un instant. Ce matin, elle avait le dessus, lui donnait des ordres, le prenait de haut. Les rôles s'étaient inversés. Debout devant elle, l'inspecteur Torin mis ses mains sur les hanches. Il était dans une position de domination qu'il comptait bien garder pour lui mettre davantage la pression.

Elle l'avait surpris ce matin en connaissant beaucoup de détails sur lui et sa vie privée. Elle avait été bien informée, mais ce qui ne lui plaisait pas, c'est que quelqu'un probablement en interne l'avait aidée, sans qu'il sache de quel service exactement. Et surtout, pourquoi ?

— Alexandra, vous travaillez pour qui, peut-être que c'est vous la taupe qu'on cherche finalement ?

Pedro et Khan se regardèrent stupéfaits. Ils n'étaient pas au courant de cette histoire de taupe. Elle le regarda un instant dans les yeux. Il n'y avait pas de peur, pas d'angoisse, pas d'étonnement, juste du vide.

— Olivier ?

— C'est capitaine Torin, je suis officier de police judiciaire ! Pour qui vous bossez ?

Elle ne réagit pas et se contenta de se repositionner et de basculer sa tête de côté pour enlever les cheveux de son visage. Elle était vraiment jolie, d'une beauté singulière. « Si le diable devait se cacher dans un être humain, c'est certainement cette apparence qu'il prendrait », se dit le capitaine. Il fallait la laisser mijoter encore un peu. Il alla un instant sur le balcon, rejoint aussitôt par Khan. Olivier savait ce qu'il allait dire.

— Capitaine, on ne peut pas la garder ici trop longtemps, il va falloir évacuer les lieux.

— Je sais.

— Notre position est peut-être observée des immeubles alentour.

— Je sais.

— Si une puissance étrangère est à l'initiative de la mise en place de cet engin ça devient une question de sécurité nationale.

— Je sais, et c'est le cas.

— On a appelé le commissaire Henchoz avant de rentrer dans l'appartement pour le tenir au courant.

— Je m'en doutais. Qu'est-ce qu'il a dit ?

— Rien.

— Vous avez bien fait de le prévenir. Est-ce que vous avez trouvé le traceur du mouchard.

— Non, j'ai cherché partout à l'aide de mon détecteur, celui qui vous surveillait n'est pas dans l'immeuble. En revanche sur son ordinateur, elle a peut-être un répétiteur pour obtenir certaines infos, votre position notamment, peut-être l'audio, mais j'en doute.

— Qu'est-ce qui te fait dire ça ? demanda Olivier

— Elle n'a montré aucune résistance quand on est arrivé, elle a ouvert la porte quasiment les mains en l'air.

— Elle savait qu'elle ne ferait pas le poids.

— Non, c'est autre chose, sur son visage on aurait dit qu'elle était soulagée d'avoir été démasquée. J'ai l'intuition qu'il y a quelqu'un au-dessus d'elle qui l'utilise.

Le capitaine resta silencieux un instant, Khan avait toujours de bonnes intuitions. Il pensait trouver des réponses, il était accueilli avec des nouvelles pièces de puzzle qu'il n'avait pas vues. Il avait besoin d'aide pour y voir plus clair. Avec un peu de chance le commissaire n'était pas impliqué, il allait vite le découvrir. Il repensa encore à cette longue journée.

— Capitaine !

Olivier se précipita à l'intérieur. Pedro tenait un téléphone à la main.

— J'ai ouvert son téléphone avec son empreinte digitale, j'ai la liste de ses derniers appels et messages.

Olivier savait que ce n'était pas très légal. Il s'approcha et regarda la liste. À intervalle régulier le même numéro avait été composé plus d'une dizaine de fois. Il n'eut pas de mal à le reconnaître. C'était celui de son chef. Ils avaient été en contact quasiment toute la journée.

— Montre-moi ses messages et ses mails, demanda le capitaine.

Pedro cliqua sur un des messages.

« Ne grille pas ta couverture, Torin ne doit pas te démasquer. » Au même moment, il se matérialisa devant lui. Son chef, le commissaire Henchoz, venait de faire irruption dans l'appartement, et comme à son habitude, il était très énervé.

Sans même le regarder, le commissaire cria au reste de l'équipe :

— Mais ce n'est pas possible ! Détachez-la tout de suite !

13- VENDREDI 7 OCTOBRE 2016

Trois jours auparavant, l'équipe d'Olivier avait été placée en réserve. Aucune enquête terrain n'était possible, juste des heures administratives. Khan, Pedro et Nasser, l'équipe United Colors of Benetton, comme les autres les appelaient, devaient tous rester au commissariat à partir du lundi 10 octobre. Olivier était affecté à l'escorte d'une affaire parallèle sans rapport avec ses enquêtes en cours. « La poisse ! » se dit-il le vendredi soir quand on lui annonça la nouvelle, juste avant de partir en week-end. Partir était un bien grand mot, l'inspecteur ne quittait quasiment pas Nice à moins d'y être obligé pour une enquête. Nice, c'était chez lui, les gens du monde entier prenaient des vacances et venaient de loin pour flâner dans les rues, se balader au bord de mer et découvrir la cuisine, les soirées. Lui ne voyait pas de raison de partir ailleurs, il aimait cette ville qui l'avait vu naître et qui l'avait fait grandir. Au gré de ses balades, il rencontrait toujours quelqu'un qu'il connaissait de son enfance, de son ancien club de football, ou de la faculté. La plupart de ses amis d'enfance étaient restés dans les parages, et quand il avait un week-end de libre, il n'hésitait pas à les retrouver. Il savait que rien ne rattraperait jamais les anniversaires, mariages et soirées qu'il avait ratés à cause de ses nombreuses enquêtes. Mais tous les souvenirs étaient bons à construire. Parfois, la soirée tournait autour des mésaventures de l'un d'entre eux. Il avait toujours un pincement au cœur, sachant qu'il n'avait pas été présent. Mais cela donnait l'occasion aux autres comparses de revenir sur l'affaire et d'y ajouter chacun des détails hilarants. Oui, ce vendredi-là il était heureux de quitter son travail, mais le commissaire Henchoz le fit appeler dans son bureau.

Pour la plupart des policiers du commissariat, il était difficile de travailler avec le commissaire, pas pour Torin. Certes, le commissaire n'écoutait pas les réponses de ses hommes à ses propres questions. Il criait pour mettre fin aux débats, n'avait aucune vision à long terme. Il passait plus de temps à fumer qu'à travailler. Les deux infarctus qu'il avait subis n'y avaient rien changé. Jurant que les cardiologues d'aujourd'hui fumaient plus que leurs patients, il était passé de la table de coronarographie à son domicile en moins d'une matinée, malgré une armée de médecins et d'infirmières qui le priaient de rester. Même son épouse n'avait pu l'en dissuader. Être appelé un vendredi soir dans le bureau du commissaire, ne présageait rien de bon. Il toqua à la porte avant de rentrer, cinquante-cinq kilos de nerfs le regardaient de travers comme si l'invité de dernière minute finissait par déranger.

— Mais asseyez-vous ! hurla-t-il comme s'il l'avait déjà demandé trois fois sans qu'on l'entende.

Le capitaine s'exécuta en regardant le commissaire dans les yeux. Il y voyait certes la mauvaise humeur habituelle, mais à cela, s'ajoutait de l'inquiétude. Il eut presque pitié pour ce petit bonhomme d'un mètre soixante sur la pointe des pieds qui compensait son manque d'assurance, et son complexe de petite taille, par de l'abus d'autorité. Les plus combatifs du commissariat s'étaient déjà cassé les dents en essayant de l'éprouver. Ici tout le monde l'appelait la teigne, mais seulement dans son dos.

Le commissaire lui tourna le dos justement, comme si Olivier ne pouvait ainsi entendre la suite de sa conversation téléphonique.

— C'est un gars bien, il n'y aura pas de problème. N'ayez crainte, je m'en porte garant personnellement.

Et il raccrocha en regardant son subordonné comme on regarde un serviteur qui n'a pas fait ce qui lui a été demandé. Il l'observa en silence, laissant l'inconfort s'installer.

— C'est bien de vous qu'il s'agit, finit-il par lâcher.

— Pardon ? fit Olivier en se redressant sur sa chaise.

— C'est de vous qu'il s'agit, le gars bien.

Le capitaine n'en croyait pas ses oreilles. Depuis qu'il était arrivé au commissariat il y a plusieurs années, le capitaine ne lui avait fait que très peu de compliments, aucune félicitation, et là il venait d'entendre par deux fois qu'il était un gars bien. Que le commissaire Henchoz se porte garant pour lui dépassait tout entendement. Et comme si le commissaire lisait ses pensées dans les yeux d'Olivier, il continua sur sa lancée.

— Oui vous, c'est vous qui allez au bout de vos enquêtes, qui avez des résultats et qui êtes intègre. Il me faut plus de gens comme vous dans l'équipe.

Puis le naturel revint au galop.

— Bon des fois vous êtes un peu con, mais c'est comme ça, personne n'est parfait.

Olivier fut rassuré, son chef n'était pas en train de faire une attaque finalement. Mais c'était très suspect, et le capitaine avait le flair pour sentir les cadeaux empoisonnés.

— Vous allez lundi matin, continua le commissaire plus lentement pour avoir toute l'attention de son subordonné, vous occuper de faire visiter la ville à une représentante du service judiciaire de Paris. Elle doit voir plusieurs endroits concernant une vieille affaire, sûrement afin de rouvrir un vieux dossier classé ou sans suite.

— Pourquoi moi, un simple policier peut le faire non ? répondit calmement l'inspecteur.

— Voilà tu vois ? Là, c'est là que t'es un peu con ! coupa le commissaire qui reprenait le tutoiement pour reprendre le dessus, tout en serrant le poing.

Il serrait le poing quand il avait besoin de se calmer, une technique que son épouse avait trouvée sur internet. Ça permettait à son mari de calmer ses nerfs. Tout le monde savait que ce qu'il lui fallait vraiment pour se détendre, c'était passer un bon savon à un agent et si possible devant beaucoup de monde.

— Chef, j'ai déjà plusieurs affaires en retard, vous ne voulez pas que j'essaie de conclure un de mes dossiers en attente pendant la semaine prochaine ? Toute mon équipe va bosser sur de l'administratif, ce serait le bon moment pour la paperasse.

Olivier ne voulait pas servir de guide touristique pendant une semaine. Il pensait au contraire en profiter pour souffler un peu, voir ses amis, finir ses journées à une heure raisonnable et dormir quelques-unes des centaines d'heures de sommeil qu'il n'avait pu rattraper. Toutes ces heures ressemblaient de plus en plus à un mirage. Il les voyait bien, s'avançant vers elles au prix d'immenses efforts, mais à chaque fois qu'il pensait en attraper quelques-unes, elles s'évaporaient. La veille, il s'était endormi à dix-neuf heures, juste après être arrivé chez lui, et il voulait s'offrir une bonne nuit de sommeil avant le week-end. Il s'était finalement fait réveiller vers vingt-deux heures pour un braquage de station-service. Le temps de prendre toutes les dépositions, attendre le travail de la police scientifique sur les lieux et le rapport final, il n'avait quasiment pas dormi.

Le poing du chef se serra un peu plus, et sa voix se fit plus calme, tandis que ses deux petits yeux noirs lançaient des éclairs de plus en plus sombres. Ses veines jugulaires commençaient à sérieusement se gonfler. Le commissaire bloquait sa respiration comme un enfant garde le silence, avant de pousser un hurlement après s'être fait mal. Là, le chef avait mal, et comme les enfants, plus il garderait le silence, plus il allait crier fort. Olivier se préparait au pire, ce ne serait que la deuxième fois ce mois-ci. Il vit le commissaire souffler doucement en se pinçant les lèvres. Maintenant ce n'est pas à l'enfant, mais à une femme sur le point d'accoucher sans péridurale qu'il ressemblait. Olivier ne le reconnaissait pas et resta bouche bée, tant le commissaire avait progressé dans sa gestion des conflits et son mode de communication. Ou bien il devait être en train de faire un accident vasculaire cérébral.

— Mais ce n'est pas possible d'être aussi con ! hurla-t-il après quelques secondes.

Olivier fut rassuré. Il retrouvait son commissaire et les noms d'oiseaux. L'espace d'un instant, il avait vraiment cru que le commissaire avait changé. Il écouta comme à son habitude les remontrances, ses fautes passées, les « Moi de mon temps ci, moi de mon temps ça », les « Par contre, vous les jeunes », les « Jamais j'ai vu ça » et le préféré du commissaire « Mais ce n'est pas possible ! »

— Je te donne la chance de ta vie de faire tes preuves auprès du ministère de l'Intérieur, et toi tu m'envoies bouler, toi tu m'envoies valser, toi tu te prends pour qui en fait ?

— Moi ? Pour le gars bien qui va au bout de ses enquêtes et qui est intègre, sourit le capitaine.

— Allez c'est bon, fiche-moi le camp, lundi neuf heures devant le palais de justice. Et motus à qui que ce soit.

Olivier sentait que sa hiérarchie avait pris en compte ses besoins personnels, et avait fait le nécessaire pour qu'il puisse être épanoui professionnellement à la suite de ce dialogue constructif. Il était fou de rage. En passant devant le vestiaire, il tomba sur le capitaine Caselli.

— Alors ce meeting avec le boss ? lui lança-t-il.

— Comment t'es au courant toi ? répondit sèchement Olivier qui avait du mal à se calmer.

— Y avait du baby-sitting à faire, ça ne me disait rien, ça ne pouvait être que pour toi.

— Quoi, à toi aussi il avait déjà demandé ? s'étonna Olivier. Ce n'était pourtant pas le genre du commissaire, pensa-t-il.

— Je l'ai envoyé promener et voilà, boum, c'est tombé sur

toi. Dis-moi merci. Alors tu commences quand, lundi ou mardi.

— Lundi matin neuf heures devant le palais de justice, j'ai hâte.

— Et puis c'est qui que tu vas accompagner ?

— Je ne sais pas encore, on verra bien.

— Alors bonne chance mec, et si je peux t'aider en quoi que ce soit !

Caselli fila sans demander son reste. « Étrange » se dit Olivier pour la deuxième fois. Il n'y avait pas eu de moquerie, ni de tentative de rabaissement de la part de son grand rival. Il avait même paru aimable. Olivier se reprocha aussi d'en avoir trop dit, il ne parlait à personne de ses affaires en cours, hormis à son équipe et au commissaire quand il avait besoin d'autorisation spéciale.

Tout ça lui pourrit le week-end. Il repensa au commissaire, et à tous les compliments qui avaient précédé les insultes, la bienveillance de Caselli et il sentit au fond de lui que des pièces du puzzle lui manquaient pour qu'il ait une vision nette du tableau. Rien n'y fit, ni les parties de football entre amis, ni le barbecue à moitié sous la pluie, ni la grasse matinée du dimanche. Vers midi, le commissaire lui envoya par mail les coordonnées de sa future protégée, Alexandra Dubore. Il passa l'après-midi à effectuer des recherches sur tous les réseaux sociaux. Il lui fut impossible d'avoir une photo d'elle ou un compte ouvert à son nom. Il essaya via le routeur du commissariat, les affaires classées de toute la France, le personnel administratif, en mission sous-marin, rien. Cette Alexandra était un véritable fantôme. Cela lui gâcha le reste de l'après-midi, car plus il cherchait, moins il trouvait, et plus ça l'irritait. La seule explication c'est qu'elle venait peut-être d'un autre pays comme la Suisse, le Luxembourg ou la Belgique et c'était pour cela qu'il ne retrouvait rien sur les serveurs français. Plus il y pensait, et plus il était convaincu par cette explication. Ou alors, cette Alexandra avait plus de quatre-vingts ans et était désespérément restée accrochée au Minitel. Il priait intérieurement pour que ce ne fût pas le cas. Il ne savait pas ce qui l'angoissait le plus, l'arrivée de cette inconnue dans sa vie durant une semaine, ou qu'il n'ait plus rien à faire pour le reste de l'après-midi. Il avait même manqué la messe de son ami le matin. Il ne planifiait jamais d'y aller les lendemains de fêtes. Il y allait de moins en moins. Cela faisait bien six mois qu'il ne l'avait pas vu. Prendre un bain, c'était la seule chose qui lui restait à faire. Il y avait bien le ménage, les sols, faire une machine pour le linge, la vaisselle, rattraper le courrier en retard, et vraiment quand il aurait le temps, le fameux repassage. C'était cette dernière pensée qui l'avait conduit en cet après-midi pluvieux à prendre un bain. L'eau était limite brûlante, son coca glacé l'attendait sur le rebord de la baignoire. Il rentra dans l'eau progressivement, les pieds un instant, les genoux et finalement il s'installa complètement, l'eau arrivant jusqu'au bord de la baignoire. C'était parfait. Il commençait à se détendre enfin. Au bout d'une minute, son téléphone sonna. Il ne bougea pas. Au bout de trois appels, il se décida à sortir de la baignoire avec la ferme intention d'y retourner, c'était Jo. Il allait la rappeler, mais elle le devança. Sa respiration était haletante.

— Je suis encore tombée sur des tarés !

Olivier avait déjà entendu cela des dizaines de fois. Au fond de lui, il était un peu déçu qu'elle n'ait pas arrêté ses activités. Mais le son de sa voix était différent, elle avait peur. Jo n'avait jamais peur. Là, elle était en panique, et elle chuchotait.

14- JOSETTE

Il avait tout essayé, lui avait trouvé de nombreux emplois, une psychologue, quelqu'un pour garder son enfant. Elle était attirée par la rue comme un aimant. Tous les emplois qu'elle trouvait l'ennuyaient à mourir. Quitte à mourir, elle préférait que ce soit dans la rue. Le médecin des urgences avait refermé la plupart de ses cicatrices, la fameuse nuit où le capitaine de police l'avait retrouvée. Les seules qui restaient grandes ouvertes étaient dans son cœur et dans son âme. Elles étaient béantes. Par la suite, Jo avait perdu goût à la vie. Elle se laissait mourir de chagrin chaque jour un peu plus. Elle était restée chez Olivier les six premiers mois après sa sortie de l'hôpital. Elle avait des attaques de panique dès qu'elle mettait un pied dehors. La psychiatre venait à domicile pour les consultations, et l'adaptation de son traitement. Son cœur avait été meurtri, son esprit était maintenant fracturé à jamais.

Au bout d'un an, elle commença à aller mieux. Elle avait repris contact avec un ancien client. Un seul pour commencer, celui qu'elle préférait. Il ne la voyait pas pour ses services, mais pour parler. Ils restaient ensemble dans une chambre d'hôtel pendant plus d'une heure à échanger sur la vie. C'était devenu une routine, puis une thérapie dans leur vie, tant pour elle que pour lui. Le samedi après-midi, ils se retrouvaient dans une chambre d'hôtel du bord de mer, sur la promenade des Anglais au dernier étage. La vue était époustouflante quel que soit le temps qu'il faisait dehors. Il se postait près de la fenêtre. La première demi-heure elle l'écoutait allongée sur le lit en chemise de nuit, lui était devant la baie vitrée et regardait la mer. Ensuite, c'était elle qui parlait quelques minutes, puis c'était une vraie conversation où ils se conseillaient mutuellement. Les cinq dernières minutes il l'observait allongée là, chacun regardait l'autre dans les yeux aussi profondément que possible. C'était leur façon de clore cette parenthèse de leur vie, pendant laquelle chacun pouvait parler librement, sans être jugé pour tout ce qui lui passait dans la tête. Comme la Méditerranée à leurs pieds, leur état d'esprit était différent chaque fois, et ils se laissaient totalement aller au gré de leurs humeurs. Tantôt calmes et apaisés, ils pouvaient être en colère, voire inquiétants à un autre moment. L'espace d'une heure dans cette chambre d'hôtel, ces deux âmes étaient pleinement elles-mêmes, à visage découvert et sans aucune contrainte, cédant à toutes les émotions qui passaient à ce moment-là. Un jour, Jo lui avait dit qu'elle n'avait pas envie de parler ou de l'écouter, qu'elle voulait juste qu'il la regarde, c'est ce qu'il fit sans détacher son regard pendant l'heure entière. Puis elle se leva, et quitta la chambre laissant cette fois-là l'argent sur la commode en partant. C'était toujours elle qui partait la première. Aucune contrainte, c'est ce qui avait été convenu dès leur première rencontre. Il n'avait pas voulu dire comment il s'appelait ou ce qu'il faisait dans la vie, mais elle savait tout de lui et de son âme, de son enfance, de ses envies et de ses peurs, de sa famille, de ses amis et surtout, de son épouse. Jo et lui se vouvoyaient toujours, ne se touchaient jamais, et pourtant, ils se connaissaient mutuellement comme aucun couple ne se connaissait. Elle aimait ce genre de client, elle s'imaginait alors l'espace d'un instant comme une thérapeute qui voyait l'âme humaine, la comprenait et la réparait. Elle se soignait en même temps. Ce genre de client compensait le dégoût qu'elle avait pour elle-même et pour le monde en général, ou du moins, c'est ce qu'elle se disait. Lui était marié depuis l'âge de vingt ans, sans enfant, malgré les nombreuses tentatives depuis maintenant quinze ans. À ses quarante ans, il avait réalisé qu'il avait passé la moitié de sa vie avec la même femme, ne l'avait jamais trompée, mais les tentatives successives pour faire un enfant ou adopter, avaient toutes échoué. Il avait rencontré Jo par hasard à la supérette du quartier, avait eu un coup de cœur pour ce visage fin, sensible et fragile. Elle avait eu un coup de cœur pour ses traits carrés, durs et forts, travaillés quelques heures par semaine dans les salles de sport. Vingt ans de plus qu'elle, il représentait son père qu'elle n'avait jamais connu comme la reconstruction d'un passé où l'éducation, les conseils et la protection aimante retrouvaient leur place. Vingt ans de moins que lui, elle représentait la fille qu'il avait rencontrée vingt ans plus tôt comme une nouvelle histoire d'amour où la séduction, l'espoir, les rêves et le partage retrouvaient leur place. Une histoire où la communication était au centre de leur relation. Elle cimentait leur lien un peu plus à chaque rencontre. Un jour, elle lui avait confié qu'elle était heureuse. Sans la regarder, il avait contemplé le soleil qui éblouissait la mer, et avait répondu que lui aussi l'était, mais seulement les samedis après-midi quand ils se voyaient.

Après s'être remis de l'attaque de Vakha, c'est lui qu'elle avait choisi de revoir en premier. Elle reprit le contact en composant le numéro de téléphone qu'elle avait enregistré sous « inconnu ». Quand il avait répondu, il semblait paniqué, des mois entiers qu'il attendait cet appel. Son imagination avait mis ses nerfs à rude épreuve. Il avait imaginé le meilleur pour elle, mais avait surtout pensé au pire. Comme à son habitude elle avait simplement dit « samedi, quatorze heures » et avait raccroché au bout d'un instant, après avoir écouté sa respiration quelques secondes. Ce simple message les avait remplis de bonheur toute la semaine. Il avait été sur un nuage, comptant les jours avant de la retrouver. Il acheta de nouveaux vêtements, alla chez le coiffeur, et fit même attention à ce qu'il mangeait. Il se sentit rajeunir chaque jour un peu plus à l'approche de son rendez-vous. Samedi matin, il commença à avoir des doutes. Que lui était-il arrivé ? Allait-elle lui annoncer qu'elle ne voulait plus le voir, était-ce un dernier rendez-vous ? Est-ce qu'elle voulait partir ailleurs ? Avait-elle été malade ? Le doute commençait à l'envahir, et son cœur battait de plus en plus fort. Il réserva la chambre dès treize heures, ne pouvant plus attendre. Il regarda la mer pendant l'heure entière. L'orage grondait dehors. La pluie venait s'abattre sur la baie vitrée au gré des rafales de vent. Les gouttes semblaient fuir le bruit du tonnerre, et venaient trouver refuge sur le balcon, en attendant qu'on leur ouvre la fenêtre pour se mettre à l'abri. Au large, les éclairs électrisaient la mer et semblaient donner vie à de nouvelles vagues qui venaient s'échouer contre la promenade. C'était à l'image de son esprit. Comme la mer, il était en ébullition.

Quand elle entra dans la chambre, il vit tout de suite les cicatrices qui parsemaient son corps. Son sourire se fendit, comme sa peau à elle sous la lame de son agresseur. Elle enleva son manteau et s'allongea sur le lit. Il l'observa, s'efforçant de ne pas grimacer, tant la douleur interne était vive. Sa muse avait été mutilée. Il avait passé tellement de temps à la regarder. Il connaissait chaque partie de sa peau par cœur. Tout venait de changer. Elle s'inquiéta un instant. Lisant dans ses pensées, il lui dit de ne surtout pas s'inquiéter. Il lui dit que ce serait l'occasion de faire connaissance à nouveau. Il ne lui demanda jamais ce qui s'était passé. Elle fut rassurée, ils parlèrent pendant des heures, ils rattrapèrent le temps perdu. Il commanda du champagne tant ils avaient soif. Ils avaient soif de partager, de parler, d'être écoutés. Ils avaient soif de vivre, d'aimer, d'oser. Comme ils s'étaient interdit d'être eux-mêmes en société pendant tout ce temps, ils brûlaient de fusionner à nouveau comme deux aimants qui avaient passé trop de temps éloignés l'un de l'autre. Maintenant qu'ils étaient proches, ils ne pouvaient que finir dans les bras l'un de l'autre. Il n'avait pas prévu ça, il n'imaginait pas un jour être avec une autre femme, mais l'attirance était telle qu'il ne put résister. Elle en avait envie, elle en avait besoin. Elle ne savait pas ce qu'elle espérait. Cela faisait bien longtemps qu'elle n'espérait plus rien. Ils se laissèrent aller à leurs désirs les plus brûlants jusque tard dans la nuit. Leur amour devint enfin physique. Ils savaient tous les deux que c'était une parenthèse dans leur routine habituelle, que cela ne se reproduirait jamais, ils profitèrent ainsi de chaque instant, ils apprécièrent chaque centimètre de peau qu'ils pouvaient enfin toucher. Seul ce contact physique semblait combler le manque qu'ils avaient ressenti ces derniers mois. Ils prolongèrent cet amour charnel aussi longtemps que possible. Ils quittèrent la chambre en même temps et s'embrassèrent une dernière fois, comme on tarde à refermer une parenthèse.

Ils se revirent les samedis suivants, et comme à leur habitude, ils parlèrent de tout ce qui leur passait par la tête, sans tabou, y compris de cette parenthèse. Ils ne se retouchèrent plus jamais, même s'ils en avaient très envie. Ils n'en ressentaient plus le besoin, être ensemble suffisait à nouveau.

Josette allait mieux de semaine en semaine, elle ne sortait que pour ses rendez-vous du samedi après-midi. Un jour, elle apprit qu'Olivier avait trouvé ses agresseurs et qu'ils étaient morts. C'est ce qu'elle souhaitait le plus au monde. Elle pourrait peut-être maintenant avoir une vie normale, sortir sans avoir peur. Elle parla enfin à l'inconnu de ce qu'il lui était arrivé, d'Olivier, chez qui elle s'était réfugiée. Il se sentit soulagé. Elle commençait à retrouver de l'espoir, elle pouvait peut-être essayer de reprendre sa vie en main. Mais l'infortune ne voulait pas la quitter et l'avait choisie très jeune quand la vie lui avait pris ses parents, l'avait laissée sans éducation et sans protection. L'infortune lui avait donné des familles d'accueil toutes plus malsaines les unes que les autres. C'est en voulant fuir l'une d'elles qu'elle s'était retrouvée dans la rue, jeune, seule, affamée. N'ayant que son corps à offrir, elle avait dû survivre comme elle pouvait. La drogue et l'alcool que ses clients lui offraient lui donnaient quelques instants d'évasion. Elle ne choisissait que les clients qui pouvaient lui en offrir. Très vite, elle s'était retrouvée dans les réseaux de prostitution russes et n'avait pu s'en extraire que grâce à l'intervention d'un capitaine de police. Mais l'infortune ne voulait pas la quitter, même après la mort de ses agresseurs. Elle comprit très vite ce qui se passait dans son corps et ne voulait pas y croire, ne pouvait pas y croire. Elle était enceinte de lui, de cet inconnu qu'elle croisait dans une chambre d'hôtel de temps en temps. Elle n'arrivait pas à s'occuper d'elle-même, comment s'occuper d'un enfant ? Elle n'avait pas fini sa propre éducation, comment pouvait-elle en offrir une à son bébé ? Une seule relation en presque un an, et elle était enceinte. L'infortune. Devait-elle lui en parler ? Lui, l'homme marié qui avait tant voulu avoir un enfant, lui qui en parlait tellement, comment allait-il réagir ? Les semaines passèrent sans qu'elle le contacte. Elle le considérait comme son véritable ami, elle ne voulait rien gâcher à leur relation. Elle voulait maintenant connaître son nom ou son travail, mais elle n'osait pas lui demander. Cela l'intrigua de plus en plus au fil des semaines. C'était devenu une obsession. Alors elle demanda à Olivier de se renseigner, juste par curiosité. Elle voulait juste un nom. À l'hôtel, il se renseigna sur la réservation de la chambre, il obtint une carte de crédit. Il trouva rapidement son nom et sur le serveur de la police, le reste. Son nom n'était pas le problème, son histoire l'était. Presque une année maintenant que Josette vivait au même étage qu'Olivier. Elle occupait l'appartement d'à côté, elle venait tous les matins à sept heures pour prendre le petit-déjeuner. Le capitaine de police ne savait pas ce que ce client représentait pour elle. Tout en lisant les informations du jour sur son téléphone, il lui avait dit :

— Vincent Faré.

— Quoi ? avait-elle demandé.

— Ton gars qui te rejoint à l'hôtel le samedi après-midi, il s'appelle Vincent Faré.

Elle essaya d'associer ce nom à l'homme qu'elle voyait depuis des années, le répéta plusieurs fois à voix haute, le cœur battant à toute vitesse. Perdue dans ses pensées, elle ne perçut pas tout de suite la pointe de la lame posée sur sa poitrine qui allait bientôt lui transpercer le cœur.

— Célibataire, sans enfant, poursuivit Olivier.

Josette ne réagit pas. Elle avait passé des heures à écouter les histoires de son épouse, ses penchants pour la mode, ses habitudes, sa cuisine, ses parents, le mariage, ses copines, son ronflement, sa décoration d'intérieur, ses caprices, ses envies. Josette sentit sa tête tourner.

Olivier poursuivit :

— Pas de délit, pas d'histoire depuis vingt ans. Un employé de banque modèle.

La lame s'enfonça un peu plus. Comment ça, pas d'histoire depuis vingt ans. Elle en avait entendu des milliers d'histoires et d'anecdotes sur ce couple. C'était tout simplement impossible, Olivier avait dû se tromper.

— Enfin si, un truc bizarre, dit Olivier en levant son nez du téléphone. Sa femme est morte en face de l'hôtel où vous allez, accident de la route. Un ivrogne au volant l'a percutée sur le passage piéton quand ils sont sortis de l'hôtel. Ils avaient pris la chambre au dernier étage pour leur lune de miel. Le lendemain, elle s'est fait renverser sous ses yeux.

Josette se leva pour aller vomir aux toilettes. C'était son métier après tout, de faire fantasmer les hommes en leur vendant du rêve. Vincent voulait revivre sa lune de miel, encore et encore. En racontant des histoires, il imaginait tout simplement la vie qu'il aurait eue si sa jeune épouse ne s'était pas fait écraser. Près de la fenêtre, il ne regardait pas la mer comme elle le pensait. Il regardait l'endroit où il avait perdu sa moitié. En la regardant allongée sur le lit, il repensait à sa femme et l'imaginait en vie. Vincent souffrait depuis plus de vingt ans sans pouvoir clore son deuil. Elle fut triste pour lui, triste pour eux, triste pour elle. Elle ne quitta pas son studio pendant encore quelques jours, repensant à toutes les anecdotes qu'il avait racontées. C'est vrai, c'était étrange qu'il soit disponible à chaque fois qu'elle lui envoyait un message. Tous les couples se faisaient des week-ends à deux, se baladaient ensemble le samedi. C'est elle qu'il baladait en réalité. Puis finalement, elle se décida à avorter avant de dépasser les délais. Elle en parla à Olivier qui avait organisé son agenda pour pouvoir l'accompagner. Elle se rendit à l'hôpital de l'Archet pour sa première consultation. Elle connaissait la partition qui allait suivre. La consultation gynécologique serait suivie d'une prise de sang, puis échographie, consultations anesthésique et psychiatrique, avortement, retour maison. Ça lui était déjà arrivé une fois très jeune, et les prostituées abordaient le sujet assez facilement. Dès la première consultation, secrétaires, infirmières et médecins appelaient Olivier « le papa », titre qu'il s'empressait de refuser en disant qu'il était juste un ami, mais il voyait bien qu'il n'arrivait à convaincre personne. Il préféra par la suite attendre dans le couloir. C'est donc toute seule que Josette se prépara à voir sur l'échographe la forme du fœtus. Elle avait déjà subi un avortement à l'âge de dix-sept ans, mais elle s'y était prise très tôt vers six semaines.

— Vous êtes à plus de douze semaines. Est-ce que vous voulez le voir ? demanda le médecin sans quitter son échographe des yeux.

Josette hésita. La première fois, c'était un petit œuf, là on lui proposait de regarder son fœtus. Elle accepta et le médecin tourna l'échographe vers Josette. Elle tomba amoureuse de son bébé dès les premières secondes. Elle n'eut pas besoin de réfléchir pour savoir qu'elle voulait le garder. Elle insista pour que le médecin lui montre son bébé encore et encore. Il bougeait dans tous les sens, touchait son visage, il avait l'air de nager dans une piscine. Elle pleura de joie tout le reste de la consultation, annula l'avortement et se jeta dans les bras d'Olivier dans le couloir. Elle passa les semaines suivantes à lire tous les conseils sur la grossesse. Elle obtint un travail dans une supérette, et d'elle-même, trouva un deux-pièces dans le quartier de La Trinité pas très loin de l'église d'Ange. Lors du déménagement, Olivier croisa la mère de Toni dans les escaliers. Elle habitait juste au-dessus de Josette. Les deux femmes firent ainsi connaissance, sans savoir qu'elles étaient liées par l'infortune. À la mort de Toni, le policier avait pris le parti de ne pas dire qu'il était présent quand son fils avait été tué. Après ce fameux week-end où il avait vu Vakha mourir, il vit la mère de Toni le lundi matin pour expliquer, sans donner les détails, qui avait tué son fils. Une mère reste une mère. Peu importaient les actions de ses enfants, elle l'aima jusqu'au bout. Quelques mois plus tard, Josette donna naissance à son fils Enzo. La mère de Toni fut d'une aide précieuse, elle lui donna des conseils et la soutint comme une grand-mère peut le faire. Un jour, Jo l'avait appelée mamie, elle s'était offusquée, elle disait que cela la vieillissait, elle préférait dire qu'elle était sa grande sœur. Cela convint à tout le monde. Olivier connaissait déjà un Père d'une église qu'il appelait mon Frère, et maintenant il y avait la sœur et le fils. Il allait bientôt constituer le jeu des sept familles.

Malheureusement, l'infortune rattrapa Josette. La supérette avait fermé, car elle servait de couverture à un trafic de drogues, et Jo se retrouva très vite à court d'argent et de solutions. Un soir, on lui proposa de l'argent pour une nuit. Elle confia son fils à sa sœur et replongea dans le monde de la prostitution, au grand dam d'Olivier qui aurait tant voulu qu'elle sorte de cet enfer. Il lui trouva plusieurs fois du travail qu'elle refusa gentiment. Olivier n'avait jamais rien imposé à Josette. Il proposait un projet, Josette acceptait ou refusait, et la discussion en restait là. Il n'avait jamais posé de questions sur le père de cet enfant, mais se doutait bien que ce fameux Vincent Faré y était pour quelque chose. Il avait décidé de l'aider tant qu'elle voulait bien de son aide, mais ne voulait en aucun cas lui imposer quoi que ce soit. Josette ne revit jamais le père de son enfant. Elle pensait à lui tout le temps mais ne voulait plus l'appeler, et avait effacé son numéro. Plusieurs fois, elle appela Olivier à la rescousse lorsque des clients commençaient à devenir violents avec elle. Olivier se débrouillait pour envoyer une patrouille de police, mais refusait de se déplacer personnellement. Au commissariat, beaucoup l'appelaient le mac, depuis qu'il avait recueilli sa protégée. Il avait recueilli ce petit oiseau jeté du nid du haut d'un arbre, l'avait soigné et nourri. Maintenant, il fallait qu'elle retrouve sa liberté. De temps en temps, l'oiseau revenait voir son bienfaiteur, demandait protection, argent ou réconfort, puis reprenait son envol. Ça ne gênait pas le capitaine de police qu'elle reprenne contact régulièrement, c'était souvent pour demander de l'aide, mais globalement elle avait bien évolué. Son fils était bien élevé, aimé et entouré. Josette continuait sa thérapie, et la mère de Toni s'était trouvé une nouvelle famille. Tout ce petit monde était lié par l'infortune, mais allait globalement plutôt bien. Josette préparait son entrée à l'école d'aide-soignante pour l'année prochaine en attendant de devenir plus tard infirmière. Mais de temps en temps, elle appelait à l'aide et Olivier répondait toujours présent. Dans le jeu des sept familles c'était sûrement le grand frère que Josette n'avait jamais eu, mais qu'elle avait toujours rêvé d'avoir pour être protégée.

Alors c'est lui qu'elle appela ce dimanche après-midi quand Olivier venait juste de se glisser dans son bain brûlant en écoutant Bob Marley et en essayant de chanter en anglais.

— Je suis encore tombée sur des tarés !

Olivier connaissait le refrain par cœur, et même si Josette était très prudente avec ses clients, drogues et alcool révélaient parfois des personnalités insoupçonnées. Josette choisissait ses clients avec minutie. Ils devaient tous répondre à certains critères qu'elle avait réussi à imposer à une boîte privée qui gérait des escorte girls à Monaco. Elle ne travaillait que du jeudi au samedi. Il fallait que ses clients soient avant tout éduqués comme elle disait, qu'ils respectent le contrat moral qu'ils établissaient à l'avance. Elle décidait de ce qu'elle acceptait ou non. Ensuite ses clients devaient être fortunés, elle ne travaillait que sur rendez-vous. La plupart de ses clients venaient en visite à Monaco et n'avaient besoin d'une escorte que pour une partie de la nuit. La deuxième partie de la nuit, c'était au bon vouloir de Josette, elle préférait toujours se garder l'option d'annuler. C'est ce qu'elle faisait quasiment tout le temps. Les clients qui en demandaient davantage, n'hésitaient pas à sortir alors le grand jeu dans l'espoir d'avoir ses faveurs. Elle refusait toujours la première fois et se contentait de l'argent de la boîte d'escortes. Ses clients n'étaient pas habitués à ce qu'on leur dise non. Josette appréciait de garder le contrôle et récupérait encore plus d'argent quand ses clients la voyaient comme une vente aux enchères qui risquait de leur échapper. Le prix devenait alors exorbitant. Pendant ce temps, sa sœur gardait son enfant, et récupérait ainsi chaque semaine un salaire confortable. Mais parfois ceux qui refusaient qu'on leur dise non, prévoyaient alors une deuxième soirée pour se venger. Josette s'était retrouvée ainsi à deux heures du matin sur le bord d'une route de montagne en plein hiver, car son client prétexta qu'il n'avait payé que jusqu'à deux heures tapantes. Une autre fois, elle avait été mise sur un bateau pneumatique après une sortie en yacht et abandonnée au large de Monaco, ou bien délaissée en pleine rue en Italie. C'était leur façon à eux de garder le pouvoir et de montrer leur supériorité. Elle appelait alors Olivier, souvent après deux heures du matin. En attendant son aide, elle repensa à Vincent Faré, elle aurait aimé pouvoir parler de ce qu'elle vivait à quelqu'un. Sa sœur, le curé, Olivier, les mamans des copains de classe d'Enzo ne voulaient pas entendre ce genre d'histoire, Vincent Faré oui. Elle avait bien rencontré un client à Nice qui était proche d'elle, qui était régulier et qui cherchait avant tout à discuter, mais ce n'était pas la même chose. Ce client était trop sombre, ne la faisait pas rêver, ne disait les choses qu'à moitié et après des heures de discussions, Josette ne savait pas grand-chose sur lui. C'était son seul client diurne, elle l'appelait le vieux hibou tant il lui donnait envie de dormir quand il racontait sa vie, mais il était inoffensif.

Qu'elle appelle Olivier à l'aide en plein après-midi était donc peu conventionnel. Il sentit de la peur dans sa voix, Josette en avait tellement vu qu'elle n'était pas du genre à paniquer à la moindre occasion.

— T'es où ?

— Je ne sais pas, je me sens bizarre, je crois que j'ai été droguée. Je ne me rappelle pas ce qui s'est passé.

— Tu vois quoi autour de toi ?

— Je suis dans une sorte de studio bizarre, ou je ne sais pas, on dirait une vieille baraque ou une caravane. Je ne peux pas sortir, c'est verrouillé. J'ai encore la tête qui tourne, je ne me sens pas bien.

— Écoute, je passe un coup de fil et je te rappelle.

— Non, Olivier, attends !

Mais il avait raccroché. Il contacta le commissariat pour avoir un traçage de sa ligne de téléphone. Dans moins de cinq minutes, il aurait l'adresse exacte. Il était déjà en train de se rhabiller et de chercher ses clefs. À peine dans sa voiture, il reçut l'appel de l'opérateur principal du commissariat qui lui donnait les infos. Il tapa les coordonnées dans le GPS, elles donnaient dans un champ près de Levens, un petit village en périphérie de Nice, dans les collines. Il recommença une fois, toujours le même endroit. Il commençait à s'y diriger tout en appelant l'opérateur qui confirma l'adresse, Olivier demanda deux véhicules de police en renfort. Gyrophare et sirène hurlante, il commençait à comprendre pourquoi l'adresse était dans un champ. Josette se trouvait dans un camp de gitans, proche de Levens, il avait absolument besoin de renfort, d'une dose de diplomatie, pas mal de persévérance, d'un soupçon de menace et d'arroser le tout avec de la chance pour éviter que ça dégénère. Une petite voix dans sa tête lui disait de ne pas oublier de surveiller tout signe d'ébullition avant que la casserole ne déborde.

Quelques minutes plus tard, la police était déjà à l'entrée du camp, et comme il le soupçonnait, l'entrée n'était pas permise. Plusieurs habitants, familles et enfants compris avaient décidé de bloquer le passage. Les deux policiers s'étaient déjà énervés et la casserole avait débordé avant même son arrivée. Sous ses yeux, ils venaient de commettre l'immense erreur de sortir leur matraque. Après s'être garé rapidement, Olivier courut vers l'attroupement en sortant sa carte et en criant aux agents de reculer. La foule en profita pour redoubler de colère. Olivier demanda au plus âgé des policiers de remonter dans sa voiture et d'attendre au village pour qu'on ne les voie pas. Ce ne fut pas du goût des deux hommes qui refusaient de battre en retraite. Ils essuyèrent quelques jets de pierres quand la voiture fit marche arrière. Olivier se retourna, il avait une foule en colère en face de lui. Il leva les deux bras en l'air avec sa carte de policier dans une des mains, son téléphone dans l'autre, la tête baissée. La foule s'approcha de lui et continuait à l'invectiver. Il garda la position encore un moment puis le silence se fit. Une des armoires à glace de la foule s'approcha de lui. La pluie commençait à tomber à nouveau, pourtant il était torse nu. C'était une force de la nature, ses bras, ses épaules et ses pectoraux étaient bombés et remplis de tatouages de premier prix. Goliath, la gueule carrée, les yeux noirs, écrasa Olivier sous le poids de son regard. Personne ne bougea.

— Josette, finit-il par dire. C'est mon amie. Elle est ici.

Les gitans ne livraient jamais personne à la police. Personne ne pouvait venir chercher quelqu'un sans leur consentement. L'armoire à glace fit un pas de plus vers lui. Il regarda son téléphone, le lui prit délicatement des mains et repartit vers la foule qui ne s'était écartée qu'un instant, juste pour le laisser passer.

Olivier avait affiché sur son téléphone une photo de Josette et lui joue contre joue, un soir où ils étaient allés manger ensemble. Josette était bien reconnaissable. Olivier baissa les bras et releva la tête, le dégoût se lisait sur chaque visage qui l'observait. Un petit garçon avec un t-shirt de Mickey lui fit un doigt d'honneur triomphant. La foule resta là sous la pluie à l'observer. Cinq minutes plus tard, une femme s'approcha.

— Il est à vous ce gamin ? demanda Olivier en montrant Mickey du menton.

— Venez avec moi, dit-elle simplement.

À ces mots magiques, la foule se dispersa et chacun repartit se mettre au chaud dans sa caravane. La femme pressa le pas et amena Olivier vers Goliath. Tous les trois continuèrent leur chemin vers une caravane qui semblait abandonnée en périphérie du camp. Le géant ouvrit la porte, Olivier entra le premier et recula subitement lorsqu'un pommeau s'abattit sur lui. Josette le reconnut au dernier moment, et arrêta son geste à temps. Elle lui sauta au cou, et se mit à pleurer. Ils se protégèrent de la pluie dans la caravane, même Goliath trouva une petite place.

— Je m'appelle Iéléna, nos enfants sont allés dans la même classe l'année dernière dit-elle. Je vous ai parlé plusieurs fois, vous avez toujours été très gentille avec moi. Vous êtes arrivée hier soir, Hector et moi vous avons trouvée sur le bord de l'autoroute. Vous avez pris de la drogue.

Jo n'en croyait pas ses oreilles, mais en même temps ne se rappelait plus rien, elle semblait encore vaseuse.

— Olivier, je ne me rappelle même plus avec qui j'étais !

Iéléna poursuivit :

— Vous étiez sur le bord de l'autoroute vers minuit, juste après le péage de la Turbie. Hector a compris qu'on vous avait jetée d'une voiture, il s'est arrêté pour voir si ça allait. Vous répétiez qu'il fallait que vous récupériez votre enfant à l'école de la Mandarine, et qu'il ne fallait pas appeler la police. Vous répétiez ça sans arrêt. Je ne savais pas où vous habitiez, alors je pensais que c'était mieux si vous veniez vous reposer ici. Maintenant qu'il y a votre ami, vous pouvez partir.

Olivier était stupéfait. Le client de Jo l'avait laissée sur le bord de l'autoroute complètement droguée. Il remercia vivement Iéléna de son aide, raccompagna tant bien que mal Josette dans sa voiture sous les « À charge de revanche, chef ! » que lui lançait chaque personne qui osait encore s'aventurer sous la pluie.

Il libéra les policiers qui étaient en attente à Levens et raccompagna Josette chez elle. Olivier lui demanda plusieurs fois si elle voulait aller à l'hôpital pour faire un examen et découvrir quel type de drogue elle avait dans le sang.

— Ce n'est pas la première fois que l'on me drogue, avait-elle simplement répondu.

— Je sais, mais un examen médical au moins ?

— Pas la peine, je sais qu'ils ne m'ont pas déshabillée. J'attache toujours ma jupe avec un fil qui relie mes bas à ma culotte et se déchire si l'on force. J'ai déjà vérifié, le fil est toujours là.

Face à cet argument, le policier ne savait plus quoi répondre. Il garda le silence un moment.

— Est-ce que je peux contacter l'agence pour savoir avec qui tu avais rendez-vous, retrouver ton trajet grâce à ton téléphone, faire quelque chose ? Tu aurais pu mourir sur cette autoroute.

— C'est ma vie Olive, tu te rappelles, l'Infortune c'est moi. Tous les jours depuis que je suis née j'aurais pu mourir.

— Ils pourraient refaire ça à une autre qui aura moins de chance que toi.

Un long silence s'installa entre eux. Ils avaient tous les deux l'habitude des longs silences qui n'étaient jamais mal vécus. C'était plutôt une marque de respect entre eux, de la confiance. Elle reprit lentement la parole.

— OK, demain tu pourras appeler l'agence et voir qui me voulait du mal. Je laisse tomber cette agence, je laisse tomber ce métier, je laisse tomber cette vie de merde. Je veux juste être avec mon fils.

— T'es sûre de toi ?

— Je n'ai jamais été aussi sûre de moi de toute ma vie, enfin si, la dernière fois c'est quand j'ai choisi de garder mon bébé.

— OK alors, demain j'ai une journée chargée, je suis sur une enquête un peu spéciale. J'essaierai d'appeler. Mais toi tu ne te souviens de rien ?

- Je suis montée dans une limousine, le type était en costume, blond avec une barbe de trois jours. Ce qui m'a frappée, c'est qu'il avait une oreillette, on aurait dit un garde du corps. Il m'a filé un truc à boire, et après, plus rien. Fais-les payer Olive, si tu peux fais-les payer.

— Je vais essayer.

— Ah j'oubliais, le gars ne parlait que le russe.

S'il s'agissait de Russes en vacances pour le week-end, il aurait énormément de mal à retrouver leur trace. Il devait vérifier toutes les caméras de surveillance, demander des montagnes de papiers pour avoir le droit de tout visionner, il en avait pour un mois de boulot minimum. Et quelles preuves pouvait-il fournir pour prouver que Josette n'était pas sortie de la voiture de son plein gré ? Il n'y avait aucune chance que cette histoire aboutisse à une remise de dossier complet devant un juge. S'il fallait faire quelque chose, c'était durant la première semaine. Or cette semaine, c'était quasiment impossible.

Il se gara en bas de chez elle. Comme si elle lisait dans ses pensées, elle lui dit tout doucement.

— Ça n'aboutira jamais cette affaire, je pense qu'il vaut mieux laisser tomber tu ne crois pas ? Je vais mettre toute mon énergie sur mon fils, toi t'as plein d'autres trucs à faire.

— Je vais quand même voir ce que je peux faire.

— Je sais, mais ne te prends pas la tête quand même.

— Promis, répondit-il.

— Tu viens manger à la maison dimanche prochain ? Une façon pour moi de te remercier, ça fait longtemps qu'on ne s'est pas vus.

— OK ça marche. Repose-toi.

— Ça va aller, je n'ai pas mon fils cette semaine, il est en classe verte à la montagne.

Olivier regagna son appartement, remis de l'eau brûlante dans son bain, et resta jusqu'au début de la soirée. Il commanda une pizza et un coca pour s'aérer l'esprit devant une série américaine hospitalière. Tous ces médecins prenaient les bonnes décisions pour leurs patients, mais jamais pour leur vie personnelle qui devenait, au fil des épisodes, de plus en plus chaotique. Ça lui rappelait vaguement quelqu'un.

Vers vingt-trois heures, il reçut un message de son chef sur son téléphone. À neuf heures précises le lendemain, il devait être devant le palais de justice dans le vieux Nice.

C'était le troisième message en deux jours. Le chef devenait de plus en plus nerveux, ce qui ne rassura pas Olivier. Il n'aimait pas fâcher son chef qui, mine de rien, réussissait à lui mettre la pression pour une simple escorte dans la ville de Nice. Après tout, qu'est-ce qui pouvait foirer ? Il n'était pas du genre à maltraiter ses collègues, peu importe d'où ils venaient.

15- HENCHOZ

— Détachez-la tout de suite je vous dis ! hurla Henchoz une deuxième fois.

Personne n'osa bouger, ne sachant que faire. Les regards allaient du capitaine au commissaire Henchoz. Olivier prit calmement la parole.

— Pas tout de suite chef, nous avons vu que vous étiez en contact avec la suspecte toute la journée, je suis sûr qu'il y a une raison, vous pouvez peut-être nous expliquer. Expliquez-moi sur quoi vous bossez, et pourquoi j'ai eu droit à un mouchard.

— Bien sûr, répondit-il en faisant deux doigts d'honneur à chacune des personnes de la pièce à tour de rôle, excepté Alexandra. Voilà, ça vous va comme explication !

Olivier fit un signe à Pedro. Il était quasiment deux fois plus grand que le commissaire et n'eut aucun mal à le saisir, lui passer des attaches aux poignets et à l'asseoir à côté de la psychologue. Le deuxième prisonnier était tout rouge, prêt à exploser et dut faire un effort surhumain pour garder son calme. Sa tension artérielle devait avoir atteint son plafond, malgré tous les antihypertenseurs qu'il avait pris dans la journée.

— Olivier ! Approche !

Le capitaine s'exécuta tout en gardant une distance de sécurité, mais il était suffisamment près pour entendre son supérieur murmurer :

— Tu es en train de faire la plus grande connerie de toute ta vie. T'es en train de foutre en l'air plus d'un an de préparation pour cette opération.

Olivier fut saisi par le doute. S'ils avaient été en contact toute la journée, ils étaient liés. Pour la mission d'Alexandra certes, mais dans quel but ? Bon ou mauvais ? Alors le capitaine fit ce qu'il faisait le mieux quand il nageait en plein doute dans une enquête, il ne se laissa pas intimider.

— Vous avez trois minutes pour parler, après je vous emmène moi-même menotté au commissariat devant tout le monde, et j'appellerai personnellement votre épouse pour lui expliquer à quel point vous vous êtes mis dans la merde. Allez tout le monde ! Départ dans trois minutes ! Y compris avec la Belle au bois dormant ! On bouge dans trois minutes !

Le commissaire Henchoz connaissait bien Olivier et savait qu'il ne plaisantait pas, ce n'était pas le genre de policier qui bluffait, au contraire. Il était franc, mais surtout le plus têtu de tout le commissariat, après lui bien sûr. S'il le considérait comme coupable, alors Olivier n'hésiterait pas à aller jusqu'au bout. Il regarda la psychologue un instant. Elle le regardait fixement et semblait penser la même chose. Elle lui fit signe de la tête. Olivier s'en aperçut. Il souleva le commissaire du sol et le traîna dans sa chambre, le jeta sur son lit et claqua la porte. Il avait quand même un peu de plaisir à avoir son chef comme prisonnier, il espérait seulement de ne pas avoir à le regretter plus tard.

— Alors chef qu'est-ce qu'il se passe ? C'est quoi ces manigances avec cette psychologue qui parle russe et, oh comme par hasard c'est un médecin russe qui a été assassiné trente minutes après que je lui ai parlé ce matin !

— Tu sais pourquoi je t'ai choisi pour cette affaire ? T'es le meilleur flic de ce commissariat, tu es incorruptible, mais là tu fais la connerie de ta vie ! Et c'était un suicide !

— Deux minutes ! cria Olivier.

Henchoz respira à nouveau comme s'il était en plein accouchement.

— OK, écoute bien ! On a mis la pression sur un oligarque russe, on a épluché ses dossiers fiscaux, ses transferts d'argent depuis plus de deux ans, et on est tombé sur un truc louche. Non seulement il est couvert par son propre gouvernement avec le statut de diplomate, mais en plus, il travaille en solitaire sur d'autres marchés opaques, vente d'armes, trafics d'êtres humains, drogue, et j'en passe. Mais on n'a que quelques pistes fumantes, on n'a rien de concret. On a quelques photos, quelques vidéos, mais rien qui le lie directement. On le soupçonne d'avoir fait des affaires avec des gens haut placés dans notre administration et des PDG de grandes entreprises. Comment tu crois qu'on peut faire tomber quelqu'un comme ça ?

— Je ne sais pas, une minute !

— Écoute, t'as tout fait foirer mais peut-être pas tout. Il y a encore peut-être un moyen de le choper. Écoute, on a trouvé une brèche dans son dossier, on a trouvé un truc qui pouvait le toucher et on a foncé. On a trouvé une faille, un point faible, on n'avait qu'une semaine pour monter un plan. OK, le plan n'était pas parfait. OK on a sous-estimé sa capacité de nuisance, mais on a encore une chance.

— Je ne comprends rien, trente secondes, pourquoi m'avoir mis un mouchard ?

— Alexandra travaille pour lui en sous-marin, c'est notre agent, elle est obligée de faire parfois ce que ces Russes lui demandent pour qu'ils continuent à lui faire confiance. Ils lui ont demandé de placer ce mouchard sur toi, je lui ai dit OK, elle l'a fait. Et ça me permettait d'avoir un œil à distance, savoir où tu étais, j'avais une voiture de police qui te suivait, elle me disait où tu étais, et moi je transmettais à l'équipe terrain.

— Tu savais que ce n'était pas juste un mouchard ?

Le commissaire parut incrédule.

— De quoi tu parles ?

— Vous m'avez collé un R101, dit calmement Olivier en observant sa réaction.

Henchoz blêmit, puis sembla alors tout comprendre.

— Un R101, putain elle t'a collé un R101 ! La vache !

— Vous vous rendez compte de ce que cela signifie, c'est de la haute trahison !

— Elle ne m'a parlé que d'un GPS, je ne savais pas que c'était un R101 ! On a eu un mémo là-dessus il n'y a pas longtemps, c'est du matériel militaire, il y a très peu de chances d'en croiser un.

Le commissaire semblait soudain comprendre dans quoi l'équipe d'Olivier était engagée et pourquoi il risquait gros.

— Olivier je te jure sur la tête de ma femme que je ne savais pas que c'était un R101, et tu sais quoi, si c'est un R101 c'est qu'ils savent tout de mon opération ! Ils ont dû avoir accès au téléphone d'Anaïs, à notre préparation, à son ordinateur, on est absolument grillés, que tu nous arrêtes ou pas !

— C'est qui Anaïs, putain ?

— Ben c'est Alexandra, elle avait changé de prénom. Ça fait presque un an qu'elle est infiltrée.

— Quand est-ce qu'elle a eu le mouchard ? insista Olivier qui ne voulait surtout pas relâcher la pression.

— Elle l'a reçu ce matin lorsqu'elle t'attendait dans le vieux Nice, juste avant de monter dans ta voiture.

— C'est qui son contact ?

— Il change tout le temps, c'est toujours un homme de main différent.

— Ce matin elle a parlé en russe au téléphone après avoir visité la maison d'enfance de notre narcoleptique.

Olivier repensait à l'armée de clones qui n'avaient pas hésité à pointer leurs armes sur lui. Ils se ressemblaient tous plus ou moins, avaient la même carrure, le même look, c'était difficile de les identifier personnellement. Soudain, Olivier sentit un problème arriver sans comprendre immédiatement de quoi il s'agissait. Il voulut continuer à poser des questions, mais une petite voix lui disait qu'il y avait plus grave à gérer. À chaque fois qu'il posait une question, il n'écoutait plus la réponse. Il essayait de se focaliser sur cette petite voix intérieure qui lui disait qu'il avait oublié quelque chose. Quelque chose qui n'allait pas. Cette chose avançait à grand pas, mais il n'arrivait toujours pas à la voir. Il avait la tête qui tournait, il n'avait quasiment rien avalé de la journée, une barre de chocolat, quelques biscuits, ce n'était pas assez pour ce genre d'épreuve. Il dit au commissaire de se taire une minute et se tint la tête. Il avait l'impression d'être entré dans une pièce pour chercher quelque chose. Il savait bien que c'était là quelque part, mais il ne savait plus quoi.

— Eh Olivier, ça va ? Tu joues à quoi là ?

Le capitaine faisait les cent pas dans sa chambre, sans savoir ce qu'il cherchait tout en se massant les tempes. Un mal de crâne se pointait, ce n'était pas le moment, il avait de plus en plus de mal à se concentrer.

Il réfléchit à voix haute :

— On a un oligarque étranger qui vit en France, vous lui foutez la pression en prenant un patient d'un hôpital psychiatrique, mais pourquoi ?

— On voulait s'en servir comme témoin ou comme appât, mais apparemment d'après Anaïs, il ne sert pas à grand-chose.

— Chut ! Ce n'est pas à vous que je parlais. C'est quoi le lien entre ce patient et ce Russe. Pourquoi avoir voulu rouvrir une vieille affaire, l'histoire de la Renault 5 et comment il s'appelle ce Russe il a un nom ? Et c'est quoi cette histoire de Renault 5 ?

Le commissaire regardait Olivier réfléchir.

— Mais réponds ! s'emballa le capitaine.

— Tu me parles à moi, là ? Alexeï Podrov. Ça t'aide ? Ça te fait une belle jambe ?

— Si Alexandra, ou Anaïs peu importe, bosse pour eux, pourquoi avoir sorti ce patient de l'hôpital psychiatrique, pourquoi lui avoir rendu sa liberté ? C'était quoi votre plan pourri. Le commissaire ne releva pas l'insulte.

— Anaïs a entendu parler de lui il y a deux semaines, on pensait qu'il pouvait témoigner contre Podrov, nous amener des éléments nouveaux.

— Qui ? Votre espèce de narcoleptique là, il n'est pas en état de témoigner ! Et pourquoi, si Anaïs bosse pour eux, ont-ils accepté qu'il sorte ?

— On a simulé une plainte anonyme à la Haute Autorité de Santé sur les conditions de détention d'Alban pour avoir accès à lui. Cette plainte est arrivée aux oreilles de Podrov. Anaïs lui avait dit qu'elle avait des contacts à l'HAS et qu'elle pouvait être sur l'enquête comme consultante. C'est simple, pour l'HAS elle étudie le dossier, pour les Russes, elle dissimule les preuves, et en fait elle bosse pour nous. On voulait remuer la merde et voir ce qui en sortait.

La sensation étrange de passer à côté de quelque chose restait ancrée en lui, comme une bête féroce qui attendait qu'il ait le dos tourné pour se jeter sur lui. Plus il était perdu, et plus il la sentait se rapprocher de lui à petit pas, les babines retroussées, les canines apparentes, prêtes à s'enfoncer dans sa chair le plus fermement possible. Quelque chose ne tournait pas rond et c'était quelque chose d'évident, juste là devant lui.
Olivier essaya de se reconcentrer.

— Avec ce R101, vous étiez déjà grillés dès neuf heures du matin en fait. S'ils ont eu accès à son téléphone ou le mien, ils savent tout non ?

— Pas dit, j'utilisais une ligne ultra-sécurisée pour communiquer avec Anaïs depuis deux semaines. C'est une pro, et son téléphone est ultra-crypté comme le mien. Il faut du temps au R101 pour pénétrer un téléphone, vu sa faible puissance. Mais c'est vrai le R101 nous a peut-être tous grillés. Elle craignait d'avoir aussi un mouchard, c'est pour ça qu'elle est venue chez toi et pas ailleurs. Si vous avez pu remonter jusqu'à moi, c'est uniquement parce qu'on utilise le même système. Comme toi tu ne savais rien, et que tu n'as appelé personne, ça doit être bon. J'ai appris qu'en découvrant le mouchard, tu l'as confié à Élisa, tu as très bien fait.

Tout à coup, la bête féroce venait de se jeter sur lui de tout son poids et de le mordre à la gorge laissant Olivier sans voix. Il pâlit comme s'il venait de se vider de tout son sang. Comment avait-il pu passer à côté sans le voir, sans le sentir. C'était tellement évident. Elle avait été dans ses pensées toute la journée. C'est Josette qu'ils visaient déjà la veille quand ils l'avaient laissée complètement droguée en plein milieu de l'autoroute. C'est Josette qu'ils avaient essayé d'attraper devant l'église de son frère. Mais pourquoi avoir tué le médecin russe ? S'il était payé par eux, il connaissait les risques à retourner sa veste. Il devait y avoir un lien entre Josette et ce médecin. Ce fut l'évidence pour lui, c'était forcément un client, il aurait pu en mettre sa main à couper. Il regarda son chef qui continuait à parler, mais il ne l'entendait plus.

— C'est quoi le lien avec Josette ?

Le commissaire ne comprit pas la question.

— Le lien entre cette affaire et Josette, c'est quoi ? répéta l'inspecteur.

— Il n'y en a pas, de quoi tu parles ?

Au commissariat, tout le monde connaissait le parcours de Josette et la mort de ses deux agresseurs. Tout le monde voyait Olivier différemment depuis, comme s'il avait prouvé sa valeur en supprimant deux ordures de la surface de la terre. Il était passé au niveau supérieur en battant les boss du premier niveau. Le capitaine plongea sa main dans la poche de son jean. Il ressortit l'adresse de la planque de Josette avec le numéro de téléphone que lui avait confié Ange. Il n'avait rien dit à voix haute, Josette devait toujours être en sécurité. Il fallait qu'il appelle. Il détacha le capitaine et se détacha aussi quelques minutes de ses jérémiades. Quand il le ramena dans le salon, l'équipe était prête à partir. Khan lui fit signe que tout était OK. Mais tout ne l'était pas pour Olivier qui sentait son cœur s'accélérer. Quelque chose n'allait pas. Ce n'était pas le manque de nourriture ou de repos, certainement pas le manque ou l'excès de caféine. Les pulsations dans ses tempes étaient de plus en plus fortes. Anaïs le regarda et sentit que quelque chose n'allait pas.

— Vous avez besoin de vous poser deux minutes, regardez dans quel état vous êtes.

Olivier l'ignora. Seule Josette pourrait répondre à sa première question, le lien avec le médecin russe. L'équipe regardait le commissaire Henchoz qui alla s'asseoir librement à une table et qui semblait également en pleine réflexion.

— C'est bon il est clean, dit Olivier pour répondre à leurs interrogations.

Le capitaine emprunta le téléphone de Khan et ajouta :

— Elle, je ne sais pas trop, en pointant la psychologue du menton, elle joue peut-être un double jeu.

En entendant cela, le commissaire se tapa le front de la main et secoua la tête sans prononcer un seul mot de peur de perdre sa liberté à peine retrouvée. Torin composa le numéro de Josette. Un clic étrange se fit entendre avant la première sonnerie, à la troisième la voix d'un vieillard lui répondit.

— Bonsoir monsieur l'agent.

— Qui est à l'appareil ?

— Figurez-vous que moi aussi, je cherche à joindre cette fameuse Josette, vous pouvez peut-être m'aider ?

Olivier comprit que la ligne avait été détournée, que les clones n'avaient toujours pas mis la main sur Josette, et que cet homme était peut-être le cerveau de toute cette opération, Alexeï Podrov. Il essaya de faire abstraction du monde qui l'entourait, et retourna dans sa chambre.

— Vous avez détourné la ligne de Josette, et à qui ai-je l'honneur ?

Mais au même moment Pedro entra dans la chambre sans toquer, avec un téléphone dans la main.

— Pas maintenant, lui chuchota Olivier.

— C'est urgent !

— Pas maintenant ! insista à son tour Olivier en grimaçant.

— Ça, je ne vais pas vous le dire, monsieur Torin, du boulevard Montréal.

— Soit ! Vous connaissez mon adresse et vous parlez lentement, et alors, c'est censé me faire peur ! Qui êtes-vous et qu'est-ce que vous voulez ?

— Ça vous savez, nous voulons Josette.

Pedro était toujours devant Olivier la main sur l'écouteur de son téléphone, les bras tendus en forme de supplice. L'inspecteur n'était pas du genre à se laisser intimider, qui plus est par quelqu'un qui ne voulait pas dire son nom au téléphone.

— Attends dehors !

Pedro lui fit « non » de la tête. Torin avait peut-être en ligne le cerveau de toute l'opération, qui avait détourné le numéro de Josette, mais il devait prendre un autre appel qui était plus urgent. De toute façon, ils n'avaient pas mis la main sur elle, sinon ils n'auraient même pas pris la peine de le contacter. Et discuter avec ce vieillard ne lui donnerait pas plus d'informations. La voix reprit :

— Je vous propose…

— Vous croyez être après nous ? C'est nous les loups, ma meute va vous chopper là où vous vous cachez ! On va vous faire sortir de votre terrier et on va vous dépecer ! Au revoir Alexeï Podrov !

Olivier lui raccrocha au nez. Il n'aurait jamais fait un bon négociateur. Il prit le téléphone des mains du lieutenant qui tourna les talons, et ferma la porte derrière lui.

— Monsieur Torin ?

— À qui ai-je l'honneur ?

— J'appelle de la part du préfet du Var, j'ai malheureusement de mauvaises nouvelles à vous annoncer.

L'inspecteur pensa à nouveau à Josette et ne comprit pas ce qu'elle faisait dans le Var, l'adresse que lui avait donné son frère était à Nice.

— Nous ne savons pas encore à ce stade de l'enquête ce qui a pu causer l'accident, mais il semblerait que l'hélicoptère assigné à la mission R101 avec mademoiselle Trani se soit écrasé.

Olivier s'assit sur le lit, une main sur la tempe, l'autre serrant le téléphone. Tant qu'il ne l'avait pas dit, il y avait de l'espoir.

— D'après la première équipe de sauvetage, il semblerait qu'il n'y ait aucun survivant, lui répondit la voix. L'appareil a émis un signal de détresse et a manœuvré pour atterrir sur une base militaire près de Toulon, mais il n'a pas eu le temps, ils se sont crashés en pleine mer. La boîte dans laquelle se trouve le mouchard pèse plusieurs kilos, elle est désormais au fond de l'eau, et nous ne pourrons procéder au repêchage que demain matin. La boîte, il ne s'en préoccupait pas pour l'instant, c'était à Élisa qu'il pensait. En allant vers elle, il l'avait mise en danger, il le savait bien, mais il ne s'attendait pas à la perdre si vite. Il ne pourrait plus lui parler. Il avait l'impression d'avoir encore tant de choses à lui dire, à partager. En allant vers elle il ne s'attendait pas à retomber amoureux. En réalité, il l'aimait depuis toujours. Il n'écoutait plus ce que la voix disait dans le téléphone. Il étouffa un sanglot, ce n'était pas le moment de craquer. Il sentit son cœur se déchirer dans sa poitrine. Il venait de s'ouvrir en deux, laissant se déverser tout son sang dans sa cage thoracique. Il avait l'impression que son sang bloquait sa respiration. Il ressentit une douleur en étau dans la poitrine, la même que décrivent ceux qui ont un infarctus du myocarde. Au bout de deux inspirations, elle passa. Cela eut l'avantage de le faire réagir et de ne pas tomber dans la tristesse. Il passa rapidement à la colère, à l'envie de vengeance, il voulait se battre quitte à tout perdre, quitte à mourir. Il saisit son arme dans son holster et serra la crosse de toutes ses forces. Qui veut la paix prépare la guerre.

— Capitaine Torin, je tenais à vous dire qu'il est aussi possible que ce ne soit pas un accident, des témoins près de Toulon ont appelé les secours pour signaler une fusée dans le ciel juste avant les premiers appels de détresse de l'hélicoptère.

Olivier écoutait attentivement ce qu'on lui disait. Son amie avait peut-être été assassinée.

— L'enquête va dans ce sens de façon officieuse, je vous

prierais de garder ça pour vous.

— Bien entendu. Merci de me tenir au courant de l'évolution.

— Et vous capitaine, des pistes de votre côté ?

— Non, aucune.

Il sentait bien que l'agent administratif au bout du fil en avait vu d'autres et qu'il savait qu'il mentait, mais, en bon agent, il ne dit rien.

— Très bien, merci de votre confiance, ajouta-il avant de raccrocher.

Olivier rangea son arme, et se dirigea à nouveau vers le salon. Son chef était aussi au téléphone, il devait avoir été informé de la situation. Quand il raccrocha, Olivier remit à Pedro le papier avec l'adresse où s'étaient réfugiées Claude et Josette.

— Trouve-la et protège-la. Ils sont après elle, je pense qu'ils veulent la tuer. Emmène-la au commissariat d'Auvare.

Il n'avait pas d'autre choix que d'emmener Josette dans son commissariat, le plus vétuste de France et le plus insalubre tant pour les prisonniers, les policiers, que les plaignants. C'était un commissariat qui avait acquis un viager auprès des hôpitaux publics de Nice. Depuis des années, la caserne devait être déplacée dans un ancien hôpital qui refusait de mourir. Et comme pour tous les grands chantiers, les mois de retard s'étaient transformés en années de retard. Pendant ce temps-là, aucun investissement n'avait été permis pour cette caserne d'Auvare qui datait maintenant de plus d'un siècle. Mais aussi vétuste soit-elle, Olivier connaissait les hommes et les femmes qui y travaillaient. Il n'y avait que là-bas que Josette pouvait être en sécurité. Il se massa encore une fois la tempe. Il avait eu pas mal de nouvelles pièces du puzzle en interrogeant son chef, il était temps d'en trouver d'autres. Il se dirigea vers Alexandra, ou Anaïs, et la décolla du sol. Il la poussa dans la chambre sans ménagement, et la jeta sur son lit. Les autres n'eurent pas le temps de protester qu'il claqua la porte. Elle n'avait pas émis le moindre gémissement, même si ses poignets attachés dans le dos commençaient à lui faire mal.

— Détache-moi, dit-elle simplement. Je vais te dire ce que je sais.

Olivier se massa à nouveau les tempes, il repensa à Élisa. Comme le commissaire Henchoz en arrivant dans son appartement une heure plus tôt, elle cria à nouveau :

— Détache-moi tout de suite, je te dis !

16- ANAÏS

Anaïs n'aimait pas se laisser faire, ni par son grand frère, ni par ses amis, ni par ses collègues. On disait qu'elle était dure avec tout le monde, elle l'était, mais encore plus avec elle-même. Elle était aussi persuadée que si elle avait été un garçon, on ne lui aurait pas reproché cela. On lui aurait sûrement dit qu'elle avait du caractère, de la personnalité. « Rien à faire ! », se disait-elle depuis toute petite, mais au fond, elle vivait ça comme une injustice. Les valeurs, elle voulait être définie comme ça, par ses valeurs avant tout. Son visage d'ange n'avait pas toujours contribué à son intérêt. Elle relevait tous les défis avec la même mentalité. L'école de police n'avait pas été tendre avec elle. Les cours de self-défense ne l'épargnaient pas. Elle se retrouvait toujours contre les plus sadiques sur le tatami. Ça ne lui faisait pas peur, même quand elle saignait du nez, même quand les autres recrues rigolaient en la montrant du doigt, même quand elle avait eu une côte fêlée. Trop belle pour intégrer la police, trop diplômée, trop diplomate, ces critiques revenaient sans cesse au milieu des cris d'animaux en rut, des bisous lancés de loin et des gestes obscènes. Ça l'avait poussée au-delà de ses propres limites. Elle s'était endurcie, s'était entraînée dur, tant au niveau pratique que théorique. Quand elle gagna son premier combat au sol face à la brute de la promotion, les hourras et bravos commencèrent à l'accompagner sur le chemin vers son diplôme. Ce jour-là, elle avait dû essuyer deux coups de poing en plein visage pour pouvoir se rapprocher du grand John, presque deux mètres de muscles, mais uniquement au-dessus de la ceinture. Il ne musclait jamais les jambes et disait qu'il n'en avait pas besoin. Le combat était inégal. « Rien à faire ! », se dit Anaïs. Elle lui avait décroché deux coups de pied au-dessous de son genou gauche sur le nerf fibulaire commun superficiel. La douleur était telle qu'il ne put poser la jambe et se laissa glisser sur le côté. Anaïs en profita pour le contourner et reçu son premier coup de poing. Elle monta ensuite sur son dos et réussit à mettre un bras autour de son cou pour l'étrangler. Elle reçut son deuxième coup de poing, mais ne relâcha pas sa poigne. Elle serra fermement sa prise, même quand il essaya de l'écraser de tout son poids en s'allongeant sur le dos, même quand il essaya de lui donner des coups de coudes pour se dégager. John ne voulait capituler pour rien au monde face à une femme le jour de l'examen trimestriel devant les entraîneurs, les commissaires et la présence exceptionnelle du préfet de Paris. Il aurait préféré mourir que capituler. Le sang qui se bloquait au niveau des carotides qu'Anaïs serrait manquait terriblement à son cerveau.

— Tape, lui cria Anaïs, tape !

Il fit non de la tête. Anaïs serra plus fort. Quelques secondes plus tard, John perdit connaissance. Elle se dégagea immédiatement et le contourna pour lui lever les jambes.

— Je n'ai pas arrêté le combat, lui cria l'arbitre qui, lui-même, n'acceptait pas la victoire d'Anaïs.

Toute l'assistance était témoin de la triche, mais personne n'osait rien dire. Elle lui garda les jambes levées jusqu'à ce que John reprenne connaissance.

— Il est KO, cria-t-elle à l'arbitre. Tu veux quoi, que je le tue ?

Dès qu'il se réveilla, elle se plaça derrière John et rétablit sa prise autour de son cou. Ça lui valut le surnom de Boa constrictor, le serpent qui ne relâche sa prise que pour mieux serrer. Mais cette fois, sa prise fut moins serrée. Elle murmura à l'oreille de John ce qui venait de se passer et le supplia de taper pour mettre fin au combat. Dès que John faisait non de la tête, elle serrait un peu plus. La situation mit mal à l'aise l'assistance.

— Arrête le combat ! cria-t-elle à l'arbitre. Arrête le combat ou tu vas le tuer !

L'arbitre désigna Anaïs gagnante, et l'assistance qui avait retenu son souffle se mit à respirer à nouveau. Il y eut un seul applaudissement, puis deux, puis tout le monde ne put qu'applaudir cette performance dans un match qui était aussi inégal qu'injuste. Le reste de sa formation se déroula sans encombre. Elle venait de gagner sa place dans le groupe. Mais Anaïs était Anaïs. Elle n'oublia aucune des insultes qu'elle avait subies et continua ses classes toujours seule. Ses valeurs avaient été bafouées à l'endroit même qui préparait tous ces jeunes hommes et quelques jeunes filles à défendre les citoyens. Elle termina première de son groupe. Elle n'invita personne à la remise des diplômes, pas même son frère, qui était la seule personne de sa famille qui lui restait. Lors du buffet, le préfet l'invita dans son bureau.

— Est-ce que vous vous plaisez ici Anaïs ?

— Non monsieur, avait-elle simplement répondu.

— Qu'est-ce que vous faites là alors ?

— Je me suis engagée, alors je suis allée jusqu'au bout.

— Major de promo quand même. Vous faites bien plus qu'aller jusqu'au bout, vous faites ça à fond. Pourquoi personne n'est venu vous voir ?

Anaïs, qui ne savait pas où mènerait cette conversation, se contenta de répondre simplement.

— Vous savez très bien monsieur le préfet que je n'ai plus de famille. Mes parents sont morts dans un accident de voiture.

— Je sais, mais des amis au moins ?

— J'en ai, et j'ai encore mon frère. Mais je n'ai aucune fierté d'avoir réussi une formation qui ne respecte pas les valeurs qu'elle défend. Aucun respect des femmes ici, j'aurais pu vous intenter un procès tous les jours !

— En tout cas, vous n'avez pas votre langue dans la poche. Est-ce que vous savez mentir ?

— Non, à quoi bon ?

— Afin de travailler pour moi. Je vous offre un job si vous savez mentir. Vous avez un diplôme en psychologie Anaïs. Vous avez fait des années d'études pour avoir ce diplôme et au lieu de faire psychologue, vous avez voulu intégrer la police.

— Mes parents sont morts dans un accident de voiture à cause d'un chauffard ivre. C'était l'été après avoir obtenu mon diplôme. J'ai eu beaucoup de mal à m'en remettre, je ne me sentais pas de soigner les autres, alors je suis rentrée dans la police. Tout ça, c'est dans mon dossier, vous le savez déjà.

— Écoutez, je vous offre un job de psychologue dans la police en quelque sorte.

Anaïs était intriguée, elle sentait qu'il y avait une opportunité pour elle, mais que ce job était différent de ce qu'il paraissait. Le préfet de police de Paris n'avait aucun intérêt à recruter directement une psychologue.

— C'est quoi ce « en quelque sorte » ?

L'homme répondit simplement :

— Secret professionnel.

— Alors dites-moi Monsieur Mystérieux, pourquoi vous n'êtes pas intervenu lors de l'épreuve de combat au corps à corps ? Je vous ai vu ne rien faire monsieur Prassin, derrière votre titre de préfet. Vous n'êtes qu'un lâche comme tous ceux que j'ai croisés ici ! Vous n'êtes qu'un lâche caché derrière votre uniforme et votre testostérone.

Elle le regardait avec des flammes dans les yeux. Il imagina Anaïs l'espace d'un instant en train de l'étrangler. Il évita son regard pour répondre simplement :

— C'est moi qui leur ai demandé de ne pas vous laisser gagner.

Elle était sous le choc. Elle n'aurait jamais pensé que cela vienne d'en haut.

— Vous vous rendez compte de ce que cela signifie pour une femme de…

— Ça n'a rien à voir avec cela, coupa-t-il. On s'en fiche que vous soyez une femme. Vos qualités étaient déjà bien au-dessus de la moyenne, la question était de savoir si vous baissiez les bras rapidement. Et non seulement vous ne baissez pas les bras, mais en plus vous avez du cœur au point de réanimer vous-même votre adversaire, c'était impressionnant.

— Tout ça était planifié ?

— Bien sûr ! Qu'est-ce que vous pensez ? Qu'on est des bêtes sauvages ? Les femmes sont reconnues depuis longtemps dans la police. Chez les unités d'élite, ça va venir. Mais vous, vous êtes au-dessus du lot. J'ai demandé personnellement que vous soyez placée dans une promotion avec aucune autre femme et avec les plus forts. Et vous êtes arrivée major de promo. J'aimerais que vous essayiez d'intégrer les commandos de mon unité. Ensuite dans six mois, je vous prépare à une mission spéciale.

— Je ne peux pas en savoir davantage ?

— Non, secret-défense comme on dit chez nous.

— Où est-ce que je signe ?

C'est ainsi qu'Anaïs avait intégré les commandos, d'abord le stage de sélection avec des agents de toute la France, aussi bien de l'armée, de la police, que de la gendarmerie. Ils étaient une cinquantaine au départ et terminèrent à trois recrues seulement, elle, John et un autre. Elle finit deuxième et intégra les commandos. Elle avait été contente de se retrouver avec John, son compagnon de galère depuis toujours dans cette promotion. Il s'était comporté comme son garde du corps au début du stage commando. Mais il s'était vite rendu compte que c'était elle qui le protégeait. Elle lui signalait les différents pièges, le préparait psychologiquement, l'avait soutenu lors du week-end de survie où ils avaient été laissés à l'abandon dans une citerne d'eau désaffectée. John avait souffert de la faim et d'un manque de calories durant tout le stage. Le reste de l'année, il était un grand habitué des shakers de protéines, des barres énergisantes et des compléments alimentaires. Par deux fois il avait voulu arrêter, et par deux fois elle avait utilisé de précieuses ressources pour le faire tenir bon. Le stage de sélection terminé, elle avait enchaîné sur la formation commando, puis sur une formation spéciale d'agent d'infiltration. Elle était arrivée au bout. Cela faisait un an et demi de préparation depuis la fin de l'école de police. Rien à voir avec les six mois annoncés par le préfet de police. Lui savait mentir. Elle n'avait jamais baissé les bras. Puis, tout à coup, ce fut l'attente. Rien n'était pire pour Anaïs que l'attente. Même un week-end en totale autonomie était plus gérable pour elle. L'attente était trop dure, ça l'obligeait à se retrouver avec elle-même, à se poser des milliers de questions sur elle, sa vie, sa famille. Ses peurs revenaient la hanter quand elle avait du temps. Le doute venait lui rendre visite et tapait à la porte de son cœur jusqu'à ce qu'il s'ouvre. Le doute venait toujours accompagnés de la tristesse d'avoir perdu ses parents si tôt. Le doute et la tristesse en profitaient pour laisser la porte ouverte dans son cœur pour y laisser entrer le désespoir. Ce désespoir aimait prendre ses aises et pouvait rester des jours entiers. Occupée à survivre durant les entraînements, elle ne pensait pas à son cœur. Une fois le repos retrouvé, son cœur lui demandait l'attention dont il avait été privé pendant tout ce temps. Son esprit, qui n'était plus concentré sur une tâche s'égarait en repensant à sa famille disparue. Son esprit invitait dans son cœur tous les souvenirs de sa famille aimante et tous les souvenirs qu'elle aurait pu construire s'ils n'avaient pas été séparés. Son cœur se retrouvait vite débordé, au point de faire venir des vagues de larmes. Tel un bateau n'arrivant plus à écoper la tristesse, il sombra sans témoin au milieu d'un océan de solitude. Elle déprimait, tout simplement.

Les jours passèrent et se transformèrent en semaines. Elle

remonta la pente seule, se remit au sport, d'abord deux fois par semaine, puis cinq fois. Puis elle en fit trois fois par jour. Presque six mois qu'elle était payée à ne rien faire. Elle pensait parfois que c'était une erreur, pire, qu'elle avait été oubliée. Sa vie avait besoin de sens. Elle appelait parfois la préfecture, demandait à parler à son tuteur. On ne le lui passait jamais, elle était mise en attente parfois cinq minutes, quelquefois vingt. Puis on lui disait seulement de patienter, qu'on lui trouverait une mission bientôt. Ces journées se ressemblaient toutes, du sport à jeun, douche, perfectionnement du russe, information sur l'activité géopolitique dans le monde entier, sport de combat, cours de psychologie, centre de tir et sport le soir. Petit à petit, elle en profita pour revoir ses amis et puis son frère. Elle restait évasive sur son travail dans la police. Son frère Antoine l'appelait la nouvelle James Bond girl. L'attente, c'était trop pour elle. Alors elle ne put résister à fêter l'anniversaire d'Antoine en boîte de nuit. À trois heures du matin, elle reçut un coup de fil. La première fois qu'elle sortait la nuit, elle reçut un appel de son tuteur qui lui laissa un message sur son répondeur. Elle sortit sur le parking pour l'écouter. Elle n'eut pas le temps, son tuteur était devant la boîte de nuit, à l'arrière d'un SUV noir aux vitres teintées. À son approche, il baissa la vitre.

— Monte Anaïs, avait-il dit simplement.

En mini-jupe, en sueur, elle ne ressemblait plus à la meilleure recrue commando qu'il avait rencontrée.

— Vous ne ressemblez plus à un agent, le treillis vous allait plutôt bien.

— Si au contraire, je me fonds dans la masse, personne ne me remarque. Je n'allais pas venir en tenue de camouflage en boîte.

— Très juste. Comme toujours. On a une mission pour vous. Vous êtes prête ?

— Tout ce que vous voulez, je n'en peux plus d'attendre.

— Allez dire au revoir à vos amis et à votre frère d'abord, vous allez disparaître de leur vie pendant un petit moment.

Même après toute cette attente, rien ne prépare vraiment à ce moment où l'on vous attribue une mission et où tout devient concret. Son tuteur, dont elle ne savait rien, même pas le nom, n'avait qu'un numéro de référence. Elle ne l'avait vu qu'une heure à la fin de son dernier stage.

— Un paquet vous attend chez vous, toutes les infos sont dedans, bon courage, vous allez être en infiltration pendant quelques mois.

Connaissant le ministère de l'Intérieur et de la Défense, quelques mois voulaient dire des années. Elle sortit de la voiture, rentra dans le club, se dirigea vers son frère qui dansait au milieu de la piste, sa cravate autour du front. Elle le prit dans les bras et le serra très fort. Il comprit immédiatement. Il la serra à son tour. Elle ferma les yeux pour mémoriser toutes les sensations qu'elle éprouvait. Un mélange de peur, d'excitation à l'idée de partir à l'aventure et d'émotion en serrant la dernière personne de sa famille proche. Ils avaient toujours été là l'un pour l'autre, même si lui avait été plus présent pour sa sœur quand elle en avait besoin. Il fit un gros effort pour lui sourire. Elle lui murmura qu'elle devait partir en mission.

— Je sais sœurette, ne t'inquiète pas pour moi, fais plutôt attention à toi. Et appelle-moi si quelqu'un t'embête.

— Si quelqu'un m'embête ça te fera un nouveau client pour lui réparer les dents.

— Tu parles, je suis dentiste depuis deux ans et tu ne m'as jamais envoyé de client, dit-il en l'enlaçant à nouveau.

— Qui sait ? Ils sont peut-être venus incognito.

Elle l'embrassa sur la joue et partit. Quand elle arriva devant chez elle, un agent l'attendait avec un ordinateur sécurisé qui contenait tous les détails de sa mission. La cible, sa couverture, son mode d'action, ses contacts, tout y était. Elle passa une semaine complète à étudier le dossier sur cet ordinateur qui n'était pas connecté à internet. Puis un agent sonna à sa porte, l'appela Alexandra Dubore et repartit avec l'ordinateur. Ce fut aussi simple que ça, l'agent lui avait remis une mallette avec diplôme de psychologie, papier d'identité, clef de voiture, abonnement gaz, électricité et métro, adresse dans le douzième à Paris pour son appartement et son cabinet de consultation, le tout au nom de cette Alexandra. Son cœur s'accéléra à l'idée de changer d'identité, à l'idée de connaître sa cible, à l'idée de comprendre enfin pourquoi elle avait été recrutée. Elle comprit aussi pourquoi elle avait passé six mois à apprendre le russe pendant ses classes, et pourquoi elle avait reçu des manuels de perfectionnement de manière régulière pendant presque un an. Malgré tout, le doute s'insinua dans son esprit. Était-elle vraiment prête ? Elle repensa à toutes les heures d'entraînement, au nombre de fois où l'idée d'abandonner l'avait effleurée, à tous les sacrifices qu'elle s'était imposée. Elle pensa aux quelques hommes qu'elle avait rencontrés, avec qui elle n'avait passé qu'une nuit ou qu'un week-end avant de disparaître, avant de s'attacher, avant d'être blessée, de les blesser.

Elle y pensa une dernière fois pour mettre son ancienne vie de côté. Elle prit ses affaires et se rendit dans le centre de Paris à la découverte de son bureau et de son appartement. Le ménage avait été fait, du courrier l'attendait. Son planning de rendez-vous pris par une agence de secrétaires médicales commençait le lendemain. Les premiers rendez-vous furent difficiles pour elle, mais les patients avaient l'air satisfaits. Elle prit très vite ses marques, elle aidait beaucoup de patients, comprenait leur souffrance, leur inquiétude, tentait de mettre le doigt sur les raisons d'un blocage, d'une faiblesse. Ils trouvaient ensemble des solutions à certains mécanismes psychologiques. Elle leur redonnait confiance et elle prenait de plus en plus de plaisir à faire ce boulot, puis métro, mais pas dodo. Le soir, le doute revenait s'installer. Cette mission, c'était un sacré pari, ça pouvait être une réussite, mais les statistiques penchaient pour l'échec. Trop d'impondérables, trop de variables, trop de protagonistes pour que la partition soit suivie à la perfection. Il y avait, malgré toutes ces années de préparation, une grosse part laissée à l'incertitude et le reste à l'improvisation. Elle avait l'impression d'aller à la pêche tous les jours en attendant que le gros poisson morde à l'hameçon. Chaque début de semaine, elle scrutait la liste de rendez-vous qui l'attendait et était toujours déçue. Les mois passèrent vite au début, puis l'ennui commença à montrer le bout de son nez. En écoutant un patient, elle faillit même s'endormir, ça ne lui ressemblait pas. Il fallait qu'elle se ressaisisse et qu'elle n'oublie pas le but de sa mission. Elle reprit la musculation de plus belle, s'inscrit dans deux salles de sports de combat. La nuit, elle arrivait maintenant à dormir cinq heures d'affilée. Mais cette attente était de plus en plus démotivante. Le bouche-à-oreille avait surchargé son planning. Elle ne voyait plus la fin de ce chapitre de sa vie, comme une impression de tourner en rond. Elle se rappela la nuit de sa sortie en boîte de nuit, l'appel pouvait arriver n'importe quand. Six mois qu'elle avait quitté son appartement. C'était un dimanche soir, elle sortit de son bain brûlant et découvrit la liste des patients de la semaine sur un e-mail. « Sans intérêt », se dit-elle. Le lendemain matin, en arrivant à son cabinet, elle remarqua le SUV garé en double file dans sa rue. La plaque d'immatriculation était marquée d'un CD, corps diplomatique. Elle monta quatre à quatre les escaliers, ouvrit son cabinet et pénétra dans son bureau. Un homme d'une cinquantaine d'années, cigare allumé dans une main et téléphone dans l'autre l'observait sans dire un mot. Anaïs fit semblant d'être surprise, d'avoir peur. Son cœur s'emballa plutôt en raison de l'excitation d'avoir enfin dans son bureau en chair et en os l'homme qui justifiait ses années de préparation. Le poisson qu'elle attendait depuis tout ce temps venait de mordre à l'hameçon. Elle se sentait comme une comédienne qui, après des mois de répétitions, monte enfin sur les planches du théâtre pour le grand soir. La première scène était décisive et donnait le ton pour le reste de la pièce. L'appât c'était sa profession de psychologue à Paris, et surtout le fait qu'elle puisse l'exercer en langue russe. Il avait voulu lui faire peur en pénétrant dans son bureau. Elle devait lui montrer des limites et lui montrait qu'il était dans son espace. Comme un poisson pris au piège, il pouvait naviguer, mais seulement si elle choisissait de relâcher la tension sur la ligne. Là, il fallait plutôt le ramener un bon coup sec vers elle et lui signaler qu'ici c'était elle qui décidait.

— Sortez d'ici tout de suite, je ne vous permets pas de pénétrer dans mon cabinet. Je ne vous permets pas de vous asseoir à mon bureau et d'y fumer. Vous sortez ou je vous sors par la peau du cul moi-même, je ne plaisante pas !

Elle avait étudié son dossier, simple en fait. Le genre de garçon qui a grandi dans la pauvreté, qui a grandi dans la rue en terrorisant son quartier. Le genre d'adolescent qui survit à coups de trafic de drogue, de violence et d'opportunités. Le genre d'homme qui avait tué deux de ses rivaux pour ses dix-huit ans, sans aucun remords. Elle avait dans son bureau le portrait craché d'un psychopathe. En grandissant, il avait toujours été de plus en plus dur, de plus en plus froid, avait mis la main sur quelques marchés de gaz en éliminant des hommes d'affaires pas assez soumis au pouvoir russe. Puis il s'était ouvert à « d'autres projets commerciaux » et avait étendu son empire. Son point faible, c'était sa famille. Sa femme, qui avait donné naissance à plusieurs enfants, connaissait tout de ses activités, de son caractère, mais pensait pouvoir le changer afin de consolider une relation père-enfant alors qu'il utilisait l'argent pour combler ce lien. Elle avait toujours été du côté de ses enfants, mais aussi de l'argent et du pouvoir. Ils avaient perdu leur fille il y a longtemps, elle ne s'en était jamais remise et passait de longues séances chez différents psychiatres pour trouver des réponses aux questions qu'elle ne se posait plus. Lui, avait dit que, de toute façon, il aurait préféré un garçon. Il fut exaucé trois fois par la suite. Au fil des années, elle le sermonnait souvent pour qu'il se fasse soigner à la suite de plusieurs accès de violence, dont ses propres enfants avaient été témoins. Lui avait dit qu'à leur âge, il avait déjà tué. Puis un jour, il avait cédé. Il lui dit qu'il irait voir un psy à Paris quand elle irait faire du shopping, vu qu'elle y allait régulièrement. Il n'avait émis qu'une seule condition, que le psy parle russe. Son français était moyen, et il ne voulait pas parler anglais par principe. Il évita ainsi de consulter pendant plusieurs mois, jusqu'au jour où une jeune psychologue parlant russe commença à jouir d'une bonne réputation dans la capitale. Il n'avait pas eu le temps, ou l'envie de prendre rendez-vous, et s'était juste présenté à son bureau un lundi matin.

Elle s'avança vers lui d'un pas décidé. Il la fixa de ses petits yeux noirs sans émotion qui contrastaient avec le blanc de ses cheveux, et calmement il écrasa son gros cigare sur son bureau en observant la réaction d'Anaïs. Non seulement il ne voulait pas voir cette psychologue, mais il voulait aussi s'assurer qu'elle ne le laisserait plus jamais rentrer dans son bureau. Il s'assurait ainsi quelques années de tranquillité auprès de sa femme, prétextant qu'il avait vraiment essayé. Mais Anaïs en avait vu d'autres, elle était des commandos, et elle pouvait le tuer en quelques secondes. Face à ce genre de personnalités, le respect ne pouvait s'obtenir que par la force, Anaïs le savait bien. Elle posa une main ferme sur son épaule droite tout en guettant sa réaction. Elle enfonça son pouce dans l'articulation. Il essaya de lui attraper le bras avec sa main gauche. Elle tira cette main vers elle, et il se retrouva étranglé par son propre bras. Elle glissa rapidement derrière lui, et quand il voulut se dégager, cette fois, c'est Anaïs qui l'étrangla. Elle avança le fauteuil jusqu'à ce que la poitrine du Russe s'écrase contre le bureau. Il ouvrit la bouche, mais aucun son n'en sortit. Il voulut attraper son bip pour prévenir ses gardes du corps qui étaient dans la voiture. Mais écrasé ainsi, il n'avait pas accès aux poches de son pantalon. Il était en panique, ce qui ne lui était pas arrivé depuis des années, il prit même un certain plaisir à se retrouver dans cette situation. Ce plaisir disparut quand il comprit ce qu'elle voulait faire. Sa tête était en train de se rapprocher tout doucement de son bureau. Lentement sa bouche grande ouverte qui cherchait de l'air désespérément se rapprocha du cigare qu'il avait lui-même écrasé sur le bureau. Il tenta alors de se débattre dans un dernier baroud d'honneur, mais c'était trop tard. Il avait déjà sa bouche autour du cigare. Elle lui balaya la tête de gauche à droite pour être sûre qu'il soit bien positionné.

— Maintenant tu manges ça et tu t'en vas, je ne veux plus te voir dans mon bureau, c'est clair, lui chuchota-t-elle à l'oreille.

Il n'en fit rien bien sûr, mais essaya de se redresser. Elle serra plus fort, et il perdit connaissance, le cigare à moitié dans la bouche.

Elle le fouilla et découvrit son bip, ses papiers et des cartes de visite de représentants de banques suisse, russe et monégasque. Elle regarda sa photo d'identité, la même que celle qu'elle avait trouvée dans son rapport quelques mois plus tôt. Alexeï Podrov, un mètre quatre-vingts, yeux noirs, cheveux blancs, pas de tatouage ou de trait caractéristique, mis à part le fait que c'était un psychopathe trafiquant d'armes, de drogues et d'êtres humains. À cette pensée, elle glissa le cigare au fond de sa gorge. Le tuer ne faisait pas partie des options acceptables dans le cadre de sa mission. Il commença à s'étouffer, à tousser. Ses lèvres devinrent bleutées à cause du manque d'oxygène. Elle le regarda quelques instants suffoquer. Les crapules dans son genre étaient comme des crevettes, il était toujours facile de couper la tête, mais enlever la carapace était difficile, tout le réseau attaché à ses différents business. Elle retira le cigare, l'allongea par terre. Il reprit lentement sa respiration. Elle appuya sur le bip après avoir ouvert les portes pour qu'ils ne cassent rien. Elle allongea Podrov sur son canapé et remit le bip dans sa poche. Elle alla s'asseoir à son bureau.

Moins d'une minute plus tard, deux géants firent irruption dans son bureau. L'un mis en joue Anaïs avec une arme, pendant que l'autre se dirigeait vers son chef qui reprenait connaissance tout doucement. Elle ne réagit pas et prit un papier sur lequel elle écrivit un mot qu'elle glissa dans une enveloppe. Elle la tendit au garde qui pointait son arme sur elle et lui parla en russe.

— Vous lui donnerez ça quand il sera bien réveillé. Vous pouvez l'emmener messieurs, merci, on en a fini avec l'hypnose.

Le garde la regardait, incrédule.

— Et vous fermerez les portes en sortant, n'importe qui peut rentrer ici si je ne fais pas attention.

Ils traînèrent leur chef jusqu'à la voiture après avoir fermé les portes comme Madame avait demandé. Alexeï Podrov reprit lentement ses esprits sans comprendre ce qui lui était arrivé. Ses gardes durent lui répéter plusieurs fois comment ils l'avaient retrouvé. Alexeï massa sa gorge de plus en plus douloureuse. Il avait du mal à avaler, et quand il le fit un goût de cigare descendit jusque dans son estomac. Il se rappela alors ce qui s'était passé. Il se rappela avoir eu son cigare dans la bouche pendant qu'elle lui écrasait la carotide. Il pensa qu'il avait avalé son propre cigare, ce qui le fit sourire. Son garde lui tendit l'enveloppe qu'Anaïs lui avait donnée. Il explosa de rire et toussa en même temps après l'avoir lue. Dès lors, il sut qu'il essaierait de la revoir, qu'il reprendrait rendez-vous avec elle, et qu'elle devait faire partie de son entourage intime. Il tapa sur l'épaule de son garde en riant de plus belle et montra le mot qu'elle lui avait donné : « Arrêtez de fumer, un jour ça va vous tuer. »

17- CONFIANCE

— Détachez-moi Capitaine.

— Pourquoi le ferais-je, pourquoi je dois vous détacher ? demanda simplement le capitaine de police à la psychologue.

— Parce que je suis de votre côté, qu'on doit travailler ensemble, répondit-elle.

— C'est pour ça que vous m'avez collé un mouchard.

— Vous savez très bien que je ne connaissais pas l'importance de ce truc, je l'ai eu dans les mains ce matin et je n'ai pas eu le temps de l'étudier, il ne fallait pas que je casse ma couverture. Ils m'ont dit de vous poser ça, je n'ai même pas eu le temps de le regarder.

— Qui êtes-vous ? demanda-t-il ensuite.

— Forces spéciales, commando, agent d'infiltration, appelez ça comme vous voulez, lança-t-elle à voix basse.

Olivier n'avait pas prévu ça. Ce petit bout de femme était un agent des commandos de France, l'unité d'élite de l'armée française. Il était abasourdi et commençait à comprendre les implications de cette affaire. Il commençait à comprendre le lien spécial qui unissait cette psychologue à la tension artérielle de son chef. Son instinct lui souffla qu'elle disait vrai. C'est peut-être pour ça qu'elle en disait peu, parlait russe et était en contact avec son chef toute la journée. Il la regarda une dernière fois dans les yeux. « Elle est trop jolie pour être dans les commandos », se dit-il en la détachant. Tout en se frottant les poignets, elle le fixa.

— Quelque chose ne va pas avec le mouchard, où est-il ?

— Comment vous savez ?

— Vous avez quasiment tous reçu un appel en même temps, ce devait être une mauvaise nouvelle, vous avez tous changé de tête depuis ce coup de fil. Et vous avez tous parlé d'un mouchard.

Olivier décida de lâcher prise. Il ne savait pas si c'était parce que cette histoire était trop compliquée pour lui, parce qu'il se sentait seul, ou parce qu'Élisa était portée disparue, mais il avait besoin d'alliés dans cette affaire.

— On a perdu le R101.

— Quel R101 ?

— Celui que vous m'avez posé ce matin, on l'a fait partir à Paris il y a quelques heures, il a disparu lors du crash de l'hélico qui le transportait, répondit Olivier.

Elle laissa passer une minute. Elle comprit pourquoi l'équipe d'Olivier l'avait interceptée, pourquoi il s'était méfié de son chef. Elle réalisa que sa couverture était définitivement grillée, qu'elle ne travaillerait plus pour Alexeï Podrov. Elle réalisa qu'elle n'avait plus à faire semblant, à supporter ses sautes d'humeurs dévastatrices. Elle n'aurait plus à l'écouter parler, se vanter, à l'écouter mentir, à l'écouter menacer. Plus de neuf mois qu'elle travaillait pour ce psychopathe, qu'elle l'écoutait parler de sa vie, de sa folie, de ses délires de grandeur. Le plan venait de changer. Elle était libre et devenait peut-être maintenant une proie à abattre. Elle n'était plus Alexandra, elle pouvait reprendre son identité, mais son enquête n'était toujours pas bouclée.

Ils étaient en train de perdre. Tout ce travail pour rien. Certes avec les infos qu'elle avait obtenues, elle avait de quoi lancer des investigations sur Alexeï. Le mettre en prison, c'était une autre affaire, elle n'avait pas assez de preuves. Elle n'avait que des récits d'un mégalomane durant ses consultations. Non, elle n'avait pas de quoi stopper ses différents business. Il ferait quelques jours de prison, puis serait relâché ou extradé par la Russie, puis libéré. Les quelques preuves accumulées pendant des années étaient peut-être en train d'être effacées par toute son équipe et ses hommes de main. Son équipe était en train de perdre, et elle n'aimait pas perdre. Ils avaient trop joué la défense, il était temps de passer à l'attaque. Il fallait finir ce qu'elle avait commencé il y a des mois. Elle devait retourner derrière ce monstre une fois de plus, remettre ses mains autour de son cou et serrer jusqu'à ce que mort s'ensuive. Elle savait que ça n'était pas possible, elle croyait en la justice, elle croyait en son gouvernement et ses méthodes. Ils devaient tous continuer à se battre, la partie était loin d'être finie. Olivier se révélait alors être un atout essentiel, il avait réussi à mettre en place un bon plan pour neutraliser le R101 et pour l'arrêter elle avec son équipe. Henchoz avait eu raison de faire confiance à Olivier. Elle devait jouer en équipe maintenant.

Le capitaine se massait toujours la tempe et profitait du silence pour réfléchir à son prochain coup. Résumé de la situation : une équipe allait porter secours à Josette, le mouchard avait disparu. La couverture d'Anaïs était grillée. Il ne voyait qu'une seule solution, il fallait passer à l'offensive.

— Il faut les attaquer Anaïs. Il faut passer à l'offensive. Il faut aller là où ils se cachent et les arrêter. Il faut commencer à me faire confiance, c'est ton ancien patron qui a tué le médecin russe ce matin ?

— Probablement.

— Et ? J'ai besoin de plus d'infos ! Tu sais pourquoi ? s'emporta Olivier.

— Il essaie de faire disparaître tout ce qui pourrait lui nuire.

Ce patient qui dort dans ton salon, c'est son point faible, Podrov élimine tous ceux qui le relient à lui.

— Alors je crois que c'est le moment de me parler de cette Renault 5, dit simplement Olivier en croisant les bras, et en s'installant sur la chaise de son bureau.

« Comment résumer un tel désastre ? se demandait Anaïs, et par quoi commencer ? »

— Il y a plusieurs années, Alban était un jeune médecin et il a eu un accident de voiture avec une Renault 5 en septembre 2000. Une personne est décédée dans cet accident, sa femme Mariam Graham. Apparemment, ils avaient eu une énième dispute, elle voulait faire un tour, mais Alban l'en a empêchée en lui prenant ses clefs. Elle a pris les clefs de la voiture d'Alban. Il a réussi à monter dans la voiture côté passager à la dernière seconde. Elle avait décidé de rouler quand même. Leur maison était en haut d'une colline et sur la route la voiture a pris de la vitesse, elle a raté le virage et s'est pris le seul arbre du tournant qui l'empêchait de finir trente mètres plus bas. Alban avait mis sa ceinture, pas elle. Elle est morte en quelques minutes après une hémorragie. Alban ne s'en est pas remis et a fini hospitalisé. Il a accepté immédiatement un protocole de soins. Chaque année il signe et reste hospitalisé sous ce protocole. Des années que ça dure.

— Je ne comprends pas ce que cet accident a à voir avec notre oligarque russe ? coupa le capitaine.

— Plusieurs choses. D'abord le nom de jeune fille de Mariam c'est Podrov. C'était la fille aînée d'Alexeï. Elle avait coupé les ponts avec son père et ses activités, voulait être infirmière et avait choisi Nice comme ville pour s'y établir. Sa mère assurait les finances de sa fille, et son père gardait un œil sur elle grâce à ses hommes de main. Ce protocole d'étude est tout simplement bidon. C'est en fait le moyen qu'a trouvé Alexeï pour punir l'homme qui lui a enlevé sa fille. Il voulait l'envoyer en enfer et le ramener sur terre aussi souvent que possible. Il ne voulait pas le tuer, mais le torturer. Il voulait que régulièrement Alban se rappelle la douleur et qu'il ressente la culpabilité d'avoir tué sa femme.

— Comment vous savez tout ça ?

— Alexeï a été mon patient. Je suis vraiment psychologue. Il m'a fallu des années de préparation pour intégrer son clan. J'ai fait quelques séances à mon cabinet, puis chez lui assez rapidement. La plupart de ses ordinateurs sont ultra-sécurisés, je n'ai rien pu sortir de concret pour l'arrêter. Mais il m'a beaucoup parlé d'Alban. L'une des façons de le torturer, c'était de jouer avec son mental. Il s'est renseigné auprès des services secrets russes qui ont émis cette idée de lui faire revivre sa culpabilité de façon régulière. Plusieurs fois par mois, voire par semaine, Alban redécouvre qu'il a tué sa femme et ça l'anéantit pour plusieurs jours. Son esprit est complètement bouleversé.

— Mais ça reste un accident et ce protocole d'étude a été validé. On n'a rien contre Alexeï.

— C'est là que c'est un peu plus compliqué. En reprenant le dossier, nous avons trouvé que l'expertise de la voiture de l'époque ne tenait pas la route en quelque sorte. Et en interrogeant le responsable, il n'a pas reconnu son écriture. Il se souvient d'une chose, c'est que les freins avaient été sectionnés.

— Quelqu'un a voulu tuer Alban ? Le père de Mariam, c'est possible ?

— Oui, d'autant plus que le dossier a été couvert pour permettre à Alexeï de cacher ses traces et de mettre son plan à exécution. On pense qu'il projetait de tuer Alban le soir de l'accident. Alban était de garde ce soir-là et devait se rendre à l'hôpital. Mariam était invitée chez des copines. Comme ils se sont disputés, il lui a confisqué ses clefs pour l'empêcher de partir, elle a pris la voiture d'Alban. Ils ont eu un accident parce qu'il n'y avait plus de frein et elle est morte. Alban peut essayer de confirmer cette hypothèse, et nous avons toujours la Renault 5. Comme il était hospitalisé, il ne l'a jamais réclamée. Et comme le dossier a été trafiqué, elle n'a jamais été saisie, jusqu'à ce qu'on le fasse et qu'on l'expertise, il y a deux semaines.

— C'était ça l'urgence de mettre en place un plan rapidement afin de protéger Alban et nos preuves ?

— Non y'a autre chose, depuis deux semaines Podrov se prépare à quitter la France ou l'Europe rapidement, il est en train d'effacer la plupart des traces administratives et financières en lien avec ses activités. Il fait le grand ménage et on ne sait pas trop pourquoi subitement. Pendant notre dernière séance, Podrov m'a dit qu'il voulait éliminer Alban et tout ce qui le liait à cette histoire, qu'il ne pourrait dormir s'il savait qu'Alban respirait encore quelque part sur cette terre.

— Vous l'avez sorti de là pour qu'il ne soit pas éliminé par Podrov ou pour l'appâter ?

— Les deux. Le problème, c'est qu'il est en train de mettre toutes ses ressources dans cette bataille pour éliminer tout ce qui le lie à cette affaire. Il va sans doute quitter l'Europe rapidement. On savait que je risquais de perdre ma couverture cette semaine, mais aujourd'hui, quand on a appris qu'ils avaient tué Yvan le médecin russe, on a compris qu'ils étaient prêts à aller jusqu'au bout.

Olivier repensa à Josette, elle était vraiment en danger.

— Bien, venez avec moi, dis Olivier en ouvrant la porte de sa chambre.

— Khan, je te présente Anaïs, elle est membre des commandos. C'est un agent infiltré, elle va prendre la direction des opérations. Elle va nous briefer sur l'opération en cours.

Khan ne semblait pas surpris. Plus rien ne le surprenait depuis qu'il était entré dans la police. Comme s'il venait d'entendre la nouvelle, Alban choisit ce moment pour émettre un grognement. Il n'en fallait pas plus à Anaïs pour reprendre les choses en mains.

— OK Commissaire, vous retournez au commissariat d'Auvare pour coordonner nos forces de là-bas. Voyez où l'équipe en est avec Josette pour la mettre en sécurité à Auvare. Alban ne va pas tarder à se réveiller, il faut que tout le monde quitte l'appartement pour qu'il ne panique pas. Je veux une voiture de police de plus, et une de la BAC sur le boulevard Napoléon III. Olivier, rappelez les hommes de confiance de votre équipe pour avoir de l'aide. Vous nous laissez une VHF pour qu'on puisse vous joindre en cas d'urgence. Je ne pense pas que l'on va être ennuyé ce soir, mais on ne sait jamais.

Personne n'osa bouger, attendant de nouvelles consignes.

— Allez, go !

Et tous s'exécutèrent. Ils n'avaient plus de doutes, c'était bien un agent des forces spéciales, c'était bien elle, la cheffe.

Moins d'une minute plus tard, Olivier retrouva son appartement avec Alban sur le canapé et Anaïs qui passait coup de fil sur coup de fil. Le capitaine appela la seule personne sur terre qui avait sa totale confiance et qui était aussi membre de son équipe, Nasser Toussi. Il était aussi droit et incorruptible qu'Olivier. Il avait toutes les aptitudes pour être commissaire, mais préférait largement sa place dans l'équipe d'Olivier. Les deux hommes s'appréciaient beaucoup, ils avaient la même façon de penser, la même envie de faire avancer les affaires en cours, et utilisaient les mêmes méthodes. Nasser appréciait que son chef lui demande souvent son avis même s'il ne le suivait pas toujours. Olivier l'appelait même son demi-frère parce qu'il était d'origine tunisienne. Il avait mangé chez lui de nombreuses fois et était devenu un ami de la famille. Il répondit à la première sonnerie même à vingt-trois heures :

— Salut Patron.

— Salut Nasser, comment va ? dit Olivier.

L'agent reconnu aussitôt la gravité et la fatigue dans la voix de son chef.

— Ça va moi, mais toi ce n'est pas la grande forme on dirait, t'arrive pas à t'en sortir tout seul encore ?

— C'est un peu ça, je suis sur une affaire qui part en vrille, tu crois que tu pourrais venir m'aider ? Y'a déjà Khan et Pedro sur le coup.

— Bien sûr, t'es où ?

Voilà c'était Nasser, pas besoin d'en dire plus, pas besoin d'insister, c'était un être qui comprenait les situations, donnait de sa personne plus qu'il ne fallait. Son travail était une passion qu'il savait canaliser. « L'équilibre, disait-il, était la clef de voûte de toute sa vie. » Quand il travaillait, il le faisait complètement, quand il s'occupait de sa famille, il s'investissait dans toutes les taches, dans l'éducation de sa fille et de son fils, et était un mari aimant. C'était « l'homme parfait », disait Olivier, « équilibré », rectifiait Nasser. Olivier craignait juste que ce travail ne brise cet équilibre à la longue, mais ce n'était jamais arrivé.

— Je suis chez moi, mais j'aurais besoin que tu veilles sur Josette à Auvare, la mafia russe est après elle. C'est peut-être un témoin qu'ils veulent faire disparaître. C'est une histoire assez compliquée, je ne t'aurais pas appelé si ce n'était pas sérieux. Le commissaire pourra te briefer.

— OK, je m'en occupe.

Depuis longtemps, les mésaventures de Josette avaient désintéressé tout le commissariat, mais Nasser comme Olivier ne jugeait pas. Son ami avait besoin d'aide, alors il l'aidait.

— Ils sont une vingtaine après elle, méfie-toi. Dès qu'elle est avec toi, appelle-moi, je te donnerai le reste des infos.

— T'inquiète pas chef.

Comme un malade qui va chez le docteur, en entendant son ami et en sachant qu'il serait bientôt là, Olivier se sentait déjà mieux. Ils étaient maintenant en nombre et allaient tenir les loups à distance. Anaïs avait raison, ils allaient être tranquilles cette nuit. Quand il s'assit à la table du salon pour chercher cinq minutes de tranquillité et manger un bout de pain avec du fromage, Alban commença à grogner et à bouger la tête. Il faisait un cauchemar. L'officier de police l'observa et se demanda ce qu'il pourrait bien tirer de lui. C'était un véritable cobaye qui avait été torturé pendant toutes ces années d'hospitalisation, il lui faudrait des années pour être sur pied et collaborer avec la justice. Quand il se réveilla, Anaïs regarda ses pupilles, l'ausculta et lui réexpliqua la situation. Olivier en profita pour se faire un dernier café, il en avait trop besoin, le dernier de ce maudit 10 octobre, il avait quarante ans aujourd'hui, qui s'en souciait, sûrement pas lui-même. Il était content de ne pas avoir eu à préparer une fête comme à l'habitude pour ce genre d'occasions. Cadeaux et gâteau ne l'avaient jamais attiré. Il fuyait comme la peste toutes ces fêtes convenues. Anniversaire, jour de l'An, Noël étaient des tortures qui jalonnaient son année. Il se sentait angoissé rien qu'à l'idée de trouver un moyen d'esquiver la prochaine célébration populaire. Là devant sa cuisine, un bon café à la main il se sentait bien. Il repensa à Élisa, il avait toujours de l'espoir, il sentait au fond de son cœur qu'elle était vivante. Il laissa couler une larme, juste une seule, comme un trop-plein de chagrin qui faisait déborder son cœur.

Anaïs rassura rapidement Alban, lui prépara un café léger. Cinq minutes plus tard, elle plaça un ordinateur sur les genoux d'Alban qui n'en croyait pas ses yeux. Un ordinateur sans aucun fil se trouvait là et était connecté à internet. Pas de souris connectée, elle lui montra comment utiliser son ordinateur en tant qu'invité. Elle se connecta à un site d'archives et se positionna en janvier 2000, soit neuf mois avant l'accident.

— Vous pouvez regarder toutes les infos que vous avez manquées durant tout ce temps, si vous avez des questions, n'hésitez pas. Vous avez les informations les plus pertinentes que ce soit au niveau régional, national ou international.

— C'était quand l'accident ?

— Le 9 septembre 2000. Vous avez été hospitalisé le douze. Les journaux locaux en parlent brièvement. Je pense que vous irez rapidement mieux, il est temps de faire fonctionner votre cerveau à nouveau. Alban scruta à l'écran et s'y plongea complètement, comme hypnotisé. Olivier n'en revenait pas que leur patient se remette aussi vite. Anaïs avait surtout besoin de l'occuper pour ne pas l'avoir dans les pattes.

Au milieu de la nuit, les choses ralentirent un peu, les deux agents reçurent de moins en moins de coups de téléphone. Pedro avait réussi à transporter Josette au commissariat central où elle était sous la protection exclusive de Nasser, pendant que Pedro allait se reposer. Anaïs avait raison, les loups observaient sans doute de loin. Dans le Var, les recherches de nuit n'avaient rien donné. Il faisait trop sombre, les équipes reprendraient leurs investigations au petit matin. À croire que l'hélicoptère avait fini englouti par une vague géante. Il n'y avait pas eu de message avant impact, aucun. Les journaux reprenaient une histoire de fusée ou de missile en boucle sur la base du témoignage d'un seul témoin. Vers deux heures du matin, l'hypothèse d'un objet volant non identifié vint combler les désirs des insomniaques farfelus. Alban, lui, était concentré sur l'écran de l'ordinateur comme un enfant scotché à un dessin animé pour la première fois. Il était fasciné, il souriait parfois, mais pleurait la plupart du temps. Les mauvaises nouvelles se succédaient de jour en jour. Les bonnes nouvelles n'arrivaient pas à tirer Alban vers le haut, et elles étaient trop peu nombreuses face au poids de la tristesse du monde. Les récits sombres ternissaient de plus en plus le tableau de l'Histoire laissant de moins en moins de place à l'illumination de la nature humaine. Alban venait de parcourir un an et demi d'informations diverses. Il s'arrêta pour boire et se rafraîchir. Il grignota quelques chips et se remit en quête de connaissances. Olivier décida de se reposer dans sa chambre, il avait besoin de dormir. Pas moins de trente minutes plus tard, un cri déchira l'appartement. L'officier de police sursauta de son lit encore habillé, la main sur son arme, prête à enfin servir. Il en était certain, Anaïs avait joué un double jeu et avait tué Alban. Il se précipita dans le salon. La jeune femme était assise sur le canapé à côté de son patient qui lui pleurait dans les bras. Alban paraissait inconsolable. Olivier baissa son arme et fit signe à Anaïs qu'il ne comprenait pas. Sans un mot, elle tourna l'ordinateur vers lui. La vidéo des avions qui avaient heurté le World Trade Center à New York tournait en boucle sous différents angles. Les images de l'effondrement des tours, des gens affolés fuyant les nuages de poussière et se faisant engloutir malgré tout, vinrent raviver des souvenirs difficiles chez Olivier. Tout le monde se souvenait de ces évènements. Chacun se rappelait ce qu'il faisait le 11 septembre 2001, mais pas Alban. En plus du choc des images, il était meurtri par le fait d'avoir perdu plus de quinze ans de sa vie. Olivier était impuissant devant la douleur d'Alban. Ses sanglots le touchèrent.

Le policier n'avait jusqu'à présent montré aucune affection pour lui, mais il eut beaucoup de peine. Debout devant lui, il se sentait de trop et ne savait pas quoi faire. Il n'était pas doué pour gérer les émotions des autres. Il retourna dans sa chambre, pensant à sa propre peine, et s'endormit.

Le reste de la nuit fut plus calme. Peu avant six heures du matin, il reçut un appel téléphonique. Il lui fallut un instant pour se rappeler qu'il se trouvait dans sa propre chambre. Se frottant les yeux et regardant l'heure sur son réveil, il décrocha, même si le numéro était masqué.

— Olivier, c'est moi, ne t'inquiète pas je suis en vie, je t'appelle plus tard, ne dis rien à personne surtout.

— Josette ?

— Non c'est moi ! Élisa.

18- ALBAN

Je commençais à y voir plus clair, je commençais à prendre conscience du monde qui m'entourait, de mes actes, de mes mots. C'était difficile à expliquer. J'avais l'impression de reprendre possession de mon corps, d'être sorti de mon nuage, de cette brume dans laquelle mon esprit se réfugiait. Reprendre possession de son corps était une sensation étrange. La faim, la soif, l'envie revenaient. « Je m'appelle Alban. » Je me répétais ça de temps en temps. Je m'appelle Alban et l'on m'a sorti d'un hôpital psychiatrique dans lequel je suis resté seize années. Plus de quinze années dont je ne me rappelle rien. Tout ce temps perdu à la suite d'un accident, d'une dispute. Et me voilà ici avec une psychologue et un flic comme anges gardiens. Me voilà à contempler sur un écran tous les évènements que j'ai ratés. Tout m'intéressait, la politique, les guerres, l'économie, les avancées scientifiques et les découvertes historiques, les avancées sociales, comme les replis autoritaires de certains pays. La culture aussi, je découvrais les affiches de films que j'aurais pu voir, d'autres que j'ai peut-être vus en hôpital psychiatrique, qui sait ? Et la dure réalité de la vie revenait me frapper de temps à autre. Certes, l'écran de l'ordinateur était rempli de mauvaises nouvelles, mais au milieu de ce désastre que représentait toute l'humanité, je me délectais de petites anecdotes qui vous donnent du baume au cœur. J'avais l'impression de voir un film catastrophe dans lequel j'attendais une belle fin émouvante. Comme si tous les personnages qui mourraient pendant les deux premières heures du film n'avaient que peu d'importance, si à la fin le mari retrouve sa femme et ses enfants. Les milliers de morts dans une guerre lointaine étaient compensés par la joie de voir des centaines de milliers de personnes défiler dans les rues pour demander l'arrêt de cette guerre en Irak. Les catastrophes naturelles étaient compensées par des élans de solidarité sans précédent dans le monde. Les catastrophes, du Darfour au Soudan, du tsunami asiatique au tremblement de terre pakistanais avaient dû mettre à rude épreuve les humanitaires en 2005. J'eus même un peu de regrets de ne pas avoir pu participer à ce genre d'aventure. J'aurais voulu en être, faire quelque chose. Plus je repensais à ces années, et plus je m'en voulais de ne pas avoir été utile. J'aurais voulu compenser la mort de ma femme par quelque chose de positif. C'est comme ça que je fonctionnais depuis toujours, même avec mon père. J'aurais pu vivre tout ça si je n'avais pas participé à ce maudit protocole. Si j'avais été soigné convenablement.

Je vis en accéléré l'ascension de ce jeune prodige politique aux États-Unis. Obama allait-il changer le monde ou être assassiné comme John Fitzgerald Kennedy ? Mais c'était sans compter sur la gestion de l'une des plus grandes crises économiques mondiale dont il hérita, et sur l'extrême droite blanche qui rêvait de le voir faire un faux pas, c'était trop beau pour être vrai. L'espoir était souvent balayé par l'imprévu, comme avec mon père. J'essayais toujours de me dire que ce n'était pas sa faute s'il était aussi violent. Mon esprit vagabondait entre les images de l'écran, et mes souvenirs qui me rattrapaient et me heurtaient à vive allure comme s'il n'y avait personne aux commandes. Je devais y être pour quelque chose si mon père était en colère. Peut-être que je n'avais pas assez bien rangé ma chambre. Peut-être que je n'avais pas assez bien travaillé à l'école. S'il criait, peut-être que cela allait m'aider à travailler plus. Je mis du temps à comprendre que c'étaient des conneries. Je mis du temps à comprendre que rien de ce qu'il avait fait pour moi ne valait la peine de lui trouver des excuses. Finalement le cas de mon père était juste l'exception à la règle, je pensais voir du bien dans chacune des mauvaises actions commises dans ce bas monde. Tout espoir avait disparu quand il avait pris cette casserole brûlante et l'avait déversée sur mon dos. Je ne le vis pas mais je suis sûr qu'il avait souri en m'entendant hurler. Ce jour-là, il était mort dans mon cœur, lui et ma mère qui l'avait protégé, ne l'avait pas signalé aux services sociaux, ne m'avait pas conduit immédiatement à l'hôpital. Au fil de la nuit, je voyais défiler sur l'écran de l'ordinateur toute la misère humaine tant la détresse des pauvres que la détresse des riches. Je voyais émerger ce qui allait devenir les réseaux sociaux et l'addiction qu'elle procurerait au fil des années. Mes pensées partaient dans tous les sens, tantôt sur ce que je voyais, tantôt sur ma propre vie, tantôt sur celle que j'aurais pu avoir. Je voyais des pauvres gens souffrir aux quatre coins du monde pendant que certains vivaient dans le luxe et l'opulence. En fait, rien n'avait changé, rien ne change, même si tout se transforme. Je repensais de plus en plus à mon père. Lui mérita de tomber malade, lui mérita son cancer au foie. Lui mérita de souffrir jusqu'à son dernier souffle, et c'est à moi que cela fit le plus grand bien. J'adorais aller le voir dans sa chambre d'hôpital. Il me regardait de ses yeux lugubres et accusateurs. Il disait que c'était ma faute s'il avait eu ce cancer, parce que je n'étais pas resté avec lui. Moi je me disais : tant mieux si c'est ma faute, cela me faisait encore plus plaisir. Moi je le regardais dans les yeux pour la toute première fois. J'allais le voir presque tous les jours, pour bien le voir souffrir. J'avais vingt ans, j'étais à la faculté de médecine, et mon père allait enfin crever. Je ne voulais pas en rater une miette. Quand les infirmières me demandaient s'il avait mal, je disais non. Je disais même qu'il était surdosé et qu'il avait tendance à exagérer la douleur. Quelquefois, je faisais couler la pompe à morphine dans ma bouteille d'eau quand il réussissait enfin à s'endormir. Je veillais à ce qu'il appuie bien sur le bouton puis je le déconnectais le temps que la pompe envoie une dose dans mon eau que je jetais dans l'évier. Je m'assurais aussi que la sonnette ne soit pas à sa portée. Je m'assurais surtout qu'il ne puisse pas prendre ses médicaments et lui donnais des bonbons à la place. Il se battait vraiment bien contre le cancer. Il donnait tout ce qu'il avait. C'était parfait. Je voulais qu'il crève le plus lentement possible, et c'est ce qui lui arriva. À son chevet, j'avais repensé à toutes les fois où il m'avait battu, griffé, et craché dessus. Je repensais à la fois où il m'avait uriné dessus pour me réveiller un matin où j'étais malade avec de la fièvre. J'avais repensé à toutes les fois où il m'avait dit que j'étais un accident, qu'il n'avait jamais voulu m'avoir, qu'il avait supplié ma mère d'avorter, qu'il avait vomi en me voyant. La liste était longue, ma haine infinie. Tous ces mois à le voir souffrir n'avaient pas compensé la douleur que lui m'avait infligée et qu'il avait infligée à ma mère. Elle avait eu plus de chance que lui finalement, elle était morte quand j'avais douze ans, dans son sommeil. Comme ça, sans souffrir, son cœur s'était juste arrêté. J'ai été placé dans une famille d'accueil, enfin. Je le voyais de temps en temps, ne lui parlais que quand il insistait pour venir me voir. Il voulait que je revienne vivre avec lui. La psychiatre me disait que c'était mieux pour moi de le revoir de temps en temps, qu'il fallait le comprendre. C'est elle qui ne comprenait rien. Si lui voulait que je revienne, c'était juste parce qu'entre son travail à l'usine, la maison et l'alcool, il ne s'en sortait pas. Pas question d'être sa femme de ménage et son punching-ball, j'avais une vie qui m'attendait. J'allais faire de grandes choses, avocat ou médecin. Quand il émit son dernier souffle, je trouvai enfin le sommeil. Je pus enfin m'endormir sans mettre une écharpe autour de mon cou de peur qu'il vienne m'égorger pendant la nuit. Je pus enfin dormir sans grincer des dents.

Les cauchemars, de plus en plus rares, revenaient de temps en temps comme le rappel d'un vaccin. D'une certaine manière, il était là, il venait me hanter encore et encore. Il allait me tuer c'est sûr, je me disais quand j'étais petit. C'est ce qu'il fit d'une certaine manière. Il tua mon enfance, la joie et l'insouciance. Alors quand je fus placé, pas question qu'il tue mon adolescence, mais il y parvint. C'est quand il fut six pieds sous terre que je pus enfin réellement avancer dans la vie. À l'usine, il avait eu un accident. Les examens ont permis de détecter son cancer provoqué par les produits toxiques utilisés par l'usine. Quelle chance ! J'ai pu l'aider à poursuivre son entreprise, j'ai pu lui faire gagner un maximum d'argent avant qu'il ne crève. Les sous tombèrent comme jamais. J'étais devenu autonome financièrement. Cet homme avait été mon boulet qui m'empêchait de construire ma personnalité. À sa mort, ce fut une renaissance, une seconde vie pour moi. La joie que procure la défaite de votre pire ennemi est sans égale mesure, sans égale saveur. Mais elle laisse aussi un vide à combler, elle laisse sans combat à mener. Je me donnai à fond dans mes études, il fallait que je soigne des gens. Il fallait à tout prix que je sauve des vies pour compenser mon impuissance à sauver ma mère. Je ne comptais plus mes heures à l'hôpital, je n'avais quasiment aucune activité en dehors de mes études. Je voulais être un bon médecin, c'était plus qu'un objectif, c'était devenu une passion, une nécessité. J'adorais les urgences, c'était un endroit magnifique. Dans n'importe quel box, des patients attendaient de se faire évaluer, diagnostiquer, soigner, plâtrer. Ce fut un bonheur sans précédent. Je compris que c'est dans ce lieu que je serais le plus utile, que je compenserais la souffrance que j'avais infligée à mon père sur son lit d'hôpital. C'est en aidant le plus de gens possible que je serais pardonné par le ciel d'avoir murmuré à mon père qu'il allait brûler en enfer juste avant son dernier souffle. Je savais qu'il m'avait entendu, qu'il avait compris quand il avait fait sa grimace de dégoût habituelle. C'était ma victoire. Ma victoire était totale. Après qu'il m'ait promis de nombreuses fois de me tuer et sûrement dans mon sommeil, je l'avais fait souffrir pendant des mois. C'était étrange, j'étais heureux, mais je me sentais parfois coupable.

Sur l'écran, les mauvaises nouvelles continuaient. J'avais passé la nuit à rechercher des lueurs d'espoirs, quand j'en trouvais une, je prenais le temps de lire tous les détails et les commentaires. Je passais vite en revanche sur les mauvaises histoires sombres. J'avais l'impression de chercher des manifestations de Dieu au milieu de ces quinze années. Était-ce vraiment ce que Dieu avait prévu pour l'espèce humaine durant tout ce temps ? Je savais que ses manifestations avaient lieu dans un quotidien difficilement perceptible par le commun des mortels. Parfois la violence humaine me faisait perdre espoir, puis une simple vidéo d'un passant secourant un accidenté de la route me redonnait foi en l'humanité. Lundi 10 octobre 2016, j'avais du mal à le croire, j'avais fait un bond dans le temps et atterri en 2016. Ce soir-là, l'équipe de France de football venait de se qualifier pour les prochaines phases de la Coupe du monde. J'essaierai de ne pas manquer la prochaine, bien que pour moi cette équipe n'ait aucune chance de gagner une Coupe du monde. Comment j'avais fait pour me retrouver coincé dans un hôpital psychiatrique ? Je notai la question sur le cahier qu'Alexandra m'avait donné avec les mots comité d'éthique, avocats, peine de prison écrits tout autour. Je ne me sentais plus trop coupable et me considérais maintenant comme une victime. Si j'avais commis une faute, j'étais OK pour la payer, mais là, seize ans pour un accident…

Ah ah ah ! Un accident tu crois ? Rouge tu vis, vert tu meurs ! Comme le pouce et l'index, tu n'en gardes qu'un !

Cette petite voix qui revenait me hanter, quelle horreur. Elle essayait de me parler, j'essayais de l'ignorer. Comment faire ? Je sentais bien qu'elle était là depuis longtemps, peut-être depuis toujours. C'étaient sûrement les effets secondaires des milliers de cachets que j'avais avalés pendant toutes ces années. Je pris le parti de ne pas m'attarder sur mes fantômes. Je décidai alors de consulter ma boîte mail. Je me souvenais à peine de l'adresse. Je ne me souvenais pas du mot de passe. Après trois tentatives, le compte fut bloqué. Je notai la question sur le cahier pour ne pas oublier de demander si on pouvait accéder à mon compte. Peut-être que ce policier pourrait s'avérer utile finalement.

Tu avais le choix, tu as choisi de la tuer !

Elle m'avait dit que je ne l'avais pas tuée. Un accident, une négligence, je savais que j'y étais pour quelque chose. Je me sentais coupable au fond de mon âme, sans même me rappeler ce qui s'était passé. Je continuais à m'empiffrer d'informations comme un boulimique ne parvient plus à avoir le contrôle de ce qu'il met dans sa bouche. Je passais en revue tous les thèmes, toutes les infos. Tout était bon pour nourrir mon cerveau qui avait faim. La qualification de l'extrême droite au second tour de l'élection présidentielle de 2002, puis l'écrasante victoire de Chirac. La qualification d'une femme au second tour de l'élection de 2007, et l'élection de Sarkozy. La chute dans les sondages, et l'élection de la gauche à nouveau. Puis venait à nouveau la chute dans les sondages de Hollande, comme de Sarkozy. C'est sûr, il ne serait pas réélu. N'ayant pas vécu l'ambiance de ces années-là, et regardant la politique comme un touriste en visite à Paris, je ne comprenais pas pourquoi le peuple français avait choisi ces deux-là. Étrange, c'était tout simplement étrange. Le destin les avait choisis, ils avaient échoué. Et aux États-Unis, c'est le magnat de l'immobilier qui avait été choisi pour diriger les Républicains et tenter sa chance comme président des États-Unis ? Aucune chance je me disais, il ne passera jamais. Je décidai alors, après la politique, de cliquer sur le thème du terrorisme. J'avais le cœur bien accroché, mais la barbarie des attaques aveugles et macabres me rappela les attaques odieuses qu'avait déjà connues la France dans les années quatre-vingt-dix. Ces dernières années avaient vu s'envoler les attaques terroristes dans toute l'Europe. Comment en était-on arrivé là ? J'avais l'impression que le « Freedom » scandé par les Américains en débarquant en Irak et en Afghanistan n'avait en fait que libérer les fanatiques du monde entier. Je fis une pause. Alexandra venait de revenir dans l'appartement avec des croissants tout chauds et des pains au chocolat. Elle avait d'autres produits dans son sac. Ça sentait bon, comme si je n'avais jamais mangé de vrais croissants au beurre. Je regardai l'heure, déjà sept heures du matin, mardi 11 octobre 2016, je n'arrivais pas à m'y faire. Je décidai d'aller aux toilettes avant. C'est là que j'entendis le policier dire : « Ce n'est peut-être pas un accident, on a sûrement voulu le tuer… » Le reste fut moins audible, couvert par les acouphènes que je ressentais. Il avait dit « le » au lieu de « la » ? Je ne savais pas s'il parlait de moi ou de mon épouse. Parlait-il de moi ? Avait-on voulu me tuer ou tuer ma femme ? Quoi qu'il en soit, il ne s'agissait plus de moi tuant ma propre épouse. C'était fou comme je ne me rappelais plus rien, aucun souvenir de mon mariage, est-ce que j'avais seulement été marié ? Aux toilettes, en me lavant les mains, j'eus l'impression de voir mes doigts se colorer en vert, puis en rouge, un peu en orange, sensation bizarre. J'avais hâte de retrouver mes esprits, de comprendre.

À table, Alexandra paraissait différente, peut-être encore mon esprit. Devant elle, jus d'orange, croissants, confiture, café donnaient un parfum de vacances à cette pièce. Olivier nous rejoignit l'air préoccupé, et ne laissa échapper qu'un simple bonjour formel. Après quelques bouchées, la conversation démarra par mes préoccupations. Je répondis à toutes les questions de façon honnête, mais j'avais du mal à parler, comme si j'étais plus lent. Alexandra s'aperçut de mon inquiétude immédiatement. « Ça va revenir, me dit-elle, tout va revenir dans l'ordre. »

— Il est temps de vous dire la vérité, me dit-elle calmement une fois que j'eus le ventre plein. Déjà, mon vrai nom est Anaïs, et je fais aussi partie des forces de l'ordre. Ma mission première est de vous protéger. Nous pensons que vous n'êtes pas à l'origine de cet accident de voiture qui a coûté la vie à votre femme. D'une part, c'est elle qui conduisait, et d'autre part, il se peut que quelqu'un ait essayé de vous nuire au point de trafiquer votre voiture pour bloquer les freins. Il se peut aussi que la voiture avait un défaut passé inaperçu. Votre voiture est pourtant passée au contrôle technique le jour même de l'accident. Le sentiment de culpabilité que l'on retrouve chez les accidentés de la route peut amener le cerveau à créer des histoires parallèles et imaginaires qui viennent nourrir ce sentiment de culpabilité comme un cercle vicieux. Chaque histoire que vous imaginez vient renforcer cet effet. J'attends un rapport d'analyse ce matin qui devrait nous permettre d'y voir plus clair.

Moi, je prenais le temps de comprendre chaque mot qui sortait de sa bouche. Chacun était rassurant tout en laissant l'hypothèse d'une menace sur ma vie.

— Vous voulez dire que je n'y suis pour rien dans la mort de ma femme, mais que je pourrais être la cible qui était visée quand elle a eu cet accident, est-ce que je suis toujours en danger ?

La psychologue et le flic se regardèrent brièvement.

— Oui, répondit-elle sans hésitation. Nous pensons que la personne qui a voulu vous tuer il y a seize ans est toujours après vous. Le psychiatre russe qui vous suivait depuis votre admission en hôpital psychiatrique est mort hier, peu de temps après votre sortie, nous laissons courir le bruit que c'est un suicide, mais nous savons, après enquête du capitaine Caselli, que c'est un assassinat. Si lui a été tué, alors vous pouvez être le prochain.

— Qui peut bien vouloir me tuer après tout ce temps ?

— Nous n'avons que des hypothèses, malheureusement, et pas assez de preuves concrètes. Je ne peux pas vous en dire plus, tant que nous n'avons pas des preuves à vous apporter. Pour l'instant, vous devez essayer d'aller mieux et de vous rappeler ce que vous pouvez, même le moindre détail pourrait avoir son importance. Nous allons essayer d'aller au commissariat d'Auvare pour établir une stratégie.

À ce mot je repensai à toutes les fois ou Yvan le disait en roulant les R.

— Le problème, ajouta le flic, c'est que samedi soir un commissariat a été la cible de cocktails molotov à Paris. Les syndicats bloquent l'accès à Auvare, les ordinateurs tournent au ralenti, et quelques collègues se sont mis en grève. Nous allons essayer de passer quand même. Nous avons une personne à interroger qui se trouve là-bas. Ensuite, nous aviserons avec les éléments que nous avons.

Moi, j'observais le flic, mais il semblait moins sympa. Je ne me faisais pas à l'idée de me retrouver dans un commissariat agité. La peur d'être enfermé revenait tambouriner mon cœur pour me dire de me méfier. Je me voyais bien ici toute la journée à manger des croissants et effectuer mes recherches.

— Je préfère rester ici, vous pensez que c'est possible ?

— Négatif, vous devez impérativement venir avec nous, c'est plus facile pour nous de vous protéger, répondit Anaïs.

Je bus une gorgée de café, quel plaisir. L'amertume était parfaite, la température idéale, le goût fruité caressait mes papilles qui en redemandèrent immédiatement. Peu importe s'ils veulent que je les suive, je découvrirai la ville. Étrange comme un bon café pouvait vous changer le moral et vous donner la soif de l'aventure. Je profitai de cette énergie retrouvée pour me diriger vers l'ordinateur, mais Anaïs me stoppa immédiatement.

— Plus d'écran pour ce matin, vous allez faire une petite pause pour reposer vos yeux et votre cerveau. Et puis je vous ai apporté des affaires, vous allez prendre une douche.

Je ne la contredis pas, elle avait une autorité naturelle et, jusqu'à preuve du contraire, elle était mon ange gardien. La douche me fit du bien. En sortant je me dirigeai vers l'ordinateur comme attiré malgré moi vers les malheurs du monde. Je me sentais étrangement heureux.

Sous la douche, je m'étais posé des centaines de questions. Je me demandais surtout ce qu'étaient devenus mes amis de l'époque. Je n'en avais pas franchement en fait. Les premières années de faculté de médecine sont tellement basées sur la compétition que je me méfiais de tout le monde. À aucun de mes collègues je n'avais pu faire confiance après toutes ces années sur les bancs de l'université. Ma vie m'avait rendu méfiant, réservé et renfermé au niveau social. Je ne savais pas me faire des amis, tout simplement. Je ne répondais jamais au téléphone, je ne rappelais jamais, j'évitais les fêtes et les dîners. Je ne relançais pas les conversations, et cela m'allait très bien. J'aimais courir et pratiquer du sport en salle, c'est tout ce que j'aimais en dehors du boulot. Moi, mes écouteurs et des machines, c'était parfait.

À l'hôpital, c'était tout autre chose, j'étais dans mon élément, j'étais médecin et mes patients comptaient littéralement plus que tout au monde. Il y avait deux personnes que j'appréciais particulièrement. Un patient avec qui je m'étais lié d'amitié et un collègue de travail qui était déjà proche de la retraite avant mon hospitalisation. J'espérais les revoir et reprendre des nouvelles. En même temps, je me demandais pourquoi ils ne m'avaient pas fait sortir de cet hôpital psychiatrique s'ils étaient mes amis. Pourquoi m'avaient-ils abandonné ? Les questions fusaient dans ma tête. Je devais d'abord reprendre de leurs nouvelles. Je n'avais que leur nom à taper sur le clavier d'ordinateur pour avoir un début de réponse. J'allais mettre la main dessus quand elle se retrouva à nouveau sur ma route.

— Je vous ai dit que ce n'était pas bon pour vous, insista-t-elle.

La haine m'envahit, le sang bouillait dans mes veines. Mes poings se serrèrent malgré moi, ma bouche se serra, mes lèvres se retroussèrent. J'avais l'impression d'être un chien prêt à mordre quiconque se mettrait sur ma route. Je n'avais aucun moyen de faire redescendre ma colère. J'avais l'impression de n'avoir aucun contrôle sur elle. Cette colère m'envahissait comme les images du tsunami de décembre 2004 que j'avais vu quelques heures plus tôt. Cette émotion montait comme l'eau dans les rues des différentes villes d'Asie, envahissant chaque mètre carré de terre, anéantissant chaque barrière.

— Vous avez encore besoin d'aide, vous avez encore besoin de moi pour que votre instinct primaire ne vous joue pas des tours, pour que vous ne cédiez pas à vos pulsions.

Je me demandais bien de quoi elle pouvait parler. Je ne comprenais rien à ces mots qui sortaient de sa bouche. Je voulais juste regarder l'ordinateur quelques minutes en les attendant. Je ne desserrai pas les poings pour autant, j'avais le droit d'être énervé qu'elle me traite comme un enfant.

— Respirez à fond, dit-elle.

Elle me prenait définitivement pour un enfant. Le super flic choisit ce moment pour sortir de sa chambre. En me voyant, il sortit son arme immédiatement et la pointa sur moi. La colère en moi ne se calma pas et je fus pénétré par un sentiment d'injustice. Comment pouvait-il me mettre en joue parce que je voulais regarder un ordinateur que j'avais consulté toute la nuit ? Ce flic avait une réaction disproportionnée. Je regardai les yeux d'Anaïs un instant et j'y vis de la peur. Comment avait-on pu en arriver là ? Comment la situation avait-elle pu déraper aussi vite ? Pourquoi avait-elle si peur de moi ?

— Respirez à fond, implora-t-elle. Regardez ce que vous faites.

C'est ce que je fis plusieurs fois, je quittai ses yeux pour baisser mon regard. Sans que je m'en rende compte, ma main avait saisi le couteau resté sur la table, et j'étais en train d'essayer de l'enfoncer dans le ventre d'Anaïs. Ses deux mains tentaient tant bien que mal de retenir la pression que mes deux mains exerçaient sur le manche. Je ne serrais pas mes poings comme je le pensais, mais le manche du couteau. La lame s'avança vers son chemisier. Malgré moi je souris, puis je grimaçai de peur. J'avais peur de moi, de mon esprit. Une voix infecte vient me parler à l'oreille.

Tue-la ! L'as-tu ? Tue-la maintenant ! L'as-tu main tenant ! Tu tues maintenant ! Tue, tue, tue !

19- NASSER

Nasser Toussi avait appris à avoir des yeux derrière la tête. Que ce soit durant ses études ou durant l'école de police, il avait eu droit à tous les coups bas possibles et imaginables. Il avait été insulté, rabaissé, frappé à plusieurs reprises pour qu'il abandonne lors de son service militaire et de son école de police. On lui disait que l'on ne pouvait pas accepter les voleurs dans la police. Mais Nasser n'abandonnait jamais, c'était sa force, sa philosophie. Ça l'avait endurci psychologiquement, ça l'avait renforcé physiquement. Il était calme et posé, lorsque ses collègues perdaient leur sang-froid, lui, maîtrisait toujours les situations. En y rajoutant une pointe d'humour, de l'assurance et du professionnalisme, on obtenait le collègue parfait. Nasser pardonnait, mais n'oubliait pas les insultes à demi-mot et les attaques racistes savamment masquées. Il n'était pas du côté des voyous comme certains se plaisaient à dire. Il n'était pas du côté des terroristes, des brigands, des prisonniers. Il n'était pas du côté des Blancs, des immigrés, des intégrés. Non, Nasser n'était du côté de personne en fait. Il était seulement juste. La justice avant tout, peu importait qui vous étiez, avec ou sans insigne. La justice avant tout. Ça n'avait pas plu au début au commissariat. Ça n'avait pas plu aux policiers qui se disaient une famille et prônaient le « avec nous ou contre nous ». Ça n'avait pas plu, mais Nasser s'en fichait. La justice et le travail avant tout. Il aurait pu vite monter en grade s'il n'avait pas signalé plusieurs collègues de la BAC à l'IGPN, la police des polices à Marseille. L'enquête avait fait grand bruit. Selon lui, il avait fait ce qui était juste. Il craignait pour lui et pour sa famille, alors il avait demandé sa mutation à Nice qui avait été acceptée en seulement vingt-quatre heures. Son seul ami dans ce nouveau commissariat, c'était Olivier, pas de doute. C'est lui qui l'avait accueilli et accepté dans son équipe. Plus encore, il avait fait en sorte qu'il soit vite intégré et qu'il puisse travailler sereinement. Ce soir, son ami l'avait appelé au milieu de la nuit, il se devait d'accepter. Si son ami avait besoin d'aide, il la lui apportait volontiers. Il tiqua un peu quand il sut que c'était pour protéger Josette. Il pensait que son chef avait réussi à lui permettre de vivre une vie autonome, visiblement non. Il n'aimait pas cette Josette, voilà tout. Il l'avait croisée une fois et avait décidé qu'il ne l'appréciait pas, ne voulait rien savoir de sa vie et surtout, ne voulait pas être mêlé à ses histoires. Pour lui, elle avait eu tellement de chance de décrocher de la rue, qu'elle ne méritait pas le mal que se donnait son ami Olivier pour elle. Quoiqu'il fasse, elle retombait désespérément dans la rue. Certaines personnes ne méritaient pas d'être sauvées, il fallait les laisser se noyer. Il fallait abandonner les causes perdues.

Quand il arriva à Auvare, le commissariat était bloqué par une dizaine de syndicalistes qui protestaient pour soutenir leurs collègues de l'Essonne attaqués et brûlés aux cocktails Molotov deux jours plus tôt. On ne le laissa pas passer même s'il avait montré sa plaque. Il dut poireauter un bon quart d'heure avant d'entrer, pour que les médias aient quelques images à montrer le lendemain. Le commissariat d'Auvare, le plus important et le plus vétuste du département, était logé dans une ancienne caserne militaire datant de 1870 composée de plusieurs bâtiments d'un étage. Les murs étaient décrépits, les rats se baladaient librement de bloc en bloc, la plomberie et l'électricité auraient dû être refaites depuis des années. Mais malgré tout, Nasser aimait ce commissariat. Une fois à l'intérieur de son bâtiment, il trouva Josette affalée sur le bureau d'Olivier. Même si elle le connaissait, il se présenta à nouveau et dit qu'il était là pour veiller sur elle, à la demande de Torin.

— Vous savez qui est après moi ? dit-elle sans le regarder.

— Je n'en sais absolument rien, je suis juste venu pour rester avec vous.

— Super, soupira-t-elle.

« Super », pensa Nasser.

— Et votre fils ? demanda-t-il pour relancer la conversation.

— Il est en classe verte.

— Super, dit Nasser.

« Super » pensa Josette.

La nuit fut longue pour tous les deux. Josette ne savait pas qui était après elle depuis samedi soir, ni pourquoi. Nasser ne supportait pas sa compagnie qu'il tâchait d'esquiver à coup de « Je reviens, je vais vous chercher à boire », « Je vais juste passer un coup de fil. »

Josette aussi en avait assez de rester dans ce bureau.

— Je reviens moi aussi, lui avait-elle lancé.

Nasser en profita pour regarder les différents mémos de la journée sur son ordinateur. Meurtre, agression, vol à l'arraché il y en avait pour tous les goûts. En discutant à plusieurs reprises avec différents collègues, il se rendit compte que la situation semblait plus grave que ce qu'il pensait. Il y avait des agents du GIPN, du GIGN et des militaires. Ils étaient arrivés en petit nombre tout au long de la nuit. Quand il vit le commissaire débouler au petit matin et se diriger vers lui, il n'eut plus de doute, quelque chose d'énorme se passait. Sa première question le surprit :

— Josette va bien ?

— Euh oui, elle est dans mon bureau.

— On va l'interroger. Amène-la moi.

Nasser savait que Josette avait fait des allées et venues toute la nuit ne trouvant ni un coin pour dormir, ni un coin pour s'occuper. Il espérait la retrouver dans son bureau, c'était la seule chose qu'il devait faire toute la nuit, rester près d'elle. Mais ni physiquement ni mentalement il n'y était parvenu. À sa surprise, plusieurs militaires les accompagnèrent sans même se présenter, certains étaient restés cagoulés. Il l'avait vue la dernière fois il y avait déjà plus d'une heure. Il ouvrit la porte du bureau d'Olivier, elle n'était plus là. Ils la cherchèrent partout, elle était introuvable. Le commissaire avait du mal à contenir sa fureur, il avait déjà une sale mine en arrivant, mais là, il était sur le point d'exploser, et c'est Nasser qui prendrait. À chaque fois qu'ils ouvraient une pièce espérant retrouver Josette, Nasser avait droit à un regard de travers de la part de son chef. Ils essayèrent le bâtiment d'à côté.

C'est finalement en ouvrant le bureau de Caselli qu'ils la trouvèrent, en train de consulter les rapports officiels sur la mort d'Yvan Tchoki.

— Qu'est-ce que vous faites ? lança le commissaire.
Elle ne répondit pas et ne quitta pas des yeux les feuilles du rapport.

— Arrêtez de lire ça tout de suite, continua le chef en essayant de lui arracher le rapport des mains. Qu'est-ce qui vous prend de vous balader comme ça dans le commissariat ?

Josette en avait vu d'autres et connaissait l'environnement du poste de police par cœur.

— C'est vous qui êtes venu me chercher, répondit-elle en s'approchant du commissaire qui lui arrivait au niveau de la poitrine.

— Allez attendre dans le bureau d'Olivier !

— Non j'en ai assez, je suis fatiguée, je rentre chez moi.

Le chef fit signe à ses hommes de lui barrer la route.

— Ne me touchez pas dit-elle. Je ne suis pas en état d'arrestation.

— Non, mais soit vous coopérez à la demande d'Olivier, soit vous êtes en garde à vue, dit calmement Nasser.

Josette regarda son protecteur pour une nuit et se sentit trahie.

— Très bien, je vais dans le bureau d'Olivier, mais que ce soit bien clair, je n'ai rien à voir avec la mort de ce psychiatre de Sainte-Marie. Même s'il était un peu tordu.

Tout le monde se figea pendant que Josette sortait tranquillement du bureau. Ils la suivirent sans rien dire comme des hyènes à distance de leur proie.

— Qu'est-ce que vous avez dit ? commença le commissaire en la rejoignant dans le bureau d'Olivier avec ses hommes.

— Vous connaissez Yvan Tchoki ? demanda l'un des hommes masqués.

— Pourquoi vous ne nous avez rien dit ? ajouta un autre.

Josette se faisait mordre par les hyènes de tous les côtés, elle était fatiguée et n'avait plus envie de lutter.

— Bien sûr que je le connais, c'est mon seul client à Nice Est.

— C'était un client régulier ? demanda le chef de meute. Dites-nous ce que vous savez sur lui et ses contacts.

— Ça fait plusieurs années que je le vois, toujours chez lui, près de l'hôpital Sainte-Marie. Il fait partie de ces clients qui ne vous prennent ni du temps ni des efforts si vous voyez ce que je veux dire. C'était un rapide qui payait bien. Il parlait juste un peu trop, il parlait pendant des heures. Mais comme j'étais payée à l'heure.

— Qu'est-ce qu'il vous a dit ?

— Tout, qu'il était payé par le gouvernement russe pour faire des essais expérimentaux sur un patient volontaire. Mais ça, c'était il y a des années. Et en fait ça ne marchait pas son truc, il tournait en rond, mais il s'en fichait, il était tellement bien payé. Le directeur de l'hôpital aussi, alors il faisait le minimum, il s'y était fait. Il allait voir son patient deux heures par jour, rédigeait des rapports et rentrait chez lui. J'avais l'impression qu'il inventait toute cette histoire pour se rendre intéressant.

Toute l'équipe n'en revenait pas. À l'exception de Nasser qui semblait essayer de rattraper un train en marche, tous comprenaient maintenant pourquoi les hommes de Podrov étaient après elle, et comment elle pouvait leur être utile.

— Vous savez qui lui donnait ses ordres ?

— Bien sûr, c'était un riche de Russie, il s'appelle Podrov, c'était des Podrov par ci, Podrov par-là, Podrov veut ci, Podrov veut ça.

— Vous êtes prête à mettre ça noir sur blanc ? demanda le commissaire.

— Bien sûr, mais seulement avec Olivier. Il est où ?

Tous se regardèrent.

— On va le chercher, dit le commissaire Henchoz. J'envoie quelqu'un le chercher. Nasser vas-y.

Le policier s'exécuta sur-le-champ, pas mécontent de quitter l'ambiance électrique du commissariat. Il croisa sur le pas de la porte le capitaine Caselli qui avait l'air remonté.

— Commissaire Henchoz, vous avez une minute ?

— C'est pour quoi Caselli ? cria-t-il.

— La perquise chez Tchoki.

— Dans mon bureau ! cria à nouveau Henchoz. Les autres, vous ne bougez pas, vous restez avec elle !

Deux minutes plus tard, le commissaire claquait la porte. Ce qui lui fit un bien fou, comme à son habitude.

— C'est le médecin qui s'est fait assassiner hier, on a eu l'autorisation de fouiller son appartement.

— Et ?

— Et l'appartement, il a brûlé. On n'a plus rien à récupérer.

— Merde !

— Comme vous dites, chef. Du coup qu'est-ce que je fais du dossier, je peux le classer ?

— Vous plaisantez ! On a le meurtre d'un médecin russe sur notre territoire dans l'enceinte d'un établissement hospitalier, et vous voulez classer l'affaire ? Je rêve !

— Mais c'est vous qui m'avez dit de garder ça au chaud, de ne pas faire de déclaration pour l'instant.

— T'es con ou quoi, c'était pour faire des recherches tranquillement, là c'est cuit.

— C'est grillé même, ajouta Caselli.

— La ferme ! C'est trop sérieux pour plaisanter.

Caselli en profita pour s'asseoir et se mettre à son aise.

— Et si vous me disiez sur quelle grande affaire vous bossez, je pourrais peut-être vous aider.

— Négatif, j'ai déjà Olivier qui bosse sur ce cas. Et il a une bonne piste, c'est pour ça que je t'ai envoyé toi.

— Olivier ? Vous n'êtes pas sérieux ? Il va tout faire foirer, c'est sûr. Il avait quand même compris hier que ce n'était pas un suicide.

— Pour l'instant c'est toi qui fais tout foirer. Allez, sors de mon bureau.

Caselli sortit, la queue entre les jambes. Ça ne lui plaisait pas du tout. Il rentra dans son bureau et ferma soigneusement la porte.

Vendredi matin, un homme en costume avait sonné chez lui, une enveloppe à la main. Cinq mille euros en espèces pour être informé des avancements de l'enquête d'Alexandra Dubore. Les médias étaient prêts à tout, pas de doute. La télé aimait ressortir de vieilles histoires d'accident ou de meurtre. Il avait questionné vendredi le capitaine Torin mais n'avait rien pu en tirer. Et maintenant qu'un cadavre dans un hôpital psychiatrique venait faire la une des infos, les médias étaient revenus à la charge. Juste après la découverte du corps de Tchoki, il avait de nouveau reçu un appel avec une promesse de deux mille euros de plus. Caselli allait se retrouver en première page et en plus monnayerait ses interviews. Cinq mille pour être informé plus un bonus, nul doute qu'il devait s'agir d'un média russe. Pour mille, il aurait tout balancé, alors pour sept mille… Il composa le numéro qu'on lui avait transmis sans hésiter. Au bout de quelques sonneries, une voix répondit simplement :

— Oui ?

— C'est Caselli.

— Vous avez bien reçu l'argent ?

— Oui, oui merci, je vous appelle pour vous dire que l'appartement du médecin russe Tchoki est parti en fumée au petit matin.

— Ah bon ?

— Oui et apparemment il y a une enquête parallèle sur cette affaire, mais c'est un collègue qui s'en occupe. Il s'appelle Olivier Torin.

— Qu'est-ce qu'il a trouvé ? demanda la voix russe.

— Je ne sais pas encore, je vous appelle dès que j'en sais un peu plus.

Son interlocuteur raccrocha. Bizarre, les médias qui le soudoyaient habituellement étaient plus flatteurs, plus respectueux. Peut-être que ça se passait comme ça en Russie. Il effaça immédiatement le numéro de son historique d'appels.

Le commissaire Henchoz, lui, en avait assez de cette histoire, il avait hâte que ça se termine. Il trouvait que l'affaire était bancale depuis le début, mais est-ce qu'ils avaient le choix ? Le bruit courait que la famille Podrov voulait s'établir en Amérique du Sud et gérer ses affaires à distance. Il ne devait pas s'échapper sans rendre des comptes. Il y avait eu tant de moyens pour essayer de le coincer. Il fallait ouvrir une enquête, n'importe laquelle pour l'empêcher de quitter le territoire et le pousser à la faute. Ils avaient déjà constitué un petit dossier sur lui avant même d'avoir compris pourquoi il venait fréquemment à Nice. Jusqu'à ce que l'histoire d'Alban refasse surface. Maintenant, il voulait effacer toutes ses traces, ou alors, il espérait qu'on ferait sortir Alban de l'hôpital pour pouvoir le tuer ou le kidnapper. Le commissaire avait parié là-dessus, s'il faisait sortir ce patient, Podrov essayerait de le coincer, mais ils avaient tué Tchoki d'abord. Plus rien n'était sûr, mis à part le soutien de la Russie à toutes les activités de Podrov, y compris par le SVR, le Service des renseignements extérieurs de la fédération de Russie et ses technologies. Peut-être que ça arrangeait les Russes que Podrov aille se faire oublier en Amérique du Sud. Tout était parti de travers en fait, ça l'énervait. Il aimait l'ordre. Rétablir l'ordre, c'est pour ça qu'il avait choisi ce métier. Là, il ne recevait que des mauvaises nouvelles les unes après les autres. Il sentait que Podrov était en train de leur glisser entre les doigts, et qu'il ne pouvait rien y faire. Il avait reçu un coup de fil d'Anaïs un peu plus tôt, elle avait prévu de prendre son petit-déjeuner avant de venir au commissariat.

Henchoz s'assit à son bureau et en profita pour prendre ses médicaments. Il essaya d'effectuer quelques exercices de respiration, mais ça ne l'aidait pas. Cela l'irritait encore plus tant il avait l'impression de perdre son temps et de ressembler à une vache. Il reçut un mémo classé secret-défense via sa connexion sécurisée, pour l'informer que le docteur Trani était bien en sécurité et qu'elle travaillait sur le R101. Ça aurait dû le soulager, mais il eut une pointe au cœur, toute petite. En fait, il ne se sentirait mieux que quand tous arriveraient au commissariat, qu'il les aurait tous dans la même pièce. Il fallait attendre que Nasser les ramène, mais il n'aimait pas ça attendre et il avait un mauvais pressentiment.

Nasser arriva à l'appartement d'Olivier, il connaissait le digicode et entra rapidement. Il sonna à l'appartement. Pas de réponses, il essaya encore et tourna la poignée. La porte était ouverte. Il trouva dans le salon son chef. Il mettait en joue un homme qui tentait d'enfoncer un couteau dans le ventre d'une jeune femme.

— Lâchez ce couteau ! cria-t-il, en sortant son arme de service.

— J'essaie, cria Alban d'une voix apeurée.

Olivier reconnut la voix de Nasser dans son dos, sans même quitter Alban des yeux. C'est finalement Anaïs qui eut le dessus en tournant le poignet de son agresseur qui la regardait tout surpris par ce qu'il faisait. Sous la pression, il se plia en deux et se prit un coup de genou d'Anaïs en pleine mâchoire. Elle saisit le couteau et s'écarta de son patient.

— Ça va ? s'inquiéta Olivier.

— Ça va, répondit-elle en se touchant le ventre, c'est superficiel.

Ils se dirigèrent vers la salle de bains pendant que Nasser gardait en joue Alban qui semblait reprendre ses esprits. À sa grande stupéfaction, il se mit à pleurer en se tapant la tête avec les mains. Nasser ne comprenait rien à ce qu'il disait.

— Je suis maudit ! cria Alban, je suis maudit ! Tuez-moi !

— Ne bougez pas ! cria le policier.

— Tue-moi !

Nasser ne savait plus quoi penser de cette situation. Alban se leva et se rapprocha de lui.

— Reculez ! Olive ramène-toi !

— Tue-moi, je te dis !

N'ayant plus le choix, Nasser lui asséna un coup de poing en pleine mâchoire qui le renvoya sur le canapé.

Olivier arriva à ce moment-là.

— Hey tout le monde se calme, ça va aller, on va tous au commissariat. Allez !

— Allez, go ! ajouta Anaïs en sortant de la salle de bains.

Nasser ne comprenait rien à ce qui se passait. Ni pourquoi la jeune femme qui avait failli se prendre un coup de couteau sortait tranquillement de la salle de bains comme si de rien n'était.

— Ça va mademoiselle ?

— Oui ça va ce n'est rien, c'est superficiel, allez on y va !

Cinq minutes plus tard, ils étaient tous en voiture en direction de la caserne d'Auvare, sous escorte de deux voitures de police placées en tête. Nasser fixait assez régulièrement Alban dans le rétroviseur et se demandait pourquoi il n'était pas menotté. Il se sentait complètement largué. Olivier, assis à ses côtés, avait lut dans ses pensées.

— Je t'expliquerai tout une fois au poste.

— J'espère bien chef, je ne comprends plus rien.

— T'inquiète, moi non plus je crois.

Le silence régna dans la voiture, chacun était perdu dans ses pensées. Olivier était soulagé, il pensait son amie morte dans un crash d'hélico, mais elle l'avait contacté au petit matin pour lui dire que tout allait bien. Alban était visiblement instable et avait bien mérité son séjour en hôpital psychiatrique. Le capitaine de police ne cessait de douter et de se dire que leur plan n'était pas top, pour ne pas dire bancal. Il devait arrêter ce Podrov, il fallait l'empêcher de nuire. Anaïs, à l'arrière, pensait la même chose. Ils avaient sorti Alban pour appâter Podrov et le pousser à la faute, mais il s'avérait trop fragile psychologiquement pour être utile. Et il ne méritait pas d'être enfermé aussi longtemps pour un accident de voiture dont il n'était peut-être même pas responsable. Tout semblait avoir été préparé dans la précipitation. Leur plan n'était pas bon, voilà tout. Il se pouvait que Podrov fasse machine arrière, qu'il détruise tout ce qui pourrait lui nuire et disparaisse, quitte à revenir une fois que les choses se seraient calmées. Anaïs en était sûre, Podrov allait vraiment disparaître et reviendrait éliminer Alban et Josette une fois que les choses se seraient tassées.

Alban était assis à l'arrière à côté de sa victime. Il ne cessait de murmurer qu'il avait failli tuer quelqu'un, qu'il était un danger, qu'il valait mieux qu'il retourne en institution avant qu'il ne fasse plus de dégâts. Il se donnait la journée pour réfléchir, pour se faire une idée. Il redemanderait à être hospitalisé le lendemain s'il perdait le contrôle une nouvelle fois. Une partie de lui avait soif de liberté, d'espace et de vie. L'autre partie de lui était sombre, effrayée et en colère. La petite voix dans sa tête revint le distraire dans ses pensées.

Comme dans la voiture, tu peux tuer ! Il faut que toi tu meures ou qu'elle, elle meure, ou que vous mouriez tous les deux !

Il en était certain, il avait déjà entendu cette phrase mot pour mot il y a de ça des années. C'était aussi à propos d'une femme, la sienne, Mariam. Il essaya de se calmer et de faire le vide dans sa tête, de respirer calmement.

Vert tu vis, rouge tu meurs ou tues !

Malgré lui, il respirait de plus en plus vite, la voix était de plus en plus forte. Le ballet des essuie-glaces se fit entendre davantage dans sa tête une fois à l'arrêt au feu rouge. Les gouttes de pluies qui, enfant, le rassuraient, le calmaient et lui permettaient de s'endormir semblaient maintenant menaçantes. Sa respiration était de plus en plus rapide, les gouttes de pluies étaient de plus en plus fortes sous l'orage. Son bras commença à trembler. Anaïs s'en rendit compte et tapota sur l'épaule d'Olivier.

— Je crois qu'il faut qu'on s'arrête, je vais lui donner un anxiolytique.

— On est à deux rues du poste, ça peut attendre ?

— Non, garez-vous tout de suite où il risque de reconvulser.

Les deux véhicules de police à l'avant s'étaient déjà engouffrés dans le commissariat. Nasser se gara en double file à cent mètres du poste de police. Un SUV noir les percuta de plein fouet à l'arrière. La violence du choc sur la route mouillée projeta leur véhicule à contresens. Ils se retrouvèrent face au conducteur qui les avait percutés, costume, crâne rasé et lunettes de soleil qui n'avaient pas bougé sous le choc. Olivier regarda dans l'habitacle rapidement, ils avaient l'air tous secoués mais n'étaient pas blessés, à part Alban qui saignait de la tête. Deux clones sortirent du véhicule, équipés d'AR15, un fusil semi-automatique.

— Nasser, c'est eux, bouge !

Sans réfléchir, il accéléra et s'engagea dans une rue qui menait à l'autre voie rapide, celle de Nice Est. Ils avaient tous pris un gros choc lors de l'impact avec l'autre SUV, mais la 308 tenait bon. Les clones n'avaient pas tiré.

— J'appelle le commissaire lança Anaïs, tout en mettant un mouchoir sur la blessure d'Alban.

— Sors ici Nasser, on fait demi-tour et on revient au commissariat ! cria Olivier.

Mais deux autres SUV les avaient pris en chasse les poussant à continuer vers Nice Est.

— Tant pis, prend l'autoroute vers l'Italie, il y a toujours des flics au péage de la Turbie, c'est pas loin.

Pied au plancher, Nasser fit mine de tourner à gauche avant

de braquer vers l'entrée de l'autoroute créant une collision entre les deux SUV qui les suivaient. Il venait de gagner de précieuses minutes.

— J'ai eu le commissaire Henchoz, il nous envoie des renforts et prévient les policiers en poste au péage.

Le téléphone d'Olivier sonna.

— Allo ? c'est Élisa.

— Élisa, t'es où ?

— Je suis à Lausanne en Suisse. L'accident d'hélico était un leurre. Ça nous a permis de travailler tranquillement sur le R101.

Olivier jeta un coup d'œil à l'arrière, pas de SUV. Leur voiture continuait à fond vers le péage.

— Qu'est-ce que tu fous là-bas ?

— Je suis dans un labo de l'EPFL avec un ancien prof. On a réussi à trouver pas mal d'infos sur le R101 et à remonter jusqu'à l'ordinateur d'un certain Podrov. Je pense que le mouchard lui a envoyé notre position. Mais on a réussi à avoir accès à son ordinateur personnel. On a toutes ses infos, tous ses dossiers, tu te rends compte !

— Super boulot, bravo, tu crois que tu pourrais tout nous transmettre par ordi sur le serveur du commissariat ?

— Ben oui, on est en train de lui envoyer le lien par mail justement. En ayant accès à l'ordinateur de Podrov à distance, nous savons qu'un signal lui a peut-être été transmis. Nous avons peut-être été repérés Olive.

Élisa semblait inquiète, ce n'était pas du tout son genre. Mais c'était la première fois qu'elle était sur le terrain depuis ses premiers stages. Elle était plutôt une habituée des bureaux et des labos.

— T'inquiète pas, lui dit Olivier, on arrive, envoie-moi ton adresse, on devrait être là dans les deux, trois heures. Je te rappelle à ce numéro.

Nasser et Anaïs étaient médusés. Ils n'avaient aucune idée de l'endroit où ils pouvaient bien se retrouver dans les deux, trois heures. Quand ils arrivèrent au péage, Olivier fit signe à Nasser de continuer, personne n'était derrière eux. Ils se dirigèrent vers l'Italie en trombe.

— On va à Lausanne, annonça Olivier.

— Mais c'est à six heures de routes pas deux ou trois heures ! s'insurgea Anaïs.

— On va prendre un hélico à Monaco. Il doit y avoir un moyen d'en réquisitionner un. Élisa a récupéré les données de l'ordinateur personnel de Podrov, il faut absolument aller la retrouver et en plus, on sera loin des hommes de Podrov. On pourra faire l'aller-retour dans la matinée. Anaïs, appelle Henchoz de suite pour qu'on ait les autorisations.

Olivier ne savait pas où se trouvait exactement Lausanne, mais il savait que pour avoir quelque chose sur Podrov, il fallait se rendre là-bas le plus vite possible. Deux minutes plus tard, Anaïs avait déjà une réponse.

— Négatif pour l'hélico, faut y aller en voiture, annonça Anaïs. Le temps est trop mauvais même pour les avions, l'aéroport de Genève est fermé pour la matinée.

Lausanne n'était qu'à quelques heures, et c'était l'occasion de disparaître et de remettre sur pied un meilleur plan. Nasser continua vers Vintimille, peut-être qu'en Italie tout serait plus calme. Olivier composa le numéro de son chef.

— Patron, ils sont après nous, je crois qu'ils ne vont pas nous lâcher si facilement. Élisa m'a appelé, ils sont à Lausanne en train d'étudier l'engin. Vous êtes OK si on va là-bas, histoire de disparaître et de la récupérer.

— Merde, ce n'est pas ce que j'avais prévu.

— Une fois là-bas, on avisera, mais au moins on prend nos distances. Ils avaient des armes automatiques à quelques mètres du commissariat ! La prochaine fois je pense qu'ils n'hésiteront pas à tirer. Vous avez un meilleur plan ?

— Non, je pense que tu as raison, ici on est en train de mettre le procureur sur le coup avec tout le dossier qu'Élisa nous envoie. On va réunir un maximum de monde pour lancer une opération à Paris, Nice et Lyon. Vous, contentez-vous de disparaître pour le moment.

— Vous voyez, on avance, vous avez bien fait de me faire confiance finalement. Quand je pense que vous avez failli confier l'affaire à Caselli.

— De quoi tu parles ?

— Vendredi, Caselli m'a dit que vous vouliez lui confier l'affaire, et qu'il avait refusé.

— Pas du tout, chuchota le commissaire au téléphone. Je ne lui en ai même pas parlé. Il bosse bien, parle bien à la presse, mais il aime trop l'argent, je ne lui faisais pas confiance sur ce coup. C'est toi que je voulais.

— Alors chef, comment il a su ?

— Merde, il doit être en contact avec eux, C'est peut-être lui, la taupe. Je dois le surveiller, je te laisse, appelez-moi quand vous serez là-bas.

— Je vous laisse gérer Caselli. Vous pouvez nous envoyer par mail nos autorisations de port d'armes sur territoire étranger. Et des papiers pour Alban.

— Je t'envoie ça, mais pour le port d'armes ça va être difficile, essayez de passer inaperçus.

— Ça va être chaud, ils ont embouti l'arrière de la voiture.

— Fais au mieux ! dit le commissaire en raccrochant.

Olivier fit le tour des occupants. Nasser ne semblait pas contrarié de partir en Suisse. Anaïs avait administré son fameux anxiolytique à son patient. Alban était toujours sous le choc. Depuis la collision, il n'avait rien dit et n'avait pas bougé. Anaïs s'occupait de lui et sa blessure avait l'air superficielle. Pour Alban, c'était dans son esprit que la collision avait eu lieu. Les images d'un autre accident revinrent le hanter. Le bruit de l'impact sonna à ses oreilles comme le bruit qu'il avait entendu dans l'accident avec Mariam. La tôle froissée, le bruit de l'explosion des phares lui donnait une impression de déjà-vu. Le coup à la tête en heurtant la portière ne fit que renforcer cette impression. Son cerveau avait fourni des efforts pendant des années pour oublier l'accident qu'il avait vécu avec Mariam.

Le bruit de l'impact contre l'arbre semblait similaire à celui d'aujourd'hui. L'autre similitude était aussi l'absence de bruit de freins. Dans les deux cas, il n'avait pas entendu le véhicule freiner. Aujourd'hui, c'était délibérément que le SUV les avait percutés. Mais à l'époque, il ne comprenait pas pourquoi son épouse, qui conduisait, n'avait pas freiné. Un autre souvenir refit surface aussi brutalement qu'un nouveau-né qui vient au monde, sa femme était enceinte au moment de l'accident et elle en était au neuvième mois.

Il ne se sentait pas seulement coupable d'avoir tué sa femme, mais il se sentait aussi coupable d'avoir causé la perte de son enfant. Il se souvint alors de toutes les disputes qu'ils avaient eues. Elles tournaient toutes autour de cette grossesse que lui ne désirait pas, que lui haïssait au plus haut point.

20- LA SUISSE

— Vous avez de la viande ? demanda le douanier suisse.

Nasser ne savait pas quoi répondre. Le douanier aurait pu demander s'ils avaient des armes, si le patient louche à l'arrière avait ses papiers ou des envies de meurtres. Ou s'ils étaient en mission illégale sur un territoire étranger à leur juridiction. Ou s'ils allaient récupérer un agent entré illégalement en Suisse avec un dispositif militaire. Il aurait pu poser au moins une de ces questions, mais non, il demanda seulement s'ils avaient de la viande.

— Non ! dit Nasser d'une voix ferme, en pensant que les douaniers suisses avaient visiblement d'autres priorités que les Français.

Le douanier regarda les occupants à l'intérieur. Sans hésiter, il leur demanda d'ouvrir le coffre. Bien sûr, pas de viande, pas de prise du siècle pour le douanier qui les laissa filer tout en leur demandant de régler la vignette autoroute au prochain guichet. Ils pénétrèrent dans le tunnel du Grand-Saint-Bernard et furent officiellement en

Suisse.

Le voyage n'avait pas été si compliqué finalement. Ils n'avaient fait quasiment que de l'autoroute, d'abord le long du bord de mer jusqu'à Gênes, puis jusqu'aux montagnes. Ils avaient mis un peu plus de trois heures pour arriver en Suisse. Il y avait très peu de monde sur la route, mais surtout les panneaux de limitation de vitesse n'étaient là qu'à titre indicatif. La plupart des Italiens avaient l'impression de se retrouver sur un circuit de course en pénétrant l'autoroute. Nasser lui, roulait sans problème sur la voie de gauche aux alentours de 180 km/h malgré la pluie. Quand il pouvait, il frôlait les 200 km/h. Il aimait la vitesse et s'en donnait à cœur joie. Les sensations qu'il ressentait étaient beaucoup plus joyeuses que l'ambiance dans l'habitacle. Ses deux collègues n'avaient cessé de passer des coups de fil, et leur meurtrier par intermittence, avait quasiment dormi tout le trajet après l'injection de la psy-commando. Olivier lui avait tout expliqué quand ils s'étaient arrêtés après Gênes pour faire le plein. Il avait expliqué en détail l'histoire de Podrov, de leur patient et de l'infiltration de la psychologue, le lien de Josette avec Tchoki, le mouchard, tout. Puis ils firent une autre pause dans une station-service d'Italie avant leur arrivée en Suisse. Pizza, coca et café serré comme Olivier en raffolait, il en commanda trois avant de se rabattre sur les chocolats italiens. Alban sortit péniblement de la voiture pour aller aux toilettes avec Nasser. Finalement, Nasser préférait largement la compagnie de Josette. Olivier en profita pour refaire le point avec Anaïs.

— Bon, Anaïs, on récupère Élisa, le R101, et on fait demi-tour ?

— Ce n'est pas si simple, ajouta la psychologue, on a Alban sur les bras, il n'est pas en état de refaire un long trajet comme ça pour retourner à Nice. Je n'ai quasiment plus de produit à lui injecter s'il refait une crise. On devrait se poser une nuit avant de repartir. On a une responsabilité envers lui.

— Non, vous avez une responsabilité envers lui, c'est vous qui teniez à le faire sortir de cet hôpital. Vous auriez dû faire sortir le médecin russe, l'interroger et surveiller Graham en institution.

— On voulait pousser Podrov à la faute.

— Ben c'est fait, et maintenant ?

— On s'en tient au plan, on n'a personne à qui le confier. Sa famille d'accueil n'a plus aucune obligation envers lui, ils ne sont allés le voir qu'une fois à l'hôpital, et il n'a pas de frère et sœur, pas de famille.

— Je me méfie de lui, confia Olivier, j'ai l'impression qu'il ne nous dit pas tout. Il est trop instable. Il faut l'hospitaliser à nouveau.

— Son père a été battu par son grand-père également. C'était un GI de l'armée américaine qui avait mis enceinte sa grand-mère après le débarquement de Provence. À la fin de la guerre, il est venu la retrouver, et elle était enceinte. Il s'est marié, puis est resté en France. Stress post-traumatique de la guerre et alcool en ont fait voir de toutes les couleurs au père d'Alban. Ils ont grandi dans la maison que l'on a visitée hier.

— C'est triste docteur Dubore, mais non je ne vais pas me le coltiner pour autant. Je récupère Élisa et je vous laisse, vous pouvez rester dormir ici avec votre patient. Ça fera de la place dans la voiture.

— Je vous remercie.
Olivier se percuta le front de la main.

— Attendez une minute, c'était qui le gars qu'on a vu hier dans cette maison, habillé en noir, et qu'est-ce que vous faisiez dans la cave ?

— Je ne sais pas, et je me suis retrouvée là par hasard.

— Non, commencez pas à me baratiner, on est dans la même galère. Vous ne pensez pas que vous pouvez tout me dire après tout ce qu'on vient de vivre, je vous ai sauvé la vie ce matin, lança le capitaine avec son plus beau sourire.

— Non, je ne crois pas, j'ai failli crever. J'ai dû me débrouiller toute seule pour qu'il lâche son couteau. Parce que monsieur avait peur de tirer.

— Non sérieusement, c'était qui et qu'est-ce qu'on est allée chercher là-bas ?

— Je vous le dirais si vous restez une nuit de plus, répondit Anaïs également avec son plus beau sourire.

— OK, pas de problème, débrouillez-vous ! Je m'en fiche.

Nasser et Alban approchèrent. Ils avaient tous les deux la même tête fatiguée, ce qui fit sourire Olivier et Anaïs. Ils sourirent de plus belle quand ils réalisèrent qu'ils avaient pensé à la même chose. La psychologue s'assit cette fois à l'avant ce qui surprit tout le monde.

— Quoi ? En 2016 les femmes doivent encore s'asseoir à l'arrière ?

— C'est une question de taille, répondit Olivier. Vous êtes plus petite, vous avez besoin de moins de place pour vos jambes.

— Si c'est une question de taille, alors vous restez derrière.

Nasser avait éclaté de rire suivi par Olivier, et même Alban. Ils rirent un bon moment avant de s'arrêter. Ils en avaient tous besoin afin d'évacuer la pression, avant de se retrouver en Suisse. Ils avaient encore beaucoup de route à faire et pas mal de questions en attente. Ils attendaient un coup de fil d'Henchoz pour avoir des précisions quant à l'opération en cours, mais il ne répondait jamais. Personne ne semblait être joignable au commissariat. L'inquiétude monta jusqu'à l'arrivée au poste de douane. Seule la vue sur les Alpes enneigées leur apporta à tous un peu de baume au cœur. La pluie s'était arrêtée depuis un moment, et quelques flocons de neige saupoudrèrent la voiture.

Alban ne comprenait pas vraiment ce qui lui arrivait. Il ne comprenait pas vraiment pourquoi ils devaient tous se rendre en Suisse, ne comprenait pas pourquoi ils avaient eu un accident ce matin. Ça faisait beaucoup de questions pour son cerveau, alors il avait abandonné. Il avait l'impression d'avoir déjà eu des réponses, mais il les oubliait, ou peut-être qu'il ne voulait pas les entendre. Il faisait ça à l'hôpital quand son esprit entrait en surchauffe. Il avait l'impression de griller un fusible afin de limiter le flux d'énergie dans son cerveau. Ce matin encore, il était à Nice, s'enthousiasmait pour l'avenir et se sentait en pleine forme. Il était sur le point de reprendre sa vie en main. Puis en fin d'après-midi, l'énergie avait quitté son corps et des envies de suicide venaient le hanter à chaque fois qu'il fermait les yeux. La fatigue le gagnait à chaque fois qu'il les ouvrait. Il avait encore cette sensation d'être un bateau jeté à la mer sans marin à son bord. Il était dépendant des vagues qui venaient le heurter de toutes parts, l'emmenant tantôt à bâbord, tantôt à tribord, avec finalement cette sensation d'être coincé dans un tourbillon. Sa vie tournait en rond, il avait cette impression d'être peu à peu attiré vers les profondeurs sombres de son âme. Après des années de tempêtes, il ressemblait à présent à une épave coincée entre deux courants qui l'attiraient, l'un vers des eaux calmes, l'autre vers les profondeurs d'un océan inconnu.

Rouge tu sautes de la voiture. Vert tu tournes le volant.

Les voix dans sa tête profitèrent de sa faiblesse pour reprendre le dessus. Des maux de tête l'assaillirent. Ils avaient commencé comme un feu d'artifice en signalant d'abord d'où ça partait, avec des petites explosions, tantôt vers la droite, et tantôt vers la gauche de son crâne. Puis les explosions étaient devenues simultanées et plus rapides et surtout plus fortes. En franchissant le poste de douane suisse, sa tête contenait un véritable bouquet final. Il ne put s'empêcher de se tenir le crâne et de se balancer d'avant en arrière une fois arrivé en Suisse. Olivier, assis à côté de lui, tapota l'épaule d'Anaïs.

— Je ne comprends pas, je lui ai donné une sacrée dose, il devrait être tout calme, répondit-elle. Ses récepteurs aux anxiolytiques sont complètement dénaturés. Je ne suis pas surprise parce que…

— On s'en fout, coupa Olivier, faites quelque chose !

Alban se balançait de plus en plus et se mit à pleurer. Sans hésitation cette fois, Anaïs lui planta une nouvelle seringue de son cocktail spécial dans la cuisse à travers le pantalon.

— Tant pis, il va dormir encore un bon moment. Je n'ai bientôt plus de produit.

— Ce n'est pas grave, dit Nasser qui était concentré sur la route enneigée en sortant du tunnel. On est en descente, et on n'a pas de pneus neige, ni de chaînes, alors j'ai besoin de calme.

Alban s'endormit quelques secondes plus tard. Nasser ralentit sa vitesse au point de rouler au pas, malgré les appels de phares et les klaxons des voitures mieux équipées derrière eux. Ce concert les accompagna jusqu'à l'autoroute où il put accélérer l'allure. Le soleil apparut sur le lac éclairant les montagnes et offrant à l'équipage un paysage magnifique. Cette fois, ils avaient atteint la dernière portion de leur trajet vers l'ouest de Lausanne, vers L'EPFL, l'École polytechnique fédérale de Lausanne, l'une des plus prestigieuses universités du monde. Plus d'une centaine de nationalités se retrouvaient chaque année autour de la science et la technologie près du lac Léman. Le campus n'avait cessé de s'étendre et de se moderniser. Les bâtiments avaient attiré les investisseurs et les comités scientifiques du monde entier.

C'est au bâtiment MED qu'Élisa et Olivier s'étaient donné rendez-vous. C'est là-bas qu'Élisa avait rencontré un de ses anciens professeurs en plein milieu de la nuit, Carlo Massetti. Il n'avait pas hésité à lui apporter son aide en échange d'informations sur ladite technologie. Ils s'étaient rejoints directement à l'EPFL. Il avait pris un coup de vieux depuis leur dernière rencontre, surtout après avoir été réveillé en plein milieu de la nuit. Il était cerné, les cheveux grisonnants et ébouriffés, le ventre bedonnant. Il gardait malgré tout, le charisme et l'humour dont il avait fait preuve durant les années de cours d'Élisa jusqu'à son doctorat. Ils avaient passé toute la nuit à plusieurs étages sous terre, dans une pièce de laboratoire isolée électro-magnétiquement à tenter de relier la puce GPS du R101 à différentes machines. Ce n'est qu'au petit matin que les deux scientifiques avaient réussi à craquer le code pour entrer dans la puce et relever toutes les informations enregistrées. Pour les récupérer sans se faire repérer, ils devaient reprogrammer la puce en lecture seule, ce qui leur avait pris encore deux bonnes heures. À la fin, un code de messagerie était apparu sur leur écran. Les deux scientifiques pensèrent qu'ils avaient été repérés.

À leur grande surprise, plusieurs infos concernant Podrov étaient compressées sur la puce dans différents dossiers cryptés. Le tout donnait un lien direct à l'ordinateur de l'oligarque russe. L'hypothèse de Carlo et Élisa était que les services secrets russes avaient donné cette puce à Podrov tel un cheval de Troie, afin de pouvoir récupérer ses informations personnelles concernant ses différents business. Cette puce avait dû lui être présentée comme une simple puce GPS. Mais elle leur avait permis de tout connaître des trafics de Podrov. La préparation de son départ en Amérique du Sud n'était peut-être pas du goût du gouvernement russe qui cherchait à tout prix à protéger ses intérêts. Une fois la puce ouverte et la connexion à l'ordinateur de Podrov établie, la puissance de la technologie de l'EPFL permis d'extraire tous les dossiers dans un temps record. Et le tout sans effacer leur contenu qui était protégé en cas d'intrusion. Deux heures plus tard, les données arrivaient au compte-goutte sur l'ordinateur portable tout neuf de Carlo, puis étaient retransmises simultanément au commissariat de Nice et au ministère de l'Intérieur. Une cellule spéciale avait été ouverte à la suite de l'enquête du commissaire Henchoz, la même qui fit courir le bruit de la disparition en mer de l'hélicoptère d'Élisa pour effacer ses traces. En début d'après-midi, ils finirent de récupérer les dernières données de conception de l'appareil et le gardèrent dans un coffre hermétique de l'EPFL. Ils n'avaient pas dormi de la nuit et avaient tous les deux besoin d'une pause. Deux agents français avaient ensuite contacté Anaïs pour récupérer la boîte hermétique contenant la puce R101. Ils prirent ensuite le train de Lausanne pour arriver trois heures et demie plus tard à Paris. En les voyant partir avec la puce, Élisa avait enfin pu souffler. Elle se sentait moins en danger. Elle était épuisée, mais heureuse d'avoir participé à cette mission.

Ils s'étaient tous donné rendez-vous à la cafétéria de l'EPFL. Nasser était resté à bord de la 308 sur le parking, à quelques mètres de là, avec Alban qui dormait encore profondément. Anaïs et Olivier n'étaient pas mécontents de se dégourdir les jambes. Ils étaient déjà installés et entamaient leurs cafés quand Olivier aperçut enfin Élisa. Elle n'avait pas dormi depuis plus de vingt-quatre heures, mais il la trouvait resplendissante. Il ne put résister à l'envie de la serrer dans ses bras, et resta un moment ainsi. Puis il prit le temps de la regarder avec un sourire béat. Tous se présentèrent rapidement, et Carlo lança la conversation.

— Tout est enregistré sur cet ordinateur qui est hors connexion internet ou wifi. C'est un ordinateur spécial qui ne peut pas être piraté et qui est protégé des impulsions électromagnétiques. Ces impulsions d'ondes peuvent détruire les appareils électriques.

— Vous êtes sûr que personne ne peut y accéder à distance ? interrogea Olivier.

— Je l'ai verrouillé, et il se comporte dorénavant comme une clef USB en fait. Le contenu est gravé dessus et ne peut ni s'effacer ni être modifié, même avec une bombe électromagnétique. Il y a toutes sortes d'informations concernant monsieur Podrov mais aussi tout ce que l'on a pu réunir concernant cette puce GPS que vous appelez le R101.

— Vous avez une copie de ce qu'il y a dessus ?

— Non, cela concerne la police maintenant. Moi, je ne m'intéresse qu'à cette technologie.

— Est-ce que vous avez eu accès au dossier MM ? demanda Anaïs.

Olivier fronça les sourcils, il ne savait pas de quoi il était question et se retrouvait une fois de plus à la traîne. Encore quelque chose qu'Anaïs lui avait caché.

— Bien sûr, c'est pour moi le dossier le plus intéressant en fait, quand on regarde bien.

— Et cela parle de quoi ? demanda Olivier qui avait du mal à cacher son exaspération.

— Je n'ai jamais su, répondit Anaïs. J'ai eu accès en côtoyant Alexeï à quelques infos contenues dans son portable, j'ai essayé de me connecter de différentes manières à son ordinateur, mais je n'ai jamais réussi. Le dossier le plus crypté et ultra-sécurisé, était le dossier MM. J'ai essayé différents algorithmes, différents décodeurs, je n'ai jamais pu l'ouvrir. Contrairement à d'autres qui renfermaient quelques infos sur ses comptes personnels, ce dossier est peut-être un condensé de ses activités qui nous permettra enfin de l'empêcher de nuire.

— Et vous l'avez craqué juste comme ça ? demanda Olivier. Sans vous faire repérer ?

— Nous avons un doute sur l'émission d'un signal quand on a eu accès à certaines données. Le risque est très faible.

Le serveur leur apporta leur commande. Olivier, bien que fasciné par la découverte de Carlo, se leva pour aller réclamer le café que le serveur avait oublié d'apporter.

— Attendez-moi pour la suite.

Olivier suivit le serveur qui disparut en cuisine, le laissant attendre au comptoir quelques minutes. Il entendit soudain crier derrière lui et des verres se brisèrent. Carlo était par terre et se tenait la gorge des deux mains comme s'il était en train de s'étouffer. En arrivant à ses côtés, Olivier vit de la mousse blanche s'écouler de sa bouche, ses yeux étaient globuleux et rouges, les pupilles étaient rétrécies. Élisa lui parlait, lui tenait la main. Carlo venait de se faire empoisonner sous leurs yeux en plein jour, dans cette université bondée. Anaïs n'eut aucun doute là-dessus, il allait mourir si elle ne faisait rien.

— Appelle une ambulance Olivier, je vais lui donner de l'atropine.

Le capitaine de police s'exécuta tout en pensant qu'ils étaient sérieusement menacés s'ils restaient tous sur place. Au téléphone, Olivier tournait en rond, de peur qu'ils se fassent attaquer à leur tour. Il surveillait les allées et venues à la recherche de clones. Par chance, Anaïs avait pris sa mallette et elle disposait de certains médicaments d'urgence comme l'atropine. C'était sa seule chance de le sauver d'une mort atroce. Carlo commençait à se contorsionner, ses bras s'enroulaient sur eux-mêmes. Sa veine jugulaire était apparente, Anaïs n'hésita pas et injecta le médicament en espérant que ce soit le bon antidote. Le corps de Carlo se relâcha. Il venait de faire un arrêt cardiaque, avant que l'atropine n'ait eu le temps d'agir. La psychologue arracha les boutons de la chemise du professeur et commença un massage cardiaque. Élisa partit en courant. Tout en le massant, Anaïs se demanda si c'était ça le plan pour tous les tuer, peut-être que le poison qu'avait Carlo était contaminant, qu'il était sur sa peau. Une jeune femme s'approcha pour lui basculer la tête et lui faire du bouche-à-bouche.

— Je vous le déconseille, il vient d'être empoisonné. C'est très contagieux.

Anaïs n'en savait rien, mais c'était fort probable. Elle avait pensé au VX, un agent innervant dont le contact cutané ou l'inhalation pouvait entraîner la mort, même à très faible dose. Il s'attaquait au système nerveux et musculaire. En le massant, elle prenait le risque de mourir pour essayer de sauver cet homme qu'elle ne connaissait pas dix minutes plus tôt. Mais il avait rempli sa mission, il avait réussi à craquer le R101. Personne ne méritait de mourir empoisonné comme ça, personne à part peut-être Podrov. Élisa réapparut avec une mallette, elle avait apporté un défibrillateur. Olivier se positionna en face d'Anaïs pour effectuer des relais pendant qu'Élisa branchait la machine. L'officier de police avait déjà vu ça dans une série hospitalière. La machine analysa le rythme cardiaque de Carlo et conseilla un premier choc. Il en reçu trois au total avant l'apparition d'un pouls.

Les ambulanciers arrivèrent avec un médecin pour prendre le relais. Anaïs leur fit part de ses inquiétudes concernant un empoisonnement chimique. Il fut intubé et embarqué dans l'ambulance en direction de l'hôpital de Lausanne. La police venait de se garer à l'extérieur. Le petit groupe n'avait nullement l'intention de coopérer. Il était hors de question de leur donner la moindre explication. Anaïs appela immédiatement la police par téléphone pour signaler qu'une bombe allait exploser à l'EPFL, sans autre précision, et raccrocha. Elle se dirigea vers l'alarme incendie près du bar et l'activa. Les badauds qui s'étaient rassemblés hésitaient encore à quitter les lieux malgré l'alarme. Olivier n'hésita pas à crier en courant vers la sortie :

— Une bombe, une bombe, au secours !

Tout le monde prit la sortie d'assaut. Les policiers voyaient trop de monde se disperser pour pouvoir faire quoi que ce soit. Olivier, Anaïs et Élisa coururent vers la voiture, l'ordinateur de Carlo sous le bras. À l'intérieur, Nasser se réveilla en sursaut, tandis qu'Alban pataugeait toujours dans ses cauchemars.

Le groupe se mit en route vers Genève en attendant de savoir quoi faire exactement. Il était temps de rappeler Henchoz.

— Chef, c'est la M !

— Pour nous aussi, c'est la M, les autorisations d'intervention chez Podrov sont bloquées, on ne sait pas trop pourquoi. Il y a deux cents personnes en stand-by dans trois villes, et personne n'est foutu de nous donner un go. Je pense qu'on a quelqu'un de l'intérieur qui aide Podrov, quelqu'un de haut placé. On analyse toutes les com' en ce moment ! Et vous ? Vous avez récupéré Élisa ?

— Oui, mais on a eu un souci, Carlo, son prof qui a craqué le R101 est parti à l'hôpital, il a fait un arrêt cardiaque après un empoisonnement. On a dû se faire repérer, et ils ont essayé de le tuer avant qu'on puisse lui parler.

— Du coup, vous êtes où ?

— On roule vers Genève, puis on sera en France, on a un ordi avec toutes les données de Podrov.

— Nous, on a réussi à ouvrir deux dossiers seulement. Quand on a voulu ouvrir le troisième qui était plus sécurisé que les autres, un logiciel a grillé toutes les données que l'on avait récupérées.

— Laissez-moi deviner, le dossier MM, dit Olivier en regardant Anaïs de travers.

— Oui, vous aussi vous n'avez pas pu l'ouvrir ?

— Si, si Carlo avait réussi, le dossier est ouvert et stocké dans l'ordi.

— Il faut trouver un endroit sécurisé et que vous y jetiez un coup d'œil. C'est peut-être la clef de toute cette affaire.

— OK, on vous rappelle dès qu'on trouve quelque chose.

Olivier qui avait mis le commissaire sur haut-parleur raccrocha et regarda tout le monde dans la voiture.

— Pourquoi on ne l'ouvre pas ici ? demanda Nasser en

conduisant.

— Oui, pourquoi pas ? demanda Olivier en regardant Élisa.

— Ce n'est pas si simple, dès que l'on va ouvrir l'ordinateur, il y aura une demande de codes que seul Carlo connaît. Il voulait vous en parler avant de…

Élisa retint un petit sanglot après avoir parlé de lui au passé. Tout le monde avait vu les dégâts dus au poison. Si par miracle il survivait, il ne serait pas en état de leur donner le moindre mot de passe. Ils restèrent un moment silencieux, observant le lac de temps en temps, repensant à ce long voyage qui les avait amenés peut-être nulle part. Ils se sentaient tous un peu seuls, perdus en Suisse, sans savoir où aller. Le soleil se couchait, et ils se sentaient loin de chez eux. Élisa repensait à tout ce qui s'était passé depuis son départ de Nice en hélicoptère. Elle avait dit au revoir à toute l'équipe de commando la veille. Ils l'avaient déposée discrètement sur l'aérodrome de la Blécherette à Lausanne en plein milieu de la nuit. L'équipe avait prétexté une opération de secours pour que les autorités suisses les laissent passer. Ils avaient déposé Élisa, puis avaient quitté le territoire immédiatement. Elle avait quasiment passé vingt-quatre heures avec Carlo.

— Sors ici ! cria-t-elle à Nasser qui s'exécuta.

— L'aéroport ? On ne sait même pas où aller ? s'inquiéta Olivier.

— Non, elle a raison, c'est malin ! répondit Anaïs. Une partie de l'aéroport de Genève est sur le territoire français. On va aller dans ce secteur français, on pourra y rentrer avec nos armes, mais les hommes de Podrov ne pourront pas nous suivre armés.

— On va essayer de trouver les mots de passe de Carlo, ajouta Élisa.

— Comment ça « les » mots de passe ? s'inquiéta Olivier.

— Carlo est un joueur. S'il a mis un mot de passe, alors ce sera une série de trois énigmes. Ses cours se faisaient toujours en trois actes, ses examens en trois exercices, c'était sa façon d'enseigner, sa touche personnelle. À l'intérieur de l'aéroport, on sera en sécurité, et on aura l'accès au wifi pour nos recherches.

Pour Olivier, ça ne présageait rien de bon, ils étaient passés d'un mot de passe, à plusieurs mots de passe, et maintenant, elle parlait d'énigmes. Mais ce qui lui déplaisait le plus, c'étaient les aéroports. Il détestait les avions, une des raisons pour laquelle il ne quittait jamais son département des Alpes-Maritimes. Une fois dans le parking de l'aéroport, l'autre problème, c'était Alban. Olivier se demandait ce qu'ils allaient faire de lui. Mais Anaïs avait anticipé cette question et préparait un produit dans une seringue pour le réveiller. Alban ouvrit les yeux tranquillement, se demandant une fois de plus où il pouvait bien être. Anaïs était surprise, elle lui avait administré une dose pour qu'il dorme jusqu'au lendemain matin.

— Tant mieux ! Allez, on y va. Alban, on va tout vous expliquer, annonça le capitaine.

Ils trouvèrent l'entrée du secteur français et s'annoncèrent. L'agent de police parut intrigué et appela son superviseur.

— Attendez, vous ne pouvez pas rentrer dans le terminal sans billets d'avion. C'est un aéroport ici, vous ne pouvez pas faire ce que vous voulez. Les armes doivent être enregistrées séparément et mises en soute quand vous aurez pris vos billets.

— OK, décida Anaïs qui ne voulait pas perdre plus de temps en explications.

Elle commanda des billets au comptoir pour Nice, départ à vingt-deux heures. Ils enregistrèrent leurs armes via la procédure spéciale, une fois passée la sécurité, ils trouvèrent un coin de terminal désert. Alban, comme à son habitude, semblait perdu.

— C'est le moment d'allumer l'ordi, dit Olivier qui semblait de plus en plus mal à l'aise. Il le posa sur ses genoux et pressa l'interrupteur.

L'écran noir s'illumina et une pancarte avec la mention « Bienvenue chez Carlo » apparut. Un petit avertissement avec des elfes, des dragons et des nains armés jusqu'aux dents, les mit en garde contre les dangers de leur quête. Il fallait qu'ils passent trois épreuves mortelles. Élisa sourit en pensant à son mentor qui avait l'art de la mise en scène. Elle aurait vraiment voulu l'appeler pour prendre de ses nouvelles, mais craignait de se faire repérer. Un ninja apparut alors sur l'écran en faisant des pirouettes et leur dit :

— Le prochain code, c'est toi.

Ils regardèrent Élisa, perplexes, se demandant s'ils devaient taper son prénom.

— La première épreuve est toujours facile, c'est pour nous mettre en jambes. Elle tapa son prénom. Le ninja rit aux éclats en se tenant le ventre et répéta :

— Le prochain code, c'est toi.

Élisa fronça les sourcils et tapa son nom de famille cette fois. Le ninja rit de plus belle. Tous se regardèrent et pensèrent à ce que venait de dire Élisa : « La première épreuve est toujours facile. » Élisa se concentra et pensa à l'indice « C'est toi. » Elle tapa le mot « Moi », et à nouveau un ricanement. Ils furent rassurés de voir qu'ils avaient le droit à plusieurs tentatives. Élisa passa l'ordinateur à Olivier qui essaya tout ce qui lui passait par la tête : « Nous, vous, eux, café, ordinateur, observateur, policier, détective, énigme, mission, futur » et obtient les mêmes ricanements qui lui semblaient de plus en plus désagréables. Nasser essaya à son tour « maison, cheminée, tuile, EPFL, Suisse, Lausanne, jeux olympiques, Podrov, sport, toit, maison… » sans succès.

Anaïs prit l'ordinateur :

— C'est toi, donc c'est le mot TOI.

Mais son sourire disparut face aux ricanements de la machine. Elle n'eut pas plus de succès après vingt minutes de tentatives. Les tentatives s'espaçaient devant leurs échecs successifs. Le but de Carlo était de faire un petit jeu pour ses invités, il aurait dû être présent et leur donner des indices. Ils laissèrent l'ordinateur sur la chaise et marchèrent en rond, en pleine réflexion. Olivier prit des nouvelles auprès de son chef, Anaïs et Élisa partirent chercher à manger et à boire. Ils étaient tous occupés, mais Olivier gardait un œil sur l'ordinateur malgré tout.

Alban saisit l'ordinateur et regarda le capitaine de police d'un air interrogatif. Il lui fit un oui de la tête en pensant « À quoi bon » et s'approcha de lui. Alban fixa le ninja pendant au moins trois minutes en répétant « Toi, toi, toi, toi… ». Il se balançait de plus en plus. Le petit groupe était à nouveau réuni autour d'Alban. Élisa avait une idée et voulut saisir l'ordinateur. Alban cria immédiatement :

— Non ! Toi, toi, toi, toi !

Il laissa alors son doigt appuyé sur la lettre A jusqu'à ce que tout l'écran soit rempli de lettres A. Il y avait une vingtaine de lignes. Il pressa Entrée. Le ninja fit une pirouette, se fâcha puis sortit de l'écran par la droite, laissant la place à un petit samouraï. Ils regardèrent tous Alban qui continuait de dire « toi » plus lentement.

— Toi, toua, tout A. Le code c'est tout en A, que des A.

Ils le félicitèrent et observèrent l'écran, consternés. Le petit samouraï s'adressa à eux : « Fais ce que le colonel te dit. »

L'avion décollait dans trente minutes. Les gens étaient plus nombreux autour d'eux. Ils allaient bientôt embarquer. Tous autour de l'ordinateur, ils regardèrent à nouveau Élisa qui semblait encore plus perdue qu'avant. De quel colonel Carlo pouvait-il bien parler ? Est-ce que Carlo connaissait un colonel, quelqu'un dans l'armée suisse ? Quelqu'un dans le Tessin d'où il était originaire ? Son père était-il un colonel qui avait l'habitude de dire une phrase particulière ou un ordre particulier ? Ils tapèrent cette phrase sur les différents moteurs de recherche de leur téléphone, en y associant différentes combinaisons. Ils essayèrent avec Carlo, Carlo Massetti, Suisse, EPFL, Lausanne. Ils ne trouvaient rien. Olivier essaya de taper successivement « garde à vous, repos, à l'attaque » mais sans succès. À chaque essai, un compte à rebours à partir de vingt notait les tentatives restantes sous les ricanements du samouraï. Tous avaient essayé, tous avaient échoué. Il ne leur restait que trois tentatives. Olivier demanda pour la quatrième fois à Élisa si quelque chose lui revenait, durant les cours, lorsqu'ils étaient ensemble hier soir, rien. Ils commencèrent à rassembler leurs affaires et à dire au revoir à Nasser qui devait récupérer la voiture. Il devait faire le trajet en sens inverse jusqu'à Nice. Alban se saisit à nouveau de l'ordinateur.

— Je sais ce qu'a dit le colonel.

Tous le regardèrent, intrigués. Il avait trouvé le premier code, mais le deuxième semblait plus inaccessible pour quelqu'un qui avait passé quinze ans enfermé dans un hôpital psychiatrique. Alban se répéta, comme surpris lui-même de connaître la réponse. « Dernier appel porte 43 pour le dernier vol pour Nice… » crachaient les haut-parleurs.

— Tu es sûr de toi ? demanda Olivier qui n'avait jamais eu confiance en Alban.

— C'est dans un jeu vidéo, j'ai lu ça hier soir sur internet. Je sais ce qu'a dit le colonel.

Olivier demanda à Élisa ce qu'elle en pensait.

— Il était fan de jeux vidéo Carlo ?

— Non je ne crois pas, il ne parlait pas de jeux vidéo sans arrêt.

— Ce n'est pas n'importe quel jeu. C'est un jeu en particulier, il suffit comme moi d'être fan de ce jeu-là, tenta d'expliquer Alban.

— Mais c'est lequel ? cria Olivier qui commençait à perdre patience.

— Je ne sais plus, mais j'ai regardé hier des extraits des suites de ce jeu, que j'ai raté pendant quinze ans, et je sais ce qu'il faut faire. C'est en 2002 je crois, que le jeu est sorti. J'étais hospitalisé, mais je ne me rappelle plus le nom. Ma mémoire me joue des tours.

— Faut que je regarde dans l'historique de recherche sur mon ordi, mais je n'ai plus de batterie. Ce n'est pas grave, on verra ça à Nice, dit Anaïs. De toute façon, il y a une troisième énigme après.

— Écoutez ! demanda Alban.

— On n'a plus que trois essais, on ne peut pas se permettre de perdre des chances d'ouvrir cet ordinateur, coupa l'inspecteur.

— Écoutez-moi, supplia Alban.

— De toute façon, on doit embarquer pour aller à Nice, on verra ça là-bas, rajouta Élisa.

Alban se leva brusquement avec le précieux ordinateur au-dessus de sa tête et fixa le sol.

— Vous allez m'écouter ! hurla-t-il. Je ne suis pas fou !

21- MOURIR, VIVRE ET MOURIR

« Qu'est-ce qui est vraiment éternel ? » Josette errait au milieu du brouhaha du commissariat, captant des bribes d'informations par ci, par là. Elle avait dit qu'elle ne parlerait qu'à Olivier, le seul homme qui ait toute sa confiance, tout son respect. C'était son grand frère qui veillait, qui pardonnait, aidait sans jamais prendre, sans jamais juger. C'était le seul homme qui ne lui ait jamais rien demandé. Elle l'attendait. Elle n'aimait pas avoir du temps pour elle, ne rien faire. Elle attendait Olivier pour répondre à ses questions. Elle préférait être tout le temps occupée, mais pour lui, elle pouvait attendre. Occuper son esprit à en être fatiguée l'empêchait de reconnaître que sa vie était misérable. Elle adorait s'occuper de son fils, de son éducation, ça oui. Elle n'aimait pas être avec elle-même. Elle ne s'aimait pas. Mais pas seulement après les choses qu'elle avait dû faire pour survivre. Pas seulement après les insultes qu'elle avait dû endurer pour vivre. Elle ne s'aimait pas parce qu'on ne l'aimait pas. Elle était passée où son histoire d'amour à elle ? Quand est-ce que l'on viendrait la sortir de cet enfer, de cette vie mortelle ? Elle avait besoin de s'évader, elle avait besoin de rêver, comme tout le monde. Elle rêvait d'une vie meilleure pour elle et pour son fils. Elle voulait qu'en grandissant son, fils soit fier d'elle, de son travail et de ce qu'elle accomplissait. Plus le temps passait, moins elle passait de temps à rêver. Enfant, elle rêvait que cette vie allait s'arrêter, elle priait pour que cette vie s'arrête. Maintenant, elle voyait et entendait partout qu'il fallait se battre pour le droit des femmes. Mais elle, toute seule élevant son fils du mieux qu'elle pouvait, devait exercer son métier à l'ombre de la morale, dans la nuit, le froid, la honte, la peur, et parfois, sous les coups. Les mêmes hommes qui la salissaient la nuit, prétendaient lutter pour les droits des femmes le jour. Les mêmes qui lui faisaient du mal, s'étonnaient en société que l'on fasse encore ce métier, que ce soit encore accepté. Dans un bar, elle avait reconnu un client à une table derrière elle, il ne comprenait pas qu'en 2016 des femmes puissent encore faire ce métier. Hypocrites, menteurs, moqueurs, violeurs, voilà les hommes qui voulaient l'empêcher d'exercer ce métier. Personne ne l'avait aidée quand elle était une enfant en train de mourir dans la rue. C'était décidé, elle ne passerait plus une seconde à faire rêver les hommes, c'était à leur tour de la faire rêver. Elle le trouverait son prince charmant, mais surtout aimant, confident, rassurant, élégant et raffiné. C'est de cela qu'elle rêvait quand elle entendit qu'Olivier ne viendrait pas. Il devait partir, il venait de se faire attaquer à quelques mètres du commissariat. Elle ne savait pas dans quoi elle avait mis les pieds, mais ça ne sentait pas bon du tout. Un policier l'aborda à la machine à café, le commissaire venait de l'appeler. Dans son bureau, ils étaient une dizaine à l'attendre, l'observant de bas en haut, mais surtout en bas.

— Qu'est-ce qui se passe ?

— Olivier était en route quand ils se sont fait attaquer par plusieurs hommes armés, nous pensons que ce sont les hommes de Podrov. Nous avons besoin de savoir ce que vous savez à son sujet, n'importe quoi qui nous permettrait d'y voir plus clair et de le coincer. Je crois que l'on a de moins en moins de temps.

Josette prit un instant pour se recoiffer en resserrant son élastique.

— Vous voulez que moi, je vous aide à pincer l'un des hommes les plus puissants de la mafia russe. Moi, Josette, seule, sans protection, avec un enfant sur les bras et un job minable ? Vous plaisantez ? Qui me protégera moi, une fois en dehors de votre commissariat ?

— Nous pouvons vous garantir…

— Vous ne pouvez rien garantir ! Vous serez là demain ? Après-demain ? Dans un mois ? S'il m'arrive quelque chose, qui s'occupera de mon fils ?

Le commissaire Henchoz se frotta le front.

— Sans nous, c'est sûr… vous n'avez aucune chance. Nous pensons qu'ils sont après vous. Ils veulent éliminer le plus de témoins possibles avant de disparaître. Il faut nous dire ce que vous savez.

Josette hésita.

— Je ne sais pas grand-chose de plus que vous… Tchoki avait été approché par Podrov pour le développement d'un médicament qui devait être révolutionnaire contre le stress post-traumatique. Il avait besoin d'un essai clinique. Mais le médicament ne marchait pas, et il tournait en rond sans arriver à rien. Il ne faisait qu'augmenter ou diminuer les doses, et le résultat était le même. Ça grillait le cerveau de son patient.

— Quelque chose sur Podrov ? s'impatientait Henchoz.

— Je l'ai rencontré une fois à une soirée, il possède une maison sur les collines de Menton. Tchoki m'avait payée pour l'escorter.

— Comment Tchoki vous a présentée ?

— Comme sa future femme. J'ai dîné à leur table avec une vingtaine d'autres invités.

— Vous vous rappelez où était cette villa ? demanda le commissaire en regardant ses notes. Nous n'avons aucun enregistrement d'une villa à Menton dans ses valeurs immobilières.

— Bien sûr, c'est l'une des plus grandes, près de la frontière avec l'Italie dans le quartier de Garavan. Je me souviens très bien. Je peux vous y emmener si vous voulez. Faut que je sorte d'ici, j'en peux plus.

— Pas tout de suite. On va envoyer une équipe en repérage, ensuite on avisera. Vous allez nous montrer sur un plan où est cette maison.

L'équipe se dispersa, et Josette montra à un agent le lieu exact. Elle leur donna un maximum d'informations, portail, surveillance, accès, personnes rencontrées. Après une heure d'interrogatoire supplémentaire, elle eut besoin d'une pause. Le soleil allait se coucher alors qu'il ne s'était pas encore montré. La pluie s'était calmée, laissant quelques rayons apparaître par-ci par-là. « Après la pluie vient le beau temps, mais pas pour elle », se disait-elle en sortant du commissariat pour aller fumer une cigarette. Perdue dans ses pensées, elle ne cessait de regarder son téléphone portable.

— Fumer peut vous tuer vous savez ? dit une voix derrière elle.

— Et vous allez me sauver n'est-ce pas monsieur l'agent ? répondit Jo en levant la tête.

— Moi non, jamais de la vie, j'aime trop fumer et je n'ai jamais sauvé personne. On vous attend sur le parking dehors, on va bientôt partir.

— À la villa ? Déjà ?

— Apparemment ça se précise, vous venez ?

Josette cherchait à capter du réseau tout en suivant l'agent habillé en civil. Elle reçut un message de la classe verte avec des photos des enfants. Il la fit sortir du commissariat sans qu'elle s'en rende compte. Ils contournèrent le bâtiment. Une voiture s'arrêta à sa hauteur. Elle monta dedans et comprit, quand les portes se refermèrent, qu'elle s'était mise dans la gueule du loup. « Vivre puis mourir, tout finit par mourir, c'est ainsi qu'elle allait mourir », se disait-elle depuis toujours, en montant de son plein gré dans la voiture d'un inconnu.

Au commissariat, ils mirent un peu de temps à s'apercevoir qu'elle avait disparu. Ils s'inquiétèrent pendant un moment, parce qu'ils avaient besoin d'elle. Ils la cherchèrent de bâtiment en bâtiment. Puis ils trouvèrent les réponses à leurs questions. Ils avaient tous d'autres soucis à régler, et celui qui devait veiller sur elle depuis son arrivée dans le commissariat, c'était Nasser. Khan et Pedro travaillaient sur le repérage de Podrov et des lieux autour de la villa grâce aux différentes caméras de surveillance de la ville. Personne d'autre ne s'était vu attribuer la tâche de veiller sur Jo. Alors, quand ils s'en aperçurent c'était déjà bien trop tard. C'était cela aussi le drame de la vie de cette petite enfant jetée sur le trottoir et exploitée par tous et toutes. Personne ne s'inquiétait réellement pour elle, seulement en cas de besoin. Un seul cependant l'avait dans ses pensées, c'était Olivier, mais il était bien trop loin et bien trop occupé pour l'aider. Trahie encore une fois, cette fois par un flic du commissariat.

Elle sentit la drogue se répandre dans ses veines quand on lui fit une injection dans le pli du coude. Elle lutta de toutes ses forces, à peine la portière refermée, elle décocha un coup de poing et un coup de tête au passager en costume qui essayait de lui bloquer les pieds. Josette s'était bien battue, elle savait qu'elle n'avait aucune chance. Mais elle s'était bien battue pour pouvoir mettre son portable sur vibreur. Entre deux gifles qu'elle reçut, et avant de sombrer, elle réussit à cacher discrètement son portable sous le siège passager. Elle voulait être retrouvée, elle voulait être sauvée. Une main saisit le portable et le jeta par la fenêtre. Une fois le produit dans les veines, elle sombra. Elle fit encore ce rêve où seule sur un rocher au milieu de l'océan, elle attendait qu'un bateau vienne la sauver. Elle attend, pleure dans le froid et la pluie, au milieu de la nuit, sous une tempête qui envoie des vagues de plus en plus dangereuses sur son rocher. Elle s'agrippe comme elle peut de ses mains qui saignent, ses pieds nus écorchés résistent aux vagues qui veulent l'emmener dans les abysses les plus obscurs de l'océan. Elle est prête à lâcher prise quand un bateau s'approche silencieusement. Un homme gigantesque en ciré noir lève un sabre d'abordage au-dessus de sa tête, prêt à la tuer.

Le bateau se rapproche. Au moment où l'homme va porter son estocade, Josette a l'habitude de se réveiller. Mais cette fois, l'homme imposant s'approche et saute sur le haut du rocher. Lui ne glisse pas, mais la regarde à ses pieds. Il lui écrase une main de sa botte imposante et lui fait lâcher prise. L'autre main résiste même quand il écrase encore et encore. De son visage, elle ne voit qu'un sourire de satisfaction. Elle lâche tout et se retrouve dans l'eau gelée. Elle coule et s'enroule dans sa robe qui devient de plus en plus longue. Elle sombre comme sa vie, dans un silence absolu, et personne ne l'entend crier.

Caselli sentait que quelque chose ne tournait pas rond. Il n'avait cessé de divulguer des informations au téléphone aux journalistes au fur et à mesure que l'enquête avançait. L'un d'eux insista pour parler à Josette dans une voiture, en dehors du commissariat. Caselli refusa d'abord catégoriquement. Quinze minutes avec Josette pour évoquer Tchoki anonymement, une seule interview et cinq mille euros de plus sur son compte. Ils avaient même promis plus pour la fille. Il venait de gagner la totalité de ses prochaines vacances pour les deux ans à venir, il irait enfin à Tahiti. Ou bien il allait rembourser ses dettes. Caselli était joueur, il aimait l'argent, il aimait parier et il aimait gagner. Mais il perdait trop souvent, trop d'argent. Ses dettes s'accumulaient chez les différents bookmakers qu'il aurait dû lui-même arrêter. Là, il pariait que Josette reviendrait vite. Mais au fond de lui, il le savait, c'était trop d'argent, trop vite. Quelque chose n'allait pas. Déjà vendredi, on lui avait proposé de l'argent juste pour donner des infos à un journaliste concernant la visite d'une psychologue, et comme il n'avait pas été mis sur l'affaire, plus rien. Ensuite après la mort de Tchoki, il avait été de nouveau contacté. Il sentait qu'il était sur une affaire explosive, et avait hâte que sa poule aux œufs d'or refasse surface ou disparaisse. L'argent commençait à combler ses dettes, le jeu en valait la chandelle, il pariait dessus sans problème.

— Josette était montée dans la voiture du journaliste, cela faisait déjà plus d'une bonne heure. « Quinze minutes, le temps de faire le tour du commissariat et de revenir, c'était à prendre ou à laisser » lui avait-on dit. Caselli prenait toujours. Peut-être étaient-ils allés boire un verre dans un café, Josette avait tellement besoin de sortir d'ici. Peut-être était-elle en train de déposer une somme faramineuse sur un compte dans une banque avec ce fameux journaliste. Ça ne le regardait plus pour l'instant. Il devait se préoccuper de l'affaire en cours, prendre peu à peu ses distances avec ce groupe de presse, et se faire oublier. « J'ai fait une connerie, non je ne crois pas » se disait-il. Il surfa sur internet un moment pour voir si quelque chose était sorti sur Tchoki dans la presse, rien. Il commença à se demander qui était ce groupe de journalistes qui l'avait contacté.

— Hey, t'as pas vu Josette ? lui demanda un collègue.

— Non, pourquoi ?

— Le chef a deux, trois questions à lui poser.

Merde ! Il fallait qu'il la retrouve. Caselli avait toujours aimé les histoires simples, les histoires faciles à résoudre. Comme pour l'ensemble de sa carrière, cette histoire de journalistes, c'était trop facile. Des affaires faciles à résoudre toute sa vie, des témoins qu'il payait avec des demi-kilos de cannabis, son ascension avait été fulgurante. Il fallait calmer le jeu, se faire discret, mais les deux choses qu'il aimait le plus au monde c'était l'argent et les caméras braquées sur lui. C'était ses deux drogues qui lui permettaient de s'envoler. À force de rouler à 100 km/h en centre-ville, de griller les feux rouges, c'était devenu de plus en plus difficile de connaître les limites entre ce qui était légal et ce qui ne l'était pas. Il obtenait des résultats malgré tout, avait réussi à incarcérer un grand nombre de criminels, mais pour trouver des témoins, des flagrants délits, il se reposait de plus en plus sur des indics. Quitte à ce qu'ils soient eux-mêmes des petits dealers de quartier, il lui fallait des infos, des petits poissons pour coincer les gros. Au bout de quelques années, il s'était retrouvé à lancer des opérations de grande envergure pour traquer de gros trafiquants de drogue qui avaient commencé à travailler pour lui comme indics. C'était aussi ça la rue, peu importe combien de fois on passe l'aspirateur, la poussière finit toujours par revenir. C'était un combat sans fin dans lequel il fallait trouver sa motivation. Lui, il l'avait trouvée sans état d'âme, c'était l'argent et la célébrité. Caselli avait enregistré chacune des interviews qui concluaient ses enquêtes au journal télévisé. Plus il passait sur le petit écran, plus il envisageait la politique comme exutoire à ce métier. Mais cette fois, il regrettait les infos qu'il avait données au téléphone. Il regrettait d'avoir livré Josette aux journalistes, il était allé trop loin. C'était un témoin clef, même si lui n'y voyait qu'une prostituée de plus à Nice. Il savait qu'il avait franchi une limite. En essayant de s'envoler pour le soleil de Tahiti, il savait qu'il risquait de se brûler les ailes. C'était un risque à courir, mais tout irait bien, comme il se disait à chaque fois. Il monta à la salle des machines au dernier étage du dernier bâtiment de la caserne, là où toutes les caméras du commissariat gardent leurs enregistrements. Il devait tout effacer le plus rapidement possible. Un opérateur était aux commandes, sandwich dans une main et téléphone dans l'autre.

— Hey Charles, le chef veut savoir où est Josette, tu pourrais me repasser les vidéos de la dernière heure ?

— Je lui ai déjà envoyé ce que j'avais il y a cinq minutes, répondit Charles qui semblait surpris par la demande.

— Ah OK je te laisse alors, ciao.

Trop tard, se dit Caselli, aucune chance d'effacer quoi que ce soit si Charles avait tout envoyé par mail à Henchoz. Il commençait à avoir chaud. Sur la dernière vidéo de Josette, on devait le voir l'accompagner à l'extérieur du commissariat. Puis on devait le voir revenir seul. Avec un peu de chance peut-être que tout le monde était trop occupé pour regarder les images. Peut-être que personne ne s'apercevrait de ce qu'il avait fait. Il devait essayer de boucler cette enquête, retrouver Josette, ou retrouver le journaliste. La température continuait de grimper quand il se dirigea vers son bureau. En ouvrant la porte, il découvrit son patron.

— Caselli ! Qu'est-ce que tu fous ?

— Chef, je…

— Tais-toi, je t'ai demandé de regarder les plaques

d'immatriculation des véhicules qui ont foncé sur Torin, t'en es où ?

— Ce n'est pas évident chef, parce que ce sont des véhicules immatriculés en Biélorussie. C'est impossible de les joindre, de parler avec eux, bref, ça va prendre des semaines pour avoir quelque chose. Il faut de la paperasse officielle traduite en biélorusse, je ne sais même pas où il se trouve sur la carte ce pays.

— C'est bon, tais-toi, dis le commissaire en sortant du bureau et en claquant la porte.

Caselli s'assit dans son fauteuil pour respirer. « Ça va aller », se dit-il. La porte de son bureau s'ouvrit à nouveau.

— Et t'as pas vu Josette ? demanda le commissaire.

— Non, je ne crois pas, ça fait longtemps…

Le commissaire l'observa un moment comme pour l'aider à retrouver la mémoire.

— Non, vraiment je ne l'ai pas vue, vers la machine à café peut-être ?

— Trouve-moi à qui appartiennent ces voitures, tu veux. Et dis à Josette de venir dans mon bureau, Il ne faut pas la perdre !

— Bien chef.

Il venait de prendre deux degrés de plus. Il respira plus profondément. Il fallait que Josette revienne vite, c'était sa seule chance de s'en sortir. C'était sa seule chance pour que personne ne s'aperçoive qu'il informait des journalistes étrangers. Il consulta son ordinateur une fois de plus pour voir si des nouvelles étaient sorties concernant Nice dans les informations nationales, toujours rien. Il commençait tout juste à se détendre quand on l'appela à nouveau dans le bureau du chef. « Cette journée ne finirait jamais », pensa-t-il.

À peine fut-il entré, que la porte se referma derrière lui. Le commissaire, le préfet Prassin qu'il avait déjà rencontré sur une précédente affaire l'observaient froidement, accompagnés de quatre policiers.

— Écoutez, pour Josette, c'était juste un journaliste qui voulait lui poser deux questions concernant Tchoki, je pensais que ça pouvait nous aider pour qu'elle commence à parler. Je ne sais pas comment il a su…

Il s'arrêta brusquement. Il s'était mis à table sans avoir vu le menu. Il venait d'en dire un peu trop, alors qu'il ne savait même pas à quelle sauce il allait être mangé. Il venait de se griller tout seul.

— C'est quoi cette histoire de journaliste ? Qu'est-ce que vous avez foutu Caselli ?

— Pourquoi vous vouliez me voir chef ?

— On voulait que vous dirigiez l'assaut chez Podrov, mais je crois qu'on va trouver quelqu'un d'autre. À qui avez-vous parlé de Josette ?

— Y'a un journaliste qui voulait écrire un article et comme elle ne voulait pas trop nous parler, je me suis dit que si un journaliste lui donnait un petit quelque chose, elle allait nous dire des trucs. Ça fait des heures qu'on attend. Olivier n'est pas près de revenir, je vais rappeler le journaliste pour lui dire de laisser tomber.

Charles choisit ce moment pour pénétrer dans le bureau avec un ordinateur portable sous le bras. Il s'arrêta brusquement lorsqu'il vit Caselli qui le fixait. Il déposa l'ordinateur sur le bureau du chef et pianota sur les touches du clavier tout en scrutant les réactions de l'officier de police. Caselli serra les dents.

— Je vais vous passer des enregistrements audios de conversations passées depuis le commissariat vers l'extérieur. Je suis venu pour vous faire écouter ça. Mais je ne pensais pas que…

Tous les regards se tournèrent vers Dany Caselli. Il avait de plus en plus la mine d'un condamné à mort. Il brûlait de l'intérieur et suait à grosses gouttes. Son histoire de journaliste pour faire parler Josette, ça aurait pu passer, mais avec un enregistrement audio, il était cuit.

Dans le premier enregistrement, on pouvait entendre un homme demandant des infos sur l'affaire Tchoki. Le deuxième concernait le versement de sommes sur un relevé d'identité bancaire qui appartenait à Caselli en échange d'une mise en contact avec Josette. Ça y est, Caselli venait de se griller les ailes comme Icare, sa chute allait commencer. Il avait l'impression qu'il était déjà sur une chaise électrique. Les coudes sur le bureau, Henchoz se couvrit le visage de honte devant le préfet.

— Qu'est-ce que vous avez foutu Caselli ?

Il fallait trouver une explication, ou mieux un avocat. Il n'était pas prêt à se faire arrêter dans son propre commissariat. Il n'était pas prêt à passer aux informations du soir en tant que flic ripou qui venait de se faire prendre la main dans le sac. Sa femme le regarderait de travers, ou le quitterait. Il ne verrait plus ses enfants qui commenceraient à le regarder différemment. Il voulait être célèbre et côtoyer les célébrités, mais pas à la rubrique des faits divers. Il fallait sortir un truc, n'importe quoi. Son instinct de survie prit le dessus. Il pensa à Josette, aux sommes d'argent faramineuses qu'il avait reçues. Était-il possible qu'il y ait un lien entre les contacts qu'il avait eus toute la journée, l'affaire en cours et ce Podrov ? Était-il possible que Podrov soit derrière tous ces coups de fil ? Était-il possible qu'il ait livré Josette à Podrov sans le vouloir ? Si c'était le cas, alors il était plus en danger qu'il ne le pensait. Il commençait à avoir peur. Son instinct de flic vint aussi à la rescousse. Il respira le plus calmement possible. Il fit abstraction de l'agacement de son chef et de la moue de désolation qui s'affichait sur la tête du préfet. Il fallait réfléchir vite. Il était bon pour ça. Il y avait une issue quelque part, là juste devant lui, il le sentait.

Le chef prit son téléphone pour appeler des agents et le mettre en quarantaine. Il lui fallait du temps. Une minute peut-être suffirait. Il commença à faire quelques pas pour réfléchir. Josette, les journalistes, rien aux informations en Russie, alors que depuis hier soir il n'avait cessé de lancer des scoops que personne n'utilisait. Comment avait-il pu être aussi naïf ? Le jeu, l'appât du gain.

— Je suis en contact avec des journalistes qui je pense sont des hommes de Podrov. Je suis sur une piste et j'essaie de voir jusqu'où ça nous mène. Voilà ce que je fous ! J'essaie de choper ce Podrov. Je ne vous en ai pas parlé avant parce que j'avais besoin de plus de preuves. J'ai besoin de ressources, mais personne m'en donne !

Il venait de surjouer le policier offensé et non reconnu, ça pouvait marcher. Mais Henchoz en avait vu d'autres, il n'était pas du genre à faire dans la demi-mesure. Il venait de débusquer une taupe chez lui, il n'était pas question de la laisser repartir indemne. Il fit signe aux policiers présents.

— Vous êtes en état d'arrestation Caselli. Vous allez être interrogé et on vous laissera voir un avocat, mais moi je ne veux plus vous voir !

Pendant que Caselli était menotté, il cria :

— Il faut essayer de localiser le téléphone de Josette ! Je crois qu'ils l'ont emmenée hors du commissariat et qu'ils l'ont enlevée. Je pense qu'en localisant son téléphone, on pourra retrouver Podrov.

Henchoz secoua la tête.

— Vous n'êtes plus sur l'enquête ! Sortez-le d'ici !

Le commissaire Henchoz se retrouva en tête à tête avec le préfet.

— Monsieur, c'est la merde ! résuma le commissaire.

L'homme essuya ses lunettes et répondit tout simplement.

— Je sais, mais j'ai foi en Anaïs. C'est moi qui l'ai recrutée et préparée pour cette mission, elle ne lâchera rien. Si Torin est tel que vous l'avez décrit, ça va aller. On vient de mettre un coup de pied ou deux dans la fourmilière en libérant Alban, en découvrant le R101. Bientôt, on aura enfin accès aux infos de Podrov. On n'avait rien récupéré sur lui après plus d'un an d'enquête. Il faut attendre de voir ce qui va sortir maintenant. Caselli doit nous dire tout ce qu'il sait, on va retracer ses appels et après, appeler l'IGPN pour enquêter sur lui.

Henchoz pensa à toutes les emmerdes que Caselli venait de lui attirer. Enquêtes internes administratives, paperasses et mauvaise réputation allaient prendre d'assaut son commissariat.

— Des nouvelles d'Anaïs et Olivier ? demanda le préfet.

— Ils sont à l'aéroport, ils ne devraient pas tarder à embarquer dans l'avion de vingt-deux heures pour Nice. Ils ont un ordinateur qui détient le contenu du dernier fichier que l'on n'a pas réussi à ouvrir, le MM.

— J'ai fait venir un agent en soutien de votre équipe, il connaît bien Anaïs, il va les attendre à l'aéroport de Nice.

— Je crois qu'ils ont besoin de toute l'aide possible. Nasser devrait revenir vers deux ou trois heures du matin.

— Commissaire Henchoz, on a perdu notre chance d'intervenir avant la tombée de la nuit. Il y a eu un blocage administratif, et je ne sais pas à quel niveau il s'est effectué. Nous n'avons pas le droit d'intervenir avant six heures du matin. Quelqu'un en interne ne veut pas que l'on arrête ce type, et il joue la montre. Vous imaginez si cette crapule de Podrov nous file entre les mains, tous les politiciens et les flics qu'il a achetés ces dix dernières années resteront libres. Tout ce beau monde continuera son sale business. Nous n'avons plus que quelques heures pour les arrêter définitivement, pour donner un sens à toutes ces années de travail et de préparation.

Jules Henchoz se passa la main sur le crâne.

— Podrov est protégé par son immunité diplomatique. Ça va être vraiment difficile. On ne pourra pas utiliser Olivier pour le coincer, on ne devra compter que sur Anaïs.

Le téléphone du préfet sonna, c'était la sonnerie pour signaler un appel d'Anaïs. Il écouta attentivement en tournant le dos à Henchoz, puis raccrocha et se retourna.

— Ils ont réussi à trouver le premier code, on a peut-être une chance d'ouvrir le dossier MM.

22- MM

— V'là les flics !

— Je sais ce qu'a dit le colonel ! répéta Alban pour la dixième fois au moins.

Tout le monde se tenait à une dizaine de mètres de lui. Le silence s'était établi, tandis que deux agents de sécurité de l'aéroport se dirigeaient vers le petit groupe que tous les passagers en attente d'embarquer pour Nice regardaient avec consternation et inquiétude. Élisa se dirigea vers les deux hommes pour leur expliquer la situation. Ils ralentirent sans s'arrêter, ce qui énerva Alban encore plus.

— Je sais ce qu'a dit le colonel, laissez-moi essayer !

— Écoute, dit Olivier, à Nice ils ont merdé et le fichier s'est autodétruit. Je ne veux pas que ça arrive. On préfère attendre d'arriver à Nice.

— Je sais ce que le colonel a dit, répétait Alban en boucle.

Olivier hésita, décidément il avait du mal à lui faire confiance.

— C'est bon vas-y, mais baisse cet ordinateur s'il te plaît.

Alban s'assit par terre. Olivier s'approcha doucement et vint s'asseoir à côté de lui. Anaïs se dirigea vers les agents en montrant sa carte professionnelle et en expliquant à nouveau la situation. Ils décidèrent de rester à distance. Alban regarda Olivier :

— Faites-moi confiance.

L'inspecteur aurait bien voulu, mais il n'y arrivait tout simplement pas. Alban regarda l'ordinateur pendant un moment. Soudain, il l'éteignit en gardant son doigt appuyé sur l'interrupteur, puis le ferma. Il le donna à Olivier, abasourdi et trop heureux de le récupérer en un seul morceau. Tout le groupe se demanda si, en l'éteignant, il ne venait pas de créer l'autodestruction du disque dur.

— C'est dans un jeu sur console qui est sorti après mon internement. Le colonel interpelle directement le joueur pour lui demander d'éteindre la console. J'étais fan de ce jeu, hier soir, j'ai regardé sur internet les suites qui avaient été faites. Je pense que votre ami était aussi fan de ce jeu-là.

Les autres le regardèrent, interloqués.

— Tout ça pour ça ? demanda Olivier.

— Oui, tout ça pour ça, répondit Alban.

Ils se levèrent et allèrent s'asseoir sur les sièges en face de la zone d'embarquement. Les passagers continuèrent leur enregistrement en jetant des coups d'œil craintifs au petit groupe et en espérant qu'ils ne prendraient pas le même vol qu'eux.
Olivier ralluma l'ordinateur. L'écran noir laissa la place à un immense feu d'artifice, puis le colonel du jeu en question s'adressa au petit groupe en criant « Bravo ! » Ensuite, vint la nouvelle énigme qui enleva le sourire à tous ceux qui venaient de le retrouver : « MM = ? »

C'était exactement ce que tout le monde cherchait, ouvrir et comprendre ce qu'il y avait dans ce fameux dossier MM. Pourquoi avait-il choisi ça comme troisième mot de passe ? Au bout d'un moment, Olivier brisa le silence.

— Carlo devait penser qu'à Nice le commissaire avait réussi à ouvrir le dossier MM, et qu'il saurait ce qu'il y avait dedans. Bon, on laisse tomber, on retourne à Nice et on avisera là-bas, il faut profiter du vol pour se poser et réfléchir.

À ces mots, Alban jeta un coup d'œil sur l'écran et explosa de rire. Tous se demandèrent ce qu'il avait.

— MM, MM, MM, MM, dit Alban calmement.

— Vous savez ce que cela signifie ? demanda Anaïs.

— MM ! cria Alban avant de sombrer dans un fou rire qui mit quelques minutes à se calmer sous le regard inquiet des derniers passagers.

— Oui ! MM ! Je sais, mais je ne vous le dirai pas cette fois ! Vous ne m'avez pas fait confiance. Je ne vous le dirai qu'une fois à Nice, quand vous m'aurez trouvé un avocat qui vous donnera la fessée de votre vie !

— Pas de souci, on vous dépose où vous voulez, et je ne vous donne pas une heure d'espérance de vie, rétorqua Olivier qui en avait assez de jouer les diplomates.

Alban perdit son sourire un instant et ne cessa de répéter MM à voix basse en grimaçant et en se grattant frénétiquement l'arrière du crâne.

— MM ? MM ! chut MM, ne dis pas qui tu es…

Après qu'il avait trouvé les deux précédents mots de passe, tout le groupe était persuadé qu'Alban Graham connaissait la troisième énigme. En pénétrant dans l'avion, tous les passagers les regardèrent, consternés. Le silence vint envelopper le petit groupe comme pour les protéger des yeux accusateurs qui se posaient sur eux. Ils étaient tous assis au fond. Ils placèrent Alban contre le hublot, en s'assurant qu'Anaïs soit assise à côté. Élisa et Olivier s'assirent juste derrière eux, trop contents de se retrouver enfin, de souffler un peu. Ils ne dirent quasiment rien jusqu'au décollage, malgré quelques coups d'œil furtifs.

— Tu as entendu ce que je t'ai dit hier soir ? finit-elle par lancer.

— Non sur quoi ? Le R101 ?

— Oui c'est ça, le R101, répondit-elle en tournant le regard vers le hublot.

— Non, je n'ai pas entendu, mais ce n'est pas de ça que j'avais envie de parler.

— Ah bon, et de quoi veux-tu parler si ce n'est pas de boulot, monsieur l'agent ?

— De toi, de moi, de nous.

Elle le regarda en souriant, elle n'était pas vraiment préparée à ça. Elle était épuisée, ne s'était toujours pas lavée, avait les cheveux en pagaille, et c'est à ce moment-là qu'Olivier avait décidé de se lancer. Elle choisit de ne pas répondre. Elle pensa aux dernières vingt-quatre heures. Elle pensa à la façon dont Olivier avait chamboulé sa vie. Elle pensa au piment qu'il y mettait quand il en faisait partie. Cet avion ne les avait pas éloignés des problèmes qu'ils avaient fuis, il leur permettait juste de faire une pause. Dans moins d'une heure, le combat contre un ennemi toujours invisible reprendrait. La fatigue la gagna au fur et à mesure que l'avion prenait de l'altitude. Elle prit la main d'Olivier, posa sa tête sur son épaule, et s'endormit immédiatement.

Olivier n'osa plus bouger. Il avait besoin de repos, il avait besoin de vacances. Des milliers de questions s'enchaînaient dans sa tête, chacune en amenant d'autres. La plus importante, celle qui revenait continuellement était ce MM. Il en profita pour refaire le point. Le lien entre Alban et Alexeï Podrov avait déjà été établi. Un mafieux russe qui voulait se venger de la mort de sa fille en enfermant à vie son mari. Il lui fait revivre la culpabilité de cette mort aussi souvent que possible. Il emploie un médecin moyen qu'il contrôle par l'argent pour s'assurer qu'Alban reste bien en hôpital psychiatrique. Il l'enferme ainsi dans une prison mentale qu'il contrôle à distance. Il semblerait même que Podrov ait, avant l'accident, trafiqué les freins de la voiture d'Alban pour l'éliminer. Sa fille meurt dans l'accident. Il met en place son plan pour écarter Alban et se développe un peu plus dans la criminalité. Quinze ans après, les polices du monde entier veulent le coincer. Il est protégé par son gouvernement et sûrement par quelques agents au sein de l'État français. La pression devient plus forte sur ses épaules. Les forces secrètes françaises essaient de le faire tomber comme un château de cartes en détruisant ses fondations les plus anciennes, et en mettant à jour ses liens actuels. Pourquoi ne pas fuir ? Pourquoi ne pas partir directement en Amérique du Sud ou dans n'importe quel autre pays du monde ? Quelque chose le retient ici, quelque chose le pousse à éliminer Alban, quitte à tout perdre. Qu'est-ce qui pourrait avoir plus d'importance que l'ensemble du royaume qu'il vient de mettre en place ? Qu'est-ce qui pourrait justifier de tout perdre, de probablement se mettre le gouvernement russe à dos, de finir en prison, de mourir ? Ce n'est certainement pas Alban qui est devenu, au fil des années, une épave ambulante. Ce n'est certainement pas Josette, une mère célibataire qui se bat au quotidien pour sortir de sa propre vie de galère. Olivier pensait de plus en plus à toutes ces questions. Une seule sortait vraiment du lot. Qu'est-ce qui retient Podrov de s'enfuir, l'argent, certainement pas. L'ego ? Pas s'il réussit à s'enfuir et disparaître, il deviendrait plutôt une légende. L'amour ? Il pourrait partir avec femme et enfants dans les îles les plus paradisiaques du monde. Il avait certainement déjà dû les faire partir, les mettre à l'abri loin d'ici. Non, c'est quelque chose de plus viscéral.

Devant son siège se trouvait Alban Graham, au cœur de cette affaire dont il ignorait toutes les ramifications. Le calme régnait dans l'avion, les lumières avaient été baissées depuis le décollage. Olivier avait le sentiment que tout le monde s'était endormi. Il entendait cependant Alban qui marmonnait, comme il l'avait fait durant tout le trajet jusqu'en Suisse. Des mots étaient parfois plus distincts que d'autres. « Vert » et « rouge » revenaient régulièrement depuis deux jours sans qu'Olivier ou Anaïs n'y trouvent une quelconque signification. Élisa changea de côté, et s'affala contre le hublot. Olivier s'approcha de l'épaule d'Alban pour mieux écouter. Il ressemblait à un avion échoué sur les parois d'une montagne lointaine qui avait été porté disparu pendant quinze ans. À la faveur d'un temps clément et au gré du hasard, il venait d'être retrouvé. Tout son système était alors endommagé ou obsolète. Il n'en restait qu'une épave, témoignant d'un passé lointain. Figé ainsi dans une histoire lointaine sans que personne ne puisse le ramener au monde actuel, sans que personne ne puisse le refaire décoller. Il finirait par être oublié sans personne pour se souvenir de son glorieux passé. En tant que médecin il avait dû en soigner des patients, il avait probablement aidé des milliers d'inconnus. Il avait probablement sauvé des centaines de vies. Il en avait probablement pris quelques-unes en échange, à cause de la fatigue et des erreurs de diagnostics. Olivier profita du calme dans l'avion pour consulter le dossier d'Alban. Il avait lu qu'il était parti faire une mission humanitaire. Il se plongea alors dans les notes de Tchoki qui avait rassemblé et synthétisé tous ses entretiens avec Alban.

Partir comme ça, tout quitter et risquer de ne jamais revenir pour aider de parfaits inconnus dans un pays lointain, ce n'était pas donné à tout le monde. Beaucoup de gens disaient que c'était leur rêve, mais que ce n'était pas le moment, qu'ils le feraient plus tard. Seuls quelques-uns franchissaient le cap, très peu arrivaient à mettre leur vie occidentale de côté pour plonger dans l'inconnu, dans le danger, dans la souffrance. En revenir et retrouver une vie normale était aussi difficile. C'est probablement ce qui avait fait basculer la vie d'Alban Graham. Ça, mais aussi avoir épousé la fille d'un des plus grands psychopathes d'Europe, pensa Olivier. Leur mariage avait accueilli une dizaine d'invités, quasiment tous du côté de l'épouse. Le reste, des collègues qui s'entendaient bien avec Alban, et qui s'étaient sentis obligés de venir face à l'insistance d'Alban. Sa future femme avait organisé la cérémonie en secret pendant son voyage en Afrique. Elle avait tout fait toute seule, faire-part, traiteur, réservation d'une petite salle et animation. Alban était rentré après avoir passé cent jours au milieu de nulle part. Du jour au lendemain, il se retrouva au beau milieu du métro parisien durant les heures de pointe. Il était passé du médecin héros local, reconnu et remercié tous les jours, ne serait-ce que pour sa présence, à l'anonymat et l'agressivité des transports en commun de Paris. Il avait eu une attaque de panique avant de monter dans le métro. Trop de monde, trop de cris, trop de gens qui le bousculaient pour passer. Il avait reculé doucement jusqu'à ce que son sac à dos touche un mur. Il était resté assis là, un bon moment, à attendre que la foule s'évapore, mais certaines stations de métro ne désemplissaient pas si facilement. Quelques heures plus tard, le flot d'inconnus semblait se dissiper quand une fillette était venue vers lui pour lui donner une pièce. Alban s'était levé d'un bond et lui avait crié dessus devant ses parents qui l'emmenèrent aussi vite qu'elle était venue. Il ne voulait plus voir d'enfant, petit ou grand, qu'importe. Il avait vu trop de bébés mourir pour en faire un lui-même. Il en avait entendu trop crier, trop qui pleuraient, mais surtout il avait vu trop de bébés s'éteindre, à peine arriver au monde. Des beaux, des monstrueux, des minuscules et des gros, des dizaines mourraient et lui glissaient entre les doigts, sans qu'il ne puisse rien y faire. Alban avait fini par penser qu'ils venaient tous au monde pour le marquer, pour le faire souffrir, pour le faire pleurer tous les soirs. Trois semaines avaient suffi à brûler toute son énergie, à consumer toutes ses forces. Trois petites semaines avaient suffi à anéantir ses espoirs, sa jovialité, son dévouement. Nuit et jour, il travaillait dans le dispensaire avec quelques infirmières locales. Elles faisaient ce qu'elles pouvaient devant le flot de misère humaine qui s'abattait sur eux, les inondant chaque jour un peu plus de détresse et de tristesse. Le bruit avait couru, dans les différents villages aux alentours, qu'un nouveau médecin blanc venu de loin pouvait soigner toutes les femmes enceintes gratuitement. Et chaque jour, elles venaient plus nombreuses à bord du dispensaire qui ressemblait de plus en plus à un radeau de fortune prenant l'eau de tous côtés. En bon capitaine, Alban ne voulait pas abandonner le navire, mais surtout, ne le pouvait pas. Tous les trois mois, un nouveau médecin débarquait frais émoulu d'Occident pour tenter de maintenir l'embarcation à flot. Il devait rester là et tenir. Mais il était sollicité jour et nuit. Comme un marin dans une course en solitaire, il n'arrivait pas à dormir plus de deux heures d'affilée. Quand il pouvait enfin fermer les yeux, il ne revoyait que la violence qu'il avait subie en tant qu'enfant. Il n'y avait pas d'échappatoire. Son esprit s'était morcelé, brisé en plusieurs morceaux. Il ne serait plus le même, il en fut vite persuadé.

Quand il arriva à l'aéroport de Nice, que les portes s'ouvrirent et qu'il vit Mariam, il comprit immédiatement. Elle était enceinte. Elle attendait un enfant de lui qu'ils avaient conçu avant de partir. Il blêmit en la voyant en short et tee-shirt court laissant apparaître un petit ventre. Sur le tee-shirt, une phrase qui ne laissait aucun doute, « Devine qui est là ? » avec une flèche pointant vers son ventre. Alban s'arrêta net et fondit en larmes. Il pleura jusqu'à la voiture, il pleura jusqu'à la maison où une dizaine d'invités attendaient. Il pleura ainsi pendant deux semaines, enfermé dans sa chambre, dans un noir absolu. Il ne se levait que pour boire et uriner. De temps en temps, Mariam récupérait un plateau-repas vide qu'elle avait laissé à l'entrée de la chambre. Puis, elle fit venir un docteur, et Alban accepta un traitement antidépresseur, mais pas d'hospitalisation, ni de thérapeute. Les semaines passèrent, il prit du poids et son humeur s'améliora. Mais à chaque fois qu'il regardait sa femme, il perdait le sourire devant un ventre qui semblait grossir à vue d'œil. Il ne voulait pas d'un enfant, ne voulait pas être père, et voir sa femme enceinte lui donnait envie de la tuer. Il préférait ne pas la regarder, et à chaque fois qu'il le faisait, il s'imaginait en train de la tuer de différentes façons. Il les décrirait au docteur Tchoki quelques années plus tard.

Dans le dossier, une note de Tchoki datant du 14 février 2008 laissa Olivier un peu perplexe. « Alban semble détendu et orienté dans le temps, il a compris qu'on était le jour de la Saint-Valentin, pas étonnant, les infirmières ont accroché des cœurs partout. Il est plus actif, il est dans l'organisation du repas. Il murmure des « vert » et « rouge », je ne sais toujours pas ce que cela signifie. Peut-être que ces couleurs correspondent à des feux de circulation. Peut-être que quand c'est vert, il est apaisé et tout va bien. Le rouge serait alors quand il est prêt à exploser. Je l'ai cependant vu murmurer rouge à plusieurs reprises il y a un mois. Il était alors dans un état de catalepsie et seules ses lèvres murmuraient le mot « rouge » toutes les trente secondes environ. Je pense que c'est le reflet de sa tension intérieure plus qu'extérieure. Il utilise toujours les feutres rouges ou verts qu'il a sous la main pour se colorier le pouce ou bien l'index de la main gauche. Il le fait de temps en temps à sa main droite, mais c'est très rare. La couleur est liée à cette tension interne et à sa main gauche. Est-ce en lien avec l'accident ? Il n'est pas impossible qu'Alban se sente coupable de ne pas avoir tiré le frein à main de sa main gauche, ce qui aurait peut-être évité la mort de sa femme. Cela reste ma première hypothèse, mais à chaque fois que j'essaie de parler de cette théorie, je me heurte à un mur de silence. Cette simple évocation fait plonger Alban dans un état de torpeur. C'est clairement un mécanisme de défense, mais contre quelle vérité ? »

Olivier ne pouvait pas lire une quinzaine d'années d'hospitalisation en moins d'une heure, mais ces notes avaient été choisies par Anaïs, elles devaient avoir de l'importance. La clef était quelque part. Alban était lié à Mariam, qui était liée à Podrov, qui avait toutes ses données les plus personnelles dans cet ordinateur. Alban, assis sur le siège devant, continuait de marmonner.

« Rouge… vert… MM… », « MM… M… MMM » « Alban M… MM ».

Olivier se replongea dans le dossier :
« Alban semble s'enthousiasmer pour cette Saint-Valentin, il a participé à l'atelier de cartes de vœux. Bien qu'il n'ait pas communiqué avec le reste de l'équipe, il semble y avoir pris beaucoup de plaisir. Il ne se souvient plus de la mort de son épouse. Il lui a écrit une carte où il y a écrit au présent « Alban M MM ». C'est bien, Alban aime MM, c'est pourquoi je pense que le Difover est trop dosé sur sa composante amnésique… »

Olivier ne lisait plus. Son esprit s'était arrêté sur cette dernière phrase. Il venait de comprendre pourquoi Alban connaissait le troisième mot de passe. Il venait de comprendre pourquoi il avait ri quand il avait jeté un coup d'œil à l'écran.

Le commandant de bord venait d'annoncer la préparation de l'avion pour l'atterrissage. MM c'est Mariam, il en était convaincu il venait de trouver le troisième mot de passe. Les lumières se rallumèrent dans la cabine. L'avion allait atterrir bientôt, il fallait encore patienter. Olivier décida qu'il devait garder le secret pour l'instant, accompagner Alban jusqu'au poste, et retrouver son petit groupe et le commissaire pour ouvrir cet ordinateur, surtout s'il contenait des données sur Mariam.

Élisa se réveilla et lui sourit. Olivier tenta de lui sourire en retour, mais ne put que grimacer.

— Ça va ? Tu as dormi ? s'inquiéta-t-elle.

— Non, pas vraiment je…

— C'est quoi le plan ? coupa Anaïs qui venait de se retourner sur son siège.

— On prend un taxi et on va au commissariat aussi discrètement que possible, proposa Olivier.

— Et s'ils nous ont repérés, demanda Élisa ?

— *Si vis pacem, para bellum*, répondit Olivier.

— Qui veut la paix, prépare la guerre, fit Anaïs en écho.

— Cette fois, on se défend, précisa Olivier qui voulait dissiper toute ambiguïté. On tire si besoin.

Après l'atterrissage, le petit groupe se dirigea vers le bureau des douanes pour récupérer les armes. John était là et les attendait pour les escorter. Il serra Anaïs dans ses bras, puis les guida jusqu'au parking. Ils montèrent dans sa voiture discrètement, et se dirigèrent vers Auvare. La pluie s'était arrêtée, les lumières de la ville accompagnaient les noctambules insouciants en balade. Le bord de mer de Nice était magnifique à toute heure, mais la nuit avait le don de révéler les charmes poétiques de cette ville et de toucher l'âme de tous les visiteurs en plein cœur. Il y avait toujours des promeneurs sur le bord de mer, il y avait toujours des joggeurs, des amoureux, des fêtards, des cœurs brisés, des désespérés, des insomniaques, des touristes, comme des gens du coin, autant de riches que des personnes des quartiers défavorisés. La promenade rassemblait l'humanité tout entière, ce qu'il y avait de bon, comme ce qu'il y avait de pire. Un mélange de toutes les classes sociales et des gens du monde entier qui s'accordaient, l'espace d'un instant, sur la douceur et la beauté d'un paysage étourdissant. Une jeune fille fit coucou à

Olivier à un feu rouge. C'était une prostituée, elle était très jeune. Olivier pensa à Jo qui s'était retrouvée mêlée à cette histoire et se demanda comment elle allait. Il n'avait pas eu le temps de l'appeler, il avait besoin de prendre de ses nouvelles. Au commissariat, il prendrait le temps de boire un café avec elle et de l'écouter.

Olivier observa Alban et son rictus en coin. Il n'avait pas demandé d'avocat en sortant de l'aéroport comme il l'avait affirmé, n'avait pas posé de questions, il se faisait discret. Il devait préparer quelque chose, il devait croire qu'il avait un coup d'avance sur eux parce qu'il connaissait le code. L'officier de police judiciaire n'avait plus besoin de lui maintenant, il fallait s'en débarrasser et ne surtout pas le récupérer à la maison, plus jamais.

Anaïs et Élisa, assises à l'arrière, n'avaient quasiment pas communiqué depuis leur rencontre à l'EPFL. Elles étaient tellement différentes, voire à l'opposé l'une de l'autre. L'une était très académique, l'autre avait le droit d'enfreindre toutes les règles pour accomplir sa mission. L'une pouvait utiliser le mensonge et l'hypocrisie pour arriver à ses fins, l'autre représentait l'honnêteté et la transparence. L'une pouvait tuer, l'autre pouvait aimer.

Olivier pensait au mot de passe qu'il venait de trouver. Mariam, c'était aussi le nom du fichier ultra-crypté qu'Anaïs n'avait pas réussi à ouvrir. Pourquoi ce dossier était-il autant sécurisé et portait le nom de sa défunte fille ? Les services secrets français s'attendaient à retrouver toutes les informations qui pouvaient faire tomber Podrov, ils risquaient d'être déçus s'ils tombaient sur des photos de famille. Non, ce dossier était peut-être en lien avec sa fille, mais devait posséder une dimension que les services secrets français ignoraient, qu'Anaïs, le commissaire et même Alban ignoraient. Pensait-il revoir des photos d'elle ? Cela pouvait expliquer son rire, sa retenue, le rictus de psychopathe qu'il affichait depuis qu'ils étaient dans l'avion, et surtout, son incroyable tranquillité. Le lien avec tout ça ? C'était Mariam, il en était persuadé. Personne ne s'était replongé dans l'histoire de cette infirmière morte dans un accident de voiture. Elle avait, depuis le début de cette affaire, était mise de côté, et maintenant, elle revenait au premier plan. Ou peut-être que ce dossier ne comportait que son nom comme un hommage à sa défunte fille. Elle était morte, point. Mais Olivier sentait que quelque chose leur échappait.

La voiture quitta le bord de mer pour s'enfoncer dans les ruelles de la ville. Élisa avait l'impression d'avoir quitté Nice depuis une semaine. Elle aurait voulu se coucher dans son grand lit pendant deux ou trois jours. Elle repensa à la façon dont ils avaient été retrouvés et à son grand mentor Carlo Massetti. À la façon dont il avait été empoisonné. Elle eut un frisson dans le dos. Elle regarda la jeune femme à côté d'elle. Le regard fixe, concentré, Anaïs dégageait tellement de force, tellement d'espoir, que son cœur fut rassuré.

En réalité, Anaïs était en plein doute. Elle était infiltrée depuis trop longtemps dans ce milieu mafieux. Elle se demandait comment elle avait pu tenir dans le mensonge, dans la supercherie au cours des derniers mois. Elle se demandait, comme souvent au milieu de la nuit, si elle ne ferait pas mieux d'éliminer Podrov à la moindre occasion. Elle repensait souvent à tous les scénarios qu'elle avait imaginés pour s'en débarrasser et débarrasser le monde d'une pourriture pareille. Ce qui l'en avait souvent dissuadée c'était le regard des fils de Podrov quand elle les avait croisés. Ils avaient l'air tellement innocents, tellement insouciants et tellement remplis d'amour pour leur père. Ils ne connaissaient rien à ses activités parallèles, à sa mégalomanie, aux différents meurtres qu'il avait commis ou commandités pour en arriver là. Ses enfants méritaient de connaître la vérité qui ne pouvait être révélée que durant un procès, les autres options ne seraient à leurs yeux que de l'injustice. Elle ne voulait pas que les enfants de Podrov ressentent la même peine qu'elle avait eue quand des policiers lui avaient annoncé la mort de ses parents. Mais tout avait sérieusement échoué jusqu'à maintenant. Il fallait se rendre à l'évidence. Tout d'abord, les rapports du docteur Tchoki avaient été complètement exagérés. Sur plus de quinze ans d'hospitalisation, il parlait beaucoup d'amélioration, du choix du patient de rester hospitalisé, de modifications minimes des doses pour atteindre l'excellence thérapeutique. Ils avaient juste créé un zombi prêt à sauter à la gorge de ses interlocuteurs à la moindre occasion. Il fallait le réhospitaliser, mais ce n'était pas le moment, ils avaient peut-être encore besoin de lui. Quand tout serait fini, elle essaierait de négocier une hospitalisation dans un autre centre psychiatrique et ça, ce n'était pas gagné. Elle s'en occuperait, elle essaierait de le voir peut-être, même de le soigner. Tout avait dérapé, dès le premier jour. Un indic anonyme avait déclaré deux semaines avant son arrivée à Nice avoir trouvé des preuves contre Podrov dans l'ancienne maison des Graham. Une fois à l'intérieur avec Olivier elle n'avait rien découvert d'intéressant. Et peut-être même que cet indic avait récupéré des documents contre Podrov. Elle s'attendait à un appel lui demandant une somme d'argent en échange, elle n'avait rien reçu pour le moment, et peut-être que Podrov lui-même avait récupéré les soi-disant preuves. Pour finir, elle avait collé un R101 sur Olivier sans le savoir. S'il ne l'avait pas remarqué, Podrov aurait fini par avoir toutes les informations le concernant. Il était impératif pour la sécurité de son frère, qu'elle reste le plus anonyme possible. Elle ne l'avait pas appelé depuis le soir où ils étaient sortis en boîte de nuit. Elle l'avait vu une fois sortir de chez lui. Elle était restée dans la voiture et avait essayé de ne pas réagir quand elle l'avait vu de loin, au cas où elle était suivie. Voir son frère de loin moins de deux secondes, c'est tout ce qu'elle s'était accordé. Elle avait hâte que tout soit fini, juste pour ça, juste pour pouvoir serrer son frère à nouveau dans ses bras, sans risquer qu'il ne meure par sa faute.

Le blocus devant le commissariat était terminé. Les agents à la porte reconnurent Olivier et laissèrent passer leur véhicule. Le petit groupe se dirigea droit vers le bâtiment du commissaire. Khan et Pedro les suivirent, tentant de leur expliquer qu'ils devaient peut-être attendre. Olivier ne comprenait rien à ce qu'on lui racontait. Il toqua à la porte du commissaire Henchoz. Il n'eut pas de réponse. Il rentra quand même avec l'ordinateur de Carlo sous le bras. Tous blêmirent en le voyant entrer. Un téléviseur posé sur un chariot à roulettes à côté du bureau de son chef, diffusait l'image d'une jeune femme ligotée à une chaise et pleurant, les habits déchirés, un bâillon l'empêchant de hurler. Olivier s'approcha et reconnut Josette à l'écran.

Il faillit lâcher le précieux ordinateur. Il serra les dents. Il ne comprenait pas la situation, il avait demandé que Josette l'attende ici, c'était sa seule exigence durant toute cette affaire.

— Qu'est-ce qui s'est passé ? hurla Olivier sans quitter l'écran des yeux. Qu'est-ce que vous avez foutu ! Je vous ai demandé de garder un œil sur elle, c'était pas compliqué !

Personne ne répondit, personne n'avait d'explication, tout le monde baissa les yeux ou regarda ailleurs. Même le commissaire Henchoz avait honte de la situation. En faisant le tour des gens présents, il s'aperçut que Caselli était là, il évitait son regard, les mains dans le dos. Olivier était épuisé, n'avait plus la force de filtrer ses émotions.

— Qu'est-ce que tu fous là toi ? cria Olivier.

— Écoute, on est en train d'enquêter pour connaître son implication, on ne va pas faire de conclusions hâtives, s'interposa le commissaire qui tentait de reprendre le contrôle de la situation.

Olivier ne comprenait pas ce qui se passait. En s'avançant vers Caselli, il vit qu'il tentait de mettre ses bras, en avant pour se protéger, mais qu'il était menotté dans le dos.

— Putain, Caselli qu'est-ce que tu as foutu ?

Le commissaire écarta Olivier d'un bras, et fit signe à deux de ses hommes d'emmener le lieutenant Caselli hors du bureau.

— Asseyez-vous Torin, on va vous expliquer.

Le commissaire lui raconta les enregistrements audios, les explications de Caselli dans un deuxième temps et la vidéo où Caselli faisait sortir Josette. Il raconta comment il n'avait plus de nouvelles d'elle. Il expliqua comment Josette les avait aidés à trouver une des planques de Podrov, et comment tous s'apprêtaient à intervenir quand ils avaient été stoppés sur ordre ministériel. La raison était simple, une vidéo diffusait en direct sur le réseau du commissariat les images de Josette bâillonnée, attachée à un siège au milieu d'une pièce sombre. Le message était clair, si la police intervenait, Podrov la tuerait. Il fallait d'abord sauver Josette, et ensuite, arrêter Podrov. Olivier sentait bien que cette diversion n'était là que pour lui permettre de gagner du temps et de préparer sa fuite. Un mandat d'arrêt international avait été émis dans l'après-midi et avait dû accélérer les choses. Comment Josette avait-elle été mêlée à tout ça ? L'infortune la poursuivait jusque dans le commissariat.

Alban, qui avait attendu à l'extérieur avec Élisa, pénétra dans le bureau sans que personne ne lui prête attention. Il s'approcha de l'écran et observa Josette, ses yeux terrifiés regardant dans toutes les directions, ne pouvant recevoir de l'aide.

— Que quelqu'un s'occupe de lui et l'emmène dans une salle d'interrogatoire pour le moment, demanda Olivier.

Anaïs, Élisa et Alban lui-même le regardèrent avec étonnement.

— On n'a plus besoin de lui, je connais le troisième mot de passe, on va l'ouvrir maintenant. Alban, n'oubliez pas ce que vous avez dit surtout, prenez un avocat.

Alban blêmit pendant que deux agents l'emmenaient, mais sur le point de quitter la pièce, il hurla :

— Je connais cette fille ! C'est la petite Jo !

— Attendez, qu'est-ce que tu as dit ?

— Je la connais c'est la petite Jo. Elle était avec mon médecin russe, ils m'ont fait sortir une après-midi. Ils m'ont emmené dans une maison à Roquebrune-Cap-Martin.

Olivier regarda Anaïs.

— C'est possible qu'il retrouve la mémoire si facilement ?

— Ce n'était pas Menton ? coupa le commissaire.

— Non, c'était à Roquebrune. Maintenant vous pouvez m'envoyer un avocat, conclut Alban en quittant la pièce.

Il laissa un froid derrière lui. Anaïs qui avait toujours eu un temps d'avance sur cette affaire semblait dépassée.

— Attends, tu connais le code depuis quand ?

— Juste avant qu'on descende de l'avion.

Le commissaire Henchoz fit signe à Olivier de s'approcher avec l'ordinateur. Anaïs l'interrompit.

— Laissez-moi appeler mon boss. Il y a peut-être des documents secret-défense dessus.

— Il a été prévenu, ne vous inquiétez pas, répondit Henchoz sans la regarder.

Olivier alluma l'ordinateur qui relança les deux premières énigmes. Le préfet Prassin, qui avait personnellement recruté Anaïs, venait d'entrer. Elle ne l'avait pas vu depuis son entretien. Il avait l'air malade, les traits tirés, des poches sous les yeux, il avait dû perdre une vingtaine de kilos depuis leur dernière rencontre. Il ne lui fallut pas longtemps pour comprendre que c'était la fin pour lui, il devait avoir un cancer et préférait passer ses derniers jours sur le terrain. Anaïs avait déjà compris que l'engagement aux plus hautes fonctions de l'État représentait un sacrifice de sa vie privée et que l'on pouvait y laisser la vie, que ce soit au combat, en mission, ou derrière un bureau. Il s'approcha d'elle. Elle s'attendait à une étreinte. Il lui tapota l'épaule finalement.

— Beau boulot, dit-il simplement sans la regarder.

Ils fixèrent tous l'ordinateur qui proposa à nouveau la dernière énigme. Olivier regrettait qu'Élisa ne soit pas là, il aurait aimé lui faire découvrir ce qui se cachait dans le dossier MM. Elle n'en avait pas eu connaissance à Lausanne, seul Carlo l'avait consulté et ne lui en avait pas parlé. Mais Élisa avait préféré appeler l'hôpital de Lausanne pour prendre des nouvelles de son mentor. Elle se sentait responsable, c'est elle qui avait proposé à l'équipe de commando de se diriger vers l'EPFL, qui avait établi le contact, et avait conduit Carlo, sans le savoir, vers son empoisonnement. Olivier tapa le prénom Mariam. L'ordinateur proposa un autre essai. Il retapa le prénom en lettres majuscules, cette fois l'ordinateur s'alluma. Une centaine de fichiers apparurent sur l'écran. Ils étaient tous numérotés de 01 à 100, sauf le dernier qui avait été nommé MM. Le préfet demanda que l'on clique sur le premier. Le fichier comportait également une centaine de sous-dossiers. En cliquant à nouveau sur le premier, plusieurs documents apparurent avec des mentions spécifiques : police, douane, sécurité, ainsi que des sommes versées, des noms et des dates. Toutes les personnes qui avaient de près ou de loin collaboré légalement, et surtout illégalement avec Podrov, se trouvaient recensées là avec preuves à l'appui et mentions des montants perçus. Podrov avait monté un vaste réseau de corruption qui s'étendait dans toute l'Europe. D'autres fichiers contenaient tous les transferts d'argent vers les États-Unis et les différents paradis fiscaux à travers des sociétés écrans et des noms d'emprunt. Le préfet ne put s'empêcher de sourire.

— Tous les fichiers auxquels nous avons eu accès étaient incomplets ou se sont autodétruits. Nous n'avions que des informations incomplètes, je pense que le Kremlin est pour quelque chose dans l'effacement de ses propres traces. Ça semble être le dossier le plus complet que l'on ait sur Podrov et le plus sécurisé contre les attaques extérieures. Il n'y a plus qu'à analyser tout cela et à l'arrêter.

Cette fois, le préfet regarda Anaïs comme pour lui dire qu'elle avait le feu vert. Tout le monde était absorbé par l'ordinateur. La porte du bureau s'ouvrit derrière eux, les deux agents avaient ramené Alban parce qu'il commençait à trembler. Il demandait à parler à Anaïs. Ils avaient pourtant toqué à la porte, mais personne ne les avait entendus rentrer.

Olivier tourna l'ordinateur vers lui et cliqua sur le dossier MM. Comme pour les autres, des sous-dossiers apparurent. Les plus anciens étaient nommés « Mariam enfant », « Mariam ado », « Mariam mariage », « Mariam accident ». Une autre sous-partie présentait « Alban accident », « Alban hôpital », « Difover », « Tchoki ». Olivier avait l'impression que le puzzle qu'il essayait de reconstituer depuis le début de cette histoire était finalement là sous leurs yeux. Podrov avait réuni toutes les informations sur l'hospitalisation d'Alban et le suivait à la trace. Des caméras de surveillance enregistraient tout de ses entretiens médicaux, de ses promenades, jusque dans sa chambre. Il observait les moindres faits et gestes de son prisonnier, s'assurant que sa souffrance était toujours maximale, il augmentait ou diminuait les doses pour s'assurer que la torture était toujours extrême. Même le temps n'avait pas réussi à adoucir sa soif de vengeance. Alban, lui aussi, regardait l'écran sans bouger. Olivier fut intrigué par un autre dossier nommé « MM post mortem ». Avant de cliquer dessus, il regarda Anaïs pour voir sa réaction. Olivier et Anaïs repensèrent à ce qu'avait dit Carlo, c'était le dossier le plus intéressant.

Les sous-dossiers s'intitulaient « MM Hôpital », « BB MM », « MM rééducation », « MM au travail », « MM et son BB », « MM et son enfant », « Les 40 ans de MM »

Toute la vie de sa fille était dans des fichiers sur un disque dur. Sa fille était morte dans un accident de voiture il y a des années. Est-ce que Podrov s'était imaginé la vie qu'elle aurait eue si elle n'avait pas eu d'accident ? Anaïs et Olivier se regardèrent à nouveau, se posant la même question. Olivier cliqua sur « MM et son enfant ». Des milliers de photos apparurent, mais elles étaient trop petites pour les distinguer dans le détail. Il cliqua sur une au hasard. Une jeune trentenaire faisait un selfie avec une fillette dans les bras, joue contre joue. L'une était Mariam sans aucun doute, l'autre était son enfant qui lui ressemblait comme deux gouttes d'eau, la couleur des yeux était presque identique.

Mariam n'était pas morte dans l'accident

23- LE CRI

Un hurlement résonna dans tout le commissariat. Un cri qui venait des entrailles d'un homme à l'agonie. Anaïs fut la première à réagir et rattrapa Alban avant qu'il ne chute en arrière. Il se tenait le crâne des deux mains. Son âme tout entière venait de se déchiqueter. Il avait passé plus d'une quinzaine d'années en institution psychiatrique, pensant être responsable de la mort de sa femme, mais elle était bien vivante et avait une enfant. Il se demanda s'il était le père. Il se demanda si elle était venue le voir à l'hôpital sans qu'il s'en souvienne, si tout ceci était un rêve ou un cauchemar. Sa fée était vivante, celle qui l'avait toujours compris et aimé. Ce cri, c'était le doute, la peur, la tristesse et la colère des années perdues qui s'entrechoquaient. Sa vie entière lui avait été volée, sa femme, sa fille, son métier, tout lui avait été volé. Son insouciance d'enfant avait été volée par les disputes de ses parents, puis les disputes s'étaient canalisées sur lui. Les coups, les pleurs, les insultes quasi quotidiennes l'avaient conduit à l'adolescence. Sa famille d'accueil lui avait donné du répit, la mort de son père, le goût de la vie. Mariam lui avait donné l'espoir d'une vie normale, avant qu'il ne perde tout. Il avait l'impression que l'infortune l'avait enfermé depuis toujours dans une pièce. Qu'elle se plaisait de temps en temps à lui écraser la tête contre la serrure de la porte pour qu'il puisse voir la vie qu'il aurait pu avoir, ce qu'il allait manquer, ou ce qui aurait pu être à lui. La souffrance était trop forte, Anaïs l'allongea. Alban criait et pleurait sa tristesse. Il avait envie de mourir, à quoi bon essayer de vivre. À quoi bon lutter, le malheur ne faisait que le suivre où qu'il aille, quoi qu'il fasse. Mariam était vivante et avait l'air d'être heureuse sans lui. Qu'est-ce qu'il pouvait faire, remettre de l'infortune dans sa vie, sa colère, sa peur. Il n'avait plus rien à offrir. Il n'avait plus qu'à mourir.

Les policiers et Anaïs le conduisirent hors du bureau dans un état de catatonie. Tout son corps s'était raidi, et son regard était resté figé dans une expression de souffrance. Anaïs revint quelques minutes plus tard, elle avait calmé cette crise comme les autres à coup de myorelaxants et de sédatifs. Tout le dossier MM présentait des photos et vidéos prises par Mariam ou son entourage, mais aussi des vidéos de caméras de surveillance de son domicile qui semblaient filmer à son insu. Chambre, salon, jardin, il y en avait quasiment partout. En cliquant sur un des enregistrements, Olivier mis la vidéo sur pause.

— Vous voyez là ? Il y a un truc louche avec elle.

En effet Mariam s'était figée l'espace d'un instant avant de reprendre la marche.

— Pourquoi elle s'arrête comme ça ? demanda Henchoz.

— Je ne sais pas, mais il faut absolument la retrouver et l'interroger, j'ai vu son certificat de décès dans son dossier, il y a même eu une autopsie pour étudier les causes de la mort de cette jeune fille. Il n'y a que Podrov pour falsifier autant de documents.

Le commissaire appela Khan pour faire une reconnaissance faciale du visage de Mariam pour la chercher dans leurs bases de données. Olivier consulta les sous-dossiers. Il y en avait un intitulé « admin ». Dedans, des notes d'adresses, d'employeurs, des CV, des infos sur une école, des feuilles d'impôts. Tous les documents étaient au nom de Maram Florent.

— Maram ressemble à Mariam et Florent c'est le nom de jeune fille de l'épouse de Podrov, précisa Anaïs. Elle est bien vivante, comment on a pu rater ça.

Olivier comprenait maintenant ce qui retenait Podrov ici, c'était sa fille et sa petite fille. Se sentant traqué, il ne voulait pas partir sans elles, sans être sûr qu'elles seraient en sécurité. Pour en être certain, il n'y avait qu'une seule solution, éliminer Alban. Il aurait pu aussi les emmener avec lui en Amérique du Sud, mais Anaïs se rappela qu'ils étaient en froid et ne se parlaient pas. Alors pourquoi ce changement de nom ? Pourquoi se cachait-elle ? De qui ? De quoi ? Carlo Massetti avait dit que ce dossier était le plus intéressant. Pourquoi celui-là, et pas toutes les personnalités impliquées dans ce vaste réseau de corruption. Absolument tous les versements effectués pour acheter des décisions politiques, de l'immobilier, des parts de marchés, ou juste payer des gardiens de déchetteries pour déverser des produits toxiques interdits dans la nature, étaient enregistrés. Tout avait l'air plus intéressant qu'une maman qui vivait sa petite vie tranquille loin des troubles de la personnalité de son ex-mari.

Le puzzle commençait à se mettre en place, mais des pièces manquaient encore. Toutes les personnes dans la pièce réfléchissaient en surfant rapidement sur les milliers de documents en leur possession.

— Je veux une cellule d'urgence pour récupérer et traiter toutes les données de cet ordinateur, qu'une première liste de cibles prioritaires soit établie pour la transmettre à tous les juges d'instruction de France ! cria Henchoz qui retrouvait son énergie et surtout, son naturel. Anaïs, tu me retrouves cette Maram et tu me l'amènes au poste avec son mioche. Olivier, avec ton équipe, tu retrouves ta Jo et t'essaies de coincer ce Podrov.

Entre deux quintes de toux, le préfet ajouta :

— Vous allez avoir les autorisations d'intervenir cette nuit pour motif de grand banditisme, vous allez avoir toutes les ressources de l'armée et de deux équipes commando, une pour chacun d'entre vous. Anaïs, tu seras avec John, vous serez l'équipe verte et Olivier tu seras avec Milan des forces spéciales, équipe rouge. Chaque équipe s'installera dans une des salles de conférences et Pedro fera le lien entre les deux. Khan bosse avec Charles sur l'ordi de Podrov pour essayer d'en tirer quelque chose de concret.

Même avec les autorisations, il était quasiment impossible de préparer en si peu de temps deux interventions d'envergure, il fallait qu'elles soient simultanées, il fallait se préparer et préparer une cinquantaine d'hommes et de femmes à intervenir de façon coordonnée. Mais surtout, il fallait trouver les cibles. Personne ne savait où se trouvaient Josette et Podrov. Quant à Mariam, personne n'était sûr de savoir où elle habitait.

L'équipe d'Olivier s'attela à localiser la source informatique qui envoyait le signal de Josette, et celle d'Anaïs à repérer sur les photos et les vidéos des indices de leur environnement qui pourraient les conduire à une adresse. Des cercles concentriques se superposèrent sur une carte entre le lieu de travail, l'inscription à l'école de la fille de Mariam, les différentes factures établies à son nom. Ils mirent moins d'une heure pour confirmer une adresse sur les hauteurs d'Antibes, mais un juge d'instruction mit son veto à une intervention de nuit. La fillette était mineure, et Mariam ne constituait pas un danger. Anaïs disposa tout de même plusieurs équipes avec John pour intervenir dès qu'elles sortiraient de leur maison. Les empreintes thermiques coïncidaient avec les chambres, les deux filles dormaient paisiblement. Aucune trace des hommes de Podrov aux alentours.

De son côté, Olivier n'avait comme seule piste qu'un canal informatique répété en boucle par plusieurs VPN. La source pouvait provenir de n'importe où dans les Alpes-Maritimes. Sur un écran de la salle de l'équipe rouge, l'image de Jo était diffusée en direct, il fallait se dépêcher pour pouvoir intervenir en même temps. Josette risquait d'être tuée si l'équipe verte interceptait Mariam et sa fille avant. Dans la salle, ils avaient tous l'air d'être dans une impasse. Olivier commençait à être découragé, la nuit passait vite, la fatigue commençait à se faire sentir, et les cafés n'avaient plus d'effet sur sa vigilance. Trois heures du matin, il avait besoin d'une pause. Le visage grave, le commissaire l'interpella.

— Olivier, j'ai une mauvaise nouvelle, venez dans mon bureau.

— Non c'est bon allez-y.

— La police italienne nous a appelés, il semblerait que Nasser ait eu un accident en arrivant sur le territoire italien, il aurait quitté la route en descendant une colline juste après la frontière suisse.

— Oh merde, comment il va ?

— C'est ça le problème, sa voiture est tombée au fond d'un ravin, un hélico de secours suisse a repéré la voiture et a réussi à hélitreuiller une équipe sur place. Ils n'ont trouvé personne. Ils ont passé la colline au peigne fin, aucune trace de Nasser. En regardant une vidéo de surveillance, on voit nettement une voiture de Podrov le prendre en chasse juste avant qu'il ne quitte la route. Ils l'ont peut-être poussé dans ce ravin.

— Fait chier ! Tenez-moi au courant si vous avez du nouveau, j'appellerai sa femme demain. Pour l'instant, il n'est pas mort. Nous, on rame pour retrouver Josette. Le signal informatique part dans tous les sens et j'ai besoin d'une pause chef, je vous tiens au courant si j'ai du nouveau.

Alors qu'il était assis sur une chaise dans le hall, son téléphone sonna.

— Alors officier de police judiciaire Torin, vous avancez ?

Olivier reconnut immédiatement la voix qui l'avait appelée la nuit précédente. C'était Podrov qui appelait pour le narguer, mais surtout pour négocier, sinon il ne le contacterait pas à une heure aussi tardive. Tout en mettant le haut-parleur, il regagna la salle de son équipe en faisant signe à tout le monde d'écouter pour l'aider à repérer d'où venait l'appel.

— Non pas vraiment, finit-il par répondre. Qu'est-ce que vous voulez pour libérer Josette ? C'est une mère célibataire, laissez-la en dehors de ça !

— Ma fille aussi est une mère célibataire, laissez-la en dehors de ça !

— Mais nous, on ne lui fera jamais de mal à votre fille, rétorqua Olivier, on la protège de vous.

— Je ne crois pas non, c'est moi qui la protège de vous et d'Alban. C'est moi qui protège ma famille.

— Vous voulez les protéger ? Rendez-vous, venez ici, même avec tous vos avocats.

Le vieil homme ricana.

— Vous croyez vraiment que j'ai déjà fait appel à un avocat dans ma vie, l'argent est le meilleur des avocats, il vous défend et règle tous les conflits du monde vous savez ? Je vous donne deux cent mille euros pour me livrer Alban, mort ou vif et ensuite, je disparais.

— Vous me prenez pour Caselli ? Vous savez très bien que l'argent ne m'intéresse pas. Vous savez très bien que c'est vous choper qui m'intéresse.

Un des agents dans la salle fit signe à Olivier qu'il venait enfin de le localiser. Ils avaient une piste sérieuse.

— Alors demain matin, huit heures, vous m'amenez Alban à l'aéroport de Nice et une fois dans les airs, je vous dirai où se trouve Josette. Je vous offre de vous débarrasser du diable.

— Vous m'offrez un pacte avec le diable.

— C'est à prendre ou à laisser.

— Je laisse.

Podrov raccrocha. Aussitôt, la salle se retrouva en effervescence. L'adresse s'afficha sur l'écran géant et une carte satellite apparut. Un point signalait d'où venait l'appel, une villa sur le cap de Roquebrune-Cap-Martin avec du terrain tout autour. Une arrivée discrète n'était plus garantie. L'équipe rouge fit passer les infos à l'équipe verte pour coordonner les deux interventions. L'une sur les hauteurs d'Antibes quand les filles sortiraient de la maison, l'autre sur le Cap-Martin vers six heures. Les deux quartiers allaient être verrouillés dans la demi-heure, les polices locales se rendant déjà sur place.

Au beau milieu de la nuit, Olivier prit le temps de s'asseoir deux minutes dans un couloir moins animé. Allaient-ils enfin coincer Podrov ? Non, bien sûr que non, ça ne pouvait pas être aussi simple. Podrov appelle pour proposer un deal, et on le localise comme ça, non trop simple. Tout ça avait été préparé. Pourquoi huit heures demain et pas maintenant pour l'échange ? Non, c'était trop simple. C'était un piège, il ne cherchait qu'à gagner du temps. Son instinct de flic reprit le dessus, il appela le commissaire et Anaïs dans son bureau pour leur faire part de ses doutes. Anaïs, qui le connaissait mieux que quiconque, fut plus catégorique.

— C'est un manipulateur narcissique, il sait qu'on le cherche, qu'on surveille sa fille. C'est clair qu'il cache quelque chose, il a toujours eu un coup d'avance sur nous. Il nous ment et nous manipule.

— Qu'est-ce que vous proposez ? s'impatienta le commissaire.

— Quelle alternative on a ? Pour l'instant, on a ses deux adresses, pourquoi il veut gagner du temps ?

— Je ne sais pas, dit Olivier. Mais une chose est sûre, c'est qu'il joue la montre et qu'il souhaite que les forces d'intervention soit réparties aux deux extrémités du département en nous faisant croire qu'il sera vers huit heures à Nice. Il a d'autres adresses à Nice et Cannes, mais on ne peut pas intervenir partout en même temps au risque de s'éparpiller.

— Écoutez, dit le commissaire, il est quatre heures du matin, ça vous donne deux heures pour vous reposer, trouver un nouveau plan ou vous préparer à l'assaut. Je vous conseille les trois. Moi, je vais appeler le préfet pour le tenir au courant.

Olivier se retrouva avec la psychologue. Ils réfléchirent un instant.

— Quel jour on est ?

— Mercredi matin, répondit Anaïs en se laissant tomber sur

un fauteuil.

— Purée, seulement ! Dire que je dois vous baby-sitter toute la semaine.

La psychologue sourit, elle en avait bien besoin, et répondit :

— Promis, quand ça se calme je vous emmène manger dans le meilleur restaurant de Nice.

— J'en ai vu un qui a l'air vraiment pas mal à Lausanne. Et comment il va notre malade ?

— Il pionce, difficile pour lui d'accepter cette réalité, que sa femme est vivante avec un enfant, qu'elle a refait sa vie pendant qu'il croupissait dans une prison blanche depuis quinze ans. Ça fait trop de changements en trois jours pour son cerveau.

— Même pour le nôtre, je vais prendre l'air, et après je vais essayer de dormir un peu.

En arrivant au guichet d'accueil du commissariat, il entendit quelqu'un crier et des voix de plus en plus fortes. Une dispute éclatait. Un jeune homme habillé en survêtement noir était éconduit en dehors du commissariat par deux agents.

— Vous ne comprenez pas ! Je sais où elle va mourir, laissez-moi lui parler, criait-il.

— C'est ça, ben reviens demain.

— Il faut absolument que je parle au chef, je ne sais pas comment il s'appelle.

— Tu ne sais pas comment il s'appelle, mais tu as absolument besoin de lui parler, on t'a dit : « Reviens demain quand t'auras son nom. »

— Laissez-moi lui parler, bon sang. Je sais où elle va mourir ! Le flic il est avec une dame qui travaille pour Podrov, il a une Polo, c'est tout ce que je sais.

Olivier comprit que ce jeune homme était là pour lui et décida d'intervenir. Après avoir calmé tout le monde, et malgré les reproches des deux agents, il fit entrer le jeune homme dans la salle d'accueil pour l'écouter.

— C'est bon, assieds-toi mon garçon, qu'est-ce qu'il t'arrive ?

— Je sais où elle va mourir.

— Qui ?

— La dame qu'ils ont ramenée hier, je sais où ils l'ont enfermée.

Olivier afficha la photo d'une inconnue sur son téléphone.

— Est-ce que c'est d'elle que tu parles ?

— Non, monsieur.

— Et là ? demanda Olivier en affichant la photo de Josette.

— Oui, je l'ai vue hier soir arriver chez mon patron, c'est Podrov. J'ai entendu où ils allaient l'amener.

— Qui me dit que ce n'est pas Podrov qui t'envoie, ou qui te manipule pour que tu viennes nous raconter tout ça ?

— Je vous ai vu lundi, c'était moi.

— C'était moi, quoi ? répondit Olivier qui en avait marre de jouer aux devinettes à quatre heures du matin.

— C'était moi qui vous ai poussé dans la vieille maison du mari de Mariam.

— Comment tu la connais toi ?

Le jeune homme, qui semblait maintenant avoir la trentaine à la lumière des néons, hésita, se mordilla les doigts comme s'il cherchait ses mots. Il ne savait pas par où commencer, ce qui énerva Olivier au plus haut point. Il garda son calme malgré tout, c'était la seule piste qu'il avait sur Josette.

— OK, on va reprendre depuis le début, qui es-tu ?

— Je suis Mike, j'ai été embauché comme jardinier par la famille Podrov il y a quinze ans, je m'occupe d'entretenir le jardin des deux villas, une à Menton-Garavan à la frontière italienne et une à Cap-Martin. À l'époque, il ne se déplaçait plus trop dans le sud de la France. J'avais deux villas pour moi tout seul, je devais jardiner et nettoyer avant qu'ils viennent environ tous les quatre à six mois. Je passais une semaine dans une villa, puis une semaine dans l'autre. Un jour, les Podrov sont venus pour une semaine et sont repartis dans la précipitation. Ils ont oublié une mallette, dedans j'ai trouvé des documents compromettants pour lui au sujet de leur fille, de Mariam.

Il y avait tout, les freins trafiqués, la naissance cachée du bébé, son changement de nom, et l'hospitalisation de celui qui avait essayé de la tuer, Alban Graham. J'étais fasciné par ce dossier, j'ai tout pris en photos, et j'ai fait mes propres recherches.

— Continuez.

— Je savais que son business n'était pas clair, je voulais avoir une monnaie d'échange contre Podrov si ça tournait mal ou s'il voulait s'en prendre à moi. Et comme j'étais curieux, je suis allé voir Mariam à son domicile, parce qu'il y avait une discordance entre le dossier et ce que je retrouvais dans la presse. J'avais besoin de savoir ce qui s'était passé.

— Et qu'est-ce qui s'est passé ? demanda Olivier qui essayait de contenir son excitation d'avoir enfin une piste sérieuse.

— J'en suis tombé amoureux dès que je l'ai vue, dès qu'elle m'a ouvert la porte, je ne lui ai jamais rien dit après toutes ses années. Je l'ai vue, et je n'ai plus jamais été le même. Je lui ai fait croire que j'habitais dans le quartier et que je cherchais mon chat, on a fait connaissance, mais je ne lui ai rien dit sur ce que je savais. J'ai compris tout de suite qu'elle avait perdu la mémoire et ne se rappelait pas sa vie avant l'accident. Elle ne se rappelait pas qui était le père de sa fille, on lui avait dit qu'il était mort dans l'accident et tous ses souvenirs avec. Elle se rappelait cependant ses parents, les Podrov. Elle se rappelait qu'elle ne voulait pas que son père contrôle la moindre partie de sa vie. Alors qu'en fait il avait la mainmise sur tout, il la surveillait avec toutes les caméras qu'il avait installées chez elle. C'est Podrov qui a payé pour la rééducation, pour l'accouchement en urgence, il lui a même trouvé une baby-sitter de jour et une de nuit, lui faisant croire que c'était l'assurance qui payait. Il lui a acheté une maison, et a établi un bail demandant une somme misérable pour être sûr qu'elle n'ait plus envie de partir. Elle avait de graves séquelles, des troubles locomoteurs, c'est Podrov qui a racheté une maison de retraite à côté de chez elle et l'a fait embaucher comme infirmière avec un salaire mirobolant. Pour ne pas provoquer de soupçons, tout le staff est surpayé, ils ont plus de moyens que n'importe quelle maison de retraite en France.

Un autre type de prison construite par Podrov, pensait Olivier. Il devait se sentir coupable d'avoir causé cet accident, et voulait respecter la volonté de sa fille, de ne plus le voir. Il la contrôlait à distance malgré tout. Podrov avait dû utiliser les mêmes méthodes pour surveiller sa fille quand elle était avec Alban, il avait même dû être témoin de leur dispute et avait jugé bon de se débarrasser de ce mari trop agressif à son goût.

— Je ne lui ai rien dit au début, puis il y a dix ans environ, j'ai craqué, je lui ai tout révélé sur son père sans lui parler des caméras. Je lui ai aussi caché que son mari était en vie, je craignais qu'ils se retrouvent.

— Comment elle l'a pris ?

— Très mal, elle m'a demandé des preuves, je lui ai donné une clef USB dans laquelle j'avais inséré quelques photos du dossier que j'avais trouvé. Elle me l'a rendue après l'avoir consultée et m'a rendu un nounours que j'avais offert à sa fille. Elle ne voulait plus jamais me voir. J'ai décidé de me débarrasser de cette clef USB en la cachant dans le nounours. Puis je l'ai mis dans la maison du père d'Alban en me disant que quand il sortirait de l'hôpital, il le retrouverait et aurait accès à la vérité. Je ne sais pas pourquoi j'ai fait ça.

— Pourquoi vous êtes retourné la chercher alors ?

— Depuis une semaine, Podrov est en ébullition, il se prépare à partir, et j'ai compris à quel point il était fou, avec ses hommes, avec les femmes, j'ai eu peur. Je me suis dit que les preuves contenues sur cette clef pouvaient devenir une monnaie d'échange, si jamais il essayait de me faire du mal. Vous êtes arrivés au moment où je rentrais dans la chambre, j'étais entré par effraction. J'ai eu peur, d'autant plus qu'il y avait cette dame dans votre voiture, je l'avais déjà vue aux côtés de Podrov un soir à Monaco alors que je me baladais sur le port.

— Elle est de notre côté, pourquoi vous venez nous voir maintenant ?

— Parce que Podrov se prépare à la guerre. Tous ses hommes sont lourdement armés, ils ont mis des pièges un peu partout au cas où vous venez, Je n'ai jamais vu ça, des grenades, des lance-roquettes, vous risquez de tous mourir si vous essayez de l'attaquer. Et je sais où est Podrov, où il se cache.

— Il est où ?

— Je vous le dirai quand je serai sûr que Mariam et sa fille sont en sécurité.

— Ça, je ne peux pas vous le garantir, répondit Olivier qui n'aimait pas le chantage.

— Tant qu'elles ne sont pas en sécurité, je ne vous dirai rien.

— C'est quoi votre intérêt ? questionna Olivier qui ne voyait pas clair dans le jeu de ce Mike.

— Je ne veux pas qu'il parte avec Mariam, je veux qu'elle reste ici.

— Je vous conseille de me dire où se trouve tout ce beau monde, sinon tout ce qui se passera maintenant pourra être retenu contre vous. Si vous ne m'aidez pas, c'est sûr qu'elle va partir.
Olivier laissa passer quelques instants, mais Mike ne répondit pas tout de suite.

— Je vais perdre mon job au black, il me faut du fric aussi, comme une récompense. Une belle récompense pour vous dire où se cache Podrov !

— Alors je vous conseille de prendre un avocat, vous êtes en état d'arrestation.

— Comment vous osez ? Pour quel motif ?

— Vous choisissez ce que vous voulez, effraction de domicile, collaboration avec malfaiteurs, tentative d'intimidation sur officier de police judiciaire, non-assistance à personne en danger. Vous allez peut-être rester trois jours en garde à vue.

Olivier referma la porte derrière lui, laissant à Mike le temps de digérer l'information. Il envoya deux agents pour lui mettre les menottes et le conduire dans une cellule. Une petite heure suffirait à le faire parler. Cela pouvait être une ruse de Podrov également.

Olivier fit part de ses avancées aux deux équipes. Entretemps, les vols en hélicoptère en dehors de Monaco furent bloqués, les frontières avec l'Italie filtrées pour repérer le départ du territoire de Podrov. Les avions à l'aéroport de Nice furent également fouillés avant chaque décollage. Des avis de recherche et des signalements des véhicules de Podrov circulaient dans tous les postes de police de France. Il n'y avait pas d'activités suspectes sur la villa de Roquebrune et la couverture thermique de la villa de Garavan certifiait qu'il n'y avait personne à l'intérieur. Sur l'écran de la salle de l'équipe rouge, le bâillon toujours dans la bouche, Josette semblait à l'agonie.

Anaïs rejoignit John devant la maison de Mariam à sept heures du matin. L'assaut serait donné à sept heures trente. Olivier retourna voir Mike dans sa cellule.

— Vous avez appelé votre avocat ?

— Vous rigolez, je n'ai même pas pu passer un coup de fil.

Olivier lui montra à nouveau une photo sur son téléphone.

— La jeune femme détenue par Podrov s'appelle Josette, c'est une amie à moi. Elle a un petit garçon qui s'appelle Enzo. Ce petit garçon n'a déjà pas de père, il va être orphelin si vous jouez au con avec moi. Vous connaissez Podrov, vous savez qu'il n'hésitera pas à la tuer. Aidez ce petit garçon à revoir sa mère.

— Non ! J'ai eu le temps de réfléchir, je ne vous dirai rien tant que Mariam et sa fille ne seront pas en sécurité, cria Mike, le reste je m'en fiche, et gardez votre pognon !

— Une équipe va les récupérer à sept heures trente, dans moins de trente minutes, elles sont en train de dormir paisiblement dans leur maison, une fois qu'on les aura, vous avez intérêt à ce que je récupère Josette en un seul morceau et à avoir des infos solides. Sinon, je vous garantis que je ferai tout ce que je peux pour que vous ne sortiez jamais d'ici. C'est clair ?

— Très clair, répondit Mike, qui se rassit sans regarder l'officier.

Olivier retourna dans la salle rouge pour suivre l'intervention de John et Anaïs en direct à l'aide de leur caméra embarquée. Son instinct de flic venait l'agacer une fois de plus au plus profond de son âme. C'était trop simple de récupérer le bien le plus précieux de Podrov. Il fut rejoint par le commissaire, le préfet et Élisa qui avait pu se reposer dans une salle du commissariat. Les empreintes thermiques indiquaient que les deux femmes venaient de se retrouver dans la cuisine. Sur l'écran de la salle, on voyait la caméra d'Anaïs qui était un peu en retrait et filmait ses hommes pénétrant un à un dans la maison le plus silencieusement possible. Certains étaient passés par la fenêtre du premier étage, les autres par la porte d'entrée au rez-de-chaussée avec Anaïs. Ils se retrouvèrent dans la cuisine en quelques secondes et encerclèrent les deux femmes qui poussèrent des cris en les voyant. Elles se mirent à frapper les policiers qui les entourèrent pour les plaquer au sol. Les policiers tentaient d'expliquer les raisons de leur visite pendant qu'elles hurlaient dans une langue qu'aucun ne comprit à part Anaïs qui se mit à parler en russe.

— Qu'est-ce qui se passe Anaïs ? demanda Olivier qui ne pouvait contenir son inquiétude.

Après encore deux échanges, les policiers relevèrent les deux filles qui apparaissaient devant la caméra à présent. Olivier comprit ce que son instinct tentait de lui souffler depuis le début de l'opération, c'était trop facile.

— Ce n'est pas Mariam et sa fille ! cria Anaïs dans la radio. Je répète, ce n'est pas Mariam et sa fille. Ces filles ont été payées mille euros chacune hier soir pour dormir ici et ne pas quitter la maison pendant vingt-quatre heures. Ces deux filles sont des SDF.

— C'est un piège ! cria Olivier. Barrez-vous de là ! Courez ! Toute l'équipe se mit en action, une sonnerie de téléphone retentit dans un des placards de la cuisine. Ils continuèrent tous à courir aussi vite qu'ils pouvaient. Une bombe explosa, les projetant à une dizaine de mètres de la maison au moment où ils franchissaient le pas de la porte. La communication fut coupée net.

— Anaïs ! John ! Vous me recevez ? cria Olivier.
Pas de réponse.

24- DELTA-CHARLY-DELTA

DCD, décédés, ils sont tous décédés. Anaïs, John, et les dix hommes avec eux étaient tous morts. Les dix hommes qui bouclaient le périmètre et effectuaient les relais de communication à l'extérieur étaient catégoriques, ils étaient tous Delta-Charly-Delta. Le drone en vol stationnaire au-dessus de la maison avait tout filmé, ils n'avaient pas réussi à sortir avant l'explosion et le souffle avait projeté leurs corps à une dizaine de mètres. La bombe était destinée à effacer toutes les traces de la surveillance de Podrov, les deux femmes payées pour squatter la maison devaient permettre de les appâter et surtout, de gagner du temps. Les trois hommes installés dans la salle du commissariat pour suivre l'opération étaient restés debout, les bras ballants sous le choc, immobiles, la bouche ouverte. Le préfet craqua le premier, deux de ses meilleures recrues venaient de mourir en opération, son cri s'étouffa dans sa gorge, stoppé par la posture de commandant qu'il endossait. Mais il repensa à Anaïs, ses yeux verts, ses taches de rousseurs sur le nez et les joues qui lui rappelaient sa sœur jumelle qui l'avait quitté quand il avait à peine dix ans. Sa sœur s'appelait Alexandra, et il avait l'impression de la perdre à nouveau. Anaïs venait de se jeter dans la gueule du loup qui n'avait fait qu'une bouchée de toutes ses années d'entraînements et de préparation. Il se laissa tomber sur une chaise, les sanglots vinrent ensuite un à un, malgré sa main devant la bouche tentant de les arrêter. Le commissaire Henchoz attrapa une de ses boîtes de médicaments dans sa veste sans quitter l'écran des yeux, et avala quelques pilules sans les compter. Seul Olivier resta immobile, de marbre, fixant l'écran et observant les corps de toute l'équipe d'Anaïs. Il la repéra sur une des images du drone, il espérait la voir bouger. Pendant un instant, il pensa qu'il aurait pu y être aussi, gisant à quelques mètres de la villa en feu. Équipe rouge, équipe verte, cela s'était joué à rien. « Le rouge, le vert, tu vis, tu meurs », disait Alban. Mais il était ici et devait agir. Il n'avait jamais de plan et avait toujours fonctionné à l'instinct. Son micro casque sur la tête, il commença à prendre le contrôle des opérations. Il demanda à l'équipe en retrait de vérifier une deuxième fois l'état de santé de toutes les victimes avec l'aide de l'équipe du SAMU postée en stand-by à deux rues de là. Il demanda à l'opérateur présent dans la salle de contacter le centre des pompiers et de dépêcher sur place dix autres équipes et cinq médecins. La priorité était de sauver des vies. Il demanda à l'équipe des techniciens de pénétrer dans la maison, ou du moins, ce qu'il en restait, pour tenter de récupérer n'importe quelle pièce informatique, téléphone, caméra de surveillance, réseaux câblés souterrains. Il avait donné ses ordres sans que ses deux supérieurs n'aient rien à redire. Ses deux chefs lui avaient confié le contrôle des opérations tant ils étaient tous les deux sous le choc. Il regarda son chef dans les yeux qui lui fit un signe de la tête. Cela voulait dire qu'il avait le feu vert pour faire ce que bon lui semblait, son chef couvrirait ses traces si c'était possible. Olivier avait maintenant carte blanche, comme pour traquer Vakha. Sans jeter le moindre coup d'œil à Élisa, il sortit de la pièce en trombe, il venait de redevenir un loup solitaire, il allait traquer sa proie, Podrov. Il allait l'isoler et le tuer s'il n'avait pas le choix, et peu importait qui tenterait de se mettre sur sa route. Les poings fermés, l'officier de police judiciaire se rendait en direction des cellules, laissant de côté son diplôme, son titre, ses cours et sa morale. Il attrapa Mike par les cheveux, le décolla de son banc et lui décrocha un uppercut sous le regard effaré du policier qui l'avait accompagné. Celui-ci fit mine de regarder son portable, et retourna à son bureau sans faire de bruit. Olivier saisit Mike par le col et s'apprêtait à cogner encore, mais son portable sonna. Le nom de Nasser apparut sur l'écran.

— Chef, c'est moi, ils ont failli m'avoir.

— T'es où ?

— J'ai sauté de la voiture avant qu'elle ne tombe dans le ravin, je me suis caché. Ils ne se sont même pas arrêtés pour voir si j'étais bien mort. Après, j'ai fait du stop, mon portable était à plat, je ne l'ai pas rechargé pour ne pas être repéré. Je suis au poste de douane de l'Italie à Menton.

— Qu'est-ce que je suis content de t'entendre.

Mike se mit à gémir et à répéter « Menton ».

— C'est là qu'elle est ! finit-il par articuler entre deux sanglots. Elle est toute seule là-bas, c'est pour ça que je n'ai rien dit, il ne va rien lui arriver. Elle est toute seule là-bas, ils n'en ont rien à faire d'elle.

— Nasser, attends une minute ! Tu veux dire qu'elle est à Menton, dans la villa de Garavan ?

— Mais oui !

Olivier lâcha le col de Mike qui se laissa retomber sur le banc.

— Nasser, tu vas prendre quelques policiers et une équipe de douaniers avec toi et vous allez voir si Josette se trouve dans la villa de Garavan, elle a été kidnappée par Podrov, je vais t'envoyer d'autres détails.

Quand il retourna dans la salle rouge, Élisa était encore en pleurs, tandis que ses deux chefs reprenaient du poil de la bête et dirigeaient ensemble les opérations.

— Des nouvelles ?

Tout le monde fit non de la tête.

— Moi j'ai une piste pour Jo, elle serait enfermée dans la maison de Menton. Nasser est vivant et va nous prêter main-forte.

Mais aussi positif que cela pouvait sonner, personne ne réagit vraiment. Il distribua les rôles à Pedro et aux agents de liaison qui étaient entre la salle rouge et la verte. L'un était chargé de donner tous les détails à Nasser concernant Josette, ce qui s'était passé avec elle au poste, et la localisation de la maison. Un autre était en contact avec la préfecture, et le dernier tentait d'avoir des infos concernant l'explosion. Pedro devait organiser les renforts pour mener l'assaut. Il fallut une trentaine de minutes pour qu'une équipe soit enfin postée devant la villa, prête à intervenir. Huit hommes, à distance les uns des autres en cas d'explosion, pénétrèrent dans la villa qui surplombait la baie de Garavan. L'équipe de déminage était en chemin, Olivier avait dû faire le choix d'engager une équipe. Tous étaient conscients du risque et savaient ce qui s'était passé à Nice, Olivier aussi. Et cette fois, son meilleur ami était parmi eux. Comme pour l'équipe verte, il suivait leur progression à l'aide de leur caméra. Un brouilleur de signal portable avait été activé pour éviter de déclencher une explosion à distance. L'image de Josette épuisée apparaissait toujours sur un des écrans de la salle, elle semblait à peine respirer. L'équipe d'assaut progressait le plus prudemment possible en regardant dans tous les recoins pour éviter un nouveau piège de Podrov. Les deux étages supérieurs et le rez-de-chaussée n'avaient rien donné. Le garage était vide, toute l'équipe se retrouva devant la cave, les uns derrière les autres, attendant les consignes.

Par radio, l'officier de police judiciaire donna ses ordres :

— Je suis navré messieurs, mais un seul d'entre vous va devoir ouvrir cette porte, les autres, vous vous tiendrez à distance. Est-ce qu'il y a des volontaires ?

Tous se regardèrent en silence avant que Nasser n'intervienne.

— C'est bon chef, j'y vais.

Ça ne plaisait pas à Olivier, il venait de perdre Anaïs ce matin, il ne voulait pas perdre son meilleur ami. Olivier serra les dents et respira profondément, les yeux fixés sur les écrans. Il redoutait le pire.

— OK vas-y en douceur, si jamais tu remarques quoi que ce soit de louche, tu sors OK ?

— Cinq sur cinq, répondit Nasser.

Dernière pièce à visiter, dernière chance de trouver Josette, si elle n'était pas là Olivier n'avait plus aucune autre piste. La caméra sur le casque de Nasser retransmettait l'intervention en direct. La porte s'ouvrit assez facilement, elle n'était pas verrouillée. Tout le monde retint son souffle. Il n'y avait personne dans cette pièce, elle était totalement vide.

— Et merde ! ne put s'empêcher de lâcher Olivier dans la radio.

— OK, R.A.S. ici chef, on va refaire un tour quand même pour être sûr.

— Non, laisse tomber, c'était notre seule piste, on s'est fait berner par Podrov.

— Justement, insista Nasser, si c'est notre seule piste on refait un tour.

Toute l'équipe sur place repassa la maison au peigne fin. Elle avait l'air inhabitée depuis quelques mois. Son jardin, sa piscine, son salon immense avec vue sur mer n'avaient pas réussi à attirer des visiteurs depuis longtemps. Même l'électricité était coupée.

Toute l'équipe était sur le point de partir. Quelque chose chiffonnait Nasser, quelque chose qui était là sous ses yeux. Devant l'entrée, prêt à partir, il allait claquer la porte, quand il entendit un bruit, un son en continu, comme un grésillement. Il se dit que ce n'était rien, mais il tendit l'oreille, rien de distinctif, et il claqua la porte. Les hommes se dirigeaient vers leur voiture, mais le doute envahit Nasser. Il opéra un demi-tour sous les regards étonnés. Il se demandait d'où pouvait venir ce grésillement alors que l'électricité était coupée dans toute la villa. De nouveau à l'intérieur, il tendit l'oreille, et marcha doucement. Le hall d'entrée était grand, il en fit le tour pas à pas en tendant l'oreille. Le reste de l'équipe le talonna. Il leur demanda le silence, l'index sur la bouche. Tous commencèrent à marcher doucement. Nasser se dirigea vers un placard de l'entrée. Il l'ouvrit et découvrit le compteur électrique. Il tournait à plein régime. Quelque chose ici consommait énormément d'électricité.

— Tu vois ce que je vois chef ? demanda Nasser à Olivier.

— Oui, tu penses que ça vient d'où ?

— Ici, tout près, il y a un endroit alimenté en électricité. Le fusible de cette chambre n'est pas coupé, je vais voir.

L'équipe se regroupa, les armes en avant et monta au premier étage où se trouvaient les chambres.

— Quelqu'un a un chargeur et un téléphone ? demanda Nasser.

Aussitôt, un agent lui en tendit un. Il brancha le chargeur dans la première chambre, pas d'électricité, ils essayèrent les deux autres, rien. La dernière au fond du couloir servait de débarras. En branchant le téléphone à la prise, un signal sonore indiqua la mise en charge du téléphone. Cartons, meubles, vases et autres bibelots remplissaient la totalité de la pièce. L'équipe se fraya un chemin au travers de ces vieilleries jusqu'à une grande armoire. Elle était vide. Nasser appuya sur le fond qui se courba jusqu'à céder. Ils venaient de trouver une pièce secrète pas plus grande qu'une salle de bains. Elle était sombre, mais les lumières d'un ordinateur portable connecté à un routeur suffisaient à l'éclairer. Nasser tourna l'ordinateur vers lui. Il vit la même image que celle diffusée sur l'écran de la salle des opérations. Josette attachée, la tête baissée, les yeux fermés semblait quitter ce monde petit à petit.

— Olivier, c'est un VPN, il renvoie l'image sur notre écran du commissariat. Elle n'est pas là Olivier ! Je suis désolé !

— Ne touchez à rien, l'équipe technique va bientôt arriver, ils vont peut-être trouver quelque chose.

Cette dernière piste était un chemin sinueux et glissant qui se réduisait au fur et à mesure qu'ils avançaient. Olivier avait l'impression de s'être perdu dans la forêt, et c'était Podrov qui les avait amenés là. Tout se passait comme Podrov voulait depuis le début. Pourquoi Podrov ne l'avait-il pas tuée ? C'était un sadique narcissique et insensible. Il voulait juste que la police soit occupée à chercher Josette plutôt que lui.

— Olivier, quand j'étais à Marseille j'ai appris quelques trucs pour localiser un signal. L'ordinateur n'est pas verrouillé, tu veux que j'essaie ?

— OK, mais si tu vois que c'est compliqué tu ne tentes rien, pigé ? Pourquoi tu penses qu'il n'est pas verrouillé même par un mot de passe ?

— Parce que pour rediriger un signal vidéo constant de bonne qualité, l'ordinateur ne peut pas se permettre de se mettre en veille, s'il doit se reconnecter, il risque de se faire repérer. Donc il vaut mieux le laisser ouvert et le laisser tourner à plein régime. C'est pour ça qu'ils l'ont planqué ici.

— Alors vas-y, t'as carte blanche.

Nasser se mit au travail et trouva l'application qui gérait le signal de départ jusqu'au commissariat. Il se mit en contact avec Khan qui analysait le flux de données arrivant sur ses écrans.

Olivier faisait les cent pas dans la pièce. Il prenait des nouvelles de l'explosion de ce matin, et gérait le dispositif de recherche dans les débris. Sur son écran, il voyait les ambulances quitter l'une après l'autre les lieux de l'embuscade. Un appel venait de réchauffer le cœur de l'officier de police judiciaire.

— On a récupéré un pouls ! C'est la troisième victime qu'on réanime !

L'appel venait d'un secouriste sur place.

— C'est une femme, pas d'identité sur elle. Son cœur est reparti, on fonce au déchoquage de l'hôpital !

— C'est qui ? cria Olivier dans la radio.

— Je ne sais pas encore ! C'est un membre des forces de l'ordre ! Elle est de chez nous.

Il n'en fallait pas plus pour redonner de l'énergie à Olivier, il sentait son cœur se réchauffer, sachant que celui d'Anaïs était reparti. C'était la seule femme en tenue de l'opération.

Il ne restait plus qu'à trouver d'où le signal informatique venait pour retrouver Josette. Mais l'officier de police judiciaire n'avait aucune trace de Mariam, Podrov avait dû déjà mettre la main dessus. Il n'est pas impossible qu'ils soient déjà dans un avion.

— Olivier, je crois que c'est bon, on a une adresse IP, je recoupe le signal avec la base de recherche du commissariat. Encore dix minutes, et c'est bon.

Olivier patienta encore, réfléchissant à tout ce qu'il avait vécu depuis lundi, il était épuisé. Dans une salle à côté de la sienne, Alban regardait les photos des personnes disparues sur un grand mur. Il passait d'un visage à l'autre en marmonnant. Il se retourna vers Olivier. Son regard était noir, ses poings étaient fermés.

— Vous aviez une affiche comme ça pour moi ?

— Non, répondit simplement Olivier. Vous n'étiez pas porté disparu. Vous étiez mis à l'écart de la société par un milliardaire psychopathe. Et entre nous, vous aviez besoin de soins psychologiques, mais vous n'avez pas reçu les bons.

— Mais personne ne m'a cherché ? Personne ne s'est inquiété ? Personne ne s'est demandé où j'étais ?

— Non personne, vous étiez quelqu'un de très discret avant la mort de Mariam, très peu d'amis, très peu de contacts en dehors du boulot.

— Elle n'est pas morte, monsieur l'enquêteur, je n'ai pas réussi à la tuer...

Alban s'arrêta net réalisant ce qu'il venait de dire à un représentant des forces de l'ordre.

— Je veux dire, je suis accusé à tort, le procès doit être rouvert je dois regagner ma dignité, ma vie.

Olivier ne savait pas quoi penser de ce lapsus. Alban était déséquilibré, et avait eu le cerveau manipulé et torturé pendant des années. Non vraiment, il n'avait pas la tête à penser à ça. Son téléphone sonna, le délivrant de cette conversation inconfortable. Il regagna la salle de conférences rapidement.

— Chef, c'est Lydia du central, j'ai appelé l'hôpital de

Lausanne pour le professeur Carlo Massetti comme vous me l'avez demandé, il est mort chef, je suis désolée. La police de Lausanne a quelques questions à vous poser.

— Je les rappellerai Lydia, prenez le numéro.

Le cœur d'Anaïs était reparti, celui de Carlo venait de s'éteindre. « Il nous faut une victoire, pensa Olivier, il nous faut une petite victoire. »

— Nasser, ça donne quoi cette adresse IP ?

— Plus qu'une minute chef, non, attendez ! C'est bon, on l'a ! C'est sur la RN 202.

Olivier y était avec Anaïs lundi matin. Il regarda Josette sur l'écran, elle se réveillait, regardant le plafond et la salle autour d'elle. Il faisait sombre, mais il reconnut cependant la pièce où elle se trouvait, il n'avait plus aucun doute.

— Je sais où se trouve cette maison, cria Olivier. Il faut se dépêcher, on prend l'équipe rouge et on fonce.

Une fois dehors, Olivier monta dans le fourgon avec Milan et Pedro. Il transmit à toute l'équipe les infos qu'il avait.

— C'est une vieille bâtisse au milieu d'un chantier de démolition. C'était la maison du père d'Alban. Ils sont en train de tout démolir autour. Je pense que Josette est enfermée au sous-sol, on y accède par une trappe en bas des escaliers qui mènent à l'étage. Je pense que les gars du chantier sont en train de la démolir. Podrov doit être derrière tout ça.

Olivier appela Khan pour lui demander de vérifier si Podrov avait des liens avec l'entreprise Nrgie, déjà présente lundi matin. Khan fut catégorique, elle appartenait à Podrov.

Toutes sirènes hurlantes, l'équipe entière se faufila au milieu des voitures. Olivier mit son équipement : casque, gilet pare-balles, gants. Il repensa à l'explosion qu'il avait vue ce matin. Il n'était pas impossible que cette maison puisse s'effondrer comme un château de cartes à leur arrivée. « Il nous faut une petite victoire, pensa Olivier, juste une petite. » Le trajet fut long, même en prenant la voie d'urgence, l'équipe était trop lente. Ils étaient tout près, mais ils craignaient tous d'arriver trop tard et de voir la maison exploser sous leurs yeux. Au loin, ils apercevaient un bulldozer et une pelle mécanique qui essayaient de faire plier la maison en lui portant des coups jusqu'à ce qu'elle flanche. En entendant les sirènes des fourgons de police qui se garaient autour d'eux, les machinistes des deux engins diminuèrent leurs coups. Plusieurs policiers leur firent signe d'arrêter pendant qu'Olivier et une équipe se dirigeaient vers la porte pour la défoncer à coups de bélier. À l'intérieur, des débris recouvraient la cache.

— Jo ! C'est moi ! C'est Olivier !

Pedro ouvrit la trappe lentement, pas d'explosion. Olivier descendit le premier et détacha Josette qui tomba dans ses bras, à bout de forces. Il lui enleva son bâillon. Elle haletait, elle était inconsciente, mais vivante. Peu de temps après, une équipe de trois pompiers la prit en charge avec le médecin dans l'ambulance. Olivier monta dedans pour s'assurer qu'elle allait bien.

— Tu m'avais fait une promesse, une promesse est une promesse Olive, lui avait-elle dit, avant de s'évanouir à nouveau.

Une escorte de police accompagna les pompiers jusqu'aux urgences. Sa petite victoire, il venait de l'avoir, mais elle n'avait pas de goût. Elle ne rattrapa ni la fatigue ni le sang ni les larmes et la mort que Podrov avait semés. Où se cachait le diable ? Où se trouvait Mariam ?

Assis sur le perron de la maison en ruines, il tâchait de reprendre ses esprits. Son chef l'appela pour le féliciter. Olivier ne réagit pas à ses félicitations. Le travail n'était pas terminé. Tout ça n'était qu'une diversion de Podrov pour qu'on ne le cherche pas lui, Olivier le savait très bien. La piste s'arrêtait là. Là où Podrov avait choisi de les emmener. Là où Podrov avait choisi d'enterrer cette affaire. Il venait de récupérer Josette à bout de souffle, à bout de vie, au bord de sa propre mort, une fois de plus. Il avait toujours veillé sur elle, il avait toujours protégé cette jeune femme qui s'était mise au milieu de sa route un soir de pluie. Il l'avait déjà récupérée dimanche, trois jours avant, complètement droguée. Il lui avait fait la promesse d'appeler cette agence de call-girls pour retrouver les types qui lui avaient fait ça. Il s'était dit qu'il le ferait plus tard, quand il aurait le temps, après avoir dormi. Une promesse est une promesse. Il saisit son téléphone pour appeler l'agence. La sonnerie résonnait dans son oreille. Y avait-il un lien entre cette soirée et Podrov ? Une vague intuition venait de le saisir. Avait-il dès ce week-end-là projeté d'éliminer Josette ? Une opératrice répondit avec sa voix la plus charmante. Après qu'il s'annonça comme inspecteur de police, l'opératrice reprit sa voix normale.

— Ici, c'est Monaco, on ne doit rien à la police française, je ne suis pas obligée de répondre.

— Ah bon, parce que j'ai une armée de journalistes qui ont des questions sur un réseau de blanchiment d'argent lié à vos clients, vous voulez voir le nom de votre agence dans les journaux ? Je serais curieux de voir combien de clients annuleraient vos services. J'ai juste besoin de connaître l'adresse de paiement ou de réservation pour Josette de samedi soir. Vite fait, bien fait, et vous n'entendrez plus jamais parler de moi.

L'opératrice le mit en attente. Un policier vient lui apporter une tasse de café qu'Olivier avala d'une traite avant de dire merci.

— On a un informaticien sur le coup inspecteur. Il est en train d'analyser le signal vidéo pour savoir où se dirigeaient les flux, on pense que Podrov voulait voir les images également. On a déjà une dizaine d'adresses, l'étau se resserre.

— Probablement des leurres pour nous distraire, répondit Olivier en tendant la tasse vide.

— Je vous en rapporte un autre chef.

Toujours en attente, Olivier se disait qu'il aurait plus vite fait d'y aller lui-même. Où pouvaient donc se trouver Podrov et Mariam ? Son téléphone émit un bip, Nasser tentait de le joindre.

— Nas, ça va ?

— Oui chef, j'ai retrouvé d'autres signaux qui partent d'ici et se relaient sur plusieurs VPN à travers tout le département. J'ai isolé dix adresses potentielles peut-être que Podrov se trouve à l'une d'elles, je t'envoie un lien avec les adresses.

— Super, encore des adresses potentielles, ici on a aussi trouvé des signaux qui partaient de l'ordinateur relayant le signal vidéo de Josette.

— Comment elle va ?

— Elle va bien, elle est vivante, c'est une battante. Je vais regarder ta liste, je te rappelle. Un grand merci mon pote.

L'opératrice de l'agence reprit la ligne.

— Rue des Hauts de Monte Carlo, à la Turbie.

— Quel numéro ?

— Il n'y en a pas de noté.

L'opératrice raccrocha aussitôt. Olivier descendit au sous-sol pour rejoindre l'informaticien.

— C'est un casse-tête inspecteur, plus je regarde, et plus je trouve des lieux potentiels où le signal est répercuté, on dirait qu'il crée des adresses au fur et à mesure. Il y en a une dizaine qui revient régulièrement.

— Donne-les-moi.

Olivier les nota sur une feuille et nota également les adresses fournies par Nasser. L'adresse de la Turbie avait bien été trouvée par Nasser et ici sur place, mais il n'y avait pas de numéro. Il appela le commissariat pour parler à Charles qui analysait l'ordinateur de Carlo Massetti, celui qui renfermait toutes les données recueillies par le R101.

— Est-ce que vous avez une propriété enregistrée au nom de Podrov dans la commune de la Turbie, sur les Hauts de Monte Carlo ?

— C'est un joli coin là-bas, je vais souvent y faire du parapente.

— On s'en fout ! hurla Olivier qui avait un trop-plein de caféine et de fatigue, est-ce que t'as une propriété là-bas ou pas ?

— Ben oui il y en a une, pas besoin de gueuler. Elle est au 2320.

— Scuse, je n'ai pas dormi, et le temps presse.

— Ça va, je voulais juste vous dire qu'une fois j'ai survolé cette maison en parapente, elle est immense, piscine, DZ pour hélico, des gens armés de partout. Elle est enregistrée au 2320, mais en fait j'avais regardé par curiosité sur le cadastre pour savoir qui habitait là. Et elle n'existe pas cette maison, elle n'est pas au nom de Podrov. C'est censé être juste un terrain.

— Comment ça ?

— Sur le cadastre, elle n'existe pas, elle a été construite illégalement sur un terrain au nom de Florent. Le permis de construire est un faux.

Olivier en était persuadé, Mariam se trouvait là-bas, et peut-être que Podrov aussi.

— Merci pour tout !

Olivier appela son chef et briefa toute l'équipe avec lui, il repartait à la Turbie, cette fois pour mettre la main sur Podrov. L'équipe de Nasser allait les rejoindre. Deux hélicos de l'armée avec une équipe de commandos allaient les appuyer, les groupes d'intervention de la police et de la gendarmerie au grand complet allaient être d'une aide précieuse.

En peu de temps, une cinquantaine de personnes se dirigèrent vers la Turbie, où est érigé le trophée des Alpes en l'honneur de l'empereur romain Auguste qui pacifia les Alpes. Il était temps pour Olivier de pacifier la Côte d'Azur. Qui veut la paix prépare la guerre, *Si vis pacem para bellum.*

25- PODROV

Mercredi après-midi, une cinquantaine d'hommes et de femmes convergeaient vers la Turbie par l'autoroute A8, par la moyenne corniche, ou par les airs. Olivier n'avait jamais participé à une mission de cette envergure. Il y avait tellement de monde rassemblé autour d'un coup de poker. Et si c'était encore un piège ? Si c'était un moyen pour Podrov de tuer le plus de monde possible ? Et si Podrov ne voulait que créer le chaos et disparaître pour toujours comme un magicien se cachant derrière un écran de fumée ? Il se cacherait derrière la poudre et les balles tirées pendant l'assaut, avant de prendre la fuite. Une fois la fumée dissipée, il serait déjà trop tard pour comprendre. Allait-il sacrifier beaucoup de forces sur ce coup-là ? Olivier en était sûr. Il serra le canon de son arme, cherchant de la force à travers cet acier, cette fois, il allait se servir de son arme. Comment faire pour que le moins d'hommes possible ne meurent. Qu'avait-il comme options ? Un assaut frontal serait le plus dévastateur, le plus risqué. Ou au contraire il se pouvait qu'ils ne trouvent qu'une maison abandonnée avec des pièges tout autour. Il fallait se fier à son instinct. À vingt mètres de la gigantesque villa, tous les véhicules étaient en stand-by, attendant les ordres de Torin. Le préfet l'avait officiellement nommé chef des opérations. Mais Olivier se demanda pourquoi il devait être le chef alors que les commandos avaient suivi des entraînements plus poussés pour réussir cette mission. Il y avait eu pas mal de contestations quand on lui avait confié les commandes, quasiment tous les chefs des groupes GIGN, GIPN, commando, forces spéciales et gendarmerie avaient dû faire de gros efforts pour mettre leur ego de côté. Mais le préfet en avait décidé ainsi. « Que feraient la plupart des chefs d'opérations » se demandait Olivier ? À quoi s'attendait Podrov ? Comment pouvait-il rentrer dans la tête de son ennemi ?

Olivier sortit du camion sans donner d'ordres. Comment prépare-t-on la guerre ? Olivier regarda les dizaines de camions rangés derrière lui. Une centaine de personnes qui s'étaient entraînées des jours et des nuits entières pour être prêtes pour cet instant précis, pour avoir le courage et la force d'affronter des gens immondes comme Podrov. Toutes étaient lourdement armées de fusils d'assaut, de grenades, de boucliers. Dans ce paisible village du sud de la France, la guerre pouvait éclater d'un instant à l'autre.

— À tous les chefs d'équipes, tout le monde se tiendra en retrait, j'irai seul à la porte.

Les contestations fusèrent comme des balles sur les ondes radio. L'officier laissa passer la salve. La diplomatie avant la guerre, voilà ce à quoi Podrov ne s'attendait pas. Tout le monde avait la haine contre cet homme. Certains se rappelaient les images de l'explosion du matin même. La nuit commençait à tomber, et tous avaient soif de vengeance plus que de justice.

— Je vais laisser la place à la négociation, essayer de découvrir les lieux. Les hélicos resteront en stationnaire au-dessus de la maison. À mon go, vous pourrez vous regrouper autour de la villa, vous entendrez tout sur ma radio.

« Ce n'est pas de la faiblesse, c'est de l'intelligence », se répéta

Olivier comme pour se convaincre. Les vingt mètres le séparant du portail d'entrée étaient interminables.

— Les hélicos, mettez-vous de chaque côté de la villa, mais hors de portée, et prévenez-moi en cas de danger.

Son arme à la main, le bras le long du corps, Olivier continuait d'avancer. Son cœur commençait à s'accélérer sous l'effet de l'adrénaline. Il serra son poing autour de la crosse en arrivant à hauteur de l'interphone. L'endroit semblait calme comme avant une tempête. Tout le monde suivait ses faits et gestes depuis la caméra fixée sur le casque. Il sonna trois fois.

— Oui ? demanda une voix sereine.

— Olivier Torin, officier de police judiciaire, je suis là pour une perquisition de la maison et pour mettre Alexei Podrov en état d'arrestation. Nous sommes lourdement armés et je ne souhaite pas une escalade de violence entre vous et nous, vous y perdrez beaucoup d'hommes. Je vous laisse deux minutes pour vous rendre.

L'officier de police judiciaire n'eut aucune réponse. Il regarda sa montre, il regarda les équipes qui le fixaient et se préparaient à l'assaut. Un silence glacial traversait l'atmosphère en attendant que les deux hélicoptères se positionnent dans les airs. Les nuages s'étaient teintés de rose, tandis que deux membres des forces spéciales pointaient leurs fusils automatiques vers la villa depuis les hélicoptères. Olivier prit une grande inspiration. Il ne voulait pas d'un bain de sang, pas cette fois. Le seul sang qu'il voulait répandre sur la terre était celui de Podrov, c'était sa cible. Pas celui des hommes qui attendaient dans les véhicules. C'étaient des jeunes pères de famille, des amants, des fils et des filles de parents fiers de leur descendance et qui avaient encore tellement de choses à partager. Lui était un loup solitaire, il pouvait mourir maintenant, la terre continuerait de tourner. Le monde entier s'en remettrait sans problème. Olivier n'avait pas envie de mourir pour autant, pas avant d'avoir coincé Podrov. Il regarda sa montre, encore trente secondes, et aucun mouvement derrière ce portail massif. Au bout d'une minute, il fit signe à tous ses hommes d'avancer. En quelques secondes, une cinquantaine d'agents se répartirent autour des hauts murets de la villa. Les hélicos descendirent de cinquante mètres.

— Ici Épervier 1, une voiture sort du garage vers vous à vive allure !

Une vingtaine d'agents s'établirent de part et d'autre de la route. La voiture défonça le portail en bois qui fermait l'entrée, un policier eut le temps de déployer une herse le long de la route. Les autres pointèrent leurs armes vers le véhicule et ouvrirent le feu quasiment tous en même temps. Armes de poing, fusils-mitrailleurs, tous tiraient en direction de la voiture. Des balles ricochèrent et touchèrent les agents massés autour. La voiture s'immobilisa, les pneus crevés par la herse.

— Cessez le feu ! criait Olivier depuis que les premières balles avaient pris leur envol sans attendre ses ordres. Cessez le feu ! implora-t-il à nouveau. Équipe A avec moi, je veux que les équipes B, C et D s'engagent dans la villa ! Les quatre groupes s'exécutèrent.

La pluie de coups de feu fit place à un brouillard qui semblait absorber tous les sons environnants. Les oreilles de tous les hommes présents sifflèrent. Les cris des hommes à terre commencèrent à se faire entendre. Cinq hommes se tordaient de douleur pendant que d'autres leur apportaient les premiers secours. Les blessures semblaient sans gravité. La voiture était blindée. À l'intérieur, Alexeï Podrov porta un cigare à sa bouche, son chauffeur se contorsionna pour lui allumer. Le Russe baissa la vitre de deux centimètres et souffla sa fumée à l'extérieur. Olivier y encastra le canon de son arme de poing.

— Vous êtes en état d'arrestation Alexeï Podrov, votre route s'arrête là, vous allez descendre du véhicule, et vous serez conduit au poste de police.

Le vieil homme ne semblait pas écouter. Il continuait à fumer d'un air paisible, ignorant les canons tournés vers lui comme s'il était assis tranquillement sur un fauteuil au bord d'une piscine. Il parla à son chauffeur un instant, puis laissa passer deux minutes. Il continuait à fumer.

— Alors, elle est enfin morte cette bonne femme ? demanda-t-il.

Olivier ne savait pas à qui il faisait allusion. Il ne savait pas s'il parlait de Josette ou d'Anaïs.

— Aucune femme n'est morte dans nos équipes ce matin, répondit l'officier de police judiciaire, descendez du véhicule immédiatement, vous êtes coincé.

— Je ne crois pas non, je suis exactement là où j'ai envie d'être. La psychologue de mes deux, elle est morte enfin ?

— Non, il en faut plus pour la tuer, répondit Olivier son arme toujours braquée sur Podrov. Descendez du véhicule !

— J'ai plus justement, j'ai une armée avec moi, on pourra la tuer tout à l'heure, demain, dans un mois, un an peu importe, elle est déjà morte vous savez, ce n'est qu'une question de temps. Et vous aussi.

Olivier serra le poing autour de la crosse. Et si pour en finir il lui suffisait de tirer une seule balle dans sa tête. L'idée lui traversa l'esprit à la vitesse de cette balle qu'il imaginait. Il pourrait dire qu'il l'avait vu bouger, mettre sa main à la veste, ou monter sa vitre à nouveau. Il ne risquait pas grand-chose finalement, beaucoup de paperasse. Certains le verraient même comme un héros. Lui, Khasan ou Vakha, quelle différence. Podrov se tourna enfin vers lui comme s'il venait de lire dans ses pensées. Il décida qu'il était temps.

— Très bien, emmenez-moi où vous voulez monsieur le policier.

À ces mots, le chauffeur débloqua les portes, et les deux hommes sortirent presque en même temps. Tous les agents du groupe A se jetèrent sur eux pour les immobiliser au sol. Même sans résistance de leur part, les deux Russes se retrouvèrent à terre et furent roués de coups. Olivier détourna le regard quelques instants avant de donner ses ordres.

— Allez, ça suffit, embarquez-les !

Ses hommes s'exécutèrent et relevèrent les deux hommes. Quand Alexeï passa devant lui, il sourit à Olivier avec les lèvres en sang. Un sourire qui lui fit froid dans le dos. « Je suis exactement là où j'ai envie d'être », avait-il dit. Qu'est-ce que cela signifiait ? Il voulait se faire arrêter ? Quel intérêt ? Cela ne plaisait pas du tout à Olivier. Il avait toujours cette impression depuis le début que le Russe menait la danse. Pourtant son équipe avait trouvé le mouchard, analysé ses données et remonté la piste jusqu'à lui. Tout ça ne pouvait pas avoir été calculé. Et pourtant, Olivier ne cessait d'avoir l'impression d'être dans une toile d'araignée. Plus il se débattait, plus il se sentait pris au piège. Comme une araignée, Podrov avait placé ses pièges un peu partout dans les Alpes-Maritimes. Comme une araignée, il avait capturé ses proies et les avait placées à l'endroit où il voulait. Podrov n'avait fait qu'attendre patiemment que l'on vienne le chercher. Il voulait qu'on l'emmène au poste. Il appela le chef du groupe A.

— Assurez-vous de ne pas être suivi. Emmenez-le directement en cellule à Auvare, qu'il ne voit personne et ne parle à personne. L'équipe B s'occupera de son chauffeur et l'emmènera dans un autre commissariat de Nice, je ne veux pas qu'ils se retrouvent ensemble.

— Bien chef.

Après quelques instants, les autres chefs d'équipes rejoignirent Olivier pour leur compte rendu. Ils n'avaient rien trouvé, la maison était vide et semblait avoir été abandonnée depuis longtemps. Il n'y avait rien dans le frigo, pas d'habits de rechange, pas de valises, pas de réserves de nourriture. Olivier en était maintenant convaincu, Podrov avait un plan, mais le policier ne savait toujours pas lequel.

— L'équipe C, vous restez en place pour la nuit, les hélicos rentrent, et avec les autres équipes, on se retrouve tous au poste pour débriefer.

C'était trop facile. Sur le chemin du retour, Olivier ne put s'enlever ça de la tête. Il n'y avait aucune trace de la famille de Podrov, Mariam et sa fille s'étaient volatilisées. D'une certaine façon, elles n'avaient jamais été en danger, surtout depuis qu'Alban était enfermé dans un hôpital psychiatrique. Le puzzle commençait à prendre forme malgré tout.

Mariam découvre les activités malhonnêtes de son père et décide de refaire sa vie sur la Côte d'Azur comme infirmière. Son père la surveille à distance et sa mère lui envoie de l'argent pour la soutenir. Elle tombe amoureuse d'Alban et se marie. Alban a une personnalité fragile, et en partant en Afrique il décompense psychologiquement. À son retour, Mariam lui annonce qu'elle est enceinte, et il lui mène la vie dure. Podrov veut alors s'en débarrasser, coupe les freins de sa voiture, mais c'est Mariam qui a un accident. Podrov fait croire à sa mort, l'aide à changer d'identité et lui fournit un soutien matériel. Il maintient Alban dans une cage en hôpital psychiatrique pour lui faire vivre l'enfer. Anaïs, qui enquête sur ses activités, trouve cette faille et décide de l'exploiter. Podrov s'en mêle et il décide d'éliminer toutes les personnes proches de ses affaires. Mais dans quel but ? Pourquoi ne pas disparaître tout simplement ? Les questions fusèrent dans son esprit les unes après les autres.

En arrivant au commissariat, Podrov fut immédiatement emmené en salle d'interrogatoire. Le commissaire attendait Olivier à l'entrée du bâtiment et le prit à part, il avait l'air grave.

— Olivier, ça craint !

— De quoi vous parlez, chef ?

— On n'a presque rien sur Podrov, toutes les infos du mouchard sont quasiment obsolètes. Tous les dossiers utilisent en fait des pseudos pour les agents français impliqués dans ses trafics. À première vue, on a de quoi le mettre en prison, mais en fait, on n'a rien ! D'autant plus qu'il est protégé par l'immunité diplomatique, on peut l'interroger, mais c'est tout.

— Et toutes les opérations à Lyon et Paris que vous avez lancées aujourd'hui ?

— On a récupéré des infos, des dossiers, des montages fiscaux, mais il nous faudra des mois pour tout recouper, il y a quelques fraudes par-ci par-là, mais pas de quoi le retenir en prison avant un procès qui aura lieu peut-être dans cinq ou dix ans.

— Il aura disparu d'ici là. Mais pour le kidnapping de Josette, le meurtre de Tchoki, l'explosion de ce matin, on a bien des preuves contre lui ?

— On n'a rien à son nom, et la maison qui a explosé n'était même pas légalement au nom de Mariam en fait. On n'est même pas sûr qu'elle ait habité là ? Son jardinier nous a surement mené en bateau, il a dû être payé par Podrov pour nous appâter, il a dû être payé une fortune. Podrov nous a bernés depuis le début. Je crains qu'il ne soit libre dans moins de vingt-quatre heures. Le jardinier aussi, il dit que vous l'avez frappé. Je m'en fiche en fait, il peut foutre le camp.

Le commissaire s'écroula sur son fauteuil, se grattant la tête d'une main et cherchant ses médicaments de l'autre. Olivier commençait à faire les cent pas dans le bureau de son chef. Tout ça avait donc été vain ? Il ne pouvait y croire. Sans rien dire, il sortit du bureau et alla vers la machine à café, elle était en panne. Il cogna de toutes ses forces un coup, puis un autre et encore un autre. Au bout de quelques minutes une âme charitable eut pitié de la machine autant que de cet homme abattu qui ne voulait pas s'avouer vaincu. C'était Nasser qui le prit par la nuque pour l'attirer vers lui, loin du regard de tous les policiers présents.

— Allez chef, venez !

Nasser le poussa presque pour le diriger vers l'étage supérieur, puis le tira par le bras dans le couloir. Olivier retenait des sanglots de rage et de fatigue avant de comprendre où Nasser voulait l'emmener. À l'étage supérieur, un autre distributeur de café fonctionnait à merveille. Nasser lui commanda un café comme Olivier les aimait, fort et sans sucre. Il lui tendit le gobelet et en commanda un deuxième pour son chef connaissant ses habitudes.

— Nasser, merci ! Je crois que l'on arrive au bout, il faut rentrer chez toi, faut que tu te reposes hein.

— Je vais y aller chef, tout va bien, on a eu Podrov non ?
Olivier lui raconta sa conversation avec le commissaire Henchoz. Nasser comprenait sa colère et n'avait pas vraiment de conseil. Il

écoutait, et pour Olivier c'était déjà pas mal.

— Faut le faire avouer, finit par dire Nasser. C'est clair qu'il souhaite quelque chose pour se rendre, quelque chose à échanger. D'après moi, il est venu pour négocier tout en montrant de quoi il était capable. Et si la balle était en fait dans ton camp ?

Olivier n'avait pas vu les choses ainsi.

— Ça se tente, finit par réagir l'inspecteur.

— Ça doit se tenter, conclut Nasser en se dirigeant enfin vers la sortie.

Olivier redescendit voir son chef et demanda à parler à Podrov. Moins de cinq minutes plus tard, Podrov était assis au milieu d'une pièce, attaché par des menottes au centre de la table. L'officier de police judiciaire prit le temps de l'observer, d'écouter sa respiration, de l'étudier. Le Russe était calme, froid, discipliné. Une vitre opaque le séparait de Podrov. Il voulait le faire attendre un petit peu. Avec lui, son chef et le préfet Prassin qui avait insisté pour participer aux interrogatoires. Il disait ne plus vouloir rien laisser au hasard. Tout le monde avait compris qu'il n'avait plus confiance dans les membres de ce commissariat.

Olivier déposa son arme dans la pièce d'observation et pénétra dans la cellule d'interrogatoire. Podrov ne parut pas surpris de revoir l'inspecteur. Il ne dit rien, il attendait qu'Olivier se mette à table également. Debout, face à lui, les bras croisés, le capitaine continuait de scruter sa proie.

— Qu'est-ce que vous voulez ? finit par demander le policier.

— Je n'ai rien demandé, vous êtes venu me chercher je vous rappelle, répondit le vieil homme en feignant de regarder ailleurs.

— Qu'est-ce que vous voulez ?

— Déjà savoir ce que je fais ici, qu'est-ce qui vous a pris de venir chez moi mitrailler ma voiture sans raison ?

— Qu'est-ce que vous voulez ?

— Rien, laissez-moi partir et je ne porterai pas plainte contre la police.

— Vous ne voulez pas partir, vous êtes exactement là où

vous avez choisi d'être. N'est-ce pas ? Maintenant que vous y êtes, arrêtez votre numéro, et dites-nous ce que vous voulez, et en échange de quoi ? Vous savez que la fin de cette histoire est proche, faites gagner du temps à tout le monde pour enfin clore ce chapitre.

— Rendez-moi ma fille.

— Pardon ? demanda Olivier qui ne s'attendait pas à cette réponse.

Podrov savait qu'il avait capté l'attention du policier.

— Quelqu'un a pris ma fille, il y a seize ans, elle est handicapée et élève ma petite fille toute seule, j'ai acheté une maison de retraite pour pouvoir l'embaucher, mais ce ne sera plus jamais la même. Elle a des pertes de mémoire, des cauchemars, des douleurs chroniques qui la paralysent jusqu'au thorax. Vous saviez qu'elle était à un cheveu de rester tétraplégique ? Elle n'est plus la même depuis qu'elle a eu cet accident, vous le saviez ?

— En quelque sorte.

— Depuis très longtemps, elle avait coupé les ponts avec moi, pas avec sa mère. Et petit à petit, on a repris contact, j'ai pu voir ma petite fille, et on lui a dit toute la vérité.

— Toute la vérité ? demanda Olivier.

— Juste la vérité que je voulais qu'elle comprenne. Elle a toujours pensé qu'Alban était mort dans l'accident. Je ne l'ai pas contredite. Nous avons projeté de quitter la France, nous voulions partir loin, Mariam a même accepté de venir avec nous. Les petits-enfants ont ce pouvoir exceptionnel de rassembler la tribu autour d'eux, d'apaiser les tensions et les querelles passées pour unifier les familles. Il n'y a rien de plus important que la famille. Mais ma fille n'est plus la même depuis cet accident. Elle a besoin de soins médicaux régulièrement, de physiothérapie, je vais lui offrir ça et une nouvelle vie. Quelqu'un doit payer pour ça. Quelqu'un qui a essayé de tuer ma fille doit payer pour ça. Rendez-moi ma fille d'avant l'accident.

— Alors c'est à vous de payer, non ? C'est bien vous qui avez saboté la voiture d'Alban, monsieur Podrov ?

Le Russe ne répondit pas tout de suite, il n'allait rien avouer, pas aussi facilement.

— Je pense qu'Alban a essayé de la tuer juste après la collision.

— Mais ça, monsieur Podrov, vous n'en savez rien. Vous n'avez pas de preuves, vous n'avez rien, à part des hypothèses. En revanche, la voiture trafiquée et le compte rendu d'expertise falsifié sont bien des preuves contre vous.

— Il a essayé de tuer ma fille, c'est le diable que vous protégez.

— Avec toutes vos affaires de corruption, vos trafics d'êtres humains, vos ventes d'armes et de drogues, je dirais que c'est vous le fléau de cette planète. C'est vous le diable.

Le Russe prit un air offensé.

— Vraiment, c'est comme ça que vous me voyez ? Je ne participe qu'à garder un certain équilibre entre les misérables. Je laisse un groupe fort dominer la majorité des êtres humains. C'est un équilibre que je maintiens pour éviter le chaos. La corruption, c'est quoi au juste, du favoritisme ? Est-ce que c'est quelque chose de nouveau dans notre société. Des gens incapables ont des postes qu'ils ne méritent pas parce qu'ils connaissent quelqu'un, parce qu'ils ont fait bonne impression à des entretiens, parce qu'ils ont pris des bêtabloquants pour garder leur calme. Les sportifs se dopent et sont payés des fortunes pour jouer à la balle, ou courir, ou faire du vélo, alors que ceux qui soignent sont payés une misère. La liste est longue monsieur Torin. Alors la question serait plutôt de savoir où est la frontière dans tout ça. L'alcool et les armes interdits dans un pays sont autorisés dans un autre. La marijuana, interdite dans un état des États-Unis, est autorisée dans un autre. La vie est une question de point de vue. Moi, j'ai décidé de regarder le monde d'en haut. Et ce que je vois n'est pas beau du tout. La vie est une question de règles, moi j'ai décidé de fixer les miennes, plutôt que de suivre celles d'un autre.

— Les agents de ce matin méritaient-ils de mourir ? Carlo

Massetti méritait-il d'être empoisonné et de mourir ?

— Des hommes sont morts ce matin ? Combien ? Où ça ? Dans le monde entier il y a tous les jours des morts, des meurtres, des accidents, des maladies, des guerres, pourquoi ceux-là auraient-ils plus d'importance que les enfants qui meurent de faim en Afrique, pour que vous continuiez à avoir du cacao, des diamants et de l'or bon marché ? Parce que ceux qui sont morts sont de la même ville que vous, qu'ils sont juste à côté ? Moi, je prends en compte tous les morts du monde, ils ont tous de l'importance.

Olivier pensait qu'à discuter avec le diable, il ne faisait que perdre du temps et n'irait nulle part.

— Qu'est-ce que vous voulez, je ne vous reposerai plus la question et je m'en irai, conclut Olivier.

— Un tête-à-tête ? demanda Podrov.

— Avec qui ?

— Vous savez très bien Olivier.

L'inspecteur fit mine de ne pas comprendre.

— Pourquoi lui ?

— Enfin voyons, c'est mon gendre, c'est ma famille, je n'ai pas été invité au mariage, je veux juste me présenter. J'aimerais discuter avec lui, savoir pourquoi il a essayé de tuer ma fille.

— En seize années d'hospitalisation, vous n'avez pas trouvé le temps ou l'occasion de discuter avec Alban ? Josette nous a dit que vous l'avez rencontré dans une de vos villas avec Tchoki.

— J'étais timide à l'époque, là je suis prêt à lui parler.

— Fous-toi de ma gueule !

— Eh bien, ramenez-moi dans ma cellule, mes avocats ne vont pas tarder. Je ne vous demande que dix minutes d'entretien avec ce monstre, et après je vous signe n'importe quel document, j'aurai une immunité de toute façon si vous refusez.

Olivier ne répondit pas et sortit parler à ses supérieurs.

— Qu'est-ce que vous en pensez ?

Le commissaire Henchoz se tortillait sur son siège. Il n'était pas à l'aise avec cette idée, et il n'était pas à l'aise avec l'idée de laisser

Podrov décider de la suite des évènements. Il connaissait son dossier par cœur, il savait de quoi il était capable. Il savait qu'il préparait un mauvais coup, mais au fond, il n'avait pas vraiment le choix. Les deux hommes regardèrent le préfet Prassin comme s'ils remettaient la décision entre ses mains. Le vieil homme savait qu'on l'observait et que l'on attendait sa réponse. Il prit le temps de réfléchir, puis se tourna vers Podrov qu'il voyait à travers la vitre.

— Donnons-lui ce qu'il veut, on n'a pas vraiment le choix, vos hommes ont été incontrôlables et Podrov présente plusieurs ecchymoses au visage, aux bras, au thorax et à l'abdomen. Comment allons-nous expliquer qu'il fallait une telle violence pour maîtriser un vieillard ? Il veut voir Alban Graham, donnons-le-lui. Qu'est-ce qu'on risque ? En revanche, je veux être présent pendant la rencontre, vous attendrez ici. Vous n'avez rien obtenu de lui, laissez-moi faire maintenant.

Il était clair qu'Olivier avait perdu sa confiance. Il n'avait pas été évident pour lui de diriger une cinquantaine d'hommes de groupes d'intervention différents, et les choses n'avaient pas tourné comme il l'avait espéré. De retour au commissariat, l'officier n'avait plus son mot à dire.

— Bien monsieur, comme il vous plaira. Je vais le chercher.

Olivier Torin s'arrêta dans le couloir avant de rentrer dans son bureau, il avait besoin d'un break. Il avait besoin de parler à Élisa, de savoir qu'elle allait bien.

— Salut c'est moi, Olivier.

— Olivier, je suis contente que tu appelles, je regarde les infos, c'est de la folie tout ce qui se passe. Je n'arrive toujours pas à croire que Carlo Massetti soit mort, c'est horrible. C'est moi qui lui ai amené la mort, tu te rends compte, c'était mon idée d'aller le voir là-bas à l'EPFL.

— Non ce n'est pas toi, c'est Podrov qui l'a tué, peut-être que l'on serait mort aussi si on avait bu nos boissons.

— Et l'affaire, comment ça avance ?

— Anaïs est tombée dans une embuscade ce matin elle a failli y rester, mais elle est vivante. On a fini par coincer Podrov, il est là au commissariat.

— Quoi ? Il s'est fait attraper aussi facilement ? C'est un piège, Olivier fait gaffe.

— Fais gaffe à quoi ?

— À tout, à lui, à ses hommes. C'est le genre de type qui ne se laisse attraper que si c'est lui qui le désire. Il prépare un mauvais coup.

— Je sais, je le sens aussi, mais je ne sais pas quoi exactement. Il a demandé à parler à Alban.

— Vous avez dit non j'espère ? coupa Élisa.

— C'est un peu compliqué, il a demandé à lui parler quelques minutes, il sera escorté. Peut-être qu'on s'inquiète pour rien.

— J'ai vu son dossier ce matin quand vous prépariez l'assaut. Cet homme n'a rien à perdre.

— Pourquoi ? demanda Olivier qui sentait que quelque chose lui avait échappé.

— Il va mourir bientôt, tu ne savais pas ? Il a une tumeur au cerveau qui peut exploser à tout moment et c'est inopérable. Il n'a rien à perdre. C'est un psychopathe insensible qui n'a plus rien à perdre.

Cette nouvelle information ne rassura pas du tout Olivier, mais au fond Podrov était une tête brûlée qui n'avait jamais craint ni rien ni personne. Tumeur ou pas, il était dangereux de toute façon.

— On va faire attention, ne t'inquiète pas.

— Dis Olivier ?

— Oui ?

— Après tu passerais me voir avant de rentrer chez toi ? Ça me rassurerait. Je ne crois pas que j'arriverai à dormir de toute façon.

— Je risque de finir tard mais OK je passerai.

Cette histoire de tumeur n'annonçait rien de bon. Qu'est-ce que Podrov avait derrière la tête ? Il décida d'aller voir dans quel état était Alban, sûrement en train de dormir.

Quand il ouvrit la porte de son bureau, Alban était sur son

ordinateur en train de surfer sur internet. Alban le regarda méchamment avant de se radoucir.

— Vous m'avez oublié ou quoi ?

— Non monsieur Graham, j'ai pensé à vous toute la journée. Comment allez-vous ?

— Comme quelqu'un qui est sur le point d'apprendre une mauvaise nouvelle, c'est exactement comme ça que je parlais à mes patients avant de leur dire qu'ils devaient se faire opérer. Je leur disais toujours « Comment allez-vous ? »

— Alors j'ai une bonne et une mauvaise nouvelle.

— Pitié pas comme ça, qu'est-ce qui se passe ?

— On a choppé Podrov, il est ici au commissariat, et il souhaite vous rencontrer.

— Me rencontrer ? Pour quoi faire ?

— Je ne sais pas et pour être honnête, je pense qu'il nous prépare un sale coup. Ou il veut rattraper le temps perdu avec son gendre, je n'en sais rien. Toujours est-il qu'il a demandé à vous voir en échange d'informations ou d'aveux de sa part. Et pour être totalement honnête, on n'a pas grand-chose contre lui. Vous êtes un peu notre dernière chance.

Alban semblait complètement perdu, ses yeux rougis et cernés au milieu de son visage pâle faisaient plus que jamais penser à un mort-vivant. Des heures qu'il tentait de rattraper le temps perdu. Des heures qu'il errait dans le commissariat comme une bouteille à la mer sans aucun message à l'intérieur. Sans but, sans passé, sans avenir, qui pouvait bien se soucier de lui. Il y avait bien cette psychologue qui avait réussi à le faire sortir de cet enfer dans lequel on l'avait enfermé, mais elle gisait sur un lit d'hôpital en réanimation. Maintenant, on lui proposait de rencontrer la personne qui avait organisé son internement, et qui avait tenté de tuer toutes les personnes autour de lui. Un beau-père dont il ignorait l'existence jusqu'à récemment. Mariam lui avait toujours dit qu'il était mort quand elle était enfant et qu'elle n'avait aucun souvenir de lui. Un beau-père qui avait tenté de le tuer en sabotant sa voiture seize ans plus tôt.

— Non merci, je ne souhaite pas du tout le rencontrer. Je pense que cet homme me hait au plus haut point et qu'il fera tout pour me tuer.

— Mais vous ne voulez pas nous aider à le coincer une bonne fois pour toutes, à le faire parler. Tout ce qu'il dira pourra nous aider à l'inculper. Pour vous dire la vérité, s'il sort d'ici il vous attrapera dans une semaine, un mois, un an et il pourrait bien vous torturer jusqu'à la fin de vos jours.

L'inspecteur savait qu'il y allait un peu fort, mais il n'avait plus le choix. Il devait faire en sorte qu'Alban accepte de le rencontrer. Podrov risquait de sortir libre en attendant enquête et procès. Il quitterait l'Europe et disparaîtrait. Les risques qu'il avait évoqués faisaient leur chemin vers l'esprit tortueux d'Alban Graham. La résignation se lisait sur le visage du médecin. Des petites voix hideuses chuchotaient encore à son esprit.

Vert tu restes là, et tu vis… Rouge tu y vas, tu ne reviens plus et tu meurs. Prends un triangle avec toi.

Ces petites voix s'étaient intensifiées tout au long de la journée. Il n'avait plus le contrôle sur elles. Elles allaient et venaient comme des folles en liberté, créant des sillons de terreur dans son cerveau. Chacune de leur apparition déclenchait des pointes douloureuses dans son crâne. Il regarda sa main avec la cicatrice au milieu en forme de triangle. D'où venait cette cicatrice ? C'est bien de ce triangle dont parlaient les petites voix. Prends un triangle avec toi, mais il ne savait pas ce que représentait ce triangle. Alban était figé et pensait à tout ça. Olivier le regardait en se demandant ce qui pouvait se passer dans sa tête. Soudain, Alban parut se réveiller et demanda :

— Où est Mariam ?

— Je ne sais pas, je n'en ai pas la moindre idée.

— Où est ma fille, j'ai regardé sur internet je n'ai rien trouvé, j'ai cherché toute la journée.

— Je pense que Podrov pourra répondre à toutes vos

questions.

Alban venait de mordre à l'hameçon, Olivier n'avait plus qu'à remonter la ligne tranquillement jusqu'à la salle d'interrogation où se trouvait le Russe. Il lui montra le chemin. Graham avait pris soin d'éteindre l'ordinateur et avançait lentement au milieu des couloirs comme un condamné à mort. Il marmonnait les mêmes mots incompréhensibles qu'il avait ressassés dans l'avion sur le rouge et le vert. Mais cette fois, Alban répétait également qu'il avait besoin d'un triangle. Sa voix changeait quand il était dans cet état, elle se faisait plus aiguë, plus macabre et hideuse.

Un triangle, prends un triangle avec toi ! Juste un petit triangle !

Les deux hommes n'avaient tous les deux aucune idée de quoi il s'agissait. Alban continuait d'avancer, et Olivier n'avait qu'une hâte, que cette journée se finisse, qu'il retrouve Élisa ce soir, et qu'il puisse dormir quelques heures. Mais qu'allait-il bien pouvoir faire de cet homme ? Sa place était en institut psychiatrique, mais il était clair qu'après ce qu'il y avait subi, il ne voudrait plus jamais y retourner. Anaïs n'était plus en état de s'en occuper, et il était hors de question qu'Olivier le garde chez lui ou chez Élisa, ou chez qui que ce soit d'autre.

En entrant dans la pièce, les deux hommes découvrirent le préfet Prassin adossé à un mur les bras croisés et Podrov assis à la table sans chaînes aux poignets. Dans les yeux du Russe, Olivier lut instantanément que Podrov voulait tuer Alban. Son œil luisait comme celui d'un lion qui découvre que sa proie est à sa portée et que, sans gros effort, il pourrait lui sautait au cou pour la tuer.

26- CONFRONTATION

— Pourquoi n'est-il pas attaché ? lança l'inspecteur.

Le préfet répondit simplement d'une voix neutre :

— Ses avocats viennent d'appeler, le consulat russe de Nice a appelé, et le ministère de la Justice vient d'appeler. Tous veulent qu'il soit bien traité et relâché. J'ai négocié pour le garder encore deux heures, mais il ne peut y avoir d'entraves à sa liberté, donc pas de menottes. Vous pouvez passer dans la pièce d'à côté inspecteur, je vous remercie.

Olivier n'appréciait pas cette tournure, il était sur le point de dire à Alban de faire demi-tour quand, spontanément, son protégé s'avança vers la table et s'installa sur la chaise, le dos bien droit, sans quitter Podrov des yeux.

— Bon je suis à côté, Alban si vous avez besoin, dit Olivier en quittant la pièce.

— Ça ira ! coupa le préfet.

De l'autre côté de la vitre teintée, Torin et Henchoz

regardaient les deux hommes qui se fixaient comme deux loups Alpha, prêts à s'entretuer. Alban n'avait plus le regard hébété qu'il affichait toute la journée. Il avait un regard de tueur glacial et sans pitié. En face de lui, le Russe esquissait un sourire laissant apparaître une canine prête à mordre. Un peu plus tôt, le Russe était apparu comme un diplomate, et Alban comme un patient psychologiquement fragile et influençable. Maintenant, les deux bêtes se fixaient, attendant un mouvement de l'autre pour sortir enfin les griffes.

— Je n'aime pas du tout ça, confia Olivier à son supérieur.

— Moi non plus, mais on n'a pas le choix. Ça ne pourra pas être pire que tout ce qu'on a fait jusqu'ici.

Le silence continua ainsi presque une minute avant que le beau-père ne lance les hostilités.

— Pourquoi vous avez maltraité ma fille, bien avant l'accident ?

— Elle savait que je ne voulais pas d'enfant, elle est tombée enceinte avant que je parte en Afrique, et à mon retour il était trop tard pour avorter, elle le savait.

Olivier était surpris par la clarté de ses réponses. Jusqu'à maintenant, il n'avait reçu que des réponses évasives à chacune de ses questions. Cela lui donnait la nette impression d'avoir été pris pour un con depuis trois jours. Il regarda son chef qui devait se faire la même remarque.

— Pourquoi vous avez voulu tuer le père de votre petite-fille ? rétorqua Alban à son tour.

— Parce que ma fille méritait mieux qu'un détraqué à ses côtés.

— Cela doit être pour ça qu'elle ne voulait plus vous voir. Où est-elle monsieur Podrov ?

— Elle a décidé de rejoindre notre clan. Elle a décidé que sa place était auprès de sa maman, que sa fille devait voir sa grand-mère plus régulièrement et qu'elle aurait un avenir meilleur si elle quittait ce pays de merde.

— Elle ne vous aurait suivi pour rien au monde.

— Pas moi, c'est sa maman qu'elle va suivre, moi je ne fais pas partie de sa vie, toujours pas, ma vie est ailleurs. Moi, je dois juste m'assurer que vous ne l'approcherez plus jamais.

La tension dans l'air était intense. Seul le préfet, toujours adossé au mur les bras croisés, ne montrait aucun signe d'énervement. Il portait toujours son manteau, malgré la chaleur de la pièce. Podrov joignit ses mains libres et joua avec la couronne de sa montre. Il se lança enfin :

— J'ai regardé chacun des entretiens que vous avez effectués avec le docteur Tchoki. Vous ne déclarez qu'une seule fois comment vous avez réellement essayé de tuer ma fille. La plupart du temps où vous êtes face caméra, il y a cinq ou six scénarios qui reviennent en boucle. Mais une seule fois seulement, une seule fois, vous racontez exactement comment cela s'est passé. Une seule fois en quinze ans d'hospitalisation, comme si vous ne pouviez plus garder ça pour votre esprit. Je voudrais qu'à la fin de notre rencontre, vous n'oubliiez plus jamais comment vous avez essayé de tuer ma fille. Et je vous garantis que jusqu'à votre mort vous allez vous en rappeler. Vous avez une idée ?

— Non, comment vous êtes sûr que ce n'est pas mon esprit qui m'a joué des tours, avec tous les produits chimiques que vous m'avez fait prendre pendant quinze ans ? Comment être sûr que ce n'est pas mon esprit qui a voulu vous jouer un tour aussi ?

— Parce que tout coïncide ! Si Tchoki avait été un bon médecin, il l'aurait compris plus tôt, s'il avait été un bon médecin je ne l'aurais probablement pas éliminé de l'équation.

L'inspecteur et le commissaire se regardèrent. Est-ce que Podrov venait de confesser un de ses crimes ?

— Vous savez Alban, je vous observe depuis votre première rencontre avec ma fille. Je vous connais mieux que vous-même, mieux qu'eux, dit-il en pointant la vitre du doigt. Je sais que le diable ici, c'est vous. Vous qui jouez l'innocent, l'apeuré, le tourmenté. Moi je suis un homme d'affaires qui franchit parfois les limites. Vous ?

Vous refoulez qui vous êtes ! Vous méritez de mourir autant que moi monsieur Graham, que Tchoki et que cette garce qui a joué les psychologues pendant des mois et qui fouinait partout chez moi ! Autant que cette traînée qui louait ses services à qui pouvait payer ! Autant que ce préfet qui connaît la moitié des gens qui ont profité de mon système dans l'administration, la police et l'armée française !

La tension prenait des allures de brume dans laquelle l'esprit se perdait et se laissait attraper, immobile, tourmenté.

— Je connais depuis longtemps cette histoire de vert et de rouge que vous utilisez pour vous colorier les doigts de la main gauche, vous avez une idée ?

— Non, admit Alban qui regardait ses doigts en réalisant qu'il les avait à nouveau peints en rouge et vert avec les marqueurs trouvés dans le bureau d'Olivier. Le pouce et l'index étaient coloriés, comme à l'hôpital quelques jours plus tôt.

— J'ai discuté personnellement avec les premiers pompiers arrivés sur les lieux de l'accident. Vous savez ce qu'ils ont constaté ?

— Non ! cria Alban qui maintenant semblait ne plus vouloir savoir.

— Ils ont constaté que Mariam n'était pas attachée par sa ceinture de sécurité.

— Mais je n'y suis pour rien !

— Je pense que si, justement. Parce qu'elle n'avait pas sa ceinture bouclée, mais elle l'avait autour du bras gauche. Parce que c'est elle qui conduisait. Vous, qui étiez dans un état de folie en sautant dans sa voiture, vous aviez bouclé votre ceinture. Vous savez comment on peut avoir un accident sans la ceinture, mais avoir quand même son bras dedans ?

— Non ! cria Alban, qui une fois de plus semblait ne pas vouloir ouvrir la porte de son esprit à la vérité.

Les voix tambourinaient également dans sa tête. Elles se faisaient plus fortes et plus moqueuses que d'habitudes, elles exultaient.

Vert tu vis, rouge tu meurs ! Rouge, elle meurt, vert elle vit !

Le visage d'Alban se froissa à nouveau, son attitude confiante et dominatrice en entrant dans la pièce l'avait abandonné devant l'horreur qui s'apprêtait à jaillir de la bouche du Russe.

— Vous avez débouclé sa ceinture, petite merde, lâche ! Vous avez gardé votre ceinture et vous avez débouclé la ceinture de sécurité de ma fille ! Juste avant l'impact. Vous vous êtes même demandé si vous alliez déboucler sa ceinture ou la vôtre ou les deux. Rouge, c'est l'index de la main gauche, vous décrochez sa ceinture et vous gardez la vôtre. Vert, c'est votre pouce, vous n'appuyez pas sur votre boucle de ceinture, et vous vivez. Alban ne le contredit pas, les images de l'accident revenaient au fur et à mesure que le Russe lui décrivait la scène.

— Elle était enceinte, petit enfoiré de merde, et tu lui as débouclé sa ceinture. Et je pense même que c'est toi qui as tourné le volant vers l'arbre. L'impact s'est fait côté conducteur et non pas passager. Tu devais être à la place du mort, mais tu as pris le contrôle de son volant.

Alban n'écoutait plus. Podrov s'en aperçut et lui laissa un peu de temps pour récupérer. Il voulait que son gendre entende tout ce qu'il avait à dire. Il joua à nouveau avec la couronne de sa montre, la tournant tantôt vers le haut, tantôt vers le bas, toujours en fixant Alban et ses réactions.

Torin, de son côté, commençait à comprendre son aversion pour Alban. Il avait toujours ressenti de la répulsion pour cet homme, il venait de comprendre enfin pourquoi. Les deux policiers derrière la vitre venaient de comprendre que l'homme d'affaires russe avait raison finalement, c'était bien Alban le diable. C'était bien Alban qu'il fallait enfermer. Tous venaient de comprendre que quinze ans dans un hôpital psychiatrique, ce n'était pas cher payé. Toujours les bras croisés, la tête baissée, le préfet ne réagissait pas.

Les voix dans la tête d'Alban poussaient des hurlements et dansaient dans tous les sens. Leurs cris stridents lui faisaient fermer les yeux de douleur. Il se contorsionna d'un air de dégoût pour ne plus voir sa propre laideur. Il respirait vite, trop vite, il allait bientôt s'évanouir. La claque partie tellement vite que personne ne réagit. La tête d'Alban se tordit de douleur et de surprise.

— Reste avec moi petite merde, je n'en ai pas fini avec toi, j'ai besoin que tu écoutes.

Alban, tout en se tenant la joue, observa son agresseur, sa respiration à nouveau calme. Le préfet avait tout vu, mais resta adossé au mur sans bouger.

— Parce que de déboucler la ceinture de Mariam ne t'a pas suffi, continua Podrov. Il a fallu que tu ailles encore plus loin. Et ça, c'est moi qui l'ai déduit, tu ne l'admettras peut-être jamais. Ton cerveau ne le supporterait pas je pense. Tu n'as pu l'avouer à demi-mot qu'une seule fois. Mais j'en mettrais ma main à couper que tu as là aussi ta part de responsabilité. J'ai posé la question à Mariam, elle ne s'en souvient pas. Mais là aussi les secours sont formels.

— De quoi vous parlez ? demanda Alban qui semblait plus que jamais perdu.

— Les spécialistes appellent ça la cinétique de l'accident. Tu étais médecin, tu as dû entendre parler de ça, les policiers aussi, non ? En fonction de l'accident, quel type de blessures vont être occasionnées. Et dans la cinétique de ton accident avec Mariam, il y a une blessure sur ma fille qui ne correspond pas à la collision, tu ne vois toujours pas de quoi je veux parler ?

Alban ne dit rien, il attendait, il savait qu'il allait encore subir une morsure. Son esprit voulait entendre la vérité, mais une part de lui luttait pour faire marche arrière, pour faire disparaître cet accident à tout jamais.

— Ramenez-moi dans votre bureau, ou n'importe où ? finit-il par supplier en se tournant vers la vitre. Il transpirait à grosses gouttes.

Personne ne fit quoi que ce soit, il n'allait pas échapper à sa vérité aussi facilement. La pièce était chauffée au maximum pour rendre les interrogatoires aussi inconfortables que possible. Personne ne répondit. De victime, il venait de prendre le statut de criminel en moins de dix minutes. L'accident datait de plus de quinze ans, et les preuves étaient si minces qu'Alban ne risquait aucun procès. Anaïs n'était plus là pour le protéger. Olivier en était certain, une fois l'interrogatoire fini, il s'occuperait personnellement de le faire interner en hôpital psychiatrique. Et peu importait si les hommes de Podrov le retrouvaient, il ne bougerait plus jamais le petit doigt pour lui, même s'il devait crever sous ses yeux. Ce qu'Olivier voulait, c'était coincer Podrov pour le mal qu'il avait fait à Josette, pour ses hommes qui étaient morts ce matin et pour la mort de Carlo. C'était maintenant le seul objectif de ce commissariat pensait également le commissaire Henchoz.

— Après cet entretien, vous allez remettre cette petite merde dehors, je ne veux plus en entendre parler, c'est compris ? demanda le commissaire.

— Oui chef, je n'y manquerai pas.

Le Russe savourait ce moment. Cela faisait des années qu'il jouait à torturer l'esprit de son gendre par personne interposée. Il avait imaginé cette rencontre depuis tellement longtemps, l'avoir en face de lui, et jouer enfin avec son esprit, était un réel plaisir. C'était sadique, mais c'était sa nature et sa vengeance aurait pu être pire face à quelqu'un qui avait causé l'accident de sa fille enceinte de plus de huit mois. Il avait pensé plusieurs fois le faire sortir de l'hôpital et le garder enfermé dans un bunker d'une de ses propriétés en dehors de l'Europe. Là où personne ne poserait de questions, pour le faire souffrir tous les jours. Le Difover marchait tout aussi bien, Alban se réveillait tous les deux jours, voire tous les jours, en réalisant qu'il avait tué Mariam et ne se rappelait plus comment cela s'était passé. Il avait honte, se sentait coupable et repassait par toutes les phases du deuil. Aucune torture physique n'aurait pu le faire souffrir autant.

Quand Alban se ressaisit, Podrov reparti à la charge.

— Vous avez amené un triangle ? demanda Podrov en souriant.

Alban avait entendu les petites voix dans sa tête lui dire d'en prendre un avec lui, mais même à cet instant, il n'avait aucune idée de quoi il s'agissait. Olivier aussi avait entendu Alban parler du triangle et était une nouvelle fois surpris par la justesse des mots de Podrov.

— Je ne sais pas ce que c'est, je ne sais pas de quoi vous parlez, confia Alban.

— Regardez votre main, la gauche, vous voyez cette cicatrice au centre, elle vient de l'accident. Elle vient du triangle, cette cicatrice.

— Je ne sais pas comment je me suis fait ça.

— Ou alors, vous ne voulez pas savoir. Moi je pense que vous ne voulez pas savoir.

— Non en effet, je ne veux pas ! cria Alban en essayant de se lever.

Le préfet le rattrapa par ses cheveux gras et le tira d'un bras de toutes ses forces pour le ramener à la table devant le Russe.

— Vous allez rester ici, ou je vous remets en cellule jusqu'à la fin de votre vie vous avez compris.

Alban regarda le préfet et Podrov d'un air effrayé. Il réalisait qu'il n'avait plus de soutien. Les policiers étaient les seuls qui prenaient soin de lui depuis trois jours malgré son attitude, mais de toute évidence, ce soutien avait disparu quand Podrov avait évoqué l'accident. Cette fois, il avait vraiment peur et se sentait seul comme la fois où, à huit ans son père l'avait mis dehors en pyjama en pleine nuit, en hiver. Alban avait fait pipi au lit encore une fois. Les rues étaient désertes, il faisait froid, et Alban avait dû attendre six heures du matin pour rentrer chez lui. Il était resté seul à pleurer sur le pas de la porte, son pyjama mouillé.

Une fois sur sa chaise, les bras sur la table, il redressa la tête et put voir Podrov sourire à pleines dents, de la bave au coin des lèvres.

— Alors fiston ? On continue ?

Alban n'était plus dans un cauchemar depuis quelques jours, mais la peur qu'il ressentait n'avait jamais été aussi puissante. Ses poils étaient hérissés, son cœur battait à toute allure, et la chaleur était trop intense, il étouffait, il n'en pouvait plus. Il était à deux doigts de s'évanouir, il en venait à espérer une bonne crise convulsive. Il en venait à espérer se faire hospitaliser à nouveau.

— Tu as un triangle avec toi ?

— Je ne sais pas de quoi vous parlez.

Podrov prit le temps de choisir ses mots. Il voulait de l'effet dans chacun d'eux. Il voulait que chacun de ses mots soit une épine qui s'enfonce dans les nerfs de son gendre. Il voulait que chacun de ses mots donne à Alban l'envie de mourir sur-le-champ.

— Le triangle c'est ce qui nous rapproche tous les deux, vois-tu. C'est ce que l'on a en commun. Sans lui, nous serions différents. Moi je resterais le seul à avoir commandité à mon sniper de tirer sur Tchoki, à mes hommes d'empoisonner votre professeur d'université, et à faire exploser une maison remplie de policiers. J'ai organisé toutes ses attaques, je t'ai fait suivre à la trace depuis la minute où tu as quitté l'hôpital psychiatrique. Je voulais te mettre la main dessus pour te parler de ce triangle.

Tous étaient perdus, mais suspendus aux lèvres de l'homme d'affaires.

— Sans ce triangle, poursuivit-il, tu serais le gentil et moi le méchant. Mais tu as utilisé le triangle et tu mérites de crever encore plus que moi. Je n'ai tué que des méchants dans ma vie, ou alors des gentils par erreur, comme ce professeur, oups !

Les trois représentants de l'ordre n'en revenaient pas de tels aveux. Olivier s'assura auprès du technicien que tout était bien enregistré.

— Lui, c'est vrai je ne voulais pas trop le tuer, mais il a quand même fouillé dans mes affaires, vous comprenez, messieurs les policiers. C'est une propriété privée n'est-ce pas ? Alors je disais que tu as utilisé un triangle, c'est là que tu es devenu une ordure. Mais une vraie ordure. Tu vois dans le monde actuel, il y a des businessmen et des ordures. Les businessmen vendent des frites, des vêtements, des soins médicaux, des services, de la drogue, des armes, du chocolat. Tout est pareil, tout est de la marchandise. Et il y a les ordures qui sont appelées par les businessmen pour faire le sale boulot. Ce sont eux qui se salissent les mains, qui éliminent un autre dealer de drogue dans un quartier, un autre vendeur d'armes, un autre businessman. Tu saisis ? Ceux qui réussissent vraiment comme moi ce sont ceux qui font des affaires et aussi se salissent les mains personnellement. Ce sont ceux-là qui réussissent vraiment, parce qu'ils n'ont peur de rien. Toi et moi, on a ça en commun. On est des ordures. Toi tu l'as été quand tu as tué ma fille.

— Je ne l'ai pas tuée, c'était un accident.

— Tu as causé l'accident et détaché sa ceinture avant l'impact et elle était enceinte. Ça fait de toi la pire des ordures. Moi je n'ai jamais tué une femme enceinte ! Quand les pompiers m'ont parlé de la cinétique de l'accident, tu sais ce qu'ils ont dit ? Vous savez, vous ? demanda-t-il en se tournant vers la vitre. Non bien sûr, vous êtes nuls en investigation, vous n'êtes pas formés, pas suffisamment nombreux, pas intelligents, alors vous êtes nuls et aigris. Vous savez ce qu'ils ont vu ? Ils ont vu que la carotide de ma fille avait été coupée, pas sectionnée, mais coupée.

Au fur et à mesure que Podrov parlait, Alban se décomposait en se demandant si c'était vrai ou pas, si c'était possible qu'il soit capable de faire ça.

— Ma fille enceinte venait de subir un accident de voiture, mais ça ne te suffisait pas d'avoir détaché sa ceinture. Les pompiers ont dit qu'il y avait du sang partout parce qu'elle avait la carotide coupée, ils l'ont vite sortie. Ils ont arrêté l'hémorragie par une compression manuelle et sont partis directement au bloc opératoire pour faire une césarienne en urgence, tout en suturant la carotide. Il y avait du sang dans la voiture, le temps que les pompiers sortent leur véhicule et arrivent sur le lieu de l'accident, même la nuit, il faut plus de quinze minutes. Mais si la carotide avait été sectionnée à l'impact, elle n'aurait pas tenu plus de trois minutes, ma fille.

Le Russe prit une pause pour essayer de se maîtriser. Sa colère pouvait être vite dévastatrice ou meurtrière. Il ne fallait pas la libérer pour l'instant. Il devait attendre encore un peu. Il se mit à respirer comme Anaïs lui avait appris durant ses sessions de psychothérapie. Il sourit en pensant à elle. Il regarda Graham en face de lui, il était décomposé, perdu, hagard. Il regarda le préfet présent dans la pièce, il ne bougeait pas.

— C'est pour protéger cette merde que vous avez risqué la vie de l'un de vos meilleurs agents, monsieur Prassin ? Vous vous en rendez compte ? Vous avez vu que c'est moi la justice !

Il se tourna vers la vitre.

— Vous allez faire quoi après monsieur Torin, vous allez le ramener chez vous ? Vous allez pouvoir dormir près de lui ? Je vous avais déjà dit de me le laisser ! C'est moi la justice, vous comprenez maintenant ?

Il regarda Alban en triturant sa montre.

— Vous allez comprendre. Le verre utilisé pour les vitres d'une voiture est spécial, c'est du verre Securit, un verre traité pour être résistant, s'il casse, il se pulvérise en plusieurs morceaux très peu coupants. Ce verre peut blesser et couper, mais ne peut pas trancher une carotide. En revanche, la boîte à gants était ouverte. Ma fille laissait un gros miroir dedans, tu te rappelles pourquoi ?

Alban hocha la tête en se rappelant que Mariam l'avait laissé là pour se maquiller pendant le trajet pour aller travailler, pendant que son mari conduisait. Alban avait pris l'habitude de freiner brutalement à chaque fois que Mariam se maquillait dans la voiture. Elle se cognait contre le petit miroir de courtoisie, ce qui les faisait rire tous les deux. Un jour, alors qu'Alban allait freiner, elle se redressa sur son siège et sortit un énorme miroir de la boîte à gants. Son mari ne pouvait plus l'embêter.

— Oui, je vois que tu te rappelles pourquoi ? Tu as récupéré le miroir dans la boîte à gants. Il s'était brisé après l'accident. Tu en as récupéré un morceau n'est-ce pas ?

Graham hocha la tête, la scène lui revenait au fur et à mesure que Podrov la décrivait. Il ne luttait plus, son cerveau ne luttait plus.

— Ce morceau était en forme de triangle, ta ceinture était coincée. Tu as tendu les bras vers ma fille avec ce triangle, et tu savais où le planter. Tu as visé la carotide, mais tu n'en as eu qu'un bout. Ta ceinture t'a sauvé la vie, mais a aussi empêché que tu sectionnes plus profondément la carotide de ma fille. Quand tu as vu le sang, tu étais content, tu as repris le morceau de verre en forme de triangle et tu l'as enfoncé dans la paume de ta main dès que tu as entendu les sirènes arriver. C'est de là que vient ta cicatrice. Aux urgences, ils ont dû forcer pour te faire ouvrir le poing et comprendre d'où venait le sang. Ils t'ont enlevé le morceau de verre et t'ont suturé. Tu as gardé cette cicatrice en triangle. Il m'a fallu une journée entière pour mettre la main sur ce morceau de verre. J'ai pu le retrouver, tu sais ? J'ai récupéré le miroir et il coïncide parfaitement ?

Alban revoyait encore et encore la scène de l'accident. Il se balançait d'avant en arrière et semblait être sur le point de craquer devant cette vérité qu'il avait réussi à repousser toutes ces années.

— Tu vois ce que je veux dire, tu n'es pas du côté des businessmen, tu es du côté des ordures, mais tu ne l'assumes pas. Tu sais ce qu'on dit ? Ce qui ne te tue pas te rend plus fort. Moi pour m'en souvenir, j'ai gardé ce bout de verre qui n'a pas tué ma fille, et il m'a rendu plus fort. Je l'ai nettoyé et aiguisé chaque année en pensant à toi.

Alban continuait de se balancer de plus en plus fort. Au moment où sa tête revint vers le Russe, Podrov attrapa ses cheveux de sa main gauche. Il sortit avec sa main droite la couronne de sa montre, et un jet de sang atteignit le plafond de la pièce. Le triangle de verre aiguisé par Podrov était dissimulé dans sa montre. En moins d'une seconde, il venait de sectionner la carotide d'Alban. Elle éclaboussait les alentours, comme si, elle aussi, ne voulait plus contenir ce sang maudit.

Le préfet fut le premier à réagir, il décroisa les bras, il dissimulait une arme. Il tira cinq balles sur le milliardaire qui s'écroula sur le sol à côté d'Alban qui continuait à se vider de son sang à chaque battement cardiaque.

27- UN SANG CIBLE

Les deux hommes se vidaient côte à côte. Leurs sangs se mêlaient sur le sol crasseux de la salle d'interrogatoire. L'odeur de poudre et de sang avait envahi l'atmosphère. Les murs avaient été éclaboussés. En ouvrant la porte, Olivier arriva en enfer, deux diables agonisaient au sol. Il tenta d'appuyer sur la carotide d'Alban. Celui-ci le repoussa devant les yeux suppliants du policier. Il ne voulait pas être sauvé, son âme voulait rejoindre les ténèbres, son cœur devait accepter sa face cachée, celle d'un monstre capable de tuer, capable de dissimuler, de mentir, de faire souffrir. Il voulait juste mourir, sa place n'était plus ici sur cette terre. Son cœur s'arrêta, son esprit se libéra, le regard vide, de ce purgatoire dans lequel il traînait depuis plus de quinze ans. Le sang arrêta de jaillir de son cou, celui de Podrov continua lentement à se répandre. En se retournant vers l'homme d'affaires, Olivier vit également qu'il n'y avait rien à faire. Par deux fois sa cervelle avait recouvert le mur, et trois autres balles avaient été tirées sur sa poitrine, sur son cœur. Le milliardaire n'avait aucune chance, les balles avaient été tirées quasiment à bout portant.

Le commissaire arriva derrière lui et se dirigea vers le préfet qui venait de tirer. Il avait toujours son arme à la main. Olivier l'a reconnu immédiatement, c'était la sienne, celle qu'il avait laissée dans la pièce sombre juste avant d'aller chercher Alban. Elle n'avait jamais servi quand elle était avec lui, elle venait de tuer. Elle venait de mettre fin à la guerre que Podrov avait déclenchée. Henchoz lui fit baisser l'arme au sol délicatement et prit le préfet par le bras pour le faire sortir. Il ne semblait pas ému, ne semblait pas gêné ou soulagé, il avait le visage neutre comme un assassin qui n'en était plus à sa première victime. À l'entrée de la salle d'interrogatoire, de nombreux policiers avaient accouru, constatant, chacun à leur tour, qu'il n'y avait plus rien à faire. Le brouhaha fit place à un silence pesant en attendant les secours qui devaient constater les deux décès.

Trois jours d'enquête finissaient ainsi, par un gros merdier.

Les deux méritaient de mourir sans l'avoir choisi. Alban était un monstre qu'ils avaient protégé, et Podrov, qui se savait condamné, voulait le tuer de ses propres mains. Il voulait le tuer comme Alban avait essayé de tuer sa fille avec le même bout de verre. Le Russe avait organisé son départ, comme celui de sa famille. Nasser avait raison, Podrov avait toujours été là où il avait voulu être, assez proche de son gendre pour lui trancher la gorge personnellement. Il avait tout planifié, à part peut-être la puce R101. Il avait projeté d'envoyer sa psychologue le faire sortir et ses hommes éliminer les témoins gênants. Après avoir été trahi par Anaïs et par certains de ses alliés au gouvernement qui avaient mis cette puce R101 entre ses mains, il voulait se venger. Il avait fait diversion avec le kidnapping de Josette, le temps de faire le ménage et s'est laissé prendre pour se rapprocher d'Alban. Le préfet Prassin qui était en fin de vie et ne finirait sûrement pas l'année n'avait plus rien à perdre non plus. Il n'attendait qu'une occasion pour venger l'attaque sur ses hommes et Anaïs sa protégée. Le meurtre d'Alban était du pain béni pour Prassin. Ça lui donnait l'occasion de se venger en envoyant une ordure en enfer quasiment légalement.

Les deux méritaient de mourir. En sortant, le préfet regarda le regard abasourdi d'Olivier.

— Justice a été rendue, mon garçon. Ne vous inquiétez pas capitaine. Allez vous débarbouiller, je m'occupe de nettoyer tout ça et de la paperasse.

Olivier se sentait vidé, l'adrénaline venait de retomber dans son sang. Il était épuisé, pâle et sous le choc, il était recouvert du sang de la personne qu'il était censé protéger. Il avait vu les méthodes de Tchoki pour semer le doute dans l'esprit d'Alban. Il lui semblait que Podrov avait utilisé la même méthode. L'officier de police nageait en plein doute lui aussi. Se pouvait-il qu'Alban soit innocent de ce dont on l'accusait. Aussi perturbé soit-il, peut-être qu'il ne méritait pas de mourir. C'est lui qui l'avait placé en face de Podrov, qui l'avait convaincu de le voir. Il en était responsable, peu importait son aversion pour cet homme.

Il sortit prendre l'air, la nuit était tombée depuis un moment, le sol était encore humide des pluies du jour. Il fallait boucler cette journée et rentrer. Torin passa ensuite deux heures à répondre aux questions des enquêteurs et à rédiger son rapport. Puis il débriefa avec son chef. Le préfet avait quitté les lieux quand les corps avaient été évacués. Olivier n'était plus d'humeur à voir Élisa et lui envoya un message. Il décida qu'il passerait plutôt à l'hôpital. Il alla voir Josette en premier. Elle se réveilla dès qu'il entra dans la chambre.

— Hey Jo, comment va ?

— Ça va Olivier, ça va, mais j'ai vraiment eu la trouille.

— Ne t'inquiète pas, il est mort Podrov, il ne te fera plus jamais de mal. On pense que c'est lui qui a dit à ces hommes de te larguer au milieu de l'autoroute, en pleine nuit le week-end dernier.

Elle se jeta dans ses bras et se mit à pleurer. Ils avaient tous les deux besoin de cette étreinte, de chaleur humaine. Elle n'avait pas voulu retrouver son fils, tant elle craignait que Podrov s'en prenne à lui, elle était soulagée de le savoir enfin mort.

— Repose-toi un peu, je passerai te chercher demain matin, je te ramènerai chez toi.

Il quitta la chambre et passa voir Anaïs. Elle était intubée sous ventilateur. Même dans cet état, allongée sur un lit et reliée à des tuyaux et des machines, Anaïs dégageait une force, dégageait de l'énergie. C'était une battante, ce séjour à l'hôpital n'était rien pour elle, comparé à ce qu'elle avait dû subir durant ses entraînements. Les infirmières disaient qu'elle allait mieux, les médecins avaient prévu d'essayer de la réveiller au petit matin.

Il décida de rentrer chez lui, il se faisait tard. Mais il ne put s'empêcher de penser à ce préfet qui avait attendu tranquillement sans rien dire durant toute la confrontation entre Graham et Podrov. Il avait patienté tout du long avec une arme à la main. Olivier eut un flash, son instinct reprenait le dessus. Prassin avait prévu de l'éliminer dans cette cellule. Il avait pris son arme et attendait le moindre mouvement de Podrov. Et il lui avait enlevé les menottes pour que justement il puisse bouger. Il avait été attristé et en colère à l'annonce de la mort d'Anaïs. Est-ce que c'était une vengeance personnelle, ou y avait-il autre chose ? Dans toute la France, les opérations avaient été mises en suspens sans que l'on sache d'où venait l'ordre. Il commençait à y avoir trop de coïncidences. Il devait en avoir le cœur net. Il reprit la direction du commissariat. Il alla directement à la salle d'informatique. Un des ingénieurs travaillait toujours sur l'ordinateur de Carlo Massetti avec Khan.

— Alors, du nouveau ?

— Trop d'info tue l'info, répondit Khan sans quitter l'écran des yeux.

— Je voudrais bosser sur les dossiers de Podrov, c'est possible ? demanda Olivier.

— Vous aussi ? Allez-y, plus on est de fous.

— Qui d'autre voulait y avoir accès ?

— Surtout le préfet, il a passé la journée ici à regarder chaque dossier, et à effectuer des recherches. Je pense qu'il me surveillait moi.

— Il était sur quel poste ? demanda Olivier.

— Celui du fond.

Olivier s'y installa et regarda l'historique, il avait été effacé.

— C'est possible de voir ce qu'il a déjà consulté comme dossier, ça évitera que je fasse du travail en double ?

— Oui bien sûr, je vous installe un logiciel fantôme.

— C'est quoi ? demanda Olivier.

— Toutes ses recherches ont été enregistrées ici comme avec une caméra, il vous suffit de mettre avance rapide ou stop comme sur un film pour voir sur quoi il a déjà bossé. Certains virus fonctionnent ainsi pour voir ce que vous pointez avec la souris, ce que vous recherchez. Mais ce logiciel enregistre tout ce que vous faites.

L'officier de police judiciaire n'avait jamais entendu parler de cette technologie. Il commença à visionner le film. Le préfet ne s'était intéressé qu'aux dossiers en lien avec l'administration française, il avait consulté tous les dossiers. Sur chacun des dossiers, il effectuait toujours les mêmes recherches par mots-clefs : PPC. Un seul sur tous ceux que contenait l'ordinateur présentait ces trois lettres. Il s'agissait d'un permis de construire datant de plus de quinze ans, avec une somme de cent mille euros net transférée à PPC. Aucun autre nom, aucun autre mouvement n'était rattaché à ce PPC. Il pensa d'abord au parti communiste, mais élimina rapidement cette option. Le préfet avait passé des heures à effectuer des recherches là-dessus, puis s'était déconnecté. Olivier rechercha le numéro de permis de construire. Il retrouva sa trace dans le logiciel de la police. C'était celui de la villa qu'il avait prise d'assaut quelques heures plus tôt. Il était signé du maire de la ville et de Claude Prassin. Il avait été ensuite annulé cinq ans plus tard, mais la villa n'avait pas été démolie.

Olivier en eut la tête qui tournait, PPC c'était pour Préfet Prassin Claude. Il s'était assuré toute la journée de détruire les preuves contre lui. Puis il avait lui-même éliminé Podrov de l'équation. C'était peut-être pour ça que le préfet avait confié à Torin la direction des opérations à la villa de Podrov. Il fallait quelqu'un d'inexpérimenté pour que ce soit un fiasco, et que Podrov soit abattu. Il était quasiment impossible avec si peu d'éléments d'avoir des données solides attestant de la corruption, même pour les services financiers. Il n'y avait sur l'ordinateur, plus aucune preuve de ce transfert d'argent. En quinze ans, Prassin avait dû avoir le temps de blanchir cet argent. À quoi bon se battre contre une chimère et essayer de nuire à un préfet qui, avec son état de santé, ne finirait probablement pas l'année. Il n'y avait pas assez de preuves et pas assez d'utilité à se lancer dans de tels efforts. Mais Olivier savait. Il appela son chef qui ne dormait toujours pas. Le jour allait bientôt se lever. Il répondit à la première sonnerie. Il lui expliqua ce qu'il avait trouvé, ce que cela supposait pour la mort de Podrov.

— Franchement, Olivier, tu as envie de rendre justice à une ordure comme Alexeï ? Tu ne crois pas qu'il a eu ce qu'il méritait ?

— Ce n'est pas ça le problème. Ce qui m'emmerde c'est que Graham était sous ma responsabilité, personne ne devrait aller dans une salle d'interrogatoire et se retrouver la gorge tranchée.

— Il ne valait pas mieux que Podrov tu sais ?

— Justement, la thèse de Podrov repose sur pas mal d'hypothèses et très peu de preuves. Je pense qu'Alban était influençable et n'avait pas les idées claires. Podrov lui a raconté une histoire où c'était lui le méchant, et il y a cru. C'est ce que l'hôpital psychiatrique où il était enfermé pendant quinze ans lui a fait subir. À force de lui dire qu'il était un tueur, il y a cru.

— Je crois Olivier que l'on ne saura jamais. On se voit tout à l'heure, on a encore pas mal de paperasse à faire aujourd'hui.

— Quel jour on est ? demanda Olivier.

— Jeudi.

— Alors je prends ma journée et demain aussi, on se revoit lundi prochain.

— Ça me va, essaie de te reposer et ne te prends pas trop la tête. En revanche lundi, je voudrais que tu avances sur ta pile de dossiers en retard.

Torin sourit et raccrocha. Il alla s'asseoir à son bureau et resta pendant une bonne heure sans rien faire, ses collègues arrivaient au commissariat les uns après les autres. Il ne répondit pas aux questions qui venaient de toutes parts. Il partit se chercher un chocolat chaud, le premier qu'il s'achetait de sa vie à un distributeur. Il allait chercher ses affaires dans son bureau avant de rentrer et dormir jusqu'à lundi matin. Son ordinateur était toujours allumé. Il se rappelait qu'Alban tenait à l'éteindre avant d'aller à la salle d'interrogation. L'ordinateur était resté en veille car il était en attente d'une réponse de l'utilisateur : « Voulez-vous vraiment éteindre cet ordinateur, certaines données ne seront pas sauvegardées… »

Olivier cliqua sur non. Il regarda les recherches internet d'Alban dans les fenêtres encore ouvertes. Il y avait des recherches sur Mariam, sa fille, Podrov, et sur les autres questions qu'ils s'étaient posées. « Suis-je un monstre ? », « psychose », « entendre des voix dans sa tête », « comment soigner l'esprit ? ».

Il était malade, pensa Olivier, il aurait dû se faire soigner, ce n'est pas ça la justice. Il repensa encore quelque temps aux derniers évènements, à Alban repoussant ses mains pour se laisser mourir. L'officier de police judiciaire se mit à sangloter bien malgré lui, il était à bout et toutes les tasses de cafés du monde n'y pouvaient rien. Après quelques instants, il regarda à nouveau l'historique plus récent. « Comment trancher la carotide ? », « chance de succès de mourir d'une hémorragie au cou », « l'artère carotidienne peut-elle se spasmer et arrêter de saigner ? », « dégâts cérébraux à la suite d'une section de carotide », « débit de l'artère carotidienne », « combien de litres de sang doit-on perdre pour mourir ». La liste continuait ainsi.

Alban simulait et avait conscience d'être un assassin depuis toujours. Il se rappelait exactement au fond de lui, comment il avait tenté de tuer Mariam. C'était devenu un monstre, certainement depuis que son père l'avait brûlé.

À PROPOS DE L'AUTEUR

Retrouvez l'auteur sur son site internet :

www.raoufabde.com

Dépôt légal : juin 2022